郭林新气功
600 问

主　编：孙云彩
副主编：孙　毅　李　芳　黄妙璇
顾　问：林　健　刘炳凯

人民体育出版社

图书在版编目（CIP）数据

郭林新气功 600 问 / 孙云彩主编 . -- 北京 : 人民体育出版社 , 2023

ISBN 978-7-5009-6276-2

Ⅰ . ①郭… Ⅱ . ①孙… Ⅲ . ①气功—基本知识 Ⅳ . ① R214

中国国家版本馆 CIP 数据核字 (2023) 第 031269 号

*

人 民 体 育 出 版 社 出 版 发 行

北 京 新 华 印 刷 有 限 公 司 印 刷

新 华 书 店 经 销

*

710 × 1000　16 开本　21.25 印张　368 千字

2023 年 5 月第 1 版　2023 年 5 月第 1 次印刷

*

ISBN 978-7-5009-6276-2

定价：65.00 元

社址：北京市东城区体育馆路 8 号（天坛公园东门）

电话：67151482（发行部）　邮编：100061

传真：67151483　邮购：67118491

网址：www.psphpress.com

（购买本社图书，如遇有缺损页可与邮购部联系）

郭林

中国是气功的故乡。我决心把有生之年献给祖国的气功事业，为继承、发掘和整理祖国这一宝贵遗产作出贡献。

你自己获得健康了，也使别人得到健康，你就活得有意义了。你活得有意义，将来你死了也有意义。死得有意义必须活得有意义，我就是这样体会的。

——郭林

左：孙云彩（癌症康复 40 余年），本书主编
中：林晓先生（郭林丈夫），已故
右：林健，世界医学气功学会郭林新气功专业委员会主任

序1

此中有真意

林　健

世界医学气功学会副主席、郭林新气功专业委员会主任

孙云彩老师带领她的助手们，历时数年，几易其稿，终于完成了这本《郭林新气功600问》。作为见证者的我，应邀作序，深觉力有不逮，但又有一份责任在身，不敢推脱。

郭林新气功走上社会已五十年，越来越多的患者通过习练郭林新气功得以康复，同时，随着时间的流逝，很多初学者面对社会上的众说纷纭，难免会感到困惑。而这本书的初衷就是为读者答疑解惑，使后来者少走弯路，从这点来说，意义重大，此其一也。

郭林老师当年创编新气功疗法的时候，在自己身上反复体会、实践，很多时候是因人而异，辨证施治，有些是方便法门，学生们在传承的过程中，往往根据自己的亲身经历而施教，这就需要后人深入领会郭林老师的原意及创编功法的思路。那么，通过这本书授人以渔，使读者受到些许启发，得窥真意，自是功德无量，此其二也。

郭林新气功之所以在社会上流传至今，除了功法本身卓有成效，还有非常重要的一个原因，就是郭林老师济世救人的精神，在一代又一代的传承者身上体现着，孙云彩老师和她的助手们在“致力新气功，造福为人民”的考试中，正是通过这本书写出了自己的答卷，此其三也。

有鉴于上述三点，借用陶渊明的诗句“此中有真意”来概括是比较贴切的，愿读者能有所得，是以为序。

匆匆写于德州寓所

2022年8月2日

序2

郭林新气功身心同调，改善肿瘤内环境

刘炳凯

巴黎公立医院集团彼提耶－萨尔伯特医院（L'hôpital de la pitié-salpêtrière，I'Assistance publique-Hôpitaux de Paris）中西医结合中心临床研究员，索邦大学医学院（la faculté de médicine Sorbonne Université）中医身心导引大学文凭教学主任。

南京中医药大学中医学硕士，巴黎大学笛卡尔医学院肿瘤分子生物学博士。

学术兴趣和擅长领域：中医药非药物疗法与癌症的综合康复，海外中医药教育及临床中医药研究方法学。

孙云彩老师希望我为她主编的新作《郭林新气功600问》写点评述，我欣然应允。倒不是我觉得我有资格写，而是因为我与她是忘年交，一直对她几十年来以郭林新气功为手段，在群众性癌症防治实践中所取得的斐然成就感到佩服，也为88岁高龄的她能再出新书而高兴。而且其他三位编纂者也都得过比较棘手的癌症，现在均已完全康复。其中一位是原发性肝内胆管癌，一位是三阴型乳腺癌，一位是右肾盂癌与肺腺癌。她们不仅自己康复了，还热心帮助其他患者，担任郭林新气功的教功老师多年，实践经验丰富。现在她们以系列郭林原创著作为依据，编写这样一本问答形式的书来解答郭林新气功学习和实践中的问题，是她们康复过程中自我身心体验和教学过程中对理论的思考与实践经验的总结，自然是深刻而且切实可行的，一定能使更多的癌症患者获益。

我是带着对抗癌勇士的无比尊敬，同时坚持从中、西医学角度客观的态度读完了这本书。这本书对郭林新气功的历史、特点，用于防病、治病过程中所涉及的诸多问题进行了全面总结、思考，提出问题，然后给出详尽的解答；所

用语句不加修饰而又符合练功实践，没有迂回和学究般的措辞，语气也非常准确，编纂者们为癌症患者提供了一个真正的新版本的《郭林新气功》。

应该强调的是，四位编纂者作为成功不带瘤生存7年到40年的癌症康复者，对郭林新气功的理解，与她们长年累月坚持郭林新气功自我锻炼的实践而重新获得健康的生命历程密切相关。这也就容易让人产生疑问：她们的解答是否由最初的相信，变成了最终的迷信，从而曲解了郭林新气功原创的本意？我可以肯定地说：读过这本书后，我没有了这种担心。编纂者们即便有时难免有自己的理解，但所有问题的答案依据都出自原创著作，没有掺杂她们自己的臆测和夸大。其实，她们对郭林新气功的认识处于另外一个层面上，即她们患癌后对生命的崭新体验和朴实传承郭林新气功的认真科学态度。

本书的主编孙云彩老师于1980年罹患中晚期乳腺癌，偶然接触到了郭林新气功这根救命稻草，这块中国特色的群众性群体抗癌模式的奠基石。后来，她协助郭林老师的学生高文彬和于大元创建了北京抗癌乐园，并在此基础上创建了中国抗癌协会下属的全国性学术组织——中国癌症康复会。退休后，她就把全部的精力投入推广以郭林新气功为核心的群体抗癌事业，郭林新气功也融入了她的生命，成为不可分割的组成部分。

气功是中国传统特色的自我身心锻炼的方法和理论的科学。中华人民共和国成立以来，广大中西医务工作者和气功实践家共同努力，通过挖掘整理、临床实践，应用于治疗多种疾病，获得了不少成就。其中的新气功疗法就是由郭林老师创编的用于防病、治病，特别是针对癌症防控的创新功法，从1971年走向社会服务患者，至今已经在患者“真实世界”中实践50年了，每年都有数万名新患者参加学习锻炼。如果我们用药物临床试验研究的观点来看，可以通俗地理解为郭林新气功在防癌、控癌的安全性和有效性研究方面做到了迄今为止时间最长，样本量也最大。在世界上，郭林先生也应当算运用气功控癌和运动控癌的第一人，并且进行了大量对癌症病例的临床观察，她的开创性工作遥遥领先于西方国家关于运动与癌症关系的研究。在20世纪80年代，西方肿瘤医学普遍认为接受细胞毒药物治疗的病人太虚弱不适合运动，因此标准建议是休息和避免运动。这个主流观点直到被西方学者称为运动控癌里程碑式的一系列论文发表，才被修正或者说推翻。西方的运动控癌先行者是来自美国俄亥俄州立大学护理学院的温宁汉姆·梅丽尔·琳恩博士(Winningham Maryl Lynne)，她的工作总结在1983年的博士论文以及随后一系列有关“有

氧间歇训练对癌症患者功能能力的影响”的学术论文中[1]。近年来，美国和多个国际组织已经发布了针对癌症患者和癌症后患者的运动建议，2019年全球影响因子最高的学术期刊《临床医师癌症杂志》的一篇论文中，美国运动医学会向肿瘤医生呼吁——运动锻炼是肿瘤学中的医学，作者施密茨（Schmitz）建议对于癌症患者需要量身定制FITT运动处方——频率（frequency）、强度（intensity）、时间（time）和类型（type）[2]。其实，“郭林新气功疗法”早于西方社会40年就已经在实践中总结出了新气功锻炼控癌、运动控癌的处方原则。提出了癌症患者选功、练功，必须遵循“辨证施治”的原则，应根据不同癌种、不同病情、不同阶段，选择操练不同的功目（类型和单日强度）、练功时长（时间、频率和综合强度）。相比之下，这种模式的针对性更强，操作性更适合个性化锻炼。并且开创了以新气功锻炼为主的社区群体抗癌的中国模式，为世界肿瘤防治提供了重要的参考和借鉴意义，是中国医疗气功中的瑰宝。

随着科技的发展，肿瘤的早期筛查和治疗手段更加丰富和有效，更多的肿瘤在早期被发现，也大都能通过有效的治疗手段而痊愈。但是对于中、晚期肿瘤患者，医生和患者面对的挑战是药物治疗失败，失去手术机会或者手术后的复发。目前为降低肿瘤复发的风险，临床上主要依靠化疗、内分泌治疗、靶向药物治疗等手段，但总生存率的提高却不尽如人意。现有的科学研究证明，肿瘤复发或者治疗失败，与肿瘤组织局部乏氧（hypoxia）、炎症和免疫细胞功能被抑制的微环境状态是直接密切相关的。从癌症的预防来看，与外来病原体引起的传染性或感染性疾病不同，癌症的发生是从人体内部正常的细胞转变来的。医学界主流认为，癌症是基因突变导致细胞“癌变”，但大多数癌症并非由遗传风险突变引起，除了衰老、致癌环境暴露因素外，加上长期的不良生活方式、不良情绪的刺激等造成长期内外失衡引起“内乱”，从而导致人体细胞正常分裂过程中发生基因突变的速度变快，基因突变数量增加，累积超出了人体自身纠错能力而致病[3]。显然预防这种以“内乱”为主的疾病，向人体内部寻求解决办法应当作为解决癌症发生、进展问题的一个主要方法。因此，癌症的防、控需要患者在正常治疗的同时，必须通过积极改造人体内环境，比如改善机体组织的氧合水平，减轻炎症反应，调控免疫功能，改善血液循环状态，才能从根本上控制癌症的发生和发展。杰出的例子是2018年诺贝尔生理学或医学奖颁发给了肿瘤免疫疗法，2019年颁发给了主要工作是阐明癌细胞如何在乏氧条件下增殖和转移的科学家。中医学辨证治疗肿瘤的方法很多，化痰软坚和活

血化瘀是其中比较常用的两种[4-5]。现在看来，其机制与调节肿瘤患者内环境中的血液流变学异常密切相关。近年来，西方肿瘤学研究也发现了肿瘤患者的血液黏稠度增高、血流速度变缓与肿瘤的进展和转移有关[6]，而且这类人群患静脉血栓栓塞症的风险增加，是普通人群的9倍[7]。

循证医学有大量新的证据表明，运动锻炼和身心放松锻炼不仅可以大幅度降低正常人的患癌风险，并且与癌症患者的降低复发率、提高癌症特异性长期生存率有关。郭林新气功以独创的特殊呼吸方法“风呼吸”和半入静状态下不同速度的行走为特点，强调到大自然去运动，吸入新鲜氧气，快速行走来改变血液流变学状态，而且核心锻炼内容围绕患者大脑情绪和心理调节，因此具备现代医学提倡的运动健身防癌、控癌的所有特点，可以改善肿瘤患者局部组织的乏氧、微循环障碍等，是改造肿瘤内在微环境的好方法，而且可以增强体质，促进组织器官功能恢复。这样一个中国独创的防癌、控癌的身心锻炼的好方法，经过50年大量癌症患者群体的验证，是有效的、安全的、无任何毒副作用的，也符合现代肿瘤学研究的观点，我非常乐意向广大患者推荐。

我曾拜读过孙云彩老师以前主编的癌症科普书《抗癌明星之路》和参编的《抗癌健身法》，也观看了中央电视台对她多次采访的视频资料（“征服癌症，从心开始”“快乐抗癌”“热爱生命”），颇为感动，并深受启发。这次由她主编的《郭林新气功600问》，很有新意，从思想、技术层面使科学锻炼郭林新气功控癌、防癌更加具有可操作性。本书通过问答形式为癌症患者正确理解、快速掌握新气功协同临床常规治疗和提高康复率提供了指南。

这是一本集合了编纂者作为癌症康复者的见证和多年思考成果，最终集体编纂讨论的充满了抗癌智慧和生命智慧结晶的书。本书以问答的形式准确地传达运用郭林新气功控癌、防病治病的理论、方法、技术知识的同时，亦是他们实践“正规医学治疗和郭林新气功锻炼相结合”理念的有益创新，为在癌症康复路上的人提供了一条切实可行的探索道路。相信本书的出版不仅有益于广大癌症患者，对我们从事肿瘤中西医结合防治的专业人士也有启发。我对本书的出版表示祝贺，也热诚推荐。

2022年8月

参考文献：

[1] Winningham M. L. Effects of a bicycle ergometry program on functional capacity and feelings of control in women with breast cancer [D]. Columbus: The Ohio State University, 1983.

[2] Schmitz KH, et al. Exercise is medicine in oncology: Engaging clinicians to help patients move through cancer [J]. CA Cancer J Clin, 2019.

[3] Tomasetti C., et al., 2017 Stem cell divisions, somatic mutations, cancer etiology, and cancer prevention [J]. Science.

[4] 中华中医药学会.肿瘤中医诊疗指南[M].北京：中国中医药出版社，2008.

[5] 林洪生.恶性肿瘤中医诊疗指南[M].北京：人民卫生出版社，2014.

[6] Follain, et al.Fluids and their mechanics in tumour transit: shaping metastasis [J]. Nat Rev Cancer, 2020.

[7] Mulder Frits I, et al. Venous thromboembolism in cancer patients: a population-based cohort study [D]. Blood, 2020.

序3

心 愿

孙云彩

退休前系北京师范大学实验中学语文教师。现任世界医学气功学会常务理事，郭林新气功专业委员会顾问。担任北美地区公益传承“郭林气功学会”培训导师。

曾主编《抗癌明星之路》（人民军医出版社，2005年出版，2014年再版）；曾任《癌症病友康复新路——怎样练好郭林新气功》（云南出版社，1994年出版）和《抗癌健身法》副主编（地震出版社，2004年出版）。

1981年，46岁的我被确诊为晚期乳腺癌，两次大手术后又出现肺转移。在生命至暗、危难的时刻，作家柯岩女士的报告文学《癌症≠死亡》给了我生的希望，让我结缘了郭林老师创编的“新气功疗法”（后称郭林新气功）。从此，我与郭林新气功朝夕相伴，八年后，不仅身心得以全面康复，新气功的种子也在我心中深深扎根，内心萌发了一个强烈的心愿：余下的生命，要努力传播优秀的郭林新气功，帮助与我一样渴望康复的癌症病友。

在优秀传承者高文彬、于大元的引领下，以郭林新气功为纽带，我积极参与组织海内外的群体抗癌活动。我帮助癌症患者走“中医、西医加气功锻炼”的综合康复道路，参与创建了癌症患者之家——北京抗癌乐园；应邀到国内外传播郭林新气功，协助当地创建群体抗癌组织；2001年我随女儿到多伦多后，在北美地区创建了“郭林新气功学会”，还帮助“多伦多郭林气功学会”出版了《郭林新气功》英文版教材。

四十余年，我始终在传承郭林新气功的一线，教练数以万计的病友，不仅加深了我对郭林新气功的认识，更让我看到了郭林新气功对癌症病友与疑难病患者自救内动力的激发与调动，对人类抗癌治病由单一生物医学模式转变为综

合医学模式的推进。我深感郭林老师创编的这套新气功疗法蕴含的优秀气功文化的巨大力量，这力量不仅激励着众多癌症病友自救，更是一直激励着我，为癌症病友与疑难病患者重建生命、为郭林新气功传承不辍，尽心竭力。

为了更好地正确传承郭林新气功，我与具有奉献精神的志同道合者，共同组织开展了学习郭林原创的活动。从2012年开始，我全面阅读郭林原著；2015年我组建了"郭林原创学习教师团队"，提出"尊重原创、正本清源、朴实传承、造福健康"的传承理念；2016年我带领郭林原创学习教师团队从国内到海外，共举办了20余期郭林原创学功班、提高班、辨证班、吐音班、辅导员培训班；2019年3月15日，郭林原创学习教师团队40余名教师及30余名志愿者，又启动了海内外网络学习郭林原创的大型活动，3000余名热爱郭林新气功的学子踊跃报名参加，开展了有计划、有步骤的学习郭林原创活动。

这一活动在郭林新气功专业委员会林健主任的支持与关爱下，历时一年半，通过网络阅读郭林原著，微信群交流、答疑，实地办班教练与研讨，使守护、弘扬郭林原创有了一定的影响力。许多教功老师与学生们开始有了"郭林原创"这一概念，开始探索什么是郭林原创、怎样学习传承郭林原创，在学练郭林新气功的队伍中，营造了一种"练功不明白找'原创'""遇到功理困惑查'原创'""互相争论辨证论治时翻阅'原创'"的学风。网络学习结束后，我们编辑了一本15万字的《首届学习郭林原创资料汇编》，作为此次学习活动的成果留存。

面对渴望正确习练郭林新气功病友的迫切需要，面对守护、传承和弘扬"郭林原创"的迫切需要，经与几位同道磋商后，我决定以"问答"的形式，尽快编辑一本学习郭林原创的"简明问答手册"，系统地介绍郭林新气功的创编过程、功法特点、习练原则、具体练法和辨证运用，并使之既能达到方便查阅的目的，又能有效消除习练者练功中的困惑，以促进郭林新气功的普及与应用。

2020年6月，我诚邀孙毅、李芳、黄妙璇三位老师开始编写工作。她们都是十年以上癌龄的疑难癌症康复者，也都是学练、教授、辨证运用郭林新气功的优秀传承者。她们勤奋、严谨，有责任心及公益精神。历时两年余，我与她们三位一道，历尽辛苦，终将《郭林新气功600问》付梓，完成了我多年的传承心愿。

本书从起念到成书，其间参与学习和实践郭林原创的老师们和学子们，用他们的学习智慧和练功实践经验，提升了我对郭林新气功的认知，他们是守护、传承郭林原创最有力的支持者，我无限感恩！

在审稿过程中，郭林新气功专业委员会林健主任给予了方向性的引导；法国索邦大学医学院、巴黎公立医院集团中西医结合医学中心的刘炳凯教授，对书稿的中西医学相关理论，给予了科学性的指导，并为本书作序，我无比感激！

在最终审核与出版过程中，人民体育出版社的领导、编辑们，尤其是李凡主任，付出了极大的辛劳与智慧，给予我们亲切的指导与鼎力的支持，我特别感恩！我更感恩他们长期为祖国优秀气功文化——郭林新气功的传承所作出的重大贡献！

愿郭林老师创编的郭林新气功薪火相传，造福人类健康。

2022 年 8 月 4 日于多伦多

前 言

《郭林新气功600问》，是主编孙云彩老师历经十余年孕育的成果。其中四年学习、思索，六年探索、实践，又邀请了助手孙毅老师、李芳老师、黄妙璇老师一起，再经历了两年的全面查阅郭林原创资料、提问解答、反复修订、提升整理，最终成书。在此期间，得到了世界医学气功学会郭林新气功专业委员会主任林健的亲切关怀与指导，得到了中西医学顾问刘炳凯教授真诚热情的帮助，得到了海内外郭林原创学习团队老师与同学们的积极支持，终于与大家见面了！这是热爱郭林新气功的广大练习者们集体智慧的成果，也是我们献给郭林新气功走上社会五十周年的一份虔诚的心礼。

我们秉承郭林老师提出的“致力新气功，造福为人民”的遗愿，肩负起郭林新气功传承人的崇高使命，在本书中坚持以“学习、传承、弘扬郭林原创”为统领，以“挽救生命、呵护健康、辨证施治”为宗旨，以“抗癌、康复、防病”为主线，以郭林新气功50年社会实践取得突出成就的十二套功法（包含了郭林老师创编的初级功、中级功、特种功的优秀经典功法）为主要内容，继续推进郭林新气功造福人类的控癌康复事业的发展。

本书共分为四部分：第一部分是郭林新气功概述问答；第二部分是郭林新气功练功总则问答；第三部分是郭林新气功12套功目问答；第四部分是习练郭林新气功相关常识问答。

在本书成书过程中，我们反复阅读了郭林老师在世时出版的所有新气功教材；同时也阅读了郭林老师逝世后出版的日记、讲课记录；还阅读了优秀传承者们出版的教材（本书第一章所列）。将不同教材中符合“郭林原创”的内容规范化地整合在一起，以方便习练者阅读和理解。我们还从郭林原创功法、功理、辨证依据以及练功实践经验、康复的案例中寻求佐证，以更加准确表达郭林原创。

本书具有四个特点：

第一，本书内容来自郭林老师的原创。对各本郭林原创中功法、功理、辨证施治等论述的共同点，给予充分阐明；对不同时期郭林老师讲述的、不同整理者编写的各本原创教材，对功法、功理、辨证施治的不同阐述，我们从历史、发展、宏观、辨证等方面进行阐述，充分地展现给读者。

第二，我们在每章开始制作了“脑图”，以方便读者全面直观地了解本章重点。我们还设计完善了辨证运用“表格”，如癌症患者与慢性病患者“选功参考表”“辨证练功方案参考表”等，以帮助练功者掌握“郭林新气功”的辨证施功。表格的设计既来源于原创教材，也来源于几十年学、练、教功的实践。

第三，本书采用问答形式，通过从概念解答入手，达到简单明了；从基本功法的要领、步骤、具体练法讲起，做到循序渐进；再从功理引申到辨证施治，以期步步深入。这样的问答结构，既可以做到全面、系统地介绍郭林新气功，又可以使基本概念、基本功法与实践性、辨证运用很好地结合在一起。这不仅适用于郭林新气功的初学者，也可以帮助练功进程中的困惑者，还可以为传承郭林新气功的老师们提供一些有益的帮助。

第四，本书条分缕析，对功理功法解析详尽，分类清楚，便于掌握，易于对号入座，像一本使用手册。每个功法的重点、要点、难点，都能在本书中一一找到答案。它既是一本可以释疑解惑的读本，更是一本可以帮助习练者操练功法、逐步理解功理、具体运用辨证的书籍。郭林新气功的优秀实践者、成功者高文彬说得好：新气功是我们老百姓康复的“菜篮子、米袋子”工程，我们决不能端着“金饭碗”到处去“讨饭”！这本书是能够教会你自己“做饭”的实用型学、练、辨证运用郭林新气功的工具书。

编辑《郭林新气功600问》一书，我们付出了许多的时间、精力与心血。有幸得到人民体育出版社的科学指导与鼎力支持，使我们能够帮助渴望借助郭林新气功控癌康复的病友，能够为朴实传承祖国传统的气功文化作出贡献，这是我们编辑组所有人心中最大的欣慰与幸福。

郭林新气功博大精深，我们自知水平有限，书中难免有疏漏，在此由衷地期待读者对书中的不足之处给予批评指正。

本书编辑组

2022年8月1日

目 录

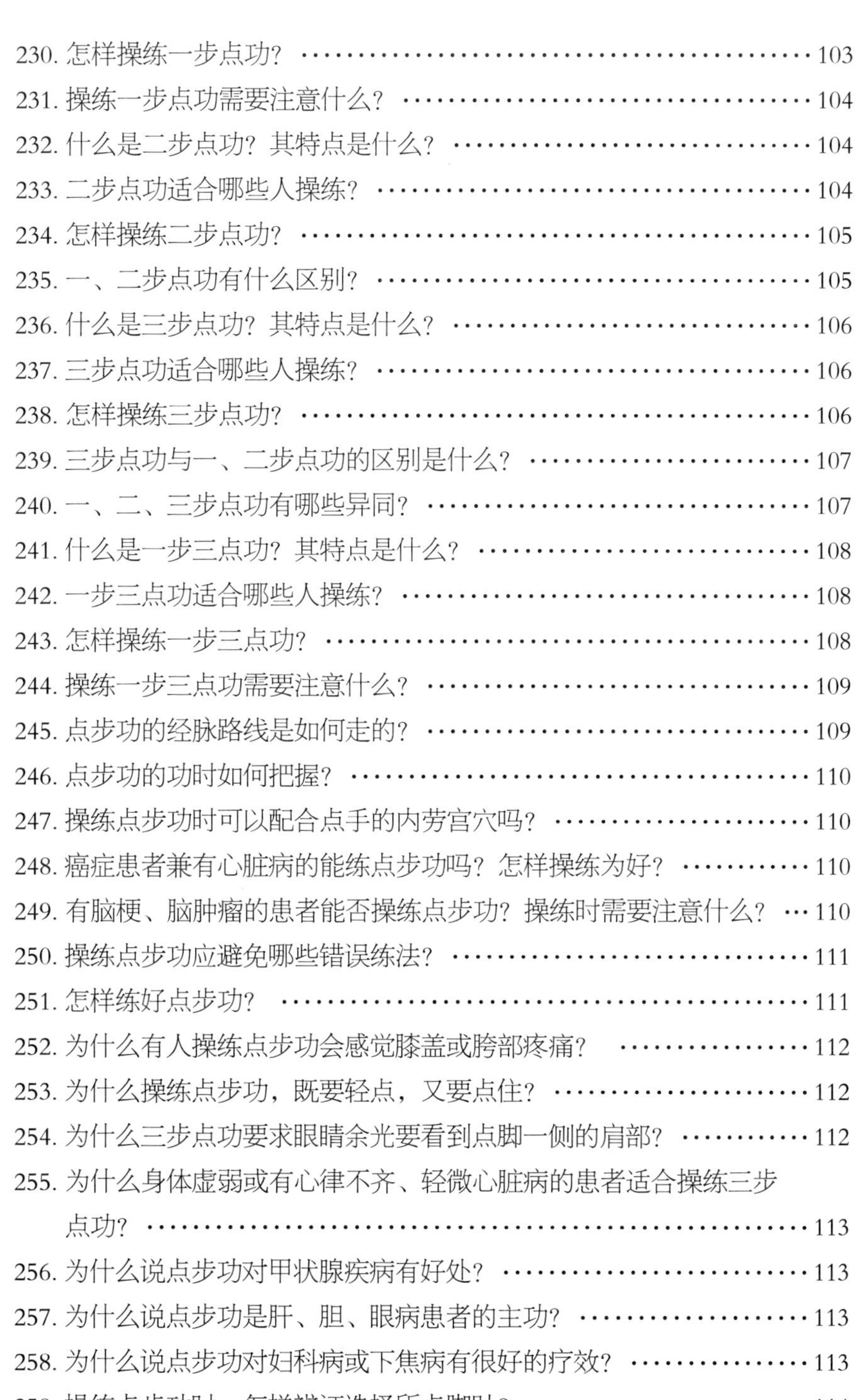

第一部分

郭林新气功概述问答

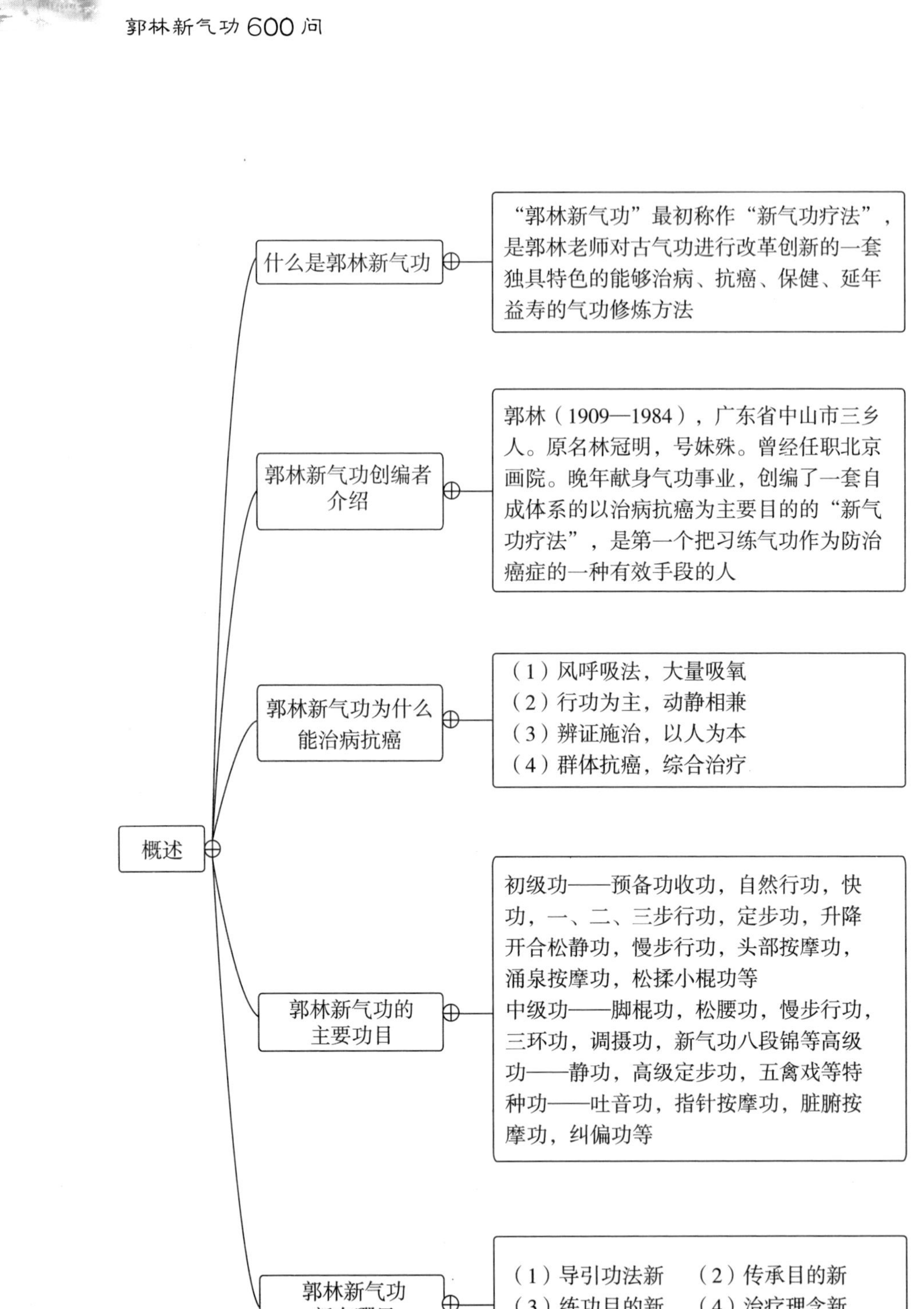
概述
什么是郭林新气功
“郭林新气功”最初称作“新气功疗法”，是郭林老师对古气功进行改革创新的一套独具特色的能够治病、抗癌、保健、延年益寿的气功修炼方法
郭林新气功创编者介绍
郭林（1909—1984），广东省中山市三乡人。原名林冠明，号妹殊。曾经任职北京画院。晚年献身气功事业，创编了一套自成体系的以治病抗癌为主要目的的“新气功疗法”，是第一个把习练气功作为防治癌症的一种有效手段的人
郭林新气功为什么能治病抗癌
（1）风呼吸法，大量吸氧
（2）行功为主，动静相兼
（3）辨证施治，以人为本
（4）群体抗癌，综合治疗
郭林新气功的主要功目
初级功——预备功收功，自然行功，快功，一、二、三步行功，定步功，升降开合松静功，慢步行功，头部按摩功，涌泉按摩功，松揉小棍功等
中级功——脚棍功，松腰功，慢步行功，三环功，调摄功，新气功八段锦等高级功——静功，高级定步功，五禽戏等特种功——吐音功，指针按摩功，脏腑按摩功，纠偏功等
郭林新气功新在哪里
（1）导引功法新
（2）传承目的新
（3）练功目的新
（4）治疗理念新
（5）练功方法新
（6）辨证施治理念新

1. 什么是郭林新气功？

答：郭林新气功创编始于20世纪60年代，1971年9月4日自北京龙潭湖公园面世后，逐渐传向全国及世界许多国家和地区。该功法自成体系，既有以治病抗癌为主的优秀基础功法——初级功，也有保健养生的中级功与高级功。其中以风呼吸法行功和吐“哈”音为主的抗癌功法独具特色。其是能够治病、抗癌、保健、延年益寿的气功修练方法。

50年来该功法受到各类患者受到青睐，医人无数，经众多癌症患者、慢性病患者操练，实践证明是一套疗效显著的医疗气功。

该功法历经50年的传承，有多种名称出现，如新气功、新气功疗法、郭林新气功疗法、郭林新气功，它们的内容都是一样的。目前社会上常用的是郭林新气功，世界医学气功学会郭林新气功专业委员会对外的正式、统一名称已经定为：郭林新气功。

2. 郭林新气功的创编者是谁？

答：郭林新气功的创编者是郭林（1909—1984）。郭林，原名林冠明，号妹殊，广东省中山市三乡人。毕业于广东女子师范学校高级艺术科。历任香港同德书院、华南书院、上海女子艺术学院院长，未未画社社长。中华人民共和国成立后调北京画院任山水组画士、资料室主任、中国美术家协会会员等职。

郭林老师晚年献身祖国气功事业，创编了一套自成体系的、以防病控癌为主的“新气功疗法”，因疗效显著，蜚声海内外。生前被中华医学会全国气功科学研究会和全国21个省、市气功协会聘为顾问。她是第一个把气功作为防治癌症手段的人，是当代用气功防治癌症最杰出的代表，也是创造性提出将中医、西医与气功三者结合共同攻克癌症这一难关的人。

3. 郭林老师为什么要对古气功进行改革？

答：郭林老师对古气功进行改革，最开始是因为要挽救自己的生命。郭林老师说，“我得了癌症，深感自己病魔缠身的痛苦，也尝到了死神威胁的滋味，

为了救自己的命，我才动了改革传统气功的念头。当时改革是为小我而改革，把自己治好。我的癌得到控制了，我就希望能解除病患者的痛苦”。（引自《郭林新气功为什么能治病抗癌》）

在郭林新气功推广中，郭林老师发现许多患者身兼数病，习练单一功法治疗往往难以见效。她认为，必须辨证施治给予针对性功法，气功要发展，就必须进行改革。新气功疗法也因此在推广中不断改革、发展与完善，成为一套既能治病又能防病的整体疗法。

4. 郭林老师为什么能够创编出“新气功疗法”？

答：郭林老师自幼习练古气功，却在 40 岁患子宫癌，50 岁转移膀胱癌，十年里大小手术做了六次，她体会到古气功治不了癌症，为救自己，她改革古气功。开始在自己身上实践、摸索，构建“新气功疗法”的框架。经过十几年的潜心研究和练功实践，她用自己创编的新气功成功自救，为新气功疗法创编打下了基础。郭林老师能够成功创编新气功疗法，离不开她的童子功底和古气功造诣。她从小跟着爷爷学练道家气功和五禽戏，长大后借助写生走遍名山大川，访遍古刹大庙，广泛接触道、佛、儒等各家各派气功高人，如气功名家王芗斋、巨赞法师、周潜川等。加上郭林老师聪慧、勤奋过人，善于将各家各派气功精髓结合起来研究，并在临床中结合众多案例实践，不断完善功法，最终形成了自成体系的“新气功疗法”，即郭林新气功。

5. 郭林新气功“新”在何处？与古气功的区别在哪里？

答：郭林新气功的“新”及与古气功的区别，主要体现在以下几个方面。

一是导引方法新。

（1）“意念导引”新。郭林新气功在初级功阶段采用的意念导引是“悟外导引”，即不守体内。古气功则是意守丹田。

（2）“呼吸导引”新。郭林新气功采用的是古气功慎用的“风呼吸”导引法，这是新气功与古气功的最大区别，也是防癌控癌与治疗常见病最大的不同点。

（3）“势子导引”新。郭林新气功采用的是动静相兼的以“行功”为

主的功法。古气功是站、坐、卧、跪的静功。采用行功来治病控癌是新气功的独家特色。

（4）“吐音导引”新。郭林新气功将古气功中的“哈”“豁”音改大声吐发，反复实验后用于肿瘤患者，并经实践创新出用于辨证施治癌症的“沙”“哦”等音，同时配合运用五脏音治疗各种脏腑疾病，包括郭林老师创新的治疗胃病的胃音，这在古气功中是少见或没有的。

（5）“综合按摩导引”新。郭林新气功采用独特的导引功法。新在按摩功法多、针对性强，配合主要功目操练，防治疾病取得疗效快。如调整阴阳的“涌泉按摩功”和“头部按摩功”，可通周身气血的松揉小棍功和强肾固本的脚棍功，以及用于特异性治疗的各种指针按摩功和脏腑按摩功等。而古气功往往用法单一。

二是传承目的新，传授方式新。

“致力新气功，造福为人民”是郭林老师明确提出的传承目的。将自己创编的新气功推向社会，带进公园，公开传授，使人人可学、可练，练者人人受益。而古气功多是单传、秘授。

三是练功目的新。

郭林新气功练功的目的是治病控癌，保健强身，延年益寿和提高生命质量。古气功练功的目的是长生不老、防卫护身。

四是治疗理念新。

郭林新气功在治病控癌方面提倡中医、西医、气功相结合。实践证明走综合治疗的道路，较古气功治法更与时俱进，施治方法更多样，更有助于癌症患者与多种疾病患者的康复。

五是练功方法新。

郭林新气功初级功以户外操练能够大量吸氧的“动静”混合的“行功”为主，强调“三关分渡”，古气功则多为站、坐、卧等静功，强调“三关共渡”。

六是辨证施功理念新。

郭林新气功强调因病、因症、因证、因人、因时辨证施功，不同的练功对象，不同的病种、病情、病程、体质，采用不同的功法、功目、功时。这在古气功中是少见的。

6. 为什么古气功容易出偏而郭林新气功不易出偏？

答： 古气功以站、坐、卧等静功为主，要求练功时意守体内，意念、呼吸、势子三关一起过。对于初学者来说，往往难以做到，不是入不了静、意守不住，就是意念与呼吸一时配合不上，如果强迫三关一起过，就很容易出偏。

郭林老师说，三关共渡的功法，对于一般的轻病会有效果，但用来对付癌症，恐怕无法练好。一个处于生死关头的癌症病人，要求他入静练功，非常难做到。（引自《郭林新气功为什么能治病抗癌》）

因此，郭林新气功强调松静关、意守关和调息关"三关分渡"。初学者可先从势子练起，再慢慢配合呼吸或意念。在功法设置上，强调以"行功"的半入静为主，悟外导引，动静相兼，循序渐进操练，直接避免了古气功三关共渡、静坐意守体内的练法，所以不容易出偏，而且适合各种人群操练。

7. 什么是"三关分渡"？

答："三关分渡"是相对于古气功中的"三关共渡"而言的。古气功是松静关、意守关、调息关一起过，容易出偏。郭林老师将古气功的"三关共渡"改为"三关分渡"，即先过松静关，再过意守关，最后过调息关，一关一关来渡过，保证练功者的安全。

8. 郭林新气功有哪些主要功目？

答： 郭林新气功包括四大类主要功目。

（1）初级功。预备功和收功，中度风呼吸法自然行功，风呼吸法快功（强度风呼吸法特快功、弱度风呼吸法稍快功、中度风呼吸法中快功），中度风呼吸法一、二、三步行功（步点功），中度风呼吸法定步功，升降开合松静功，自然呼吸法慢步行功，头部按摩功，涌泉按摩功，手棍功等。

（2）中级功。脚棍功，松腰功，慢步行功（中级慢步行功、中调功），三环功，调摄功，复式松揉小棍功，三松功，四松功，新气功八段锦等。

（3）高级功。静功，高级定步功，五禽戏等。

（4）特种功。吐音功，指针按摩功，脏腑按摩功，纠偏功等。

9. 什么是郭林新气功的五大导引法？其中哪三大导引法密切相关？

答：郭林新气功的五大导引法分别是意念导引法、呼吸导引法、势子导引法、吐音导引法和综合按摩导引法。

其中，意念导引法、呼吸导引法和势子导引法密切相关，贯穿在所有功法中。

10. 什么是意念导引？其作用是什么？

答：“意念导引”就是练功时有意识地对意念活动进行引导，使其集中到某一物、某一景或某一点上，借以排除杂念，达到入静的功法。“意念是练功的一个重点导引法。意念活动可以控制杂念，也能排除杂念。”（引自《郭林新气功为什么能治病抗癌》）

意念导引的作用主要是排除大脑杂念，使大脑放松入静，达到大脑保护性抑制状态，起到修复脑神经细胞和促进血脉自然流通的作用。同时意引气，通过放松入静，诱导体内气机开动，引导内气产生与运行。

11. 郭林新气功为什么重视意念导引？

答：“因为意念导引掌握的好坏，直接关系到‘内气’产生的多少、疗效的高低。”［引自《新气功疗法》（初级功修订本）］

练功要想产生和调动更多的内气，就必须通过“意念导引”促使大脑放松入静。大脑入静得好，肢体就松得好，内气就容易产生和调动。反之，练功的杂念多，内气不容易产生和调动，练功的效果就差。

12. 郭林新气功的意念导引分几个阶段过渡？

答：郭林新气功的意念导引分三个阶段过渡。

（1）初学功阶段，身体有癌、有病阶段，意念导引必须采用“悟外导引”。初级功的意念导引不在体内，在体外，叫“悟外导引”，以“一念代万念”，不

可“守内”，不可“守丹田”，更不可“守病灶”。可以先采用定题，想体外某景、某物、某词语的方法。癌症患者练行功排除杂念的方法是想简单的词语、听息、数息或数步，但也要有聚有散，似想非想。

（2）慢性病患者势子熟练，掌握“定题”功法一段时间后，意念导引可再提高一步，可练守题。操练慢步行功采用“选题—守题—放题”的方法。

（3）癌症患者的身体康复后以及慢性病患者，要分别过好“松静关”“意守关”“调息关”，有了一定的功力后，可逐渐转为“意守丹田”或“意守”身体的某个窍位。

13. 什么是势子导引？其作用是什么？

答：“势子导引”是郭林新气功的重要功法之一，指的是操练者的形体在气功状态下的具体动作和练习方法。如，松静站立，三个气呼吸时身体的升降与三开合的手势；行功中的迈步、摆手、跷脚、转头转腰和点脚；按摩功中的点、按、摩、捏、捋、转、滚；升降开合中的升、降、开、合与身体重心前后移动；吐音功中的松腰、松胸、松颈等。

其作用是导引行气，借助各种不同的形体动作（势子）导引内气更好地运行，提高疗效。郭林老师说过，“单独一个坐着、躺着、站着，这样一个势子很难迅速达到高疗效。比如，癌症是抢救性的，心脏病是抢救性的，单是站着的势子就导引不过来。”（引自《郭林新气功为什么能治病抗癌》）

多种势子导引并用，能更好地调动和运行内气，提高疗效。

14. 什么是呼吸导引？呼吸导引有几种？其作用是什么？

答：“呼吸导引”指的是运用呼吸方法导引内气的运行。郭林新气功的呼吸导引主要有风呼吸导引法、气呼吸导引法和自然呼吸导引法三种。

呼吸导引的作用是调控呼吸，引导内气运行，调节自主神经系统中的交感神经和副交感神经。

15. 郭林新气功的几种呼吸导引各有什么特点？其适用范围有何不同？

答： 郭林新气功的呼吸导引法有以下特点。

（1）风呼吸导引法。是鼻吸鼻呼，先吸后呼，出入有声的呼吸方法。有“中度”“弱度”“强度”三种。特点是短吸短呼，呼吸力度强、猛、快，吸呼略带气息声。主要用于调治癌症和炎症。

（2）气呼吸导引法。是鼻吸口呼，出入无声的呼吸方法。其特点是轻、缓、深、长，吸而不满，呼而不尽。主要用于调治慢性病和调整人体气机。

（3）自然呼吸导引法。是气功状态下无意识的自然呼吸，基本状态是闭唇，舌尖轻舐上腭，按需要自然呼吸的方法。在郭林新气功中，又称为“平”“歇息”。其特点是自然匀和、忘息。主要用于心脏病、高血压等慢性病患者操练行功，以及各类松静功和按摩功。

16. 郭林老师为什么要大胆启用风呼吸？

答： 郭林老师之所以大胆启用“风呼吸”，是因为“风呼吸”具有其他呼吸方法所不可替代的治病控癌的作用。

（1）“风呼吸”吸氧量大。郭林老师讲过，一般情况下，我们的肺部一次呼吸可容纳500毫升的空气量，医学上叫作“潮气量”，但是通过我们气功的呼吸导引法，一个“气呼吸”吸入量就能增加到1500毫升，“风呼吸”更是又强又猛又快，它能使吸入的气体量增加数倍。这些“氧气”在我们身上“氧化”之后，能供应人体各部位的需要。

（2）“风呼吸”疗效大、快，不易出偏。郭林老师说，癌症患者要抢救，就离不开风呼吸法。我们知道癌细胞的发展是很快的，如果不采取这种呼吸的话，我们斗不过癌症。30年前我为了抢救自己，就把这个风呼吸法用上了。（引自《郭林新气功为什么能治病抗癌》）

（3）“风呼吸”能使体内产生强大的电位能，增强人体免疫系统功能。郭林老师说，“强烈的呼吸发电就高，我们要提高电位，提高电量，提高能量，使免疫力增加。这样才能健康。”（引自《郭林新气功为什么能治病抗癌》）

（4）“风呼吸”可有效排除杂念。郭林老师启用风呼吸这种强、猛、短促

有力的呼吸方法，可有效解决癌症患者初病恐病、练功不易入静的问题。癌症患者练功时只要想“吸吸呼”“吸呼”，就可以有效排除杂念。

17. 什么是吐音导引？其作用是什么？

答：郭林新气功的“吐音导引”也叫“声波导引”，指的是在气功状态下，通过调动内气，运用人体的发声器官，在意念导引、势子导引和呼吸导引的配合下，按照特定的音，有规律地、反复地吐纳发声，在人体内部产生声波谐振，达到刺激经络、传递信号目的的一种气功锻炼方法。

其作用是通经活络、破瘀祛邪、消瘤消炎、调节脏腑、平衡阴阳和提升机体免疫力。

18. 什么是按摩导引？其作用是什么？

答：郭林新气功的“按摩导引”是郭林老师结合古气功导引行气理论和中医针灸、经络穴位按摩法，在生理、医理、病理知识的指导下，大胆改革创新的一套新气功辅助功法。指在气功状态下，练功者运用自己的内气，给自己施以气功按摩、点穴治疗。

其作用是疏通经络，调整阴阳，补虚泻实，平衡气血，增强脏腑功能。

19. 郭林新气功为什么能治病抗癌？

答：郭林新气功能够治病抗癌，源于以下机理。

（1）采用“风呼吸”法。这是郭林新气功治病控癌的独家特色，也是郭林新气功治病控癌最重要的功法。郭林老师说，“我治病就靠的是氧气……我们最主要的是用功法来吸氧气”。(引自《郭林新气功为什么能治病抗癌》)

练功者到空气清新的大自然中“吸吸呼”，通过大量吸氧，提高人体血氧饱和度，加速机体新陈代谢，抑制癌细胞的生长，增强机体免疫力，从而改变肿瘤生存的内环境，达到抑癌控癌的作用。

（2）以“行功”为主。郭林老师说，“采用‘行功’治病，是新气功疗法独具的一个特色。”（引自《新气功防治癌症法》）

“站功是控制不了癌的生长的，只有靠行功。”“动静相兼的行功，它能提高人体的免疫力。”（引自《郭林新气功为什么能治病抗癌》）

练功者采用动静相兼、快慢结合的行走功法，配合“风呼吸”可达到疏通经络、软坚化结、吐故纳新、化液生津、更新气血、改善循环、增强脏腑功能、提高机体免疫力的作用，患者练“行功”后，往往能吃、能睡，生命力得以增强。

（3）实行“辨证施治”。以人为本，因病、因症、因证、因人、因时采用不同的功目、功法、功时。通过个性化的辨证施功，有针对性地运用不同的导引法解决不同的身体问题，达到调整阴阳、扶正祛邪，促进人体机能平衡与疾病转化的目的。相当于量身定制运动处方，针对性强、疗效好，这是郭林新气功在治病方面优于其他气功的关键点。因此，“辨证施治”是郭林新气功治病的重要方法，也是郭林新气功的灵魂，是郭林新气功治病控癌必须遵循的指导思想和基本原则。

（4）参与“群体抗癌”，树立“三心”，调动内因。“群体抗癌”能使患者恐癌的心理在投入群体练功的环境中很快得到调整，能使患者尽快树立起战胜疾病的勇气和信心，对患者的精神和心理起到积极的疏导作用，达到改善情绪、减轻压力、破除免疫抑制的作用。同时，“群体抗癌”还便于练功者相互鼓励，使患者树立起练功的决心和恒心，在自我建设中实现自我疗愈。

（5）提倡中医、西医、气功三结合，走综合治疗的路。郭林老师说，“我主张气功要与中医、西医结合，这样疗效会更高，健康更能得到保证。”（引自《郭林新气功为什么能治病抗癌》）

练功者在练功的同时结合中医、西医治疗，能大大提高练功者的控癌治病效果，加快征服癌症等疾病的进程。

50 年的社会实践证明，郭林新气功拯救了成千上万的癌症患者和疑难杂症患者。大量癌症康复者的实例，充分显示了郭林新气功控癌的功效；同时众多的临床观察和科学研究结果也证明了郭林新气功功理功法的科学性。郭林新气功不仅受到广大练功受益者的认可，还被国家体育总局审定为属于健身气功功法而准予在群众中推广。部分功法更是被收入“全国中医药行业高等教育规划教材”《中医气功学》以及《中国医学气功学会推荐功法》中。郭林新气功确实是祖国医疗、保健学的重要组成部分。

20. 为什么说郭林新气功是一套整体疗法？

答：郭林新气功是“导引”和“行气”相结合的功法。由呼吸导引、势子导引、意念导引等五大导引相配合。其治病的机理包含以下几点。

（1）通过呼吸导引，提高人体血氧饱和度，同时刺激神经末梢，引起神经系统的条件反射；

（2）通过势子导引，促进人体经络气血运行和阴阳调整；

（3）通过意念导引，使习练者练功时进入放松入静的气功状态，既调动和产生内气，又对大脑中枢神经系统进行调节；

（4）通过吐音导引和按摩导引，激发经气，疏通经络，调整阴阳，增强机体免疫力。

五大导引共同参与练功过程，使经络系统、神经系统、体液系统均受益于导引行气，进而形成对人体气血的整体调整，达到主证兼证、不同疾病同治。所以，郭林新气功是一套既能治病又能防病的整体疗法。

21. 郭林新气功防癌控癌的基本出发点和理论基础是什么？

答：郭林新气功防癌控癌的基本出发点是调动和发挥患者自己练功治病的主观能动性，通过患者自己持续练功，达到大量吸氧、吐故纳新、排除宿积、更新气血、强壮元气，以及迅速增强五脏六腑功能和生命活力，加强机体免疫系统功能，制止癌细胞的恶性增殖与发展，进而实现防癌控癌的目的。其理论基础是中西医理论的“行滞活血、扶正祛邪、调整阴阳和增加吸氧量等”。

22. 郭林新气功有哪些功效？

答：郭林新气功不仅对癌症患者与慢性病患者有很好的功效，对保健者也有很好的防病功效。

（1）对癌症患者主要体现在以下四方面。

①振奋精神，增强体质。练郭林新气功有助于患者消除恐癌心理，增加食欲和改善睡眠状况。

②调整血象，提升免疫力。练功可改变患者因放化疗导致的白血球和血小

板下降的趋势，增强患者自身的免疫力。

③缓解病情，减轻痛苦。练功可改善气血循环状态，有效控制癌细胞的增殖、发展。

④延长寿命，提高存活质量。练功可调整失衡的阴阳，有效改善患者的诸多不适症状，不仅治病还能延年益寿。

（2）对诸多慢性病有一定的功效。如对气管炎、高（低）血压病、糖尿病、心脏病、红斑狼疮、青光眼、肝炎、肾萎缩、妇科疾病、神经衰弱与内分泌失调等均有很好的功效，不仅能有效减轻病症，有些还能得到痊愈。尤其是对高血压和心脏病有明显疗效，可有效提高人们的健康水平。

23. 郭林新气功与其他医疗方法最大的不同是什么？

答：郭林新气功是以调动患者内因为主的整体疗法，需要通过操练者本人运用一定的功式功法调动自身“内气”来提升机体免疫力，实现治病保健。这一过程完全依靠的是操练者自己的主观努力和身体力行，操练者必须相信郭林新气功的科学性，具备练功的信心、决心和恒心，并主动坚持锻炼，练功所得的疗效才好。

其他医疗方法则是以患者被动接受他人、他物治疗为主，治疗效果很大程度上取决于药物与施治者的医术水平。

24. 郭林新气功相关著作有哪些主要版本？

答：郭林新气功相关著作主要包括郭林原著版本和传承版本。

（1）郭林原著版本相关著作。

①《新气功疗法》（初级功修订本），由郭林老师讲授、陶秉福教授整理，于 1980 年 7 月由安徽科技出版社出版。

②《新气功防治癌症法》，由郭林老师讲授、侯广灵先生整理，于 1980 年 12 月由人民体育出版社出版。

③《新气功治癌功法》，郭林老师著，于 1981 年 1 月由上海科学技术出版社出版。

④《新气功疗法》（中级功），由郭林老师讲授、陶秉福教授整理，于

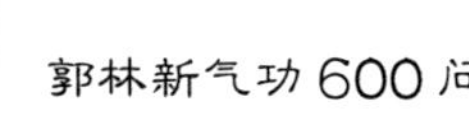

1983年10月由安徽科学技术出版社出版。

⑤《新气功疗法图解》(初级功)(中级功)(高级功、特种功)，由郭林老师讲授、黄松笑女士整理，分别于1983年11月、1984年8月和1988年4月由科学普及出版社广州分社出版。

⑥《郭林新气功为什么能治病抗癌》，由郭林著、林晓主编，于1994年6月由云南民族出版社出版，之后由齐鲁电子音像出版社和人民体育出版社出版。

⑦《郭林日记》，由林晓老师供稿，于2010年5月由人民体育出版社出版。

(2)传承版本相关著作。

①《新版郭林新气功》，由陶秉福教授整理，在旧版《郭林新气功》的基础上修订，于1997年9月至2004年5月间由同心出版社先后再版并印刷3次。

②《郭林新气功首届全国辅导员培训班试用教材》，缘于1989年北京郭林新气功研究会举办"首届全国辅导员培训班"，遵照郭林老师的教导和社会传承实践经验，依据"郭林原著"版本，集体对《新气功疗法》的初级功、中级功进行修订，经陶秉福教授审查、当时的郭林新气功研究会常务理事会审定。这是郭林老师逝世后，第一代优秀弟子集体编写的新气功疗法试用教材。

③《抗癌健身法》，由北京郭林新气功研究会副会长兼功法组组长于大元主编，在他主编的1994年出版的《癌症病友康复新路——怎样练好郭林新气功》一书基础上补充修订，后于1998年由地震出版社出版，并改名《抗癌健身法》。这是得到国家体育总局认可推广而成为社会广泛传承的郭林新气功普及版本。

④《郭林新气功》(治疗功法、挖掘功法、中高级功法)，由郭林老师的亲传弟子集体编辑，于1999年由人民体育出版社出版。

以上版本，是半个世纪以来的"郭林原创"以及符合原创的传承版本，都是我们传承和弘扬郭林新气功的蓝本与依据。

2019年9月，郭林新气功专委会第二届会议通过决议，在专委会没有正式出版郭林新气功教材之前，由郭林著、林晓主编的《郭林新气功为什么能治病抗癌》、于大元老师主编的《抗癌健身法》和陶秉福教授主编的《新版郭林新气功》，作为当前一段时期郭林新气功培训过渡教学教材。

第二部分

郭林新气功练功总则问答

练功总则

- 练功总则的内容有哪些
  - （1）必须树立三心 （2）搞好生活四调
  - （3）做到松静自然 （4）牢记圆软远
  - （5）掌握意气形 （6）坚持循序渐进
  - （7）遵循辨证施治 （8）牢记丢功教训
- 为什么要遵循练功总则
  - 练功总则是学练、传承郭林新气功的准则与纲要。它科学正确地阐述了学练、传承郭林新气功的方向与要求，对学好、练好、传承好郭林新气功，具有明确的指导作用
- 认识练养结合的意义
  - 练养结合是郭林新气功辨证施治、提高疗效、防止疾病复发的重要原则之一。“练”指的是通过施功大量吸氧、调整阴阳、祛邪扶正；“养”指的是练功中的火候适宜、补泻恰当。练养结合是练功康复的保证
- 遵循辨证施治的原则
  - （1）因病辨证（辨病）
    - ①辨病种。辨癌症还是慢性病、疑难病、炎症等
    - ②辨部位。辨脏病、腑病，还是上、中、下焦病
    - ③辨轻重。辨疾病病期与严重程度
    - ④辨病情转化。进展、好转或稳定
  - （2）因症辨证（辨症）
    - ①辨西医和中医临床识别的症状与体征，如咳嗽、发烧、失眠、疼痛等
    - ②辨西医生理生化指标的高低，如高血压、低血压等
  - （3）因证辨证（辨证）
    - ①辨阴阳②辨虚实③辨寒热④辨表里
  - （4）因人辨证（辨人）
    - ①辨性别②辨年龄③辨体质的强弱
  - （5）因时辨证（辨时）
    - ①辨病程。抢救治疗期，巩固疗效期及康复保健期
    - ②辨特殊期。放化疗期、女子孕期、经期
    - ③辨练功时辰。早、中、晚、子午流注、春、夏、秋、冬等

25. 什么是郭林新气功的练功总则？

答：郭林新气功的练功总则是树立三心，搞好生活四调，做到松静自然，圆软远与意气形相结合，循序渐进，辨证练功、不丢功。这是学练、传承郭林新气功必须遵循的法则。它科学、正确地阐明了郭林新气功学练、传承的方向、道路、方法。遵循练功总则是学好、练好、传承好郭林新气功的根本保证。

26. 为什么学练郭林新气功要遵循练功总则？

答：练功总则是学好、练好、传承好郭林新气功的根本保证。50 年传承的社会实践告诉我们，不遵循或者偏离了练功总则，就学不好、练不好郭林新气功，也不能正确传承好郭林新气功。凡练功出偏的、效果不好的，均与不认真遵循练功总则有关。所以，学练郭林新气功必须认真遵循练功总则。

27. 郭林新气功练功总则的内容有哪些？

答：郭林新气功练功总则的内容有八条。

（1）树立“三心”，即信心、决心、恒心。

（2）搞好“生活四调”，即搞好衣食住行。

（3）做到“松静自然”，过好松静关。

（4）牢记“圆、软、远”三字诀。

（5）掌握“意、气、形”，逐步达到意、气、形合一。

（6）遵循循序渐进的练功原则，不急于求成。

（7）贯彻辨证论治，因病、因症、因证、因人、因时施功。

（8）牢记丢功与随意改功的教训。

28. 学练郭林新气功要树立哪“三心”？

答：练功强调要树立“三心”。“三心”指的是信心、决心和恒心。

（1）信心指的是坚信郭林新气功的科学性、可靠性、可行性，坚信它能够

帮助自己战胜疾病，获得健康。

（2）决心指的是用百折不挠的精神与疾病作斗争，破釜沉舟，不打胜仗决不收兵。春夏秋冬，风霜雪雨，坚持天天练功。

（3）恒心指的是从思想、生活等各方面都作好长期坚持练功的充分准备。患病不是一两日所致，康复也不可能一蹴而就。所以，要做到练功不动摇、不放弃，持之以恒。

29. 为什么练功必须树立"三心"？

答： 练功必须树立"三心"，是因为练功治病与其他医学治疗不同。医学治疗是患者被动接受治疗；而练功治疗是依靠个人的主观努力，调动自身"内气"来治病。即，必须通过患者自己一招一式地认真刻苦操练，持之以恒，才会收到练功的效果。如果没有树立起郭林新气功能够帮助自己战胜疾病的信心，没有做好打持久战的思想准备，练功三天打鱼两天晒网，郭林新气功的疗效就不可能在患者身上体现。尤其是癌症患者，必须下定决心持之以恒地冬练三九、夏练三伏，经过一定时日的苦练，才有可能战胜疾病。所以，练功必须先树立"三心"。

30. 怎样才能树立好"三心"？

答： 树立好"三心"，必须要有一个对自己的生命、对疾病、对郭林新气功的正确认识。许多癌症患者都是在走投无路的情况下开始学练郭林新气功，并逐步在练功过程中树立起"三心"的。

第一，通过个人的学功、练功实践，获得对郭林新气功的感性认识，在练功实践的基础上，逐步上升为理性认识，明白郭林新气功治病控癌的机理，从而真正树立坚定练功的信心。

第二，在学功、练功过程中，耳闻目睹坚持练功而获得康复的成功案例，激发、坚定自己的练功信心和决心。

第三，通过坚持练功，习练者亲身感受到身体向好的方向发展的变化，并通过看到一些病友丢功导致的失败案例，坚定自己持续练功不放弃的信念和恒心，随着疗效的显现，练好郭林新气功的"三心"会更加坚定。

郭林老师说，“相信不相信也是很重要的。你相信它又是一种力量，你相信了才会去坚持刻苦地练功；只有练功了，才能提高身体的免疫力。”（引自《郭林新气功为什么能治病抗癌》）

31. 练好郭林新气功要把握的“生活四调”是什么？

答：“生活四调”是郭林老师提出的练功者要注意的日常事项。其目的是更好地取得练功疗效。内容包括“衣、食、住、行”四个方面。

衣指的是要穿轻软、宽松、舒适的衣服；领口、腰带、袖口、表带要放松；穿平底软底鞋，不穿硬底高跟鞋；根据季节变化增减衣服，注意保暖。

食指的是不吃辛辣刺激的食物、不抽烟、不喝酒，做到“三不”。练功前不吃或少吃，练完功半小时后再正常进食，饭后过一小时再练功。

住指的是住房要经常开窗通风，保持室内空气清新。要选择好练功场地，选平坦、宽敞、空气新鲜处练功。

行指的是行为、修为。要多做好事，不做坏事，避免七情干扰。

32. 为什么要搞好“生活四调”？

答：练功强调要重视和搞好衣、食、住、行“生活四调”，是为了保证练功取得良好的疗效。

（1）穿衣过紧会妨碍气血循行；穿着过少，身体遇冷会影响气血运行；身体感受寒凉，会使练功难以放松入静，甚至感冒。

（2）饮食不当、常食辛辣食物，会干扰气血正常运行，破坏五脏六腑阴阳平衡关系；练功前后饮食过饱或饥饿，会影响练功入静、放松或气血运行；抽烟、醉酒会危害身体健康。

（3）居住环境封闭、空气不好，会影响机体代谢，降低血氧饱和度，降低人体免疫力，引起呼吸道和肺部感染等；甚至削弱练功吸氧治病的疗效。

（4）行为不良，做坏事，会引起内心的思想斗争，导致情绪不平。郭林老师要求练功人尽量做好事，是因为做了好事心里会有愉悦感，气顺则经脉通。

33. 什么是郭林新气功的松静自然?

答: 松静自然是习练一切功法的基本要求。

“松”是指身体筋骨肌肉、各关节的放松和意念的放松;“静”是指心神、大脑的安静;“自然”是指练功中各种姿势、呼吸、意念、精神状态都自然、舒展。

对“松静自然”的综合理解是身心松静,功法自然。

34. 什么是松静关?

答:“松静关”指的是练功肢体的放松、意念的放松和大脑的放松入静。肢体放松了,意念不紧了,大脑能静了,叫过关,做不好即不过关。

35. 为什么练功必须过好松静关?

答: 松静是练气功的最基本要求,无论练哪种功法、练功的哪个阶段,都必须过好“松静关”。这是因为,松静是“内气”产生的基础,势子不松、意念不静、呼吸不平,内气就调动不好或产生得不丰富。内气调动不好,练功就达不到疗效。

36. 练功强调大脑入静的目的是什么?

答: 练功强调大脑入静,是因为“静”了,才能使全身放松。有了松和静,才能顺利发挥气功“导引行气”的作用,因为松静是气血流通的条件。郭林老师说,松和静的问题是练功的关键,松了才能静,静了才能更好地松。所以,练功必须做好大脑的入静。同时,静也是大脑保护性抑制产生的条件,大脑不入静,意念不放松,自主神经系统的有序化调节作用就会降低。只有练功做到松静,人体的基础代谢率才能降低,机体的免疫系统才会得到修复。

37. 为什么郭林新气功要求“导气令和，引体令柔”？

答：郭林新气功是内功，练的是内气，我们只要把内气调动起来，气就会运行。内气如何调动？练功人要记住“圆、软、远”这个练功诀窍，重视“和”与“柔”这两个字。势子柔和，肢体才易放松，大脑也能很好地入静；呼吸平和，气息匀细，大脑才能更好地入静。郭林新气功贵在松静自然，越松静，调动内气就越多。郭林老师说过，“导气令和，引体令柔，可以说是功理，圆、软、远可以说是功法。用功理来指导功法，你的功一定能练好。”（引自《郭林新气功为什么能治病抗癌》）

38. 什么是郭林新气功的“圆、软、远”？

答：“圆、软、远”指的是在练功的过程中，身体的每个部位都要做到圆、软，视线要远。

（1）圆是指练功时，躯干和肢体活动（势子导引）都要保持圆形或弧形，各关节不僵直。

（2）软是指练功时，身体的肌腱和大小关节都要松软、不僵硬。

（3）远是指练功时，双眼平视远方，意念活动在体外，并做到视而不见。

39. 为什么练功要做到“圆、软、远”？

答：“圆、软、远”既是郭林新气功的功法要领，也是练好郭林新气功的秘诀。郭林老师在《郭林新气功为什么能治病抗癌》中说，“我们的两手摆动要圆，半圆也是圆，不能是直的，圆了气就能走，圆了气就能循环，这是生理的现象……你圆了、软了，气自然就会上来。气一来，阴阳经脉自然就会按规律运行……我们所谓的远，就是双眼平视前方，意念活动在体外。”“远”是初级阶段练功的重要秘诀，也是癌症患者治病阶段练功的重要秘诀。

练功做到“圆、软、远”，达到松而不懈、柔中有刚的练功境界，内气就能更多地产生，势子导引就不会出偏，阴阳经脉就能按照内气循行的规律运行，练功的疗效就会提高。所以，郭林老师要求练功者牢记“圆、软、远”三个字，并把这三个字作为自己练功中永远的“老师”。

40. 什么是郭林新气功的“意、气、形”？

答：郭林新气功的“意”指的是练功活动中的意念活动，是大脑调控人体的特殊功能。“气”指的是练功调动或产生的内气。“形”指的是练功时的形体动作与形体姿态。

41. 为什么练功要求掌握好“意、气、形”？

答：练功必须掌握好“意气形”的原因主要有两点。

（1）在正确的意念活动中，只要能使意念集中在某一点或某一物上，气机就能开动。气机开动了，自然而然就会调动更多的内气，因为内气是通过意念导引产生的，所以叫“意引气”。

（2）正确的势子可以帮助调动内气，并使内气在正确的轨道上运行，同时，在意念和势子放松熟练的情况下，练出的内气还会自然引导出正确的势子，这叫“气引形”。

掌握好意、气、形，练功才会有好的疗效。

42. 怎样掌握好“意、气、形”？

答：想掌握好意气形，要正确把握以下几点。

（1）正确把握“意引气”和“意领气”的区别。

“意引气”指的是通过大脑入静的意念导引活动，自然导引出内气。

“意领气”则是用意念活动指挥内气运行。

初学功者不宜做意领气，因为形体未柔，调息未和，又不熟悉身体经络的循行路线，勉强领气，没有不出偏的。对于初学者来说，要依靠练习大脑放松入静的方法，来达到意念活动的放松，使内气自然而然产生。

（2）正确把握“气引形”与“意落于形”的不同。

“气引形”指的是意念活动掌握自如，势子动作熟悉的情况下，内气自然引导出正确的势子。

“意落于形”指的是初学功者由于动作不熟悉，练功过程中意念活动总是落在所练的动作上，意念没有引气，而是落在形上面。

（3）有效避免练功中的“意落于形”。

意落于形的问题在于不利于内气调动,此是练功中的大忌。因为意落于形，大脑就不可能放松入静，如此，内气就调动不起来。郭林老师说，意落于形是功法里最遗憾的一件事。因为意落于形和丛生的杂念一样都产生不了更多的内气，而且容易出偏。

练功中要避免意落于形，就要做到意念不想势子，眼睛不看势子。初练者对势子不熟悉怎么办？可以在练功前想，在家里复习，但练功的时候一定不要去想。初练者要尽快熟悉所学功法，尽早脱离练功想动作的意落于形局面。

43. 什么是意守关？

答：“意”是练功者的意念活动，“守”是意识集中在某一点上。“意守”指的是意念活动守在哪里，怎么守。意守的对象有两类，一类是身体上或身体内的，如意守丹田、百会；一类是身体以外的，如意守外界的景物。（引自《中医气功学》）

“意守关”是意念守好了叫过关。慢性病患者练功从定题、守题开始，逐渐过渡到意守丹田；癌症患者在治病阶段练功，应以呼吸导引为主，意念活动选择“悟外导引”，先练松静，松静过关了，才学“意守”体外，如守题，以一念代万念，且有聚有散，视而不见。

44. 什么是“一念代万念”？

答：“一念代万念”指的是用一个念头来代替所有的杂念，通过想一个简单的词语或选择某一景物，作为自己练功过程中思维活动的唯一内容，以一念代万念，排除杂念。

采用悟外导引，将意念放在身体的外边，不意守身体内部。这是郭林新气功初级功意念导引的特点。

45. 什么是意念过重？意念过重的危害是什么？

答：“意念过重”指的是练功时思想过于集中于某一点，如练功时不停想

着势子或盯着题不放，收功时意念死守丹田不离开。

意念过重往往会导致练功时大脑不放松，引发意念过紧的练功偏差，造成练功出现不适感。如出现头痛、头晕、憋气、胸闷等现象。

46. 怎样过好意守关?

答: 首先，要培养自己健康的精神状态，坚定与疾病拼搏和敢于战胜自己的精神。在日常生活中，养成心平气和对待人和处理事物的良好心态，稳定自己的思想感情。

其次，要做好预备功，不仅要做好练功前的物质准备（衣食住行），更要做好练功前的思想准备。如在练功中出现了杂念，能有事先准备好的排除杂念的方法，以便在练功中能够做到心平气和、心安神静。

再次，遵照循序渐进的原则，癌症患者操练初级功阶段，行功以呼吸导引为重点，风呼吸法既可大量吸氧，又有排除杂念的效果。还可通过定题想简单的词语，可听息、数息或数步以帮助排除杂念。努力过好松静关。郭林老师说，会松了，会静了，再学意守。

最后，要逐渐增长练功中的悟性，逐渐在练功中实践守题的功法，在实践中领会静机。慢性病患者从定题、选题开始练习，随功力增加逐步过渡到意守体内，如守丹田。癌症患者从悟外导引开始习练，疾病康复后再经过意守体外的守题功法实践，逐步过渡到悟内导引。这是一个长期的修炼过程，只要在练功过程中始终保持一个良好的心态，经过自己不懈的努力，就能够逐步过好意守关。

47. 癌症患者初学功时，意念活动一般应放在哪里?

答: 癌症患者初学功时，意念活动要求放在身体的外部，不想身体内部。练功要求视线放“远”，即使闭目操练，也要内（平）视前方，通过定题选身外之物做意念导引，这叫“悟外导引”。只有待肿瘤消除且练功具备一定功力了，才可尝试意守丹田。

48. 为什么操练郭林新气功初级功阶段不能随意“守丹田”？

答：郭林老师说，“练初级功的人，不要自作聪明去守丹田，如果想丹田想不住，会出大事，会出大乱子。气功有一句话叫作‘引火烧身’，就是你守丹田守不住，开关又没开对，不该开的地方开了，气会乱窜的。出了这种毛病，医院是治不了的。”（引自《郭林新气功为什么能治病抗癌》）

所以，练初级功，尤其是癌症患者，一定不要随意去守丹田。一定要牢记初级功阶段“悟外导引”的要求，练功不意守丹田，也不守身体的任何部位。

49. 练功做到思想意识活动不乱动，应学会把握哪些原则？

答：练功要做到思想意识活动不乱动，避免因此导致的练功危害，必须学会把握好郭林老师说的几条原则。

第一，防止“怒则气上”。生气对我们练功是最大的破坏，“一怒，气就往上升”，练功人要修养思想品德，做到不生气、心平气和，防止怒致气乱。

第二，防止“喜则气缓”。练功人过喜也不行，“过喜，气也不和了”，要修炼一颗平常心，保持微笑状态，功力即可进入良好境界。

第三，防止“悲则气消”。练功人不能过度悲伤，否则气会被消耗掉。练功人用功治病求康复，就要修炼不悲的本事。

第四，防止“恐则气下”。练功人要修思想稳定和安宁，避免去想、去听恐怖之事之物，因为恐则气下，气一下泄，功就无法练了。

第五，防止“惊则气乱”。练功一定要避免易受惊的场地和环境，因为一受惊，气就会乱窜，出了偏差练功就会受影响。而安静的环境可以更好地求得练功的入静，疗效也高。

第六，防止“思则气结”。练功人要控制好自己的思想和念头，“思想不通像个结一样，这么一来，在我们的经脉上面也是不通的，经脉不通气血也不通，脏腑也受到伤害”。所以，练功人要学会控制自己的思想。（引自《郭林新气功为什么能治病抗癌》）

50. 什么是调息关？为什么必须过好调息关？

答:“调息关”指的是调息活动是否顺畅。如，气呼吸是否做到了轻、缓、深、长、不憋气，风呼吸是否做到短吸、短呼不用力，自然呼吸是否做到气息平稳、呼吸自然。以上三种呼吸法都做对了、做好了，叫过关。

正确的呼吸方法是练功取得疗效的保证。一定的呼吸方法决定一定的疗效。呼吸过重、过轻、过长、过短，方法不正确，未按病情选择呼吸导引法，都会影响练功的质量和疗效，还可能造成练功出偏，甚至造成对身体的损害。郭林老师强调，初级功治病以呼吸导引为重点。癌症患者练功，疗效不从意念导引出，疗效是用强烈的呼吸导引，这是过三关的重点。（引自《郭林新气功为什么能治病抗癌》）

所以，练功治病要想取得疗效，就必须掌握正确的呼吸导引，认真过好调息关。

51. 什么是学练郭林新气功的循序渐进原则？

答: 循序渐进原则指的是学练者要按照一定的功法步骤，结合身体素质和病情，由少到多、由慢到快、由浅入深、火候适宜地学功、练功。如果无视病情与体质情况盲目冒进学练，会导致适得其反的结果，甚至影响治疗效果。

52. 为什么练功要遵循循序渐进原则？

答: 练功必须从基本的功法练起、从行功练起，功目、功时由少到多循序渐进。练功治病必须要有一个由量变到质变的过程，不可急于求成。主要体现在以下几点。

（1）只有基本功法练扎实了，才能更好更快地调动内气。基本功法不正确，松不下来、静不下来，功练得再多，内气调动不好，疗效也难产生。

（2）只有功时、功目上循序渐进，身体对气功调节的适应性逐步增加，才可有效避免过猛、过强、过量，避免出现练功偏差，导致身体不适。

（3）只有坚持练功不间断，练得勤、练得多，产生的内气也就多，治病的疗效也就好。气功是点点滴滴的积累，每日练功，内气逐渐增多，病气逐渐减

少，甚至消失，方可获得预期的疗效。

（4）必须根据具体的病情和体质的强弱，灵活掌握练功时间的长短，功目的多少，做到练、养结合。练功讲究一个度，即火候，火候过度，拔苗助长必定是欲速则不达，甚至会适得其反。

53. 什么是郭林新气功的辨证施治?

答：辨证施治是中医认识疾病、治疗疾病的基本思路和原则，也是郭林新气功辨识疾病、施以功法治疗疾病的基本思路和原则。

郭林新气功的“辨证施治”是根据西医的影像、化验、病理及疾病的诊断结果，参考中医的辨证施治方法，结合气功功法的辨证运用而形成的“西医、中医、气功三结合”的“辨证施治”方法。

54. 什么是郭林新气功辨证施治的原则?

答：郭林新气功“辨证施治”的原则是因人、因病、因症、因证、因时而异，量病给功。根据练功者的病种、病情、体质，分清疾病类型，明辨脏腑盛衰，判别阴阳虚实，做到不同的病，或是同一病种，体质或病情不同，练功的功目、要求有所不同，在疾病的治疗、缓解到巩固、痊愈的不同阶段，练功的功目、功法、功时也有所不同。此辨证施治原则既具有鲜明的针对性，又兼顾了不同练功者的适应性，能够有效提高郭林新气功治病强身的功效。

55. 什么是因病而异的施治原则?

答：“因病而异”的施治原则，指的是对不同疾病、不同病情施以不同的功目、功法与功时。如癌症与慢性病，往往功目不同，功法不同，体现“异病异治”的施治原则。癌症的一期与四期，功时与功目亦不同，体现“同病异治”的施治原则。

56. 什么是因症而异的施治原则？

答:“因症而异”的施治原则，指的是不同症状、体征，施以不同的功目与功法。如，针对生理生化指标高低不同，功法不同；同是癌症患者，表现出的血象指标高低不同则功法不同；高热与低热，功目不同；出现咳嗽、发烧、失眠、胸腹水等症状，可施以针对性功法；体现“因症而异”的施治原则。

57. 什么是因证而异的施治原则？

答:“因证而异”的施治原则，指的是针对练功者阴阳、虚实、表里、寒热不同，应施以不同的功目与功法。如，同是肺病，实证和虚证，阴虚或阳虚，功法应有不同，虚者补，实者泻，体现“同病异治”的施治原则。不同的病，同属虚或实证，功法可能相同。如，慢性病的肺病与肾病，病不同但均属虚证，则宜同用“补法”，体现“异病同治”的施治原则。

58. 什么是因人而异的施治原则？

答:“因人而异”的施治原则，指的是不同性别、不同年龄、不同体质可施以不同的功目和功法。如，区分男或女的出脚先后原则，放手中丹田的不同方法；区分年龄体质，相同的疾病，年老体弱者练行功的速度宜慢于年轻体强者，补泻功目应酌情安排；区分单病还是兼有多种病，练功方向及辅助功目的选择，亦有所不同，体现个性化治疗。

59. 什么是因时而异的施治原则？

答:“因时而异”的施治原则，指的是不同病期、不同季节、不同练功时辰，或遇有特殊时期则施以不同的功目与功法。如，区分病程是抢救治疗期、巩固疗效期、康复保健期，所用功目、功法不同；区分特殊时期，如女性经期、孕期，则功目或功法不同；区分练功时间是早晨、上午、中午、下午还是晚上，功目或功法也有所不同；所处季节是春、夏、秋、冬，功法可能不同，体现“因时而异”的施治原则。

60. 郭林新气功辨证施治的内容有哪些？

答：郭林新气功辨证施治的内容既包括对疾病、病症、证候、病程以及年龄、性别等方面的辨析，也包括依据分析结果，对功目功法的具体运用。

（1）辨析。

①辨病。辨病种，辨是癌症还是慢性病，辨慢性病中的炎症、心脑血管疾病、疑难杂病等；辨病的部位，是脏病还是腑病，是上、中、下焦哪部分的病；辨病的轻重，是早期还是中晚期，是单病、多病、原发还是复发或转移；辨病情转化，病情进展还是好转或是稳定。

②辨症。辨西医和中医临床识别的症状与体征，如咳嗽、发烧、失眠、胸腹水、疼痛等；辨西医生理生化指标的高低，如高、低血压，红、白细胞，血小板，血色素是否正常等。

③辨证。辨虚实、阴阳、寒热、表里。郭林新气功“辨证”最主要的是辨患者的虚实和阴阳。

④辨人。辨性别是男是女，辨年龄是老还是中青年，辨体质是强还是弱（病重但体质尚可或体质弱者）。

⑤辨时。辨病程，是抢救治疗期、巩固疗效期，还是康复保健期；辨特殊期，是否处于放、化疗期，女子生理期（孕、经期）；辨练功时辰，早、中、晚和午后的功目安排，按摩功目是否参照子午流注时辰安排，当下处于春、夏、秋、冬哪一季节。

（2）施治。

①“辨病”施功。针对所辨疾病种类与病情轻重等安排相应的功目功法，病种不同施以的功目与功法不同。如癌症多用泻法的风呼吸法行功，吐“癌症音”；慢性病多用自然呼吸法慢步行功，吐“五脏音”。病灶所在脏腑不同，预备功和收功站立的方向不同等。

②“辨症”施功。针对患者的某些症候施以相应的功法。如生理生化指标高低不同，手势子“升”“降”功法不同；身体升降速度、幅度不同；癌症兼有血象低者，应辨证施以升指标法等。

③“辨证”施功。针对患者虚实、阴阳不同，施以相应的功目、功法。如实证当泻，虚证当补；需调阴时按摩功法用六的数，需调阳时用九的数等。

④“辨人”施功。针对患者的性别、年龄、体质施以相应功法。如三个气

呼吸手的放法、松揉小棍单手握棍动作等，男女有别；同用风呼吸法行功，年老体弱者速度要较年轻者慢些等。

⑤“辨时”施功。针对患者的病程及所遇到特殊时期安排相应的功目、功法。如女性经期、孕期禁练风呼吸和头部、脚部穴位按摩功，癌症患者放化疗期间一般不练特快功、不吐“哈”音等。

61. 郭林新气功辨证施治的方法有哪些？

答：郭林新气功辨证施治的方法有以下几种。

（1）五大导引辨证。依不同疾病、不同症状、不同病证、不同年龄体质、不同病程、生理期等确定的“补泻、调整”施功原则，体现在相应的呼吸导引法、势子导引法、意念导引法、吐音导引法与按摩导引法中。

（2）五行辨证。五行、五方、五色、五音、五数，对应五脏。不同脏腑的疾病，选择松静站立的方向不同、意守景物的颜色不同（慢步行功）、吐音时的字音和生理数不同。

（3）八纲辨证。依阴阳、虚实、寒热、表里不同，施以相应的“补泻”功法。

（4）功目功时辨证。依不同的疾病、病情、体质、病程等，分阶段施以不同的功目和功时。

郭林新气功的“辨证施治”，无论五行辨证、八纲辨证还是功目功时辨证，在施治运用上，都与五大导引紧密结合，具体体现在五大导引的辨证运用中。

62. 什么是势子导引的辨证施治？

答：势子导引的辨证施治指的是不同疾病运用不同的势子导引，势子导引需因病、因症、因证、因人、因时辨证运用。

（1）预备功、收功松静站立时，站立方向与手的势子的辨证运用。

①松静站立方向辨证运用。不同脏腑病者，依该脏腑对应的方向站立。病之脏腑不同，站立方向不同。（参见97题“练功时怎样确定预备功与收功的方向？”）

②松静站立手势辨证运用。癌症和高指标者，两手自然下垂，指尖向下放两胯旁，手心向身体，不与两胯接触。低指标者，两手自然下垂，五指微收向

内弯曲。血象特别低者，手心向上放胯前。慢性病正常指标者，两手自然下垂，手指微屈放两胯旁。

（2）中丹田三个气呼吸时手势子辨证运用。

慢性病，两手放中丹田，男子先放左手到中丹田，女子先放右手到中丹田。

癌症上焦病者两手放中丹田，中下焦病者两手放肾俞穴或带脉处，全身有转移病灶者按远离病灶原则，双手自然放两胯旁。

吐音时双手的放法可参照此法。

（3）开合势子辨证运用。

泻法开合。手心向下开、合，用于需要大泻的癌症实证及炎症严重者。

补法开合。手心相对开、合，用于慢性病的虚证。

调整法开合。手心向下开、手心相对合，为虚实夹杂的癌症患者运用的调整法；手心向外开、手心相对合，为一般慢性病患者和保健者运用的调整法。

升法开合。手心向上开、合，或手心向上开，手心相对合，用于低指标者。

降法开合。指标不是很高者，指尖向下、手背相对开，手心相对、指尖向下合。指标较高者，两手心向下开，两手心相对合。

开为泻，合为补。欲泻时，可开慢些，合略快些；欲补时，合可慢些，开略快些；不补不泻则开合快慢相等。

（4）出脚、落脚的势子辨证运用。

依病理出脚。肝胆眼病患者，不分男女一律先出右脚；其他疾病者先出左脚。

依生理出脚。男子先出左脚，女子先出右脚。

脚着地方式。肝胆眼病者脚尖先点地，其他病者脚跟先着地。

（5）行功摆手的势子辨证运用。

泻法手势。手心向下左右摆出摆回，为泻法，用于癌症或实证患者。

补法手势。手心向丹田左右摆出摆回，为补法，用于年老体弱的慢性病患者。

调整法手势。手心向下摆出、手心向内摆回，为进入巩固疗效期癌症患者运用（没有转移扩散，练了2~3年泻法手势后方可运用调整法手势），手心向外摆出、手心向内摆回，为一般慢性病患者和保健者运用。

升法手势。手心向上来回摆动为升法，用于低指标患者。

降法手势。指尖向下来回摆动为降法，用于高指标患者。

快慢手势。势子导引快偏泻、慢偏补，正常指标快慢适中。手势快慢需要

注意与呼吸导引相配合。

（6）行功行走的辨证运用。

行功的行走依据病种、体质、年龄不同而速度不同。原则上癌症患者行功速度应偏快，慢性病患者行功速度偏慢。年老体弱者较年轻体强者偏慢。行走速度要与呼吸速度相配合。

（7）势子升降辨证运用。

身体升降速度。在操练升降开合松静功、手棍功时，高指标者身体下降速度要慢、下蹲要到位，上升时要稍微快些；低指标者身体下降速度要快一些，下蹲浅一点或不蹲，上升应慢一些。

手势升降速度。操练升降开合松静功、头部按摩功时，高指标者手势导引升要快，降要慢；低指标者手势导引升要慢，降要快。

手势升降方向。依指标高低不同，升降时手心向背亦不同，高指标手心向下升降（或指尖向下升降），低指标手心向上升降。

63. 什么是呼吸导引的辨证施治？

答：呼吸导引辨证施治指的是依据不同病情运用不同的呼吸导引。具体包括呼吸种类辨证、呼吸补泻辨证、呼吸强弱辨证、呼吸速度辨证运用等内容。

（1）呼吸种类的辨证运用。郭林新气功的呼吸方法有三种，即风呼吸、气呼吸和自然呼吸。风呼吸用于癌症患者或炎症患者的行功；气呼吸用于预备功、收功中的气息调整、行功中换脚、按摩功中的换式；自然呼吸用于某些慢性病患者及女性经期、孕期的行功，以及各种辅助功、各类按摩功等。

（2）呼吸补泻的辨证运用。风呼吸为泻；气呼吸可有补有泻有调整，先吸后呼为泻，先呼后吸为补，需调整时，可用两个先呼后吸、一个先吸后呼。癌症、炎症患者选择风呼吸或气呼吸的泻法为主，慢性病患者选择气呼吸的补法为主；凡虚证患者均可在练功中辨证选用补法或调整法的气呼吸。

（3）呼吸强弱的辨证运用。强度风呼吸为大泻，抢救治疗期癌症患者行功以中、强度风呼吸法为主；癌症伴轻微心脏病或年老体弱者，以中度、轻度风呼吸法为主；慢性炎症患者，练风呼吸法时要以弱度、中度风呼吸法为主；大多数慢性病患者行功以舒缓的自然呼吸法为主。

（4）呼吸速度的辨证运用。呼吸速度有快慢之分。快与慢是相对而言的，

快偏泻，慢偏补。一般情况下，癌症患者呼吸导引略快，慢性病患者呼吸导引较慢。

64. 什么是意念导引的辨证施治？

答：“意念导引”的辨证施治指的是不同疾病、不同练功阶段运用不同的“意念导引”。其辨证运用内容主要包括5点。

（1）意念导引主次的辨证运用。癌症患者治病阶段以“呼吸导引”为主，“意念导引”配合。当势子导引与呼吸导引熟练后，可用一个简单的词语来排除杂念，达到大脑入静，即“一念代万念”的“定题”法，如想“健康快乐”等。慢性病患者则以“意念导引”为主。

（2）悟外与悟内导引的辨证运用。癌症患者治病阶段用“悟外导引”法，不用“悟内导引法”。慢性病患者初学功时也用“悟外导引”，可用“定题”“选题”法施以体外导引，做到“以意念导引为主”。待“选题”“守题”功法熟练可进入中级功阶段时，以及康复的癌症患者习练中级功时，方可逐步过渡到意守“丹田”、窍脉，转为“悟内导引”法。

（3）“定题”与“守题”的辨证运用。意念导引分层次、分阶段由浅入深。初学练功先用“定题”法，待“定题”功法熟练掌握或“定题”法已难以排除杂念后，再用“选题”“守题”法。初学功不宜一开始就用“守题”法，“守”不住易出偏。癌症患者初练功和治病阶段练功，用“一念代万念”的“定题”法。

（4）选题颜色与位置的辨证运用。病灶所在脏腑不同，意念导引“题”的颜色不同。依据中医五脏五色理论，心脏病选粉红色，肝病选绿色，脾病选黄色，肺病选白色，肾病选黑色。指标高低不同，决定所选“题”的位置不同。如正常指标者选与膻中穴平行的题（景物），高指标者选的题要低于气海穴，低指标者选的题要高于印堂穴。

（5）视线的辨证运用。预备功、收功与各功目中的视线辨证运用依据生理生化指标：生理生化指标正常的，视线平行；生理生化指标低的，视线要高于印堂穴，但不要超过百会穴；生理生化指标高的，视线要低于膻中穴。

65. 什么是吐音导引的辨证施治?

答: 吐音导引的辨证施治指的是因病、因症、因证、因人、因时而异，即不同疾病病灶所在的脏腑不同，运用不同的字音、不同的生理数；不同的体质与不同病程，运用的强弱音不同。其辨证运用内容主要包括以下5点。

（1）字音的辨证运用。癌症患者宜用“哈”音（泻音）；慢性病患者宜用五脏音（调整音）；特殊病情要用特殊音“西、豁、沙、哦”。

（2）强弱音的辨证运用。实证宜用高音、强音、长音；治疗期伴有虚证宜用低音、短音、弱音；调整时可用高低、长短搭配或用中音。癌症患者病重若体质尚可，采用高音“哈”；体弱时，可采用弱音“沙”、“豁”。

（3）数字的辨证运用。依据“五方五数”，不同脏腑的疾病，采用不同的生理数吐音。如脾5声、肾6声、心7声、肝8声、肺9声。不同病情与体质，采用不同的生理倍数吐音。

（4）组合音的辨证运用。依据病种、体质、病程，癌症患者可采用高低、强弱、长短的不同组合“哈”音。慢性病患者用高低组合的五脏音。癌症患者抢救治疗期选用高“哈”单音及高“哈”联音。进入巩固疗效及康复保健期，兼有慢性病者，可配合吐五脏音。

（5）方向、手势子的辨证运用。吐音时站立的方向依“五脏五方”选择。慢性病患者吐五脏音，双手应依病灶所在脏腑放在相应的位置上，癌症患者应遵循远离病灶的原则双手同予备功松静站立方法要求。

具体辨证运用见本书吐音章节所述。

66. 什么是按摩导引的辨证施治?

答:“按摩导引”辨证施治指的是不同病种、病证，运用不同的按摩方法，其辨证运用内容主要包括以下3点。

（1）补泻手法的辨证运用。

涌泉按摩功，顺经为补，逆经为泻。一顺一逆为“调整”。癌症患者宜用“泻”法按摩：逆经—顺经—逆经。慢性病患者宜用“补”法按摩：顺经—逆经—顺经。需要调整时，只需做两个方向的按摩（补—泻）。

手棍功，癌症实证者采用向内揉转棍的泻法，虚证采用向外转棍两次、向

内转棍两次的调整法。慢性病虚证或低指标者可用小棍始终向外转的补法；一般慢性病患者、保健者采用向外转棍两次、向内转棍两次的平补平泻的调整法。

脚棍功，两次蹬棍中间的肾俞按摩，必须用顺经的补法按摩（向下实，向上虚），不可用泻法按摩。癌症患者与慢性病患者一样，没有区别。

（2）按摩数字的辨证运用。

根据经络所属阴阳，确定按摩数。如补阴用“六”的数，补阳用“九”的数，调整阴阳用十八或十八的倍数。病情需要，病重者可按摩多次（轮）。如头部按摩一般情况做一轮，严重神经衰弱也可做三轮。

（3）势子导引的辨证运用。

依据生理生化指标高低决定手势子升降的不同。

头部按摩双手的升式、降式要求与升降开合松静功的升降式相同。高指标者用降法手势导引，低指标者用升法手势导引，均须辨证运用。

手棍第四节和收功侧身划环，高指标者，握棍手和空手均不过印堂穴；脑瘤、淋巴瘤患者，握棍手和空手到膻中穴。低指标者，手棍第二节下蹲时半蹲或松松腰胯即可，下焦有病灶、腹水者，第二节下蹲揉棍时可蹲得浅一些。

67. 功时的辨证施治有哪些？

答：功时的辨证施治有以下几个方面。

（1）因病辨证。癌症患者，病情不同，总功时要求不同。如一期（早期）的患者需要上班，总功时 2 小时左右，早晚各 1 小时。而三、四期（中晚期）全休的重症患者，一天总功时需要 4 小时以上，早上 2~3 小时，下午或晚上再练 2~3 小时。

（2）因人辨证。不同体质某一具体功时可不同。如病重者身体虚弱体力不支，一个自然行功或者全套点步功练不下来，可以练 10~20 分钟休息后再练 10~20 分钟，通过采用“少量多餐”的功时锻炼，逐步改善体质再达到功时要求。

（3）因时辨证。癌症患者在抢救治疗期与康复保健期，练功的功时与功目比例不同。抢救治疗期的癌症患者每天功时应不少于 2~4 小时，功时以“祛邪”的风呼吸法行功为主；进入康复保健期的癌症患者，“祛邪”的风呼吸法行功功目功时逐渐减少，相应增加“扶正”的功目，总功时也可相对减少一些。

68. 功时与疗效的辨证关系是什么？

答：功时与疗效的辨证关系是功时与疗效成正比。一定的功时决定一定的疗效。郭林老师说："我们练功要保证功时才能过关，保证不了功时，你就是好了一段也过不了关。这需要长时间的考验。"（引自《郭林新气功为什么能治病抗癌》）

郭林老师的论述与练功实践都证明，功练得勤产生的内气也就多，"内气"逐渐增多，"病气"逐渐减少，以至消失，获得痊愈。但练功也要注意火候适宜，不能简单地认为功时越多就越好。初学功者宜循序渐进，随着练功熟练程度的增加，再逐渐依据病情和体力情况，摸索出适合自己病情和体质的最佳功时。

69. 什么是郭林新气功的"一攻一守"原则？

答："攻"，指攻患者思想上的萎靡、恐惧状态，通过群体练功和辅导老师以及抗癌明星事迹，帮助患者树立起练功的信心、决心和恒心；攻癌细胞的疯狂生长，通过风呼吸法快功等功法，使患者大量吸氧，加快新陈代谢，快速提升机体免疫力，达到控癌之目的。

"守"，指守患者的机体免疫力，通过短时间内风呼吸法行功等功目的操练，使患者的体能得到改善，吃得好、睡得好，不感冒；守住患者的正气，依靠郭林新气功辨证施治法则扶正祛邪。

70. 什么是补泻得当的施治原则？

答："补泻得当"的施治原则，指的是虚实不同，补泻有别，体现"虚则补之，实则泻之"的原则。一般癌症和炎症属实证，宜泻；虚实兼之，宜调整；一般虚证宜用补法。

71. 怎样正确理解郭林新气功的补泻原则？

答：一般来讲，癌症患者宜用泻法，慢性病患者宜用补法或调整法。但这只是一般用法。郭林新气功辨证施治的原则讲究对证施功，癌症患者和慢性病患者既有练功的一般区别，也有特异性的灵活运用。即除疾病之外，还要考虑"虚补实泻"的原则。癌症患者出现虚证时，要考虑酌情使用补法或者补泻结合的调整法；慢性炎症患者遇有实证时，也要考虑运用泻法。因此，辨证施功要体现其灵活运用不同的功法。

72. 什么是郭林新气功的练养结合？

答："练养结合"是郭林新气功辨证施治、提高疗效、防止偏差的原则之一。

"练"指的是通过练功调整阴阳、祛邪扶正、施以气功的治疗。

"养"指的是练功中的火候适宜和生养之计，包括练功后的气化、休息和生活中的调养。尤其病重且体虚的患者，练功必须讲究"养"。

73. 为什么练郭林新气功要讲究练养结合？

答：合理安排功目和功时，做到练养结合，这是郭林新气功治病的特点，也是郭林新气功取得疗效的根本。所以，练功要讲究练养结合。

一般来讲，癌症患者对症下药的功法是大泻的风呼吸法快功、吐"哈"音。但如果不顾体质，一味追求快功数量、速度，吐高音强音"哈"，追求速效而蛮练、苦练，往往事与愿违。郭林老师说，"人体在病当中它是本，病是标，病的轻重，都要由人体的情况来定。你开的药方，你给的功，首先抓着那个本，本就是人体，针对人体来定你的功。"（引自《郭林新气功为什么能治病抗癌》）

74. 怎样做到练养结合？

答：做到练养结合，就是要依据病情、体质，提出不同的练功方案。既要苦练，也要巧练；当泻则泻，当调则调，当养则养，"以发挥所练功目最理想的疗效，发挥它治癌、防癌的最大威力"。（引自《新气功治癌功法》）

75. 什么是慢性病患者选功、练功的原则？

答：慢性病患者治疗疾病阶段的选功原则，是指要循序渐进、逐渐增加练功时间，以身体不过度疲劳为准，在时间允许的情况下保证功时，因为功时的多少与疗效的大小成正比。除初级功的风呼吸法快功和吐“哈”音之外，自然行功、定步功、升降开合松静功、点步功、慢步行功、手棍功、涌泉按摩功、头部按摩功，都可以根据病情，有所侧重地安排操练。只要将基本功练好了，各种慢性病就会有较理想的疗效。

76. 常见慢性病宜选练哪些功目？

答：慢性病患者操练郭林新气功，一般情况下，除风呼吸法快功和吐“哈”音以外，都在选择的范围内。常见慢性病选功练功参考如下。

（1）高血压以选练升降开合松静功、慢步行功、肾俞式定步功、手棍功、头部按摩功、降压功为主。

（2）心脏病以操练升降开合松静功、慢步行功、手棍功、头部按摩功等为主。练功三个月后，可增加心脏按摩和肾俞按摩、吐心音“征、整”及脚棍功。

（3）慢性炎症及感冒并伴有低烧的患者，只要心功能正常，都应以操练中度风呼吸法行功，如自然行功、中快功、点步功、快式定步功为主，辅以升降开合松静功。感冒初起应操练手棍功；待病情稳定或恢复后，逐渐加练慢步行功等功法。

（4）神经衰弱、头痛及失眠应以操练自然呼吸法行功，如自然行功、定步功、慢步行功、头部按摩功、涌泉按摩功（手法要轻）等功法为主。

（5）慢性肠胃病，即消化系统慢性病、萎缩性胃炎等应以操练中度风呼吸法行功，如自然行功、点步功、慢步行功、手棍功、吐胃音“东、懂”等功法为主。可做叩齿咽津。

（6）青光眼、白内障等眼部疾病，以操练风呼吸法行功，如自然行功、点步功、慢步行功、头部按摩功、青光眼按摩功为主。一般一日可做2~3次头部按摩功。眼压高的患者，可加做站式或坐式松静功（预备功的松静站立式）。

（7）肺气肿、慢性气管炎等，先以操练中度风呼吸法行功，如自然行功、

点步功、中快功、定步功为主，逐渐增练慢步行功和手棍功、吐肺音“商、赏”、脚棍功等功法。

（8）糖尿病以操练自然呼吸法行功，如自然行功、慢步行功、点步功、肾俞式定步功、降指标升降开合松静功、手棍功、头部按摩功、脚棍功为主，可练肾俞按摩功、吐肾音“淤、羽”。

（9）女性月经不调、腹痛等妇科慢性病应以操练中度风呼吸法行功，如自然行功、点步功、慢步行功、肾俞式慢式定步功、头部按摩功、涌泉按摩功等功法为主。需要注意女性月经期间，应将风呼吸法改为自然呼吸，停练按摩功。

（10）肝硬化可参考癌症所练功目、功法练功。以中度风呼吸法行功，如自然行功、点步功、中快功、定步功为主。可吐“哈”音，加练一步三点、肾俞式定步功，辅以手棍功、涌泉按摩功、脚棍功。

（11）慢性甲肝以操练慢步行功、自然呼吸法自然行功、点步功、升降开合松静功为主，吐肝音“郭、果”，加练肝区按摩、手棍功、脚棍功。

（12）慢性乙肝以操练中度风呼吸法行功，如自然行功、中快功、点步功为主，澳抗阳性的要吐高滑“哈”音或一高一低“哈”音，加练降指标升降开合松静功。指标不高或转阴性者可结合吐肝音“郭、果”。

（13）红斑狼疮、硬皮病等操练功目同癌症患者，以风呼吸法行功（自然行功、快功、点步功）为主，根据病情与病程选吐“哈”音或肾音，辅助功为升降开合松静功、头部按摩功、涌泉按摩功、脚棍功和手棍功。

（14）类风湿性关节炎以风呼吸法自然行功、点步功为主，辅以手棍功、涌泉按摩功。

（15）脑梗及脑血管硬化宜练松静站立，升降开合松静功、中度风呼吸法行功，如自然行功、中快功、点步功、头部按摩功、肾俞式定步功、手棍功。一天可操练两次头部按摩功。

77. 什么是癌症患者选功、练功的原则？

答：癌症患者选功、练功必须遵循辨证施治的原则，根据不同癌种、不同病情、不同体质、不同阶段，选择操练不同的功目，并遵循循序渐进的原则。操练时若发现不适应要及时调整功目与功时，不可蛮干。还要牢记不丢功，不随意转功。

（1）抢救阶段以“祛邪为先”。以操练风呼吸法行功为主，如自然行功、快功。通过大量吸氧，迅速改善患者血液循环状态，使之在短期内达到能吃、能睡的效果，提升机体免疫力，快速消除患者恐病思想，同时配合操练疗效高、可治多种病的升降开合松静功。这一阶段后期可增加手棍功、吐音功（吐“哈”音）。

晚期患者，此阶段施功以风呼吸法快功为主。需要注意的是，晚期患者中因放化疗致体力过度虚弱者，在运用风呼吸法快功时要量力而行，特殊情况宜先予适当“扶正”，然后再根据体力情况运用风呼吸法快功等大泻功目。

中期患者，此阶段施功在风呼吸法快功的基础上，加练中度风呼吸法点步功等相对平和的功目。

早期患者，此阶段在施功上，一般可不安排特快功，强调操练点步功。

在具体施功中，一定要根据患者的实际情况做判断。如操练时发现不适，要及时调功。

（2）巩固疗效阶段以“扶正为主，兼行祛邪”。此阶段在前期操练行功祛邪的基础上，增加吐音功（吐“哈”音），以及其他相应的辅助功，使机体免疫力进一步提升，巩固前期疗效，同时防止复发转移。此阶段也为第二疗程。

（3）恢复健康阶段以“扶正为主”，逐步调整祛邪功法，增加养生功目。

78. 癌症患者兼有慢性病应遵循什么练功原则？

答：癌症患者兼有慢性病，练功时应根据轻重缓急，遵循从重、从急原则。先解决严重的、紧急的疾病和威胁到生命的病症。待病情稳定后，再对功法及补泻进行调整。患者要学会倾听自己身体的声音，逐步学会辨证施功。

79. 癌症患者宜选练哪些功目？

答：癌症患者选练功目以风呼吸法行功为主，配合相关辅助功目。主要行功为自然行功、定步功、特快功、稍快功、中快功、点步功，辅助功为升降开合松静功、头部按摩功、涌泉按摩功、手棍功和脚棍功。同时根据病情需要操练吐音功，如“哈”“沙”“豁”“哦”等音。

80. 郭林新气功练功防治癌症一般分几个阶段、几个疗程？

答：郭林新气功练功防治癌症大致分三个阶段——抢救阶段，巩固阶段，康复保健阶段。这三个阶段相当于三个疗程，前两个疗程以祛邪扶正、巩固疗效为主，后一个疗程以康复、保健为主。郭林新气功防治癌症的阶段练功原则充分体现了郭林老师“祛邪扶正，调整阴阳”的辨证施治思想。

81. 癌症患者怎样安排练功时间？

答：癌症患者操练抗癌功法，在功时安排上应把握好功时和时间段。

（1）功时上的安排要充分考虑患者的疾病状况、体质状况和疾病所处阶段等实际情况。一般情况下，抢救阶段、处于疾病进展期的患者，功时要多一些，在体质允许的情况下，要安排全天候练功，逐渐增加功量，纯功时不少于 3 小时。处于巩固或康复期的患者，功时可少一些。

（2）在时间段上的安排，治病阶段以操练风呼吸法行功为主，宜安排在早上和上午完成，下午宜安排一些辅助功。凡操练吐音功的患者，都应将吐音功安排在上午进行。对于病情较严重的患者，下午也可适当安排一些行功，但下午一般不安排快功。

82. 为什么学练郭林新气功要遵循辨证施治的原则？

答：“辨证施治”是郭林新气功的灵魂，是郭林新气功治病控癌必须遵循的指导思想和基本原则。只有遵循辨证施治的原则，才能真正做到量病给功，因病、因症、因证、因人、因时而异，有针对性地施功，使不同疾病、不同体质的患者，通过恰当的补泻、阴阳调整等练功实践，收获显著疗效。郭林老师说：“病人要知道自己的病情、病种，沿着这个公式，运用导引法，找出疗效来。”（引自《郭林新气功为什么能治病抗癌》）

“每个学功的人结合自己的病情选定所练功目和功法，这就是新气功疗法贯彻辨证施治原则的一个重要特点”。（引自《新气功防治癌症法》）郭林新气功 50 年的传承实践证明，学练郭林新气功必须遵循辨证施治的原则。

83. 为什么癌症患者选功、练功原则中没有将吐音功放在抢救阶段的第一疗程中？

答： 因为吐音功的操练，需要有充分的放松条件和相对充盈的内气支持，而这需要经过一段时间的练功才能达到。所以，抢救阶段的第一疗程中往往不安排吐音功。

84. 为什么癌症患者练郭林新气功要牢记不丢功、不随意改功的教训？

答： 癌症、慢性病、疑难病的康复，依据其病的性质与程度，都是一个漫长的过程。特别是癌症，这是人类至今都没有完全征服的疾病。确诊中、晚期癌症的患者，控癌应该是一辈子的事情；即使临床康复了，也需要坚持操练一些基本功，以维持与优化人体的健康水平。曾经有一些患者，通过练功获得基本康复后，便又忙于工作或其他活动，回归以前的生活轨道，不再坚持和保证必要的功时练功，慢慢把功全部丢了，造成疾病复发，或者又得新病。也有一些癌症患者，在练功取得疗效、病情暂时稳定后，便见异思迁，随意或急于改功，导致练功出偏或癌症复发转移，有的甚至失去了重拾练功的机会，教训甚为惨痛。所以，练郭林新气功的癌症患者，一定要持之以恒、辨证练功，长期坚持练好基本功，以巩固疗效。康复后也可以继续学习中级功、高级功，不断提高自己练功的水平，以获得益寿延年的功效。

第三部分

郭林新气功12套功目问答

第一章　预备功与收功

- 预备功与收功
  - 什么是预备功、收功
    - （1）“预备功”是正功操练前，通过松静站立、中丹田三个气呼吸、中丹田三开合的功法，为操练正功创造内气运动条件的功目
    - （2）“收功”是正功结束后，通过中丹田三开合、中丹田三个气呼吸、松静站立的功法，将练功调动的内气收回丹田的功目
  - 预备功与收功有几种
    - （1）简式预备功和简式收功，适用于初级功的绝大多数功目
    - （2）复式预备功和复式收功，适用于吐音功或慢步行功等特殊功目
  - 预备功、收功的辨证重点
    - （1）松静站立
      - ①站立方向。五脏对五方原则；多病从重从主原则；难以确认归属脏腑病者，应面北“肾”
      - ②视线。正常指标者眼睛平视前方，低指标者视线需要高于印堂穴，高指标者视线要低于膻中穴
      - ③站立时手势。癌症患者和高指标者指尖下垂放胯旁，低指标者五指微收自然放胯旁，血象特别低者手心向上放胯前，慢性病正常指标者手指自然微屈放胯旁
    - （2）中丹田三开合
      - ①因病辨证。癌症患者用泻法或调整法，慢性病患者与保健者用补法或调整法
      - ②因症辨证。高指标者用降法，低指标者用升法
    - （3）中丹田三个气呼吸
      - ①因病、因证辨证。癌症实证、炎症者一般用气呼吸泻法；癌症患者身体虚弱、慢性病患者与保健者用气呼吸补法
      - ②因症辨证。高指标者身体下降时可低点，降速宜慢；低指标者身体下降宜略快；指标过低者做松腰、松胯即可

85. 什么是预备功？什么是收功？

答： 预备功是正功操练前，通过松静站立、中丹田三个气呼吸、中丹田三开合的功法，为操练正功而预先为内气运行创造条件的功目。

收功是正功操练结束，通过中丹田的三开合、中丹田三个气呼吸、松静站立的功法，将练功调动的内气收回丹田的功目。

86. 预备功和收功的作用分别是什么？

答： 预备功的作用是练功者通过最基本的功法，在意念导引、势子导引与呼吸导引的配合下，从思想到肢体都做到放松、入静，达到松静自然、心安神静，以启动内气，更好、更快地进入气功状态，为操练正功做准备，为内气的调动和运行创造条件。

收功的作用是练功者通过一定的功法步骤，运用势子导引、意念导引和呼吸导引，将练功的意念和练功过程中产生的内气导引回中丹田，做到“元气归身，玉液还丹”，结束气功状态。

郭林老师说，“元气归身，玉液还丹”，这是我们收功所要达到的目的。（引自《郭林新气功为什么能治病抗癌》）

87. 预备功和收功的重要性分别是什么？

答： 预备功是各个功目的重要组成部分，对各个功目的功效起着十分重要的作用。具体来说，预备功是操练各个功目前的准备，是为了使练功者尽快进入气功状态，达到“导气令和、引体令柔”，保证快速调动内气运行。如果不做预备功直接进入正功，思想不能入静、肢体不能放松，就会直接影响内气的调动，等于练无用功。所以练功前必须认真操练好预备功。

收功必须达到“元气归身，玉液还丹”。具体来说，就是为了保证操练正功所产生的内气能够归入丹田，达到神不散，气归元，神气得到收养。所以练功后必须认真收功。如果练功后不认真收功，练功产生的内气就不能及时收回丹田，无法气化全身，营养四肢百骸。

总之，预备功和收功是每一套功法的系统组合，缺一不可，练功人要予以重视，并认真按照功法操练，不可马虎，如此才能达到练功的效果。

88. 预备功与收功有几种？

答：预备功与收功有简式和复式两种。

（1）简式预备功和简式收功适用于初级功的绝大多数功目。

（2）复式预备功和复式收功只适用于吐音功或慢步行功等特殊功目。

89. 什么是预备功的预备功？

答：预备功的预备功指的是练功前的思想准备与物质准备，即生活的预备功。郭林老师说，“在练预备功势子之前，还有一个预备功的预备功，在开始做预备功之前，先使自己的思想意识、情绪平静下来。在未去公园练功前，在家里的生活中就要有所准备，先把自己的情绪稳定下来，不要受到干扰，不要乱吃东西，不要喝浓茶或吃辣椒，更不要为儿女的事而生气。我们的预备功的预备功，即生活的预备功，比起势子的预备功更为重要”。（引自《郭林新气功为什么能治病抗癌》）

90. 为什么要重视预备功的预备功？

答：郭林老师说，“重视预备功的预备功，是因为生活的预备功，比起势子的预备功更为重要。”（引自《郭林新气功为什么能治病抗癌》）

因为练功前脑子静不下来，急匆匆地开始练功，内气就调动不起来。气功功力的深厚，不是以练功的时间来衡量的，而是以练功的松静程度来衡量的。所以，练功前静得好，练功时才易松得好，练功时内气的调动才来得快，练功的疗效才会高。练功前避免七情干扰，这样预备功和其他功目才会收到好的效果。

91. 什么是简式预备功？什么是简式收功？

答：简式预备功和简式收功是相对于复式预备功和复式收功而言的。其功

法内容和功法步骤相对于复式来说比较简单。

简式预备功指的是松静站立（或松静端坐）、中丹田三个气呼吸和中丹田三开合。

简式收功指的是中丹田三开合、中丹田三个气呼吸和松静站立（或松静端坐）。

92. 简式预备功和简式收功常用于哪些功目？

答：简式预备功和简式收功主要用于四大行功、按摩功和其他辅助功。

（1）四大行功——自然行功、快功、点步功、定步功。

（2）按摩功——头部按摩功、涌泉按摩功、手棍功、脚棍功、经络按摩功等功法。

（3）其他辅助功，如升降开合松静功。

93. 简式预备功和简式收功的练功步骤是怎样的？

答：简式预备功的练功步骤分3步。

第一步——松静站立或松静端坐；

第二步——中丹田三个气呼吸；

第三步——中丹田三开合。

简式收功的练功步骤分4步。

第一步——松静站立，中丹田三开合；

第二步——中丹田三个气呼吸；

第三步——松静站立（或松静端坐），咽津三口；

第四步——休息气化，恢复常态。

94. 简式预备功与简式收功的异同体现在哪里？

答：简式预备功与简式收功的相同之处在于功法内容与练法相同。二者的不同体现为以下4处。

（1）功法步骤的顺序不同。预备功与收功的功法相同，步骤相反。

（2）功法目的不同。预备功功法是为了开启气机，为练正功做准备。收功是为了元气归丹，是将正功所练出的内气收回丹田，达到元气归身。

（3）松静站立时间不同。预备功松静站立一般 1 分钟左右；收功稍长，慢性病患者松静站立时间可以长些，癌症患者收功松静站立 2~3 分钟即可。收功后，还要做好休息气化。

（4）功法内涵不同。预备功的松静站立要做好松静，以调动内气；默数 60 个数以排除杂念。收功的松静站立要做好咽津三口，没有口水，要叩齿咽津，做到玉液还丹。

95. 什么是复式预备功和复式收功？一般用于哪些功目？

答：复式预备功和复式收功较简式预备功和简式收功的功法内容复杂、功理内涵丰富。如慢步行功的预备功增加了上意念导引的题，收功增加了意念导引的放题等。

复式预备功指的是在简式预备功之后，再接着做 1~3 个不转方向的升降开合或 4~8 个转方向的升降开合。

复式收功指的是在 3 个不转方向、不下蹲的升降开合之后，进行揉球、放球、揉腹以及三个气呼吸和点穴回气。

复式预备功和复式收功一般用于松静程度要求比较高的功目，如慢步行功。复式预备功还用于吐音功。

96. 复式预备功和复式收功的练功步骤是怎样的？

答：复式预备功的练功步骤分 2 步。

第一步——简式预备功；

第二步——升降开合。根据后接功目不同，可灵活选择 1 个或 3 个不转方向的升降开合或者 4 个或 8 个转方向的升降开合松静功。

复式收功的步骤分 7 步。

第一步——做 3 个不下蹲、不转方向的升降开合；

第二步——揉球，在中丹田前揉球；

第三步——放球，在中丹田、膻中、印堂穴三放球；

第四步——揉腹，按顺逆时针方向各揉 9 圈；

第五步——中丹田三个气呼吸；

第六步——点穴回气；

第七步——松静站立（3~5 分钟），待意念完全离开中丹田，慢慢睁开双眼，恢复自然状态。

97. 练功时怎样确定预备功与收功的方向？

答：郭林新气功预备功与收功的站立方向，是按照《黄帝内经》“五脏对应五方”和中医学五行学说理论的有关内容来确定的。也就是要求练功者按照自己疾病所在的脏腑，选择相对应的方向站立。

（1）肝、胆、眼疾病者选择东方。

（2）心脏、小肠、舌、脑疾病者选择南方。

（3）肺、大肠、皮肤、鼻咽疾病者选择西方。

（4）肾、膀胱、骨、乳腺、血液、淋巴、生殖与内分泌系统疾病者选择北方。

（5）脾、肉瘤疾病者选择西南方。

（6）胃、食道疾病者选择东北方。

（7）多脏腑疾病者以重病或主病脏腑选择方向。

（8）难以确定方向的疾病选择面向北方，从肾。

98. 什么是松静站立？其功法、要领和作用各是什么？

答：“松静站立”指的是按照一定的功法要求，全身放松、大脑入静地自然站立。它由两脚平站、两膝微屈、双目轻闭、舌舐上腭、百会朝天、垂肩坠肘、虚腋松腕、含胸拔背、松腰收腹和心安神静等具体功法组成。

松静站立的功法要领是松而不懈、静而不眠，圆、软、远。

松静站立在预备功、收功中的作用主要有 4 点。

（1）使练功者 14 经脉通畅，促进气血流通；

（2）使练功者实现上虚下实，气沉丹田；

（3）使练功者由松入静，由生活态进入气功态，达到练功所需的心安神静，松静自然；

（4）为预备功启动气机、为收功元气归身创造条件。

99. 松静站立的练法、步骤及要求是怎样的？

答：松静站立的练法、步骤及要求具体如下。

（1）两脚平站、与肩同宽，两膝微弯，松膝松胯，要求双脚不站八字，两脚后跟在同一水平线上；

（2）双目轻闭，要求先平视远方，然后自然合目，视线收回，视而不见；

（3）舌舐上腭，要求轻闭双唇，似闭非闭，面带自然微笑，舌尖轻轻放在上腭牙与龈肉交界处（龈交穴），不用力；

（4）百会朝天，要求微收下腭，使百会穴与天成一垂直线，不低头、不仰头，大椎处平松自然，脖颈虚灵；

（5）沉肩坠肘，虚腋松腕，要求腕、肘、肩三个关节都放松，上肢自然呈弧形，双手自然垂放两胯旁；

（6）含胸拔背，要求胸不挺、背不驼，使脊骨正直自然松缓；

（7）自然收腹，要求小腹放松，成自然微收；

（8）松腰松胯，要求放松命门、腰椎以下部位，随之松沉，气沉丹田；

（9）心安神静，排除杂念，要求通过默数60个数排除大脑杂念。

附：传承实践中松静站立的练法及步骤：

①两脚平站、与肩同宽；

②两膝微弯；

③坐胯松腰；

④自然收腹；

⑤含胸拔背；

⑥垂肩坠肘；

⑦虚腋松腕；

⑧舌舐上腭；

⑨平视闭目；

⑩百会朝天。

按照功法要求站好，再从上到下放松，然后默数60个数（约1分钟）以排除大脑杂念。此练法及步骤方便记忆，在几十年的社会传承实践中收到了很

好的练功效果。

100. 什么是松静端坐？

答：“松静端坐”是松静站立的坐式练法，一般用于坐式功目的预备功与收功，如涌泉按摩功、头部按摩功、脚棍功及经络按摩功等。其功法要领同松静站立的功法要领。

101. 松静端坐的练法及步骤是怎样的？

答：松静端坐的练法及步骤具体如下。

（1）准备坐式所用的凳子，要求凳子高度与练功者的小腿高度相同，配有棉质脚垫；

（2）两脚平开端坐，脚距与肩同宽，要求大腿放平，与小腿保持90°直角；

（3）上身正直，含胸拔背，垂肩坠肘，虚腋松腕，松腰松胯等诸功法要领同松静站立；

（4）双手手心向下，自然平放在大腿上，指尖向前微向内；

（5）先平视再轻闭目，然后舌舐上腭，全身放松，默数数排除杂念。

102. 什么是两脚平站？为什么松静站立要两脚平站、与肩同宽？

答：“两脚平站”指的是两脚平行站立，两脚后跟站在同一条直线上，两脚距离与肩同宽。“两脚平站，与肩同宽”是为了保持人体上下重心的稳定、平衡，有利于肢体的放松；也是为了保持足三阴、足三阳6条阴阳经脉的通畅，有利于全身气血流通。

103. 什么是双目轻闭？为什么松静站立要双目轻闭？

答：“双目轻闭”指的是双目先平视远方，然后慢慢地、轻轻地、微微地闭上双眼，眼皮不用力收紧，视线自然收回。双目轻闭有助于减少外界干扰，使心神内收，心安神静；也有助于做到放松全身、启动气机。

104. 什么是舌舐上腭？为什么松静站立要舌舐上腭？

答：“舌舐上腭”指的是将舌尖轻轻放在上腭牙与龈肉交界处，古书称为“搭鹊桥”，是气功调身的基本功法之一。松静站立要求舌舐上腭，是为了接通任、督两大脉。任脉走人体前部正中线，督脉走人体后背正中线。任脉止于承浆穴，联系舌头；督脉止于上齿正中的龈交穴。练功者通过舌舐上腭，就能上承督脉之龈交，下接任脉之承浆，沟通任督二脉促气血运行。郭林老师说，“舌头一接通，全身就通了。我们的松静站立就抓住这一条”。（引自《郭林新气功为什么能治病抗癌》）

因为“督脉统一身之阳脉，任脉统一身之阴脉。阴阳失调是造成疾病发生之要素”。（引自《郭林日记》）

练功者不管是练行功、坐功或站功，都用舌尖轻轻舔着上齿正中的龈交穴，这样就能促进两脉气血循环、上下之气通畅，也能起到调整身体阴阳平衡的作用。

105. 什么是百会朝天？为什么松静站立要百会朝天？

答：“百会朝天”指的是头顶的百会穴要直冲天空。百会穴是督脉的主要腧穴之一，位于身躯中轴的垂直线上。百会朝天是衡量头的姿势摆得是否正确的功法要领，也是保持人体大椎平松自然、督脉之气流畅的关键功法。练功时只有做到百会朝天，头的位置才能正确，才能形正气顺，才能避免出现头部前倾、后仰、左歪、右斜等不正确的姿势，才能使任脉、督脉气血顺利循行。

106. 什么是两膝微弯？为什么松静站立要两膝微弯？

答：“两膝微弯”指的是两膝自然弯曲，“微弯”就是“放松”。要掌握好“微”字，膝盖“松”了就是“微弯”。郭林老师说，不要过于弯，“松”了就行。

两膝微弯的目的是使膝盖放松。只有膝盖放松，人体经络的足三阴、足三阳之气血，才能顺利流通。郭林老师讲课强调，“膝盖是松的，气才能上来”。（引自《郭林新气功为什么能治病抗癌》）

107. 什么是垂肩坠肘？为什么松静站立要垂肩坠肘？

答:“垂肩”指两肩下垂，不要架肩；“坠肘”指松开肘关节，肘下垂放松自然有弧度（圆）。郭林老师说，“肩要沉，即懈，懈而不僵。否则气上不了胸，上不了心脏”。（引自《郭林新气功为什么能治病抗癌》）

垂肩坠肘是为了创造人体手三阳与手三阴6条经脉的气血流通。因为只有肩放松了，气才能随之下沉；肘放松了，手三阴与手三阳之气才能上下流通。

108. 什么是含胸拔背？为什么松静站立要含胸拔背？

答:“含胸拔背”指的是胸部略内含、不挺出，背部不后驼。此势子需要与虚腋配合，腋松，胸便能含；胸能含，背自然拔。含胸拔背是为了躯干筋骨松展，任督两脉之气顺利循行。含胸使呼吸顺畅，有利于内气下沉；拔背使脊柱伸展，有利于督脉通畅。郭林老师说，“不含胸拔背，人体的任、督二脉之气就不通畅。含胸拔背，跟五脏六腑有关系，与气机的开动也有关系”。（引自《郭林新气功为什么能治病抗癌》）

109. 什么是虚腋松腕？为什么松静站立要虚腋松腕？

答:“虚腋松腕”指的是腋下虚空、不夹腋、手腕自然松垂。虚腋松腕是为了使手三阴经脉气血顺腋而下，手三阳经脉气血顺手背循行而上。腋不虚，阴经之气不下；腕不松，阳经之气不上。放松手腕，手指的气才能通过手腕，虚腋松腕也是为了全身气血流畅。

110. 什么是自然收腹？为什么松静站立要求自然收腹、松腰松胯？

答:“自然收腹”指的是小腹部放松而微收，不向前挺凸。自然收腹有助于髋、胯放松，髋、胯一松，腹股沟自松，足三阴经脉之气就能够顺利上行腹部，足三阳之气就能够顺经而下。腰部放松也有利于伸展命门，使督脉之气容易上行，并使身体重心下移，气自沉丹田。郭林老师说，“‘督脉’经‘长强穴’起，第一个要过的是‘腰俞穴’，腰不松，腰穴运气就不通，督脉就不能顺利上行……

大脉不通，经络不行，谈不上血脉循环，消除百病的效果”。（引自《郭林日记》）

所以，松静站立做到自然收腹、松腰松胯，是十分重要的。

111. 什么是心安神静？为什么松静站立强调心安神静？

答：“心安”即心定；“神静”即排除头脑中的各种杂念，让大脑安静。心安神静是练功能否取得疗效和疗效大小的关键。心安神静了，全身的筋骨肌肉才能真正松下来，内气才能产生。练功靠的是调动内气治病，心不安、神不静，内气就难以产生与调动。松静站立强调做到心安神静，目的是尽快启动内气。

112. 怎样练好松静站立？

答：练好预备功、收功中的松静站立要把握以下 3 点。

（1）充分认识松静站立在气功操练中的地位与作用。松静站立是练气功的基本功，是练气功的最基本势子，所有功目都是在这个基本势子的基础上进行的，所以它是练好一切功目的前提。

（2）牢记松静站立的功法与要领，严格按要求操练。把“松而不懈，静而不眠，圆、软、远”11 字要领理解透，并把具体功法一一做到位。

（3）重点练好松腰。腰不松，气不能沉丹田。气不沉丹田，上虚下实就达不到，内气就不能在体内很好地运行。腰松了，督脉之气顺利上行，任脉之气顺利下行至丹田气化并输布全身。初学功者，松腰必须刻意练习，多操练升降开合松静功和手棍功，可助腰部逐渐放松。

113. 怎样辨证操练松静站立？

答：辨证操练松静站立可遵循以下 4 点。

（1）站立方向辨证运用。不同脏腑疾病者，要依该脏腑对应的方向站立，兼有多种脏腑疾病者要选择重病方向或主病方向站立。不属于脏腑疾病或一时难以确认归属哪一脏腑病者，如神经衰弱、神经官能症等病，应面北，从“肾”。（详见 97 题：练功时怎样确定预备功与收功的方向）

（2）视线辨证运用。生理生化指标正常者，眼睛平视前方；生理生化指

标低者，视线要高于印堂，但不要超过百会；生理生化指标高者，视线要低于膻中。

（3）站立时手势辨证运用。癌症和高指标者，两手自然下垂，指尖向下放于胯旁，手心向身体，不与两胯接触；低指标者，两手自然下垂，五指微收，向内弯曲；血象特别低者，手心向上放于胯前；慢性病正常指标者，两手自然下垂，手指微屈，放于胯旁。

（4）两手与身体距离的辨证运用。慢性病患者双手自然放于两胯旁；癌症患者遵循远离病灶的原则，胯部周围有转移灶的患者，两手放于胯旁稍远一点。

114. 什么是中丹田三个气呼吸？

答：“气呼吸”是指口呼鼻吸、出入无声的呼吸导引功法。其功法要领是吸而不满，呼而不尽。呼吸特点是轻、缓、深、长。由于预备功与收功时要求做3次气呼吸，所以称为“三个气呼吸”。又由于操练时要求手抱中丹田（癌症患者中下焦病除外），所以在郭林新气功中称为“中丹田三个气呼吸”。

115. 中丹田三个气呼吸的作用是什么？

答：中丹田三个气呼吸是调息导引功法，其作用包括以下4点。

（1）为呼吸中枢神经创造反射条件，使大脑皮层逐渐进入有序化的抑制状态，并得到充分的休息和调整；

（2）增加肺的氧气吸入量，吐故纳新，实现人体内气上下内外的交流；

（3）通过呼吸时身体升降的快慢来调节生理生化指标，如，高指标者可下降得慢些、深些，低指标者下降得快些、少些；

（4）通过先呼后吸或先吸后呼来调节补泻。

116. 操练中丹田三个气呼吸时，两手应怎样放？

答：操练中丹田三个气呼吸时，两手的放法具体如下。

松静站立后，两手从胯旁缓慢向中丹田前合拢，合拢时两手心与指尖的朝

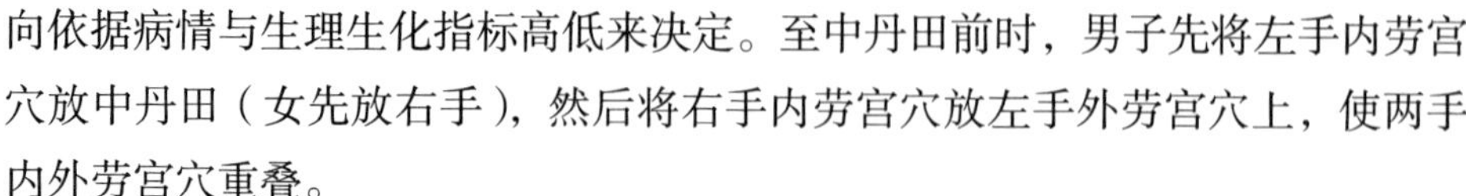

向依据病情与生理生化指标高低来决定。至中丹田前时，男子先将左手内劳宫穴放中丹田（女先放右手），然后将右手内劳宫穴放左手外劳宫穴上，使两手内外劳宫穴重叠。

（1）保健者与慢性病患者，两手放中丹田。

（2）癌症患者两手的放法要遵循远离病灶的原则。

上焦病者，双手放中丹田；中、下焦病者，双手心向下虚握空拳（心脏病患者中指尖和拇指尖轻接，其他患者则大拇指放在食指上）沿带脉转到背后，外劳宫穴轻贴肾俞穴；肾癌或膀胱癌患者把外劳宫穴轻贴带脉处；肝癌肿瘤大或全身有癌转移病灶者，双手放两胯旁。

117. 中丹田三个气呼吸的练法是怎样的?

答：中丹田三个气呼吸的练法是手放好后，开始做气呼吸。气呼吸因有补泻之分，吸气为补，呼气为泻，故有“先呼后吸为补”与“先吸后呼为泻”之区别。

先吸后呼法（泻法）

（1）唇微闭合，舌尖轻舐上腭，用鼻子做轻轻的、缓慢的、深长的吸气；吸气时身体保持不动。

（2）舌尖离开上腭，微张口，用口做轻、缓、深、长的呼气；呼气时要松腰、松胯、松膝，并依指标高低配合做身体下降的动作。

（3）呼完气后，用鼻子做一个自然呼吸，即“平”，同时慢慢做身体上升还原动作。此“一吸一呼一平”为一个气呼吸。

先呼后吸法（补法）

（1）微张口，用口做轻、缓、深、长的呼气，同上法三放松并配合身体下降动作。

（2）呼完气后，唇微闭合，舌尖轻舐上腭，同上法鼻子做轻、缓、深、长的吸气，保持身体不动。

（3）吸完气后，同上法鼻子做自然呼吸，配合身体缓慢上升还原动作。此“一呼一吸一平”为一个气呼吸。

按照先吸或先呼的“一吸一呼一平”或“一呼一吸一平”的气呼吸法，共做3次，即完成三个气呼吸。

调整法

三个气呼吸中“两个先呼后吸，一个先吸后呼”或“两个先吸后呼，一个先呼后吸”为调整法，可根据病情辨证运用。

118. 怎样练好中丹田三个气呼吸？

答：练好中丹田三个气呼吸，要把握好以下 5 点。

（1）呼吸时要做到轻、缓、深、长，但不可勉强追求深长，要呼而不尽、吸而不满，留有余地。

（2）呼气时要做好松腰、松胯、松膝，全身放松；同时根据生理生化指标配合做好身体的下降动作。

（3）吸气时，身体务必保持不动，切不可边吸边上升身体，这样操练容易出现撞气出偏的情况。

（4）初学功时可暂不配合身体的升降动作。

（5）呼吸要保持自然，做呼吸动作时要循序渐进，由浅入深。一般初学功者气息不够长，气呼吸时可先用短一点的吸和呼，随着练功时日的增加，慢慢做到轻、缓、深、长，不可操之过急。

119. 为什么做中丹田三个气呼吸的吸气时要保持身体不动？

答：做气呼吸吸气时保持身体不动，是为了保证势子和呼吸不相撞，不出现憋气、胸堵的现象，能够将外部新鲜空气更好地吸进来。郭林老师说，呼下去，导引下去是对的；吸气时，如果势子又导引上来了，不就撞气了吗？我们应该呼下去之后，等吸完气，身体再上来，这样势子导引和呼吸导引就配合好了。如果你配合不好的话就撞气了。尤其是初学功者一定要记住，做三个气呼吸吸气时，身体一定要保持不动，等吸完气了身体再还原上来。

120. 癌症患者可以练气呼吸的补法吗？

答：癌症患者做气呼吸时，一般用先吸后呼的泻法。但在身体出现虚证时，也要考虑用气呼吸的补法予以调整，不能出现虚证了还一味用泻法，导致虚上加虚。郭林老师明确指出，“当你病重时就应该用补法，呼吸导引采用先呼后吸……你练功时要考虑自己的病是虚是实，虚实到什么程度，自己的呼吸可以自己去调”。（引自《郭林气功为什么能治病抗癌》）

癌症患者辨证运用气呼吸的补法，要把握好 3 点。

（1）在身体出现虚证时，如行走无力、精神疲惫、气息微弱、心悸失眠、饮食减少等，可适当用气呼吸的补法调整，如果自己感觉身体虚弱却难以判断是否出现虚证，可请有经验的中医帮助判断。癌症患者在放化疗期间，由于药物的副作用，往往血象和免疫力都会降低，导致虚证，此时也可适当用气呼吸的补法予以调整，尽快恢复体力。

（2）肾癌患者习练大泻功法（如特快功、吐“哈”音）时，三个气呼吸可以用补法，体质改善后转为泻法。

（3）运用气呼吸补法时，一定要注意身体出现的变化。如感觉体力转好，虚证已扭转，就要及时转为气呼吸的调整法或泻法，使功法随疾病转化而转化，要切记癌症患者不宜久用补法，因为癌症总体施治原则是宜泻不宜补。

121. 怎样辨证操练中丹田三个气呼吸？

答：气呼吸是郭林新气功呼吸导引中重要的调息功法之一。辨证用好气呼吸可加强气呼吸的功效，用不好或用错则可能影响疗效甚至加重病情。辨证运用中丹田三个气呼吸需要把握好以下 3 点。

（1）因病、因证辨证运用。癌症实证，炎症患者一般用气呼吸泻法，身体极度虚弱的癌症患者宜用气呼吸补法，癌症患者虚弱情况有所改善后就要根据病情及时改为气呼吸调整法或泻法。一般情况下，慢性病患者与保健者用气呼吸的补法。

（2）因症辨证运用。高指标患者和低指标患者要配合气呼吸做相应的身体升降动作，升降快慢要符合指标操练要求，不可做反。高指标者身体下降时可低点，降速宜慢；低指标者身体下降不要过低，略降即可，降时宜略快。指标过低者可不做下降动作，做松腰、松胯即可。

（3）因时辨证运用。癌症患者抢救阶段往往用气呼吸泻法，病情稳定或康复后，可逐步改为“气呼吸”调整法或补法。

122. 什么是中丹田三开合？其作用是什么？

答：“中丹田三开合”指的是双手在中丹田前做水平线的三个开和合的动作。其作用有 4 点。

（1）预备功时打开命门，开动气机，调动内气运行。

（2）收功时导引还丹，将练功产生的内气收归丹田。

（3）练功中进行平气，使气息平稳。

（4）调整补泻，实现阴阳交合。

123. 中丹田三开合的要领是什么？

答：中丹田三开合的要领是松动手腕，圆肘虚腋；平开平合，速度均匀；开，要略宽于肩；合，要中指似接非接。

124. 中丹田三开合的势子导引有几种练法？

答：中丹田三开合的势子导引主要有调整法、泻法、升法、降法和补法 5 种练法。

125. 中丹田三开合的练法与步骤是怎样的？

答：中丹田三开合采用自然呼吸法，其练法与步骤是在中丹田三个气呼吸完成以后，双手移至中丹田前两拳或 20 厘米左右的距离。癌症患者腹部有病灶时，中丹田前三开合距离要远于上述距离。

（1）调整法。癌症患者手心向下、指尖向前，保健者与慢性病患者两手背相对、手心向外、指尖向前，两手匀速向身体两侧方向水平线分开，开至略宽于肩；然后，翻转手腕，两手心相对、指尖向前，再匀速合拢在中丹田前至两中指似接非接时，完成一个开合。如此反复 3 次，完成中丹田三开合的调整法。

（2）泻法。癌症实证患者两手心向下，指尖向前开、合。如此反复 3 次，完成中丹田三开合的泻法。

（3）升法。低指标者两手心向上，指尖向前开、合。如此反复 3 次，完成

中丹田三开合的升法。

（4）降法。生理生化指标不是很高者可指尖下垂、两手背相对开；指标较高者可两手心向下开。慢性病（如高血压、高血糖）患者手心向着身体、指尖下垂开，然后两手心相对匀速合拢到中丹田前（降法的“合”均为手心相对合），如此反复3次，完成中丹田三开合的降法。

（5）补法。慢性病的虚证者两手心相对、指尖向前开合。如此反复3次，完成中丹田三开合的补法。

126. 中丹田三开合需要配合呼吸吗？

答：郭林新气功的初级功法对中丹田三开合没有必须配合呼吸的要求。这是因为初学功者气息尚短，如果追求开合时配合呼吸就有可能出现呼吸与开合配合不好，而导致呼吸急促或憋气等现象。比如，开时距离大了、合时速度慢了，气息都会不足以支持，从而出现气促、气憋的情况。所以，练初级功阶段，中丹田三开合不需要配合呼吸。但中级功对中丹田三开合有开时呼、合时吸的要求。操练初级功功力久者，在做中丹田三开合时也可试着配合呼吸。

127. 怎样练好中丹田三开合？

答：练好中丹田三开合，要做好以下5点。

（1）做好松静。开合时均要求松肩、肘、腕，尤其要松腰，只有全身放松了，做中丹田三开合才能达到调动内气的目的。

（2）采用自然呼吸法操练开与合要努力做到呼吸与势子平稳，气和手柔，心平气和。

（3）开与合大小要合适。正常情况以略宽于身体为好，开、合要圆肘，大臂带小臂。

（4）开与合之间要做到有动有静，导引还丹。

（5）开与合要保持中丹田前水平开合，非高指标患者要防止指尖向下开合。

128. 怎样辨证操练中丹田三开合?

答: 辨证运用中丹田三开合需要把握以下4点。

（1）因病辨证运用。癌症用泻法或调整法，一般慢性病与保健者用补法或调整法。

（2）因症辨证运用。高指标用降法，低指标用升法。

（3）因证辨证运用。一般情况下，两手在中丹田前约两拳或20厘米的距离做开合；癌症患者腹部有病灶时，中丹田前三开合要远于上述距离。需要大泻的癌症实证用泻法，虚实夹杂的癌症患者用调整法，慢性病虚证者用补法。一般来讲，中丹田三开合的大小以略宽于身体为度；需要泻时可开得略大一些，且开得慢一些，合时则略快一些；需要补时则不要开得太大，合也要慢一些。

（4）当病情、体质、指标出现变化时，就要灵活变化运用开合的手势，开合手势随病情转化而变化，使开合功法符合病情、体质与指标需要，不可乱用。

129. 怎样操练好收功?

答: 首先，要认识收功的重要性，只有按照收功的功法步骤认真操练，才能把练功时调动的内气回收至中丹田让元气充盈。[引自《新气功疗法图解（高级功、特种功）》]

其次，练好收功要做好以下4点。

（1）收功时要先恢复至松静站立状态，双眼微闭，稍站片刻。

（2）依收功步骤认真完成好中丹田三开合、三个气呼吸和松静站立。收功要稳、要慢、要静，将练正功调动的内气认真归丹，不可匆忙完成。

（3）收功的松静站立需要2~3分钟（慢性病可适当延长），一定要做好三咽津，没有口水要叩齿咽津。

（4）收功功法完成后，慢慢睁开眼睛、放平舌头，恢复自然状态。休息气化15~20分钟后方可进行其他活动或练下一个功目。

130. 什么是叩齿咽津？

答：“叩齿咽津”是传统气功中延年益寿的养生功法。

叩齿——口唇微张，上下牙离开，再轻轻相叩的反复动作，一般是3—6—9次，也可以多叩至36次。

咽津——将练功产生的口水（津液），分3小口慢慢咽下。要求下咽时，意念引导津液经喉头、胃脘送至中丹田，称“三咽津”。

131. 叩齿咽津的作用是什么？

答：叩齿咽津的作用有4点。

（1）激发和固护肾气、健肾益脑、壮筋骨除牙疾。

（2）刺激腮体，帮助产生津液，健脾胃助消化、消炎祛毒，增强人体免疫力。

（3）提升练功效果，增强生命的能量。

（4）唾液有防癌及健身的作用。现代医学认为，唾液中含多种酶，其中氧化酶和过氧化酶能消除某些致癌物质的毒性。

叩齿咽津功法一般是在收功最后采用，这样能更好地促进玉液还丹。

132. 什么叫气化？收功后为什么要休息以气化？

答：气化理论是中医学里重要的基本概念之一。一般认为“气化”是指在气的升、降、出、入运动基础上产生的各种变化。

郭林新气功中的“气化”一词，是指通过练功将吸入的自然界的清气或练功中调动的内气，进一步融入人体内的气血生化过程，以促进人体脏腑功能和机体的修复。

郭林老师说，练功休息一段时间，我们叫这个过程是“气化”。收功休息是为了让练功中调动的内气充分消化，以便更好地营养四肢百骸。练气功是调动身体里面的气，把气调动起来之后，要使这个气在身上都化掉。化是让气在全身循环，气化之后身体恢复到平常一样。气化既补了气，也补了血，气足则血旺。（引自《郭林新气功为什么能治病抗癌》）

133. 怎样做好收功后的气化？

答：做好收功后气化的关键是做好收功后的休息。

（1）依据功目的时间与强度，保证足够的休息时间。一般功目休息 10~15 分钟，内气调动强猛的功目休息 20~30 分钟。

（2）收功后休息时间分为两段，前 5 分钟保持安静不说话。后 10~15 分钟可喝水、如厕。

（3）保证休息时的安静和保暖，静坐与自然散步、卧、站都可，要避免冲风口或直接坐石头或湿木头。

134. 收功后可以马上吃东西、喝水或如厕吗？

答：收功后一定要先安静地休息，以利于气化。休息气化 5 分钟后方可喝少许温热水或如厕（特殊内急情况除外，但这种情况不宜多出现），可略加点小餐，收功休息半小时后方可进食正餐。

135. 收功后多久可进行治疗或其他运动？

答：按照郭林老师的要求，练功结束要把调动的内气都化开，恢复正常才能再进行其他运动。如果先运动也要等身体恢复平静了再练气功。收功后也不宜马上做按摩。因为练功时大量血液流向肌肉、皮肤，人体的微循环呈舒张状态，收功后要安静休息气化，让练功调动的血脉循环恢复常态，此时做按摩动作，会影响微循环舒张的复原状态。（引自《郭林日记》）

关于收功后多久可进行治疗，郭林老师说，练完整套功，起码休息一个小时，让它气化。所以，练完功要隔开一段时间再进行其他治疗。（引自《郭林新气功为什么能治病抗癌》）

练气功与针灸要间隔多久呢？《新气功疗法》（初级功修订本）与《郭林新气功首届全国辅导员培训班试用教材》的解答是，一般应在针刺 8 小时后再行练功为妥。

针灸和按摩也是一种导引经气的方法，和练功并不矛盾，但为了保证气功锻炼的效果，特别是为了避免气机紊乱，甚至出偏，而引起不适的症状，一般

强调练功中不掺杂其他锻炼方法，也建议尽量将练功和针灸按摩的间隔时间安排得久一些。

136. 收功后可以冷水洗手或喝冷水吗？

答：不可以。因为练功时，大量血液流向肌肉、皮肤，收功后冷水洗手会使皮肤表层血管受冷刺激而骤然收缩，不仅影响气化，而且会使回心血流突然增加，引起心脏负担。收功后喝冷水则会引起胃肠血管的突然收缩，既不利于气化，又易导致胃肠功能不适，引起腹痛或腹泻。

137. 怎样辨证操练预备功与收功？

答：辨证练好预备功与收功，最主要的是与病情变化和身体变化紧密结合。

（1）癌症患者宜用泻法的开合和气呼吸。但在身体出现虚证时，需要及时对气呼吸和开合手势进行调整。这个调整，既可以只调整气呼吸，也可以只调整三开合，还可气呼吸与三开合同时调整。如癌症患者因放化疗导致身体过度虚弱，可以做三开合的调整法，还可以配合用气呼吸的补法，但一般不用开合的补法；也可以用气呼吸的调整法和开合的调整法。

（2）癌症患者因身体虚弱三开合、三个气呼吸改为调整法或补法后，身体虚弱症状一旦改善，就要及时改回泻法，以利控制病情。此时应特别小心不宜补过。郭林老师说过，癌症患者宜泻不宜补，只是有特殊情况时可考虑补一下，否则容易导致癌症加重。

（3）癌症患者用泻法操练预备功、收功时，某些情况下，也可选择一个功目的气呼吸，运用补法调整。如操练吐音功后感觉身体虚弱，则可将此功的预备功、收功的气呼吸改为补法进行调整，而其他功目预备功、收功的气呼吸依旧用泻法。

（4）慢性病患者做预备功和收功宜用气呼吸的补法，但实证则要相反。慢性病患者的预备功、收功中的气呼吸与三开合也要随疾病和身体的虚实情况运用同调或单调方法。如慢性炎症患者三开合及气呼吸宜用泻法；心脏病患者气呼吸宜用补法，开合要慢，开合幅度宜小不宜大；高血压病患者气呼吸可用调整法或补法，三开合宜用泻法或降法。

第二章　自然行功

- 自然行功
  - 什么是自然行功
    - “自然行功”是采用中度风呼吸法，自然而有节律地行走，每走两步完成一个吸吸呼的功目
  - 自然行功的主要特点
    - （1）涵盖所有行功的基本功法
    - （2）接近自然行走，易学易练
    - （3）要求以松静自然为主
    - （4）动静相兼，行走中速，气息平和有节律
  - 自然行功的主要功法
    - （1）迈步法。脚跟着地，不走八字，两膝微弯，迈小步
    - （2）摆手法。两手在中丹田到胯旁左右摸摆，导引还丹
    - （3）呼吸法。采用中度风呼吸法，每走两步完成一个吸吸呼
    - （4）摇摆天柱。每走四步，自然地转头45°左右
  - 自然行功的辨证重点
    - （1）势子导引
      - ①癌症患者用手心向下摆动的泻法或手心向下摆出、手心向内摆回的调整法
      - ②慢性病患者、保健者用手心向外摆出，手心向内摆回的调整法或手心相对摆动的补法
      - ③高指标者用指尖向下来回摆动的降法
      - ④低指标者用手心向上来回摆动的升法
    - （2）呼吸导引
      - ①癌症、炎症患者，用的风呼吸法
      - ②慢性病患者，用自然呼吸法或风呼吸法
      - ③女性经期、孕期、癌症兼有严重心脏病者，用自然呼吸法
    - （3）意念导引
      - ①高指标者眼睛的视线可以略低于膻中穴，低指标者眼睛视线可略高于印堂穴，正常指标者平视前方即可
      - ②不论癌症还是慢性病患者在初级功阶段一律用悟外导引以一念代万念

138. 什么是自然行功?

答:“自然行功”是采用中度风呼吸法，自然而有节律地、每行走两步配合一个“吸吸呼”的行走功目。在“郭林原著”中被称为“中度风呼吸法自然行功”。在半个世纪的传承中简称为“自然行功”，也称“自然行走法”。自然行功是一切行功的基础。其“自然”是指行走自然而有节律，不用力、不憋劲，轻松愉快。

139. 什么是风呼吸法?

答: 风呼吸法是郭林新气功的一种独特呼吸方法，是指鼻吸鼻呼，先吸后呼，出入有声，短促而有节律的呼吸方法。风呼吸法有轻度、中度、弱度、强度之分。

140. 风呼吸法有什么作用?

答: 风呼吸法具有以下4点作用。

(1) 能够大量吸入新鲜空气，供给人体充足的氧气。

(2) 可以促进人体内气体交流和血液循环，使人体血氧含量大幅增加，进而促进机体新陈代谢。

(3) 能够刺激神经末梢引起条件反射，起到调节神经系统、增强脏腑功能、提高机体免疫力的作用。

(4) 有助练功者排除杂念。

141. 风呼吸法有哪些禁忌?

答: 严重心脏病、高血压患者不适宜练风呼吸法；女子月经期、孕期均不适宜练风呼吸法。练风呼吸法后心脏有不适者，也不适宜继续练风呼吸法。

142. 什么是中度风呼吸法？一般用于哪些功目？

答：“中度风呼吸法”指的是吸气与呼气的气息声以自己刚刚能听得到而别人听不到为度，呼吸的速度与强度为中等。一般用于自然行功、定步功、点步功、中快功等功法。

143. 什么是轻度风呼吸法？一般用于什么情况？

答：“轻度风呼吸法”相比中度风呼吸法，其呼吸强度要更轻些、柔和些，气息声以仅自己似听见非听见为度。一般为轻度心脏病患者需要运用风呼吸法时使用。

144. 中度风呼吸法有哪些呼吸特点？

答：中度风呼吸法有以下 4 个呼吸特点。

（1）“两吸一呼”为一息。

（2）两吸是两个短促的吸气，两个短吸的时间、长度与一个呼的时间、长度大致相当，呼与吸相对平衡。

（3）吸气时略带风声，以自己刚能听见为度；吸气声短促而略重，呼气声缓慢而略轻。

（4）呼吸的强度与呼吸的速度均为中等，呼吸有明显的节奏感，吸与呼之间有短暂间歇平气。

145. 中度风呼吸法有哪些训练技巧？

答：初学者训练风呼吸法，可以参考以下 3 点训练技巧。

（1）吸气似闻花香，或者体会感冒时一侧鼻子不通气，用另一侧鼻孔短促吸气的方法。

（2）减低风呼吸的力度，先用轻度风呼吸法操练，熟练后，再慢慢运用中度风呼吸法，切记呼吸不可过重。

（3）逐渐由胸式呼吸的浅呼吸向下延伸为胸腹式呼吸的深呼吸。

146. 自然行功的功效和作用是什么？

答：自然行功的功效是增加机体免疫力，防治感冒，消炎、去低烧，防病治病、防癌控癌。其作用是大量吸氧，促进身体新陈代谢，调动内气疏通经络、调整阴阳。

147. 自然行功适合哪些人操练？有何禁忌？

答：自然行功适合所有人操练。无论是癌症患者还是慢性病患者，只要能行走，均可操练。严重心脏病和高血压患者操练此功时要将风呼吸法改为自然呼吸法。

郭林老师说，"自然行功是所有行功的基础功，无论是重病号或轻病号，我首先安排都是练这个自然行功。不管是癌症病人或者是其他慢性病人，学了它都有好处……再做别的功你就有基础了"。（引自《郭林新气功为什么能治病抗癌》）

148. 自然行功采用了哪三大导引？其相互的关系是什么？

答：自然行功采用了呼吸导引、势子导引和意念导引。其中，呼吸导引采用的是"两吸一呼"的中度风呼吸法；势子导引采用的是迈步跷脚、摆臂手摸、自然转头；意念导引采用的是悟外导引以一念代万念，如听息法、数息法、数步法，意想简单的词语如"练功""健康"等。

三大导引的相互关系是呼吸导引为主，其他导引配合呼吸导引。

149. 自然行功的主要功法有哪些？

答：自然行功的主要功法包括简式预备功、正功和简式收功。

（1）简式预备功。

（2）正功。包括迈步法、摆手法、呼吸法和摇摆天柱 4 个功法。

①迈步法。脚掌竖起（跷起），不走八字，两膝微弯，迈小步。

②摆手法。两手在中丹田前到胯旁左右交叉摸摆。

③呼吸法。采用鼻吸鼻呼的中度风呼吸法，每走两步完成一个“吸吸呼”。

④摇摆天柱。每走四步自然转头一次。

（3）简式收功。

郭林新气功的每个功目都是由三部分——预备功、正功、收功组成。“预备功好比播种，行功好比庄稼成长，收功好比收割。”（引自《抗癌健身法》）

150. 自然行功的功法要领和功法特点是什么?

答：自然行功的功法要领是脚掌竖起、不走八字，两膝微弯、坐胯松腰，交叉摆臂、导引还丹，两吸一呼、自然转头。其功法特点是松静自然。即行走中速，松静自然，呼吸短促，气息平和有节律。

151. 怎样操练自然行功?

答：操练自然行功应按照其功法步骤与功法要领进行，操练方法如下。

（1）简式预备功。松静站立、中丹田三个气呼吸、中丹田三开合。

（2）正功（以先出左脚为例）。

①点脚起步。身体重心移向右脚，右手摆至中丹田前约10厘米处（约一拳，癌病灶在中下焦者可离稍远些），左手摆至左胯旁20厘米左右处，松左脚，提左脚，左脚尖轻轻点在右脚心内侧中间旁开10厘米左右处，准备出脚。

②迈步行走。左脚向前迈出一小步，脚腕放松，脚掌自然竖起，脚跟先着地；随着身体重心前移，踏平左脚掌，右脚跟慢慢离地；身体重心完全移至左脚后，右脚开始向前迈出一小步，依前法脚掌自然竖起，脚跟先着地。如此两脚轮流一步一步前行。

③摆臂手摸。迈步行走时，双手与两脚交替配合。左脚跟着地时，右手在中丹田，左手仍在胯旁；左脚踏平，身体重心移到左脚时，左手开始向中丹田前摆动，右手向右胯旁摆摸；右脚跟着地时，左手已摆至中丹田前，右手已在右胯旁。

④配合风呼吸。左脚跟着地时，用鼻子做两个短促的“吸吸”，右脚跟着地时，用鼻子做一个长“呼”；两吸与一呼的长度相等，如此一脚“吸吸”

一脚“呼”地按中等速度行走。

⑤自然转头。行走中始终保持百会朝天，双目平视远方。配合头部的转动，每行走四步时向呼的那只脚方向（向右）自然转头45°左右。

⑥换脚行走。左脚行走15~20分钟后，上后脚，松静站立，做中丹田三个开合；换出右脚，依左脚迈步行走法行走15~20分钟，上后脚，松静站立，准备收功。

（3）简式收功。中丹田三开合，中丹田三个气呼吸，松静站立、咽津三口。休息10~15分钟。

152. 自然行功的迈步行走需要注意什么？

答：自然行功迈步法的要领是脚掌竖起、不走八字，两膝微弯，迈小步。迈步行走时需要注意以下5点。

（1）脚腕要放松，脚跟着地时脚掌要自然竖起，重心在后脚，两膝微弯。

（2）要迈小步，大腿带动小腿行走；两脚要走平行线，不走八字。

（3）身体重心移动要做到虚实分明，前脚踏实，身体重心前移到位，使后脚松透再迈出，保持两脚迈步行走时一实一虚，虚实交替。

（4）步伐要有节奏，一脚跟落地做两个短“吸”，一脚跟落地做一个“呼”，呼吸与步子互相配合，有节律地行进。

（5）要注意松腰、松胯、松膝，行走时腰要自然放松，配合呼而略转动，不可挺腰行走。

153. 为什么自然行功要求脚掌竖起、不走八字？

答：“脚掌竖起、不走八字”是郭林新气功所有行功要求遵循的功法。

（1）脚掌竖起是为了脚跟先着地；脚跟先着地，是为了调动肾经、膀胱经和奇经八脉，起到强肾固本与通经接气、疏通经络，改善循环的作用，因为肾经从脚底上来绕踝骨上行。郭林老师说，“脚跟不先着地，肾经调动不起来……这个脚跟有那么多的经脉能通全身……带脉、任脉、督脉、阴阳经全都通过……全身的气接通了，痛、疸、痿、痹，这几个玩意儿根本就不能呆住，就不能产生病”。（引自《郭林新气功为什么能治病抗癌》）

（2）不走八字是为了同时调动两脚内外侧的阴维阴跷脉与阳维阳跷脉，阴跷脉从肾经出来从内踝骨上行至喉咙；阳跷脉从踝骨外侧上行在眼睛处交合；阴维脉起于小腿足三阴经交会处，沿下肢内侧上行过胸部，与任脉会于颈部；阳维脉起于足跟外侧，沿下肢外侧上行至前额再到项后，合于督脉。不走八字就可以起到有效调理阴阳经的作用。

154. 为什么自然行功要求迈小步？

答：因为迈小步才易达到全身放松，尤其是下肢和腰部放松，郭林新气功所有行功都遵循此法。

（1）迈小步有利于保持两膝微弯。

（2）迈小步有利于身体重心移动时达到虚实交替、身体平稳。脚跟落地时前腿松、后脚稳，身体重心前移时前脚实、后脚松，就能够让肢体更好地放松。

（3)迈小步有利于保持坐胯松腰不变形。步子大,腰椎前屈负荷就会加大，腰部肌肉收缩也会加大，坐胯松腰易变形；迈小步才能始终保持腰松，气沉丹田。

155. 为什么肝、胆、眼病患者出脚时要脚尖先着地，其他病患者是脚跟先着地？

答：肝、胆、眼病患者出脚时向前迈出一步，右脚尖先着地，这样做是因为可以直接刺激肝经，调动肝经得气快，所以肝、胆、眼病患者是用右脚尖先着地出脚的。

其他疾病患者出脚时脚跟先着地，目的是点穴刺激脚跟的肾经、膀胱经、阴阳跷脉。癌症患者大多有肾虚、肾亏的问题。肾是产生元气之所，用脚跟导引，先强肾经。同时，阴阳跷脉出自脚跟，脚跟先着地还可调动阴阳跷脉，达到“跷脉动，诸脉通”的效果。郭林老师说不利用这两条阴阳跷脉，就太可惜了。

156. 自然行功的摆手需要注意什么?

答: 自然行功的摆手法是两手从中丹田到胯旁左右交叉摆(摸)动。摆手时需要注意的事项如下。

(1)摆手时,肩、肘、腕要放松。不架肩、腋虚空、肘要圆、腕要松,大臂带小臂自然摆出、摆回。

(2)摆手要导引回中丹田。摆回的手,虎口一定要导引到中丹田前的位置。

(3)摆手要呈弧形,向外摆出的手到胯旁要划弧形,向内摆回的手要随腰转动摆回中丹田,要避免两手在中丹田前水平线摆动。自然行功摆手要呈弧形,是因为势子导引要圆,弧形是半圆。郭林老师说,"我们的两手摆动要圆,半圆也是圆,不能是直的,圆了气就能走,圆了气就能循环"。(引自《郭林新气功为什么能治病抗癌》)

(4)摆手时,要有内有外、有高有低、有前有后、有上有下地摆动。一手丹田、一手胯旁要到位,摆到中丹田的手高一些,摆到胯旁的手要比摆到中丹田的手低一点,这样才能达到导引阴阳经、调整阴阳的效果。

(5)指尖不能朝向地面,五指要自然放松、虚拢。自然行功的摆手无论是泻法手势还是调整法手势,都要避免指尖向下垂。郭林老师说,"这样天天练,气都让你给泻完了"。(引自《郭林新气功为什么能治病抗癌》)

(6)摆手要与迈步配合好。自然行功的摆手与迈步是相互配合的,摆手与迈步交叉配合。郭林老师说,"我们手的势子导引配合一个脚,是交叉的。一个脚出来,一个手把气导引回丹田"。(引自《郭林新气功为什么能治病抗癌》)

所以,前脚掌踏平时,前脚方向的手要开始向中丹田前摆动,中丹田前的手要开始向胯旁摆动。

(7)摆手时,要正确运用补泻手法。要依据病情与身体状况分清补泻手势,不能用反了。

157. 为什么自然行功要两手左右摆动?

答: 自然行功行走时,要求两手在中丹田前和胯旁来回摆动,其目的是导引行气,调整阴阳与补泻。一方面双手来回摆动,可以导引手三阴、

手三阳经气循经下、上循环；另一方面手内外、高低摆动，可以导引内气由内到外、由外至内运行交流，外为阳，内为阴，起到调整人体阴阳的作用。再者双手摆动时根据病情调整手势的向背，还可以调整补泻，实现辨证练功。

158. 为什么行功摆手必须导引回中丹田而不能超过肚脐？

答：自然行功摆手必须导引回中丹田是因为中丹田有个气海穴，它具有气化功能。郭林老师说，“气要到气海，肚脐底下里面有个气海，丹田就在气海。双手摆回丹田，把气带回气海，元气归身，否则你练一辈子功也是空”。（引自《郭林新气功为什么能治病抗癌》）

双手摆到中丹田时，高度不能高过肚脐，不能让手摆到胃的地方，也不能超过或未到中丹田，因为这些地方没有气化功能。两手必须摆到中丹田前，才能引气归原。

159. 自然行功中摇摆天柱需要注意什么？

答“摇摆天柱”是自然行功中的基本功法之一，即通过每行走四步自然转头一次来达到转动“天柱”的目的。

摇摆天柱需要注意以下3点。

（1）头要随着身体的动作而转动，转头时要注意放松天柱穴处和脖子后面的两条大筋，肩膀也要同时放松，要防止歪头和头转太过。

（2）转头时，腰、头、手同时转向一个方向。

（3）行走时，身体正面时“吸吸”，自然转头时“呼”，且向“呼”的那只脚的方向转头45° 左右。

160. 为什么自然行功要求自然转头？

答：自然行功要求每走四步自然转头一次，其目的是摇动天柱，带动大椎穴，激发诸阳。通过转头调动督脉之阳，促进阴阳经脉流通。头不动，脖颈就会发紧。郭林老师说过，在练自然行功时，脑袋千万别不动，僵直

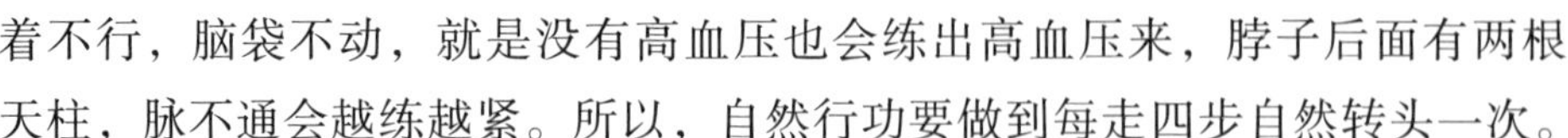

着不行，脑袋不动，就是没有高血压也会练出高血压来，脖子后面有两根天柱，脉不通会越练越紧。所以，自然行功要做到每走四步自然转头一次。

161. 为什么自然行功行走时要求视而不见？

答：“视而不见”指的是虽然目视前方，却因心神不往，好似没有看见一样，意指睁着眼看却似没看见。自然行功行走时要求视而不见，是为了存神，神不外驰，精神内守，功才能练得松静自然，内气充盈。郭林老师说，“睁眼练功，眼看前方也不要死盯着远方的景物。头脑很平静，真气就能很好地在体内运行”。（引自《郭林新气功为什么能治病抗癌》）

162. 自然行功的中度风呼吸法需要注意什么？

答：操练自然行功的中度风呼吸法，需要注意 4 个方面。

（1）两吸一呼，短吸短呼，要自然有节律，不可将两个短吸连成一个长吸，也不可呼得过短。

（2）呼吸以自己刚能够听见的呼吸声为度，不可呼吸太重，略微带动横膈膜颤动即可，以自感轻松舒适为宜。如果感觉吸气后有头疼、口鼻腔干燥等症状，则可能是呼吸过重，此时只要放松、放轻呼吸即可改善。

（3）“吸吸”和“呼”之间，“呼”和下一次的“吸吸”之间要有短暂的间歇平气，“每次呼吸都要有一次平气的有规律的呼吸活动”。（引自《新气功治癌功法》）

（4）呼吸要与迈步和摆手相配合。（配合法参见 151 题“怎样操练自然行功”）

163. 为什么自然行功强调呼吸导引为主？

答：自然行功强调呼吸导引为主。一是郭林新气功采用的风呼吸法以大量吸氧为治疗的基础，可有效促进机体新陈代谢和气血更新；二是风呼吸法可有效排除练功时的杂念，解决癌症患者练功不易入静的问题。

郭林新气功的风呼吸法行功都是以呼吸导引为主，既可大量吸氧，促进气

血循环，又能有效排除练功杂念，只要半入静就能有很好的治病防病疗效，安全系数高，是适合癌症患者操练的功法。

164. 为什么说自然行功是一切行功的基础？

答：自然行功是一切行功的基础，一是自然行功的功法包含了所有行功的基本功法，自然行功练好了，再学其他行功就比较容易掌握；二是自然行功比较接近自然行走，初学者易学易练；三是自然行功以松静自然为要求，自然行功练松静了，就有了练功的基础和本钱，因为松静是内气产生的条件；四是自然行功动静相兼，行走与呼吸均为中速，比较适合初病、初学者操练。郭林老师说，自然行功是其全部功的基本功。癌症患者在疾病初期难以入静，也能很快学会操练，并很快收获练功的效果。

165. 为什么自然行功要特别强调松静自然？

答：松静自然是内气调动和运行的必要条件，自然行功只有在松静自然的状态下，才能达到“全身松下来，毛细血管舒张”的气功态。郭林老师说，“我们练行功的时候单独靠鼻子呼吸，对抢救危重病人还是不够的。全身的毛细血管都在起作用……松下来，毛细血管舒张了，吸的氧气就多了”。(引自《郭林新气功为什么能治病抗癌》)

要想全身毛细血管都能舒张，发挥吸氧和排出二氧化碳的作用，就必须做到全身放松，让全身的毛细血管都能够很好地舒张。如此，鼻子与毛细血管就能共同作用于呼吸治疗，全身的毛孔都能吸氧和排出二氧化碳，就会更好地运行我们的气血，疗效就会高。

166. 为什么说自然行功能够有效调整人体阴阳？

答：阴阳失调是疾病发生、发展、变化的根本原因。自然行功能够有效调整人体阴阳，原因有4点。

(1) 自然行功在练功过程中始终舌舐上腭，接通任、督两脉，为内气在阴阳两脉之间快速流转创造条件，使阴阳不平衡逐渐得到调整。

（2）自然行功行走时脚跟先着地，同时调动足三阴、足三阳，阴阳二跷、阴阳二维之经脉，使这些影响全身阴阳平衡的重要经脉同调。

（3）自然行功行走时一脚踏实，一脚虚松，阴经之气由下而上，阳经之气从上而下，一上一下周流循环，不仅促气血循环，也调理阴阳不平衡。

（4）自然行功行走时两手在中丹田前和胯旁反复交替摆动，使人体内、外的负电、正电（内为阴、外为阳）得以交流；手三阴、手三阳上下交流，与足三阳、足三阴、任督两脉、奇经八脉交接连通，更能促进周身气血流通，以此联络脏腑肢节，沟通上下内外，阴阳无不自调。

郭林新气功所有行功都具有以上功法特点，也因此都具有调整阴阳的作用。

167. 癌症患者操练自然行功为什么速度不宜太慢?

答: 自然行功是中度风呼吸法行功，呼吸速度中速，行走速度也是中速。癌症患者操练此功宜略快些，不能走成慢步行功的样子。因为中度风呼吸法自然行功是呼吸导引为主的功目，呼吸导引为主的功目不宜太慢。风呼吸法是癌症患者治病的重要功法，具有呼吸快、猛、强和短吸短呼的特点，癌症患者行走太慢将达不到吸氧治疗的目的。

168. 练自然行功总是感觉站不稳是怎么回事?

答: 站不稳可能有 3 种情况。

（1）步子迈得太大。步子大，身体重心失衡，不仅身体不容易放松，而且不容易站稳。应改小步行走。

（2）行走时两脚虚实不分明。一脚还没踏实就迈另一脚，容易导致站不稳。要做到身体重心完全移到前脚，前脚掌踏实了，再迈出另一只脚。

（3）脚和手的动作没有配合好。手和脚应是交叉出，脚跟落地时一手丹田，一手胯旁，注意手的摆动时机，脚掌踏实时手才开始摆动，不要急着摆手。

169. 低血象患者操练自然行功手心向上练多久?

答: 血象低于正常值的患者，练自然行功时可以使用手心向上的升指标法，

但练多久不能统一标准，要辨证施治，因人、因病而异。

（1）对于因治疗原因导致的临时性血象偏低，如化疗引起的血象低于正常值的，可运用手心向上的升法走自然行功，待血象正常后即改为调整法或泻法手势。

（2）对于因病情导致的长期血象低于正常值的，或长期口服靶向药导致血象低于正常值的，要视指标情况区别处理。过低者要及时运用手心向上法操练；不是很低者，可视病情灵活选择调整法、调整法与泻法、调整法与升法，交替使用。

（3）对血象低于正常值较多的患者，特别是骨髓严重抑制、长期血象指标偏低的患者，在操练升指标法自然行功期间，必须停练特快功与吐“哈”音，并配合其他“升白”功法，才可见明显的升指标效果。

癌症患者不宜长时间操练升指标法，因此除了辨证练功外，还需要中西医以及食疗的配合，以尽快恢复正常的血象。

170. 自然行功一天可以操练几次?

答：自然行功一天至少操练一次。也可以根据病情、病程、体质等情况辨证操练。不练快功的慢性病患者可结合病情上、下午各练一次。

癌症患者抢救期体质虚弱到无法练快功的，可安排一日之中反复操练自然行功，一般一天可练2~3次不等，功时可灵活辨证运用。

癌症患者配合快功操练的，一天操练1~2次即可。

巩固与康复期防止复发转移的癌症患者，每天可练一个自然行功，再配合点步功、定步功等。

171. 自然行功可以在室内操练吗?

答：中度风呼吸法自然行功是吸氧功，癌症患者练功治病，靠的是采用风呼吸法大量吸氧来抢救生命，所以，中度风呼吸法自然行功不适合在室内操练。要选择空气最好的时间到户外练习。郭林老师曾经说过，“自然行功不能在家中练，家中有多少氧气可以吸呢”。（引自《郭林新气功为什么能治病抗癌》）

172. 怎样练好自然行功?

答：练好自然行功，必须把握 4 个要点。

（1）必须做到松静自然，这是所有行功的练法核心。

（2）必须牢记“圆、软、远”三字诀，这是练好行功的功法要诀。

（3）必须掌握功法“脚跷、手摸、吸吸呼、转头加转腰”，将功法细节做到位。

（4）必须认真做好功前的预备功和功后的收功，并认真休息气化。

173. 癌症患者与慢性病患者操练自然行功有哪些区别?

答：两者主要有以下 3 点区别。

（1）势子导引有所不同。癌症患者一般用泻法或调整法，慢性病患者一般用补法或调整法。

（2）呼吸导引有所不同。癌症患者一般采用泻法的风呼吸；心脏病、高血压患者及保健者采用自然呼吸法；慢性炎症患者先用风呼吸法操练，病情康复后改用自然呼吸法。

（3）行走速度略有不同。癌症患者一般略快些，慢性病患者一般要慢一些，但都要以自然舒适为宜。

174. 癌症患者怎样辨证操练自然行功?

答：癌症患者辨证操练自然行功宜因病、因症、因证、因人、因时区别对待。

（1）因病辨证操练。实证兼重症者，癌症、炎症宜用“泻法”操练，包括预备功、正功、收功的势子导引和呼吸导引均用“泻法”。同时用足功时，在行走速度上可略快些，手势子导引可摆动大一些。运用风呼吸法，呼吸频率宜稍快一些；癌症兼有严重心脏病患者用自然呼吸法操练，心脏病减轻时可改用轻度风呼吸法操练。

（2）因症辨证操练。有高、低指标情况的：①手势子辨证，高指标者用指尖向下来回摆动的“降法”导引，低指标者用手心向上来回摆动的“升法”导

引，癌症患者治疗期间出现低血象时，可短时间用手心向上的“升法”导引。同时兼有高、低指标者，用调整法手势导引，即手心向下摆出，手心向里摆回。②视线辨证，高指标者眼睛的视线可略低于膻中穴，低指标者眼睛视线可略高于印堂穴，正常指标者平视前方即可。

（3）因证、因人辨证操练。身体虚弱者：①选用气呼吸“补法”或调整法，运用风呼吸法可略轻一些，呼吸稍慢一些，以身体耐受性良好为原则，呼吸不要一下给得太强、太猛。②行走速度可略慢一些，双手摆动幅度可以小一些，可改用“调整法”手势导引，待体力恢复后，再改用“泻法”导引。③灵活运用功时，如采取“少吃多餐”原则，将一个自然行功分若干次操练，中间多休息几次，以适应虚弱的体质。

（4）因时辨证操练。①抢救治疗阶段，即初病或带瘤的癌症患者，用“泻法”导引且手的摆动幅度稍大一些、行走得略快一些，“瘤子大，不用大幅度的泻法恐怕抢救不过来”（引自《郭林新气功为什么能治病抗癌》）。②巩固疗效阶段，练了两三年“泻法”，病情稳定者可根据自身体质与病情改用调整法手势导引。癌症患者操练自然行功势子导引不能用“补法”，若肿瘤没有了，手的摆动可以小一些，不必继续大泻。但如有病情或指标异常反复的，要及时恢复“泻法”导引。③进入康复保健期后势子导引可用调整法。④遇特殊时期，如女性月经期不可用泻法导引，要及时将手势改为调整法，将风呼吸改为自然呼吸。癌症患者放化疗期间因心功能减弱操练风呼吸法有不适时，可暂改用轻度风呼吸法操练。

175. 慢性病患者怎样辨证操练自然行功？

答：慢性病患者操练自然行功也要结合病情选择相应的功法。

（1）因病辨证操练。势子导引要区别于癌症患者的“泻法”，双手摆动一般采用向外摆出时手心朝外，摆回时手心朝着“中丹田”的调整法，出现炎症时，可用“泻法”手势导引。行走速度较癌症患者慢一些，以自然舒适为宜。

多数慢性病呼吸导引用自然呼吸法，急慢性炎症要先用风呼吸法操练，病情康复好转后改用自然呼吸法操练。运用风呼吸法时呼吸要略轻一些。不同的慢性病，风呼吸快慢也有区别，如兼有低血压、血沉快的要略快一些，兼有高血压、心脏病、肝炎、肺气肿的就要慢一些、轻一些。

（2）因症辨证操练。①高指标者用指尖向下来回摆动的“降法”导引，低指标者用手心向上来回摆动的“升法”导引。同时兼有高低指标者用手心向外摆出、手心向内摆回的调整法。②高指标者眼睛的视线可略低于膻中穴，低指标者眼睛的视线可略高于印堂穴，正常指标者眼睛平视前方即可。

（3）因人辨证操练。年老体弱者，可采用手心相对摆出、摆回的“补法”导引。

176. 复发转移的癌症患者操练自然行功要考虑哪些辨证因素？

答：复发转移的癌症患者操练自然行功需要考虑以下5个辨证因素。

（1）练功方向是否需要调整。单纯原位复发的可继续按原练功方向操练；出现与原发病灶不同部位转移的，要考虑练功方向的调整，只出现转移病灶的以转移病灶的脏腑为练功方向，原位复发和转移同时出现的则选择主病的练功方向，或同时兼顾原病灶与转移病灶。如乳腺癌转肝癌，如果乳腺已无病灶，则应以肝为主选面向东方；如乳腺和肝都有病灶，可采用兼顾的原则，选择东北方向。

（2）势子导引是否需要调整。复发转移前势子导引用调整法的，要考虑改用泻法手势导引；复发转移前长期用泻法手势导引的，要考虑身体是否已经出现虚症，如因体虚长期用泻法的，可考虑调整法与泻法交替运用，同时结合之前手摆动幅度的大与小、开合的大与小相应调整补泻。

（3）练功速度是否需要调整。原来慢的可略快一些，原来快的身体虚弱了要适当慢一些。行动速度要符合疾病变化与身体当前的状况。

（4）呼吸导引运用是否恰当。可结合身体素质和病情考虑调整预备功、收功中的气呼吸补泻，以及中度风呼吸法的节律快慢。

（5）是否遵循远离病灶原则。出现复发转移要考虑调整三个气呼吸双手放置的位置、势子导引与身体距离的远近，做到手的势子离病灶远一些。

总之，当身体出现复发转移时，不仅功目要进行调整，各种导引功法也要做到灵活辨证运用。

177. 怎样辨证运用自然行功的功时？

答：辨证运用自然行功的功时应综合考虑操练者的病情、体质情况。

（1）凡体力能够达到正常操练功时的，按正常功法要求的功时操练，一次可操练40~45分钟。40分钟功时，左右脚各20分钟；45分钟功时，可左右左或右左右各15分钟。

（2）因体质虚弱，一次操练40分钟或45分钟有困难的，可适当减少功时，或化整为零，分若干次操练完成一个正常功时的自然行功。此练法有两种，一种是每次操练15分钟即收功，休息一会再操练15分钟再收功，分两次或三次练完；另一种是走几步，休息一会，三开合再走几步，如此反复多次地完成一个自然行功。

（3）癌症患者抢救阶段运用45分钟的自然行功时，宜采取每走15分钟两脚平站，做三开合和三个气呼吸，然后换脚一次的练法。如此操练可以很好地避免风呼吸刺激过强或易疲劳的情况。郭林老师说，“在自然行功中，我用一个呼吸法，即风呼吸法与气呼吸法混合用，那就能出更高的疗效……风呼吸法太强了，他受不了，45分钟连续做就够呛了。我先来15分钟风呼吸法，然后站稳，再来个气呼吸法，调和它，站着不走了，然后深深地、长长地、慢慢地再来一个气呼吸，三开合，三呼吸，这样，他既不累，也不过度的强烈。45分钟，每15分钟来一个气呼吸法进行调整”。（引自《郭林新气功为什么能治病抗癌》）

（4）病重需要加强功时的，一天可根据需要操练2~3次。

178. 怎样辨证掌握自然行功的行走速度？

答：自然行功是中度风呼吸法行功，其行走时的速度是中速的。这个中速是相对快功或慢步行功而言的，也是相对个人习惯行走速度而言的，不同的情况也有速度的辨证。

（1）因病辨证操练。每个人病情不同，速度快慢也应有所不同。总的原则是癌症患者在自己中速行走的基础上可适当快一些，慢性病患者可适当慢一些，心脏病患者尤其要慢一些。

（2）因人辨证操练。男女、老少体质不同，行走速度的快慢会有所不同，应该以自己感觉最舒服、最自然的中速行走为准。体质虚弱时，要适当慢一些，以适合自己的体力、速度为宜。

（3）因时辨证操练。控癌初期、疾病发展期、体质好的均可行走略快一些，随着疾病稳定，进入巩固或康复期，则可比初期操练时略慢一些。

179. 怎样辨证练好中度风呼吸法自然行功？

答：辨证练好中度风呼吸法自然行功应把握以下两点。

（1）熟知自然行功辨证施治的内容。根据病情、病症、病证、病程灵活辨证运用。如势子导引有补、泻、升、降、调整法的辨证，呼吸导引有风呼吸与自然呼吸的辨证运用，风呼吸有轻、中度的辨证。

（2）弄清楚操练者的病情、虚实、疾病所处阶段和病情转化情况。只有知晓上述情况，才能准确运用好辨证功法，做到事半功倍。如癌症兼有心脏病者，不能不问病情就贸然用风呼吸法；血压较低时，不能仍沿用原血压高时的指尖向下降法等。

第三章 快 功

- 快功
  - 什么是快功
    - “快功”是采用风呼吸法快速行走的功目。此功能大量吸氧并快速推动气血循经而行，郭林老师称其为对付癌症的主功
  - 快功的作用
    - （1）加速人体吐故纳新和新陈代谢，改善人体内环境
    - （2）推动气血快速循环、活血化瘀、疏通瘀滞
    - （3）提高人体生物电位，调整阴阳，有效提升机体免疫力
    - （4）能有效抑制癌细胞，防肿瘤复发转移
  - 快功有几种练法
    - （1）强度风呼吸法特快功
    - （2）弱度风呼吸法稍快功
    - （3）中度风呼吸法中快功
  - 快功的辨证重点
    - （1）因病辨证
      - ①治病阶段的癌症患者只要体力许可以及无禁忌证者都应操练特快功；癌症兼心脏病者病情需要练特快功的，可改练“代特快”
      - ②慢性病患者不练特快功
    - （2）因症辨证
      - 血压控制不好的、血象指标极低的癌症患者不练特快功
    - （3）因证、因人辨证
      - ①病重但体质好的癌症患者每天可操练1~2次特快功；体质虚弱和高龄患者根据虚弱程度，先选练稍快或中快功
      - ②慢性病中严重炎症但体弱者需要练快功可选练中快功或稍快功
    - （4）因时辨证
      - ①已练三年特快功、身体无病灶、病情稳定者可改练稍快或中快功
      - ②女性月经期不练快功，化疗期间的癌症患者不练特快功

180. 什么是快功?

答:“快功”是采用风呼吸法快速行走的功目。在“郭林原著”中被称为“风呼吸法快功”。因此功对消瘤、控制癌细胞扩散和转移有比较好的疗效，郭林老师称其为“对付癌症的主功”。在50年的社会传承中，此功又称“快步行走法”，简称“快功”。

181. 快功有哪些作用和功效?

答: 在风呼吸法行功中，快功具有快速吸氧与大量吸氧的特点，它的突出作用和功效主要有4点。

（1）加速人体吐故纳新和新陈代谢，改善人体内环境。

（2）推动气血快速循环、活血化瘀、疏通瘀滞。

（3）提高人体生物电位，调整阴阳，有效提升机体免疫力。

（4）能有效抑制癌细胞，防肿瘤复发转移。

综上所述，快功在提升癌症康复率和降低复发转移率方面能够起到重要的作用。

182. 快功适合哪些人操练？有何禁忌?

答: 快功适合各类癌症患者、慢性病中的部分疑难杂症患者和炎症患者。

“快功”禁练人群与禁忌证包括:

（1）癌症伴严重心脏病患者。

（2）身体极度虚弱的癌症患者。

（3）女子经期、孕期。

（4）癌症患者放化疗期间不练特快功。

（5）慢性病人无须练特快功。

（6）癌症伴高血压患者、已经康复稳定的癌症患者不练特快功。

183. 快功有几种练法？

答：快功有 3 种练法。根据呼吸强弱和行走的速度分为中度风呼吸法中快功、弱度风呼吸法稍快功、强度风呼吸法特快功。练功者可根据自己的病种、病情、体质和指标情况，选择适合自己的快功进行锻炼。

184. 快功采用了哪些导引法？与自然行功相比有哪些导引特点？

答：快功与自然行功一样，主要采用了三大导引法，即呼吸导引、势子导引和意念导引。其中，呼吸导引是重点。

（1）呼吸导引的特点。快功的呼吸导引较自然行功更多样化，呼吸频率也快，包含了三种呼吸导引，即中度风呼吸法、弱度风呼吸法和强度风呼吸法。

（2）势子导引的特点。快功的势子导引与自然行功大致相同，包括迈步法、摆手法和转腰转头等功法。只是势子导引的频率比自然行功快一些。

（3）意念导引的特点。快功的意念导引与自然行功基本相同，亦采用悟外导引的“一念代万念”法，但更强以调呼吸导引为主。

185. 什么是弱度风呼吸法？用于哪些功目？

答：“弱度风呼吸法”指的是“两吸一呼”的风呼吸法，其呼吸的声息比自然行功的中度风呼吸略强些、快些，但比特快功的强度风呼吸稍弱些、慢些。

弱度风呼吸法用于稍快功。

186. 什么是强度风呼吸法？用于哪些功目？

答：“强度风呼吸法”是“一吸一呼”的风呼吸法，其呼吸强度和频率是所有行功中最强、最快的。其特点是吸与呼都短促、有力，猛而强。呼吸时稍带较强的风息声。

强度风呼吸法用于特快功，包括其辨证用法的代特快功。

187. 什么是稍快功？

答：稍快功是采用“两吸一呼”的弱度风呼吸法的快功。其行走的势子、呼吸，均与中度风呼吸法自然行功接近。之所以称其为“稍快功”，是因为其行走速度比自然行功要稍快些，风呼吸的声息比自然行功略强些，呼吸的节律更分明些。

188. 稍快功适合哪些人操练？

答：稍快功适合以下4类人操练。

（1）各类癌症患者，尤其是身体虚弱及高龄癌症患者。

（2）因各种原因需要操练快功，但又不能操练特快功或中快功的患者。

（3）癌症患者肿瘤已消除，为防止复发转移，又没有必要操练特快功的。

（4）有炎症的慢性病患者。

189. 稍快功的功法有哪些特点？

答：稍快功的功法特点主要表现为4点。

（1）行走与手的摆动速度较自然行功稍快些。

（2）“两吸一呼”的强度较自然行功略强些，呼吸的节律更分明些。

（3）与自然行功相比，其势子导引、呼吸导引都体现了柔中有刚的特点。

（4）行走中转头的频率多于自然行功，要求每两步一转。

190. 怎样操练稍快功？

答：稍快功的练法与步骤分3步。

（1）简式预备功。

（2）正功（以先出左脚为例）。点脚、出脚、迈步法、摆手法、呼吸法等功法，基本同自然行功。

①行走与呼吸配合。左脚跟着地，做两个短“吸”气，右脚跟着地，做一个“呼”气，依此法两脚交替有节律地以稍快的速度向前行走。

②呼吸与转头配合。每行走两步完成一个“吸吸呼”，配合一次转头。前

脚跟着地吸气时身体处于正面，随前脚踏实，向后脚方向转头，后脚上前、脚跟落地时呼气，自然转头到位。

③摆手与迈步的配合。左脚跟落地时，左手在左胯旁，右手在中丹田前；右脚跟着地时，右手在右胯旁，左手在中丹田前。

④左脚走 10 分钟后，上后脚松静站立，做中丹田三开合，换右脚再走 10 分钟，共行走 20 分钟。

（3）简式收功。休息 20 分钟左右。

191. 稍快功与自然行功有何不同？

答：稍快功与自然行功的不同体现在 5 个方面。

（1）速度上不同。稍快功是快功的一种，其呼吸与行走的速度都要比自然行功稍快一些，要求体现势子导引柔中有刚，呼吸频率短吸短呼，呼吸比自然行功略重一些，强调有节奏。而自然行功是中速自然行走的功法，是按操练者自己习惯的速度行走，自然、舒适是其特点。

（2）转头频率不同。稍快功是走两步转头一次，要求每迈出一步踏实后，配合一次自然转头。突出了转头的摇动天柱、带动大椎、疏通诸阳的作用。自然行功是走四步完成一次转头。

（3）稍快功不能用自然呼吸法操练，自然行功可以用自然呼吸法操练。

（4）稍快功是每走 10 分钟换脚，一共行走 20 分钟。自然行功是每走 15~20 分钟换脚，一共行走 45 分钟或 40 分钟。

（5）稍快功作为快功的一种，休息气化时间要长一些，一般 20 分钟左右；自然行功休息气化时间相对短一些，一般 15 分钟左右。

192. 操练稍快功需要注意什么？

答：操练稍快功需要注意以下 4 点。

（1）既要把握行走速度略快于自已的自然行功，又要避免呼吸强度过大、动作太猛太快。既不要走成自然行功，也不要走成特快功。

（2）要有节奏地正面吸吸、侧面呼地向前行走。无论先出哪只脚，那只脚每迈出一步踏实后，随身体重心移动到位，都要向呼的方向自然转头一次。

（3）跷脚、摆手、呼吸都要做到柔中有刚，刚中有柔，节奏分明。体现出稍快的行功特点，又不失行功“圆、软、远”的特点。

（4）转头时注意不要幅度过大，开始操练时速度可先慢一些，避免一开步就频繁转头而导致头晕。

193. 稍快功每两步转头一次感觉头晕，可以每四步转头一次吗？

答：稍快功每两步完成一次转头感觉头晕，可以每四步、六步完成一次转头。转头的目的是摇动天柱、带动大椎、疏通诸阳。稍快功如果能做到每两步转头一次效果更好，如感觉头晕，可以先按每四步、六步转头一次行走，同时注意转头的幅度放小、转速放慢，注意放松肩部，待适应一段时间后再试每两步完成一次转头。如有脑瘤，则可每六、八步完成一次转头，且转头幅度一定要小。

194. 什么是中快功？

答：中快功是采用“两吸一呼”，每走一步完成一个“吸吸呼”的中度风呼吸法快步行功，也称“跟吸掌呼”行功。因其能够大量吸氧，调息功力强，亦是癌症患者的主功。

195. 中快功适合哪些人操练？

答：中度风呼吸法中快功适合所有癌症患者操练，尤其适合体弱与高龄癌症患者操练。年老体弱的癌症患者操练时，可依据体力在速度上稍放慢一些，但也要比慢性病患者快一些。凡不能练特快功的癌症患者，如放化疗或吃靶向药的体弱者、兼有心脏病或高血压患者、无法操练行走与转头过快的特快功或稍快功的脑瘤患者、已无病灶且病情稳定多年不需要再练特快功的患者，都可选择中快功进行操练。慢性病中的气管炎、肺气肿、肝炎指标高的患者等也可以操练此功。

196. 中快功的功法有哪些特点?

答: 中快功的功法特点主要体现为4点。

(1)脚跟吸吸脚掌呼,一只脚完成一个"吸吸呼"。在相同的练功时间里,吸氧量大于其他中度风呼吸法行功。

(2)行走速度慢于其他快功,一只脚"吸吸呼"完,另一只脚再迈出,行走较稳。

(3)步法与呼吸较易配合,练功人可根据自己的体力,调整行走和呼吸的快慢。

(4)转腰幅度较大,能更好地摇动夹脊,刺激督脉和膀胱经的腧穴,调动人体正气,改善脏腑功能。

197. 中快功有几种练法?

答: 中快功有两种练法。第一种是向前脚方向转腰转头,第二种是向后脚方向转腰转头。两种练法都是脚跟吸吸,脚掌呼;正面吸吸,侧面呼。

198. 怎样操练中快功?

答: 操练中快功的练法与步骤如下。

(1)简式预备功。

(2)正功(以先出左脚为例)。点脚、出脚,迈步法、摆手法、呼吸法等功法,基本同自然行功。

①迈步行走。左脚向前迈出一步,前脚掌自然竖起,脚跟着地时做两个短促的"吸吸",左脚掌放平做一个"呼";换出右脚,右脚跟着地时做两个短促的"吸吸",右脚掌放平做一个"呼"。如此交替出脚,一步一步向前行走。

②转腰转头与摆手。分向前脚方向和向后脚方向转腰转头两种练法。

a. 向前脚方向转腰转头的练法。左脚跟着地时做两个短促的"吸吸",此时右手在中丹田前,左手在左胯旁,身体重心在后脚;左脚掌放平时做一个"呼",身体重心移至两腿之间,后脚跟不抬起,同时向左脚方向转腰转头,此时左手仍在左胯旁,右手仍在中丹田前。换出右脚,右脚抬起同时转腰转头摆手，身体回到正面，右脚跟着地时做两个短促的“吸吸”，右手臂从中丹田前向右胯旁摆，左手从左胯旁向中丹田前摆，此时身体重心在后脚；右脚掌放平时做一个“呼”，身体重心移到两腿之间，后脚跟不抬起，同时向右脚方向转腰转头，此时右手臂已摆到右胯旁，左手摆到中丹田前。如此交替出脚，一步一步向前行走。

b. 向后脚方向转腰转头练法。左脚跟着地时做两个短促的“吸吸”，此时右手在中丹田前，左手在左胯旁，身体重心在后脚；左脚掌踏平时做一个“呼”，身体重心移至前脚，后脚跟抬起，向后脚方向转腰转头摆手，左手向中丹田前摆动，右手向右胯旁摆动。换出右脚，右脚抬起同时转腰转头，身体回到正面，脚跟着地时“吸吸”，此时身体重心在后脚；右脚掌踏平时做一个“呼”，身体重心移至前脚，后脚跟抬起，向后脚方向转腰转头摆手，右手从右胯旁向中丹田前摆动，左手从中丹田前向左胯旁摆动。如此交替出脚，一步一步向前行走。

③两种中快功，中间都不需要换脚，行走20分钟后，上后脚，松静站立，准备收功。

（3）简式收功。休息20分钟左右。

199. 两种中快功的练法，有哪些共同点与不同点？

答： 两种中快功的共同点有4点。

（1）都是脚跟“吸吸”，脚掌“呼”，一只脚完成一次“吸吸呼”。

（2）呼吸与势子的配合，都是“吸吸”在正面，“呼”在侧面。

（3）以腰带头转，转腰幅度较大。

（4）都不需要换脚，操练时间都是20分钟收功。

两种中快功的不同点也有4点。

（1）“呼”时转腰转头的方向不同。一种向前脚方向转腰转头，一种向后脚方向转腰转头。

（2）转腰转头时身体重心位置不同。向前脚方向转腰转头，“呼”时重心在中间；向后脚方向转腰转头，“呼”时重心在前脚。

（3）“呼”时后脚跟是否离地不同。向前脚方向转腰转头，“呼”时后脚跟不抬起；向后脚方向转腰转头，“呼”时后脚跟要抬起。

（4）迈步与摆手的节点不同。向后脚方向转腰转头的中快功，迈步与摆手的配合是前脚掌踏平，身体重心移至前脚，“呼”时后脚跟抬起，向后脚方向转腰转头摆手。向前脚方向转腰转头的中快功，传承中摆手与迈步的配合有两种：一种练法是迈后脚时随着身体回正开始摆手，“呼”时转腰转头两手摆到位，摆手与身体重心的移动是协调连绵不断的动作；另一种练法是迈后脚时转腰转头身体回正，但手不动，脚跟着地完成“吸吸”，脚掌着地“呼”时才向前脚方向转腰转头摆手。

200. 操练中快功需要注意什么？

答：操练中快功需要注意4点。

（1）速度。中快功行走的速度一般慢于其他风呼吸法快功，练功者要结合自身情况，把握好行走速度，既要适合自己，又不宜走成慢步行功。癌症患者行走的速度一般要稍微快些。

（2）转腰转头摆手。中快功要突出以腰带动头转和摆手，转腰时不能晃肩。

（3）视线。中快功行走时要始终保持平视，转腰时视线不要向下。

（4）虚实分明。中快功“跟吸掌呼”要伴随身体重心移动，做到虚实分明。吸气时跷脚尖，重心在后脚，身体在正面。脚掌落地呼气时，向前脚方向转腰转头的中快功，重心落在两脚中间，上虚下实；向后脚方向转腰转头的中快功，重心落在前脚，后脚跟要虚起，要做到前实后虚。

201. 什么是特快功？

答：特快功是采用“一步一吸，一步一呼”，每两步完成一个“吸呼”的强度风呼吸法快步行功。

强度风呼吸法特快功是抑制癌细胞生长、控制癌细胞转移的最强功法，是癌症患者的抢救功。

202. 特快功适合哪些人操练？

答：特快功是癌症患者的抢救功，因此，凡属抢救阶段的癌症患者，只要体力许可、无禁忌证的，都适合操练此功（禁忌请参考第182题：快功适合哪些人操练？有何禁忌？）。

203. 特快功的功法有哪些特点？

答：特快功在功法上主要有4个特点。

（1）风呼吸是短促的一吸一呼，吸与呼时间是相等的。

（2）风呼吸的强度与呼吸的频率是所有行功中最强、最快的。

（3）行走的速度是快功中最快的，迈小步是其特点；摆手的幅度小，势子更凸显柔中带刚。

（4）呼吸导引是强度风呼吸，手势导引只能采用泻法。

204. 怎样操练特快功？

答：操练特快功的练法与步骤如下。

（1）简式预备功。

（2）正功（以先出左脚为例）。点脚起步、迈步法、摆手法、呼吸法、转头转腰等功法，基本同自然行功。

①迈步与呼吸的配合。左脚掌竖起，左脚跟着地用鼻子配合做一个短促的吸气；左脚放平，身体重心移到左脚，迈出右脚；右脚掌竖起，右脚跟落地配合用鼻子做一个短促的呼气。如此一步一吸、一步一呼，快速向前行走。

②迈步、摆手与呼吸的配合。左脚跟着地"吸"气时，左手摆至左胯旁，右手摆至中丹田前；右脚跟着地"呼"气时，右手摆至右胯旁，左手摆回中丹田前。如此两手配合呼吸与迈步，在中丹田与胯旁之间弧形来回摆动。

③呼吸、迈步与转头转腰的配合。每行走二、四、六步"呼"时，自然转头一次。以自然舒适为宜。

④行进中的其他功法。舌舐上腭、双目平视、咽津等同自然行功。

⑤左脚走10分钟后，上后脚松静站立，做中丹田三开合，换右脚再走10

分钟，一共操练 20 分钟。

（3）简式收功。休息 20 分钟左右。

205. 特快功的呼吸与迈步怎样协调配合？

答：特快功由于呼吸频率和行走速度都很快，所以操练时要特别注意呼吸与迈步的协调配合。

（1）行走的速度要由呼吸的频率决定。即迈步行走要跟着呼吸的频率，呼吸是主，迈步是从，迈步配合呼吸，呼吸多快步子就多快。如此步子紧跟呼吸行走，就能做到步子与呼吸的协调配合，就会走得如行云流水般轻松。

（2）循序渐进操练。初练时，可先放慢呼吸频率，让步速跟上呼吸，待呼吸与迈步配合熟练，再逐渐加快呼吸频率与步速，达到适合自己操练的特快速度。一定不可急于求成。初练特快功最容易犯的错误是追求快速行走，这样往往会出现呼吸跟着步子跑的现象，最终导致呼吸与步子不协调，出现憋气等不适感。

206. 操练好特快功需要把握哪些要点？

答：要练好特快功，需要把握以下 7 点。

（1）先学会迈步与呼吸的配合，脚步跟着呼吸走。

（2）先慢后快，循序渐进。先从慢一点的速度开始操练，逐步摸索出适合自己病情与体质的特快功速度。

（3）手摆动幅度要小，但导引要到丹田、胯旁，以达到调整阴阳、导气还丹的目的。

（4）步子要小，脚尖要跷起，脚跟落地要轻，腰、膝要放松，大腿带小腿轻松行走。避免因快速行走而全脚着地，避免因大步行走而与快速的短吸、短呼无法协调。

（5）头颈微转，转腰时转头、摆手，利用好行走时的惯性。

（6）意念可想“吸—呼”“吸—呼”，呼吸、势子、意念三个导引才易配合得好。

（7）行走速度要由慢到快、由快到慢。起步时要慢，逐渐提升速度，到快收功时要慢慢把速度降下来。

207. 特快功是不是走得越快越好？

答：特快功是癌症患者抢救期的主功，其呼吸频率和行走速度在所有行功当中是最快的，但并不意味着越快越好。

这是因为不同的人对呼吸频率的耐受性不同。郭林老师说，“气息的出入，必须以自己能够适应为度”，“过猛的气机冲击病的脏腑内器，使人容易发生不适感或弄出偏差来”。（引自《新气功防治癌症法》和《新气功治癌功法》）

特别是体质偏弱的患者，如果只为消瘤而不顾自身体质虚弱情况一味追求速度，则极容易发生体内气化不良，或是越练越虚弱的现象。所以，无论是呼吸频率还是行走速度均要辨证运用，以自己的身体能够适应，感觉舒适为度。

208. 什么是代特快功？

答：“代特快功”也称“代特快”。与特快功一样，也是采用“一吸一呼”的强度风呼吸法，所不同的是将特快功的两步完成一个“吸呼”改为一步完成一个“吸呼”。

此功是为需要练特快功的癌症患者而因心脏病等原因不能快速行走，而改为降速行走但又能够大量吸氧的特快功代替练法，故称其“代特快功”。因为它的行走速度比特快功慢，但比中快功快，《抗癌健身法》称其为“跟吸掌呼稍快行功”。

肺癌晚期兼心脏病的康复者高文彬老师实践“代特快功”的体会是：此功行走的速度放慢了，但呼吸次数没减多少，保证了大量吸氧，又不易出现憋气、喘气的现象。

209. 代特快功的功法有哪些特点？

答：代特快功的功法特点有 5 点。

（1）强度风呼吸法，一吸一呼。

（2）呼吸频率快，保证大量吸氧。

（3）可根据患者病情、体力灵活调节行走速度。特别适合病情重、需要练特快，但心脏不好、体质差的癌症患者操练。

（4）小碎步、跷脚尖，三步一转头，向前脚方向转腰、转头、摆手。

（5）心脏病、体质差的癌症患者，一吸一呼的力度可轻一些、弱一些，调整呼吸力度，辨证应用代特快功。

210. 怎样操练代特快功?

答：操练代特快功的步骤与练法如下。

（1）简式预备功。

（2）正功（以先出左脚为例）。点脚、出脚，迈步法、摆手法、呼吸法等功法，基本同自然行功。

①左脚迈出，脚掌竖起，脚跟着地时，鼻子做一个短“吸”，此时左手在左胯旁，右手在中丹田前；重心前移，左脚掌着地放平时，鼻子做一个短“呼”，呼时向左脚方向自然转腰、转头。

②迈出右脚，脚掌竖起，头转回正面，右脚跟着地时鼻子做一个短“吸”，右手已摆至右胯旁，左手已摆至中丹田前；重心前移，右脚掌着地时鼻子做一个短“呼”。

③继续迈出左脚，脚掌竖起，左脚迈出，脚跟着地时，鼻子做一个短“吸”，此时左手摆至左胯旁，右手摆至中丹田前；重心前移，左脚掌着地放平时鼻子做一个短“呼”。

④迈出右脚，如前述方法完成跟吸掌呼，“呼”时向右脚方向自然转腰、转头。如此，每走三步“呼”时自然转腰、转头一次。无须换脚，行走20分钟收功。

（3）简式收功。休息20分钟左右。（此练法见《抗癌健身法》）

211. 什么情况下选练代特快功?

答：以下情况均可以选练代特快功。

（1）癌症患者兼有轻症心脏病、高血压，风呼吸的强度可依心脏病、高血压的轻重，弱一些、轻一些，以自己能适应为度。

（2）年长体弱无法操练特快功，但病情又需要练特快功者。

（3）腿部有疾，病情又需要操练特快功者。

（4）其他适合此功的操练者。

212. 快功的功时、休息有什么规定？

答：几种快功的操练时间都是20分钟，休息气化时间也是20分钟左右。如果病情需要练两个快功，必须作为独立功分开操练，两个快功中间的休息气化时间最好延长5~10分钟。因为快功调动的内气多，休息时间也要比其他中度风呼吸法行功休息时间长些。练完一个快功，中间不休息接着操练第二个是不可以的。除了疲劳会透支体力外，上一个功调动的内气没有充分气化，等于两顿饭合成一顿吃，不仅功效不高，收不到练功增补元气、防治疾病的效果，而且不利于康复，时间长了还会造成元气亏损或气血瘀阻。

213. 快功能在下午或晚上练吗？

答：操练快功一般宜选择在早晨或上午操练，不宜在下午或晚上操练。身体虚弱者更应避免在下午或晚上操练快功。因为快功属于大泻功法，下午或晚上属于一天之中阳气渐弱之时。如疾病需要抢救，上、下午都需要练快功，也要宜早不宜晚，且不宜久用。

214. 怎样辨证运用快功的行走速度？

答：郭林老师依据患者不同病情、不同体质、不同年龄设计了不同的快功，辨证运用快功的速度，应把握以下5点：

（1）快功行走的速度特别是特快功要以适合自己为标准。快慢是相对的，体质太弱的患者行走速度应量力而行，可选择稍快功、中快功循序渐进，不能盲目追求行走速度，更不能与别人比速度。

（2）癌症抢救治疗期行走速度宜快，但体质虚弱时可减速，应以自己的呼吸能承受的速度为宜。

（3）需要操练特快功而兼有轻微心脏病、高血压者，可改练代特快功。

（4）慢性病患者不练特快功，其他快功速度宜慢些。

（5）行走的速度应与呼吸频率相配合，以呼吸频率定步子的快慢。自己的

身体状况能适应何种强度的风呼吸，是决定快功行走速度的参考标准。

215. 怎样辨证操练快功?

答：辨证操练快功，首先应该掌握不同快功的功法、功理及适练人群，在此基础上，根据自己的病情与体质，选练适合自己的功目，以保证治疗效果。具体有以下几点：

（1）因病辨证操练。看患者属于哪种病：①癌症患者治病阶段，只要体力许可、无禁忌证，都应操练特快功。②慢性病患者不练特快功，血液病、红斑狼疮、肝硬化、脉管炎等炎症患者，可练稍快功或中快功。③癌症兼心脏病患者，病情需要练特快功的，可练代特快功。

（2）因症辨证操练。看患者生理生化指标：①血压控制不好的癌症患者不练特快功。②血象指标极低的癌症患者不练特快功。

（3）因人、因证辨证操练。看患者体质、年龄等：①癌症患者病重但体质好的，每天可练1~2次特快功，每次20分钟，中间休息20~30分钟。②体质虚弱的癌症患者，视虚弱程度，先选练稍快功或中快功，或先选练其他行功，待体质提高后再练相应的快功。③高龄的癌症患者选练中快功，在行走与呼吸的速度上应比慢性病患者略快些。

（4）因时辨证操练。看患者病程与是否存在特殊期：①术后无癌瘤病灶、练3年左右特快功病情平稳者，可改练稍快功或中快功。癌症患者进入康复保健期，可不练快功。②女性月经期不练快功，癌症患者放化疗期间不练特快功。

216. 练好快功需要把握的重点是什么?

答：练好快功需要把握的重点有4点。

（1）掌握不同快功的功法特点。

（2）掌握好稍快功、中快功、代特快功、特快功的不同行走速度。

（3）掌握好中度、弱度、强度风呼吸的不同力度。

（4）掌握好迈步、呼吸、摆手的刚与柔，以及“迈步”“摆手”“呼吸”三个功法的配合。

217. 操练快功有哪些注意事项？

答：操练快功的注意事项有以下6点。

（1）根据病情与体质选择适合自己的快功。因体弱不能练快功的可先习练其他行功，但不能将快功的风呼吸改成自然呼吸操练。

（2）遵循特殊时期、禁忌人群辨证选练快功的原则。如严重心脏病、高血压患者禁练特快功，放化疗期间停练特快功，月经期间不练快功，不盲目练快功。

（3）把握好练功火候，不操之过急。根据自己的体质选择适合自己的快功功目和数量。每次一个快功时间可以少，但不要超过20分钟。

（4）作为癌症患者的主功，癌症患者操练快功时，手的势子应以泻法为主。体弱者操练中快功或稍快功时可用调整法，但一定不能用补法势子，一旦体力改善应及时恢复泻法。

（5）把握好起步和快结束时的速度，尤其是特快功，要做到起步时速度慢，逐渐加快速度，收功时速度要先慢下来。

（6）从人体运动机能状态变化的规律出发，快功不宜作为每天第一个和最后一个功目。

第四章　点步功

- 点步功
  - 什么是点步功
    - “点步功”是每走一步或两步或三步，用脚尖轻点地一次，配合一个吸吸呼的行走功目，也称中度风呼吸法一、二、三步行功
  - 点步功的作用
    - （1）激发经脉之气，通调全身经络与气血
    - （2）点穴通经、调整阴阳、通达五脏及有效调理肝、脾功能
    - （3）刺激中枢神经及交感神经的条件反射，增强机体免疫功能
  - 三种点步功的特点
    - （1）一步一点功是每迈一步，用脚尖轻点地一次，配合一个两吸一呼，在点步功中是调息强度最大的功目，具有攻强于守的特点
    - （2）二步一点功是每迈两步，用脚尖轻点地一次，配合一个两吸一呼，调息强度较一步一点功稍有减弱，具有攻守均衡的特点
    - （3）三步一点功是每迈三步，用脚尖轻点地一次，配合一个两吸一呼和一个自然呼吸，调息强度是点步功中最弱的一种，比较接近慢步行功，具有守强于攻的特点
  - 点步功的辨证重点
    - （1）因病辨证
      - 肝、胆、眼、脾病和炎症者应作为主功操练，操练时可侧重点大脚趾
    - （2）因证辨证
      - ①只要体力许可应一、二、三步点功连起来操练
      - ②身体虚弱的癌症患者可单独选择其中一种练法
    - （3）因时辨证
      - ①抢救治疗期的癌症患者应以操练快功为主
      - ②巩固、康复期者应将一、二、三步点功作为保健功坚持操练

218. 什么是点步功?

答:“点步功”是采用中度风呼吸法，每走一步或两步或三步，用脚尖点地一次，同时配合一个“吸吸呼”的行走功目。在“郭林原著”中称为“中度风呼吸法一、二、三步行功”。此功是癌症患者的主功，也适合慢性病患者冬季操练。郭林老师称其为“过冬功”。在50年的社会传承中，此功又称“中度风呼吸法一、二、三步点功”，简称“点步功”。

219. 点步功有哪些作用?

答: 点步功是通过上呼吸、下点穴，上走神经路线、下走经脉路线，相互配合达到气功治疗的作用，其作用主要有3点。

（1）激发经脉之气，通调全身经络与气血。

（2）点穴通经、调整阴阳、通达五脏，尤其能够有效调理肝、脾功能。

（3）刺激中枢神经及交感神经的条件反射，增强机体免疫功能。

220. 点步功有哪些功效?

答: 点步功的功效主要表现在两个方面。

（1）防治各种慢性病，尤其能够防治各类炎症，如气管炎、肝炎、肾炎、胃炎、胆囊炎、甲状腺炎、肺气肿、关节炎、内分泌失调等，防治感冒和发烧，尤其对低烧有很好的效果。

（2）控癌防癌，防止癌细胞转移、扩散。

221. 点步功的治病机理与其他行功有什么不同?

答: 点步功是上面用风呼吸刺激神经末梢，下面通过点穴通全身经络。既从神经路线来治疗，又从经络路线来治疗；既用风呼吸法，又用点穴法。呼吸与点穴并举，上下夹攻，相比其他行功，增加了点穴的作用。神经系统与经络系统一起发动，功力倍增。所以，郭林老师说，“这套功你们

要好好练，不但能防癌治癌，对于疑难慢性病，它一样能治。你们可以拿这套功作为你们一生保健的法宝”。（引自《郭林新气功为什么能治病抗癌》）

222. 点步功适合哪些人操练？有何禁忌？

答：点步功与自然行功一样，适合保健者、慢性病患者、癌症患者都可操练。它既是慢性病患者的主功，也是癌症患者的主功。尤其适宜肝、胆、眼疾病，脾胃病，肺病，各种炎症和妇科病患者操练，此功对脑鸣患者也有比较好的效果。

严重心脏病患者禁练点步功。轻微心脏病患者可改用轻度风呼吸法或自然呼吸法操练，动作要慢些，点脚要轻些。

223. 点步功采用了哪些导引法？

答：点步功同自然行功一样，也采用呼吸、意念、势子三大导引。与自然行功不同的是，点步功在势子导引中增加了脚趾的点穴功法。

（1）呼吸导引。点步功与自然行功同是“两吸一呼”的中度风呼吸法，但三步一点在“两吸一呼”后增加了一个“平”（自然呼吸）。

（2）意念导引。同自然行功的悟外导引以一念代万念一样，可以想简单的词语、数息、数步数来排除练功杂念。

（3）势子导引。点步功同自然行功的迈步、脚跷、摆臂手摸、自然转头等基本势子相同，但比自然行功多了点脚尖的导引功法、加大了转腰的幅度。

224. 点步功可以点几个脚趾？各适合什么情况？

答：点步功既可以只点大脚趾，也可以所有脚趾一起点。点足大趾主要是针对肝、脾疾病，重点调理的是肝经、脾经。所有脚趾一起点是同时将脚上的几条经络都调动起来，对其他疾病效果也很好。

225. 点步功点脚可刺激脚趾的哪些穴位？各循行哪条经络？

答：点步功点脚可刺激的穴位循行的经脉：

（1）点足大趾。点足大趾可刺激足大趾内侧的隐白穴和外侧的大敦穴，前者是脾经上的井穴，后者是肝经上的井穴。分别循行脾经和肝经。

（2）点五趾。五趾齐点除可刺激足大趾上的井穴外，还可刺激足二趾的厉兑穴（胃经的井穴）、足四趾的足窍阴穴（胆经的井穴）和足小趾的至阴穴（膀胱经的井穴）。三者分别循行胃经、胆经和膀胱经。

226. 点步功有几种练法？可分开练吗？

答：点步功有四种练法：中度风呼吸法一步点功、中度风呼吸法二步点功、中度风呼吸法三步点功，还有一步三点功，此为一步点功的辨证练法。

一、二、三步点功是一套完整的功法，一般应该连在一起操练。但体质虚弱者难以连在一起操练时，可暂时分开操练。一步三点功可以作为独立功操练，也可以依据病情与身体需要，与二、三步点功连在一起操练。

227. 点步功的功法要领是什么？

答：点步功的功法要领有3条。

（1）迈小步，慢提脚，轻点脚，点住、点稳。

（2）两膝微弯，松全身，转腰、转头。

（3）脚跟“吸吸”，点脚“呼”；正面“吸吸”，侧面“呼”。

228. 什么是一步点功？其特点是什么？

答：一步点功指的是每走一步完成脚尖点地一次，配合一个“吸吸呼”的行走功目，简称“一步点功”。

其特点是呼吸短而强，行走步伐也较二、三步点功快，在点步功中属于攻强于守的一个功目，它是行功中调整人体阴阳的最佳功目之一。

229. 一步点功适合哪些人操练？

答：一步点功适合以下人群操练。

（1）肝、脾病患者和各类炎症患者。

（2）感冒初期或有低烧的患者。

（3）体质比较好的癌症患者或慢性病患者。

230. 怎样操练一步点功？

答：一步点功的操练步骤和练法如下。

（1）简式预备功。

（2）正功（以先出左脚为例）：点脚、出脚，迈步、摆手等功法同自然行功。

①移动身体重心到右脚，松提左脚，在右脚内侧约一拳处轻点左脚尖，此时右手在中丹田前，左手顺势后撤到左胯旁；然后左脚向前迈出一小步，脚尖跷起，脚跟着地，鼻子配合做两个短的吸气。

②左脚踏平，身体重心前移，站稳，后脚跟虚起，向右前方转腰、转头，同时右手向右胯旁摆动，左手随腰转动划向中丹田前，右脚变虚，松膝、松腰、松胯。

③松提右脚，移至左脚内侧中间旁开约10厘米处，轻点右脚尖，同时配合鼻子做一个呼气，此时左手已在中丹田前，右手已在右胯旁。

④换出右脚向前迈出一小步，腰与头转回正面，右脚尖跷起，右脚跟落地时鼻子做两个短吸气，此时，左手仍停留在中丹田前，右手仍停留在右胯旁。

⑤前脚踏平，身体重心前移，站稳，后脚跟虚起，向左前方转腰、转头，左手向左胯旁摆动，右手随腰转动划向中丹田前，左脚变虚，松膝、松腰、松胯。

⑥松提左脚，移至右脚内侧中间旁开约10厘米处，左脚尖轻点地，同时配合鼻子做一个呼气，此时左手已到左胯旁，右手已到中丹田前。

⑦如此每向前迈一步，脚跟着地“吸吸”，前脚掌踏平，对侧脚提起在前脚内侧约10厘米处脚尖轻点地“呼”，两脚交替以中速向前行走，同时配合两手左右交替摆动；行走20分钟后，上后脚，松静站立，做中丹田前三开合（平气）；接着做二步、三步点功。如只做一步点功，则可按简式收功

法收功。

（3）简式收功。收功后休息 15~20 分钟。

231. 操练一步点功需要注意什么？

答：操练一步点功须注意以下 4 点。

（1）短吸短呼，节奏分明。一脚跟落地两个短“吸吸”是一拍，脚尖点地时“呼”是一拍，“吸”与“呼”要平衡，防止吸多呼少。

（2）迈小步，稳步前行。行一小步点一次脚尖，两脚小步交替行走，防止大步流星、站立不稳。

（3）轻点脚尖，点住、点稳。点脚后要有片刻的停顿，防止蜻蜓点水。

（4）一步点功可连续行走 20 分钟，中间不需换脚。

232. 什么是二步点功？其特点是什么？

答：二步点功指的是每走两步完成脚尖轻点地一次，配合一个“吸吸呼”的行走功目，简称“二步点功”。

其特点是呼吸次数较一步点功减少一半，呼吸强度也缓和一些，行走速度也较一步点功慢一些；在点步功中属于攻守均衡的功目。

233. 二步点功适合哪些人操练？

答：二步点功除与一步点功有相同的适应者外，还有其自身特殊的适应者。

（1）因二步点功较一步点功呼吸强度略缓和一些，行走速度也略缓一些，所以适合体质较弱者先操练。可先操练二步点功，待体力恢复后再操练一步点功。

（2）因此功迈两步点脚尖一次，所以先出哪只脚就总是点哪只脚，点脚是固定的，因此比较适合须侧重点左侧或右侧经络的患者操练。即通过增加左侧点步的功时或增加右侧点步的功时，达到有侧重地调治某类疾病。如肝病可侧重点右脚（右左右各 10 分钟），脾病可侧重点左脚（左右左各 10 分钟）。

234. 怎样操练二步点功?

答: 操练二步点功，如果是做独立功，则同自然行功方法一样，在正功前后分别做预备功和收功。如果是连接一步点功，则在一步点功后松静站立，做中丹田前三开合，然后按以下方法操练（以先出左脚为例）。

（1）左脚向前迈出一小步，脚尖跷起，脚跟先着地，鼻子配合做一个短吸气，此时右手在中丹田前，左手在左胯旁。

（2）左脚踏平，身体重心前移，右手向右胯旁划弧摆动，左手划回中丹田前。

（3）换出右脚，右脚尖跷起，脚跟着地，鼻子配合再做一个短吸气，此时左手已至中丹田前，右手已摆至右胯旁。

（4）右脚踏平，身体重心前移，站稳，后脚跟虚起，向左前方转腰、转头，左手向左胯旁摆动，右手随腰转动划向中丹田前。左脚变虚，松膝、松腰、松胯。

（5）松提左脚，移至右脚内侧中间旁开约10厘米处，脚尖轻点地一次，同时鼻子配合做呼气。此时，左手已至左胯旁，右手已至中丹田前。

（6）左脚继续向前迈出一小步，如前法每走两步完成两个短“吸”和点脚尖一次完成一个“呼”。如此行走10分钟后，上后脚，松静站立，做中丹田前三开合；换出右脚，按左脚行走方法也行走10分钟；一共行走20分钟。如接着练三步点功，可上后脚松静站立，做三开合后接着练三步点功。如做为独立功，可以20分钟后收功，也可以左右左或右左右各走10分钟，行走30分钟后上后脚，松静站立，按简式收功法收功，休息15~20分钟。

235. 一、二步点功有什么区别?

答: 一、二步点功有两点区别，操练时需要注意。

（1）一步点功是一脚完成两个短吸气，一脚完成一个呼气，是二拍；二步点功的调息强度较一步点功缓和一些，可以理解为它的呼吸节奏是四拍，即一脚“吸”一拍，再一脚“吸”一拍，“呼”是两拍。

（2）一步点功是两脚轮流点地，20分钟内不换脚；二步点功是出哪只脚点哪只脚，所以每走10分钟要换脚一次。

236. 什么是三步点功？其特点是什么？

答：三步点功指的是每走三步完成脚尖点地一次，配合一个“吸吸呼”和一个“自然呼吸”（平）的行走功目，简称“三步点功”。

其特点是呼吸强度弱于一、二步点功，行走速度也较一、二步点功慢；在点步功中属于守强于攻的功目，对于防癌治病、尽快提高患者的身体健康水平是最合适的。

237. 三步点功适合哪些人操练？

答：三步点功除与一步点功有相同的适应者外，还有其自身特殊的适应者。

（1）低血压、贫血症、白血球低、慢性肝炎、糖尿病、心脏病等患者，轻度心脏病患者操练此功时可以将风呼吸改为自然呼吸。

（2）体质虚弱、气血亏损严重的患者在病体损伤未恢复前操练此功最合适，因为此功呼吸的气量和内气的运行情况比较接近慢步行功。

238. 怎样操练三步点功？

答：操练三步点功，如果是做独立功，则同自然行功方法一样，在正功前后做预备功和收功。如果是连接二步点功，则可在二步点功后松静站立，做中丹田前三开合，然后按以下方法操练（以先出左脚为例）。

（1）左脚向前迈出一小步，脚尖跷起，脚跟着地，鼻子配合做一个短吸气，此时左手在左胯旁，右手在中丹田前；左脚踏平，重心前移，左手向中丹田前摆回，右手向右胯旁摆出。

（2）换出右脚，脚尖跷起，脚跟着地，鼻子再做一个短吸气，此时左手已摆至中丹田前，右手已在右胯旁；右脚踏平，身体重心前移，右手向中丹田前摆回，左手向左胯旁摆出。

（3）换出左脚，脚尖跷起，脚跟着地及放平的过程中，配合做一个呼气；随左脚放平，身体重心前移，微前倾站稳，后脚跟虚起松透，身体向右后方转腰、转头，配合两手向右侧摆动，左手摆回中丹田前，右手摆向右胯旁。

（4）微提右脚，右脚尖在原落脚地轻点地一次，此时采用自然呼吸，眼睛

余光要看向点脚一侧肩部，左手在中丹田前，右手在右胯旁。一个“吸吸呼+自然呼吸”的三步点完成。

（5）换出右脚向前迈出一步，依上述方法继续走三步完成一个“吸吸呼”的导引功法，并向左脚方向转腰、转头，完成原位轻点脚一次，配合一个“自然呼吸”。如此两脚循环交替行走20分钟，上后脚，松静站立，准备收功。

（6）简式收功。休息15~20分钟。

239. 三步点功与一、二步点功的区别是什么？

答：三步点功与一、二步点功有4点区别，操练时需要注意。

（1）三步点功的调息强度是一、二、三步点功中较弱的一种，其迈步与呼吸、摆手均慢于一、二步点功，行走也更加平稳、舒缓。其呼吸与行走的节律可以理解为六拍，即，吸一拍，再吸一拍，呼两拍，自然呼吸两拍，气息平稳后再换另一只脚迈出。一、二步点功呼吸与行走的节律分别是两拍和四拍。

（2）“呼”时配合转腰、转头，转腰、转头的幅度大于一、二步点功，上身要略向前倾一点，但必须保持百会朝天。因每走三步需转腰、转头一次，故每次转腰、转头的方向不同。

（3）“自然呼吸（平气）”时完成原地点脚尖一次，此时自然呼吸的气息要自然平稳，是为了让体内的气息平稳地沉一下，使内气更有序地运行，不可有意识地重吸重呼。

（4）三步点功是每行走三步轻点脚尖一次，两脚轮流点地，所以可连续操练20分钟不换脚，这点与一步点功相同，与二步点功不同。

240. 一、二、三步点功有哪些异同？

答：一、二、三步点功的功法有相同，也有不同。

（1）均是中度风呼吸法的“两吸一呼”。不同之处是呼吸频率逐降，二步点功较一步点功舒缓，三步点功较二步点功舒缓；三步点功在两吸一呼后配合了一个自然呼吸。

（2）均是脚尖轻点地一次。不同之处是一、二步点功脚尖点在对侧脚中间位置，是呼气时点脚；三步点功脚尖点在后脚原位，是在呼气之后的自然呼吸时点脚。

（3）均要求点脚前转腰、转头。不同之处是一步点功迈一步转腰、转头一次，二步点功迈两步转腰、转头一次，三步点功迈三步转腰、转头一次；一、二步点功转腰、转头至左前方或右前方，三步点功转腰、转头向后脚方向，幅度比一、二步点功稍大些，并要求眼睛余光看到后脚一侧肩部。

241. 什么是一步三点功？其特点是什么？

答：一步三点功是一步点功的辨证练法，是每走一步完成脚尖轻点地三次，同时配合一个“吸吸呼”和一个自然呼吸的行走功目，简称“一步三点功”。

其特点是呼吸强度较一步点功缓和一些，因其配合了一个自然呼吸；但点穴次数多了两次，增加了点穴的功效。

242. 一步三点功适合哪些人操练？

答：一步三点功比较适合肝、脾病患者和下焦病患者操练，它是肝病患者必练的功目。因其点脚的次数较一步点功多，直接强化了脚尖点穴的作用和功效。

243. 怎样操练一步三点功？

答：一步三点功的预备功、收功、点脚起步、迈步、摆手均同一步点功。不同的只是脚尖轻轻点地 3 次。在“呼”后须配合一个自然呼吸。具体的步骤与练法如下（以先出左脚为例）。

（1）预备功后，点左脚，左脚向前迈出一小步，脚尖跷起，脚跟落地，鼻子配合做两个短吸气；此时，右手在中丹田前，左手在左胯旁。

（2）前脚踏平，身体重心前移，站稳，后脚跟虚起，向右前方转腰、转头；此时，右手向右胯旁摆动，左手随腰转动划回中丹田前；右脚变虚，松膝、松腰、松胯。

（3）松提右脚，移至左脚内侧中间旁开约 10 厘米处，轻点右脚尖 3 次，同时配合做一个呼气和一个自然呼吸，此时左手已在中丹田前，右手已在右胯旁。

（4）换出右脚向前迈出一小步，腰与头转回正面，右脚尖跷起，右脚跟落地时鼻子配合做两个短吸气，此时左手仍停留在中丹田前，右手仍停留在右胯旁。

（5）右脚踏平，身体重心完全移到右脚时，向左前方转腰、转头，左手向左胯旁摆动，右手随腰转动划向中丹田前；左脚变虚，松膝、松腰、松胯。

（6）松提左脚，移至右脚内侧中间旁开约10厘米处，左脚尖轻点地三次，同时配合鼻子做一个呼气和一个自然呼吸。

如此向前迈出一小步做两个短吸气，换出另一只脚，脚尖轻点地三次，配合一个呼气和自然呼吸的功法即为一步三点功的操练方法。两脚交替向前行走20分钟后，上后脚，松静站立做中丹田前三开合，按简式收功法收功。休息15~20分钟。

此功可以单独操练，也可和二、三步点功连起来一起操练。

244. 操练一步三点功需要注意什么？

答：一步三点功与一步点功的迈步、摆手、转腰、转头、点脚位置都是一样的。只是点脚时由点一下增加为点三下，同时增加了呼气后的自然呼吸。因此，操练时需要注意点脚三次与呼吸的配合，即在一个呼气与一个自然呼吸过程中完成点脚三次；“呼”的长度与两个短“吸”的长度大致相当；自然呼吸要似歇息、忘息，让体内气息平稳地沉一下，不可变成有意识的一吸一呼的风呼吸。

245. 点步功的经脉路线是如何走的？

答：脚趾点地，气就会从足内侧阴经循经而上，上到冲脉，在肚脐两边上来，从会阴、子宫上到胸部，再从两腋下走到内劳宫；由手指背后沿外劳宫循经而上，上至颈部，从耳后上行至太阳穴，然后通过眼睛“鱼尾”到“鱼头”，从攒竹上达神庭到百会，然后从督脉而下，形成气的整体循环。知此走向，可以更好地利用点步功治疗相关疾病，发挥点穴通经、引气循环的治疗作用。但知其走向，并不意味着练功时可以意领气，而是要更好地松腰、松胯、松膝，轻点、点住，真正练出功效。

246. 点步功的功时如何把握？

答：点步功的功时把握原则是，一、二、三步点功单独操练时，每个功可练 20 分钟，肝病患者可以练 60 分钟；实践中二步点功、一步三点功单独操练时还可以练 30 分钟；一、二、三步点功连续操练时，每个功 20 分钟，共计 60 分钟。

247. 操练点步功时可以配合点手的内劳宫穴吗？

答：有轻微心脏病或因放化疗、吃靶向药引起心功能受损的患者，操练点步功时，在脚尖点地的同时可以用中指和无名指轻点手的内劳宫穴。因为轻点内劳宫穴可以激发心包经的功能，改善心包经的气血循环，有增强心脏功能的作用，对心脏有一定的调理作用。需要注意的是要配合好呼吸，“呼”时双手中指与无名指轻轻点按内劳宫穴，“呼”完手指松开；三步一点时在自然呼吸状态下完成点按内劳宫穴。

248. 癌症患者兼有心脏病的能练点步功吗？怎样操练为好？

答：癌症患者兼有心脏病的应视病情决定能否操练点步功。心脏病严重者禁练点步功，心脏病轻微者可按如下方法操练。

（1）宜采用自然呼吸法或轻度风呼吸法，或采用自然呼吸法、轻度风呼吸法、意念呼吸法三种呼吸方法交替操练。意念呼吸法指的是意念想“吸吸呼”，实际用自然呼吸。

（2）动作应慢些，点脚轻些，同时可在点脚尖时，双手中指与无名指轻点内劳宫穴一下，“呼”时点，“呼”完松开。

（3）操练三步点功时可改用自然呼吸法，也可轻闭双目操练。

249. 有脑梗、脑肿瘤的患者能否操练点步功？操练时需要注意什么？

答：有脑梗、脑肿瘤的患者只要能行走都可以操练点步功。操练时要注

意全身放松，转腰、转头的幅度要小一些，注意做到“两轻”，即风呼吸要轻、点脚要轻。

250. 操练点步功应避免哪些错误练法？

答：操练点步功大致需要避免以下6种错误练法。

（1）迈大步。迈大步既不容易放松身体，也不容易站稳，也不容易做好与短吸短呼的协调。

（2）膝盖挺直。膝盖松，气才能上来；膝盖挺直不仅上下气不易流通，易伤膝盖，还影响松腰。

（3）只转头不转腰。只转头不转腰，督脉之气上行不利，带脉也松不好；转腰带转头，才可松大椎、天柱，刺激夹脊的腧穴，调动腹部天枢穴。

（4）点脚太重。点脚太重，整个脚趾把地黏实了，气就上不来，会影响内气通过，所以要轻点脚趾。

（5）吸多呼少。吸多呼少会致呼吸不平衡，甚至出现腹部胀气。“呼”时点住要略微停顿一下，“蜻蜓点水”容易造成吸多呼少。

（6）腰、胯不松。点步功站稳提点脚时，腰、胯不先放松，气就不下沉，下肢也不容易松好。如此操练，往往容易引起腰、髋、膝处疼痛。

251. 怎样练好点步功？

答：练好点步功，一要熟悉并遵循点步功的功法要领，二要在“松、转、点”上下功夫苦练。

（1）一松。先要做好全身的放松，掌握“圆、软、远”的基础势子。操练时迈步小，膝关节放松、腰放松、胯放松，提脚时脚踝放松。全身都能放松，则上呼吸、下点穴，内气无论走经脉路线、神经路线、体液路线，上下流通性都好。

（2）二转。在松的基础上，练好自然转腰带转头。一是前脚踏平、身体重心移动到位站稳后，再自然转腰带转头；二是转腰、转头时要配合双手的摆动，以转腰带动双手自然在中丹田前和胯旁摆出摆回；三是一、二步点功转腰、转头是向左或右前方转，三步点功转腰、转头是向后脚方向转，且要配合上体略转，以眼睛余光应看到后脚一侧肩部为宜，此时应保持百会朝天。

（3）三点。“松”和“转”做好后，要做好轻点脚。即松抬、垂落、轻点。松抬欲点的脚，使其随引力自然垂落，脚尖轻点地，并点住。点住指的是脚尖点地后要稍微停顿一下，呼完，再迈下一步。每步都要在前脚站稳、转腰、转头的基础上，再提脚、迈步、点脚，不要抢节拍，通过歇息，通过点住、松透，保持呼吸的平和，动作的轻稳。

如此操练，点步功自然能练好，并达到应有的功效。

252. 为什么有人操练点步功会感觉膝盖或胯部疼痛？

答：出现这种现象，主要的原因是膝关节和腰、胯没有放松。一是在脚尖点地时挺直了膝关节，导致膝关节肌肉韧带紧张，使膝关节疼痛；二是腰、胯没有松下来，胯部肌肉群也处于紧绷状态，致疼痛；三是膝关节和腰、胯部位不放松，内气无法循经流通，气滞致痛。所以，操练点步功只要做到松膝、松腰、松胯，做到全身放松，上述现象就不会出现。

253. 为什么操练点步功，既要轻点，又要点住？

答：操练点步功脚尖点地要轻，不能太重，是因为郭林新气功靠的是内气疏通经络，内气顺利循行需要松和轻点、轻按。点脚太重，整个脚趾把地黏实了，通经接气就会受到阻碍，足三阳、足三阴的经气就难以从脚下通过。但又要点住，即轻点后要略停顿一下，不能蜻蜓点水，这是为了防止没有起到点穴刺激经络的作用。

254. 为什么三步点功要求眼睛余光要看到点脚一侧的肩部？

答：三步点功点脚时，眼睛余光要看到点脚一侧的肩部，这个动作是为了导引内气顺着阳经从头到脚（走外侧），促进阴阳经气很好地循行，从而达到阴阳经共调的效果。

255. 为什么身体虚弱或有心律不齐、轻微心脏病的患者适合操练三步点功?

答: 因为三步点功是每行走三步才完成一个两吸一呼，同时配合一个自然呼吸的行走功法。其呼吸的气量和内气运行的程度以及行走的速度都比较接近于慢步行功，属于守大于攻的功目。所以比较适合于体质虚弱、气血亏损以及有心律不齐、轻微心脏病的患者操练。操练时可以轻微闭目，所以更容易导引入静，培补元气。郭林老师说，采用这种属于中强度的慢步行功来锻炼，对于防癌治病和尽快提高患者的身体健康水平是最合适的。(引自《新气功治癌功法》)

256. 为什么说点步功对甲状腺疾病有好处?

答: 因为甲状腺疾病既属西医内分泌疾病，又属中医肝郁气滞，归肝经所布。而点步功上用风呼吸导引，刺激神经末梢，可以调节内分泌系统；下用足大趾轻点地，可激发肝经经气，实现上下协同，自然对治疗甲状腺疾病有好处。郭林老师说，“甲状腺别看只那么一点，它从阴经上来，是很容易消灭病灶的”。(引自《郭林新气功为什么能治病抗癌》)

257. 为什么说点步功是肝、胆、眼病患者的主功?

答: 郭林新气功治病走的是经络路线，肝、胆、眼疾病应从肝经而治，而点步功的点大足趾正可以刺激肝经，所以点步功应是肝、胆、眼病患者的主功。凡肝、胆、眼疾病，无论是慢性病患者，还是癌症患者，都应重视点步功。

258. 为什么说点步功对妇科病或下焦病有很好的疗效?

答: 点步功除采用风呼吸法外，最主要的是运用了“点穴通经法”。脚尖点地，可使内气沿足三阴经脉快速向上循行，上行路线先直达会阴，可刺激任脉、督脉、冲脉之气，使诸条经脉之气共同作用于腹部，起到疏通腹部经络的作用。所以点步功对妇科病或下焦病能有很好的疗效。

259. 操练点步功时，怎样辨证选择所点脚趾？

答：辨证选择所点脚趾须针对不同疾病选择运用。如肝、胆、眼病的患者以点足大趾为主，重点点肝经；脾胃病患者可正点，同时刺激足大趾脾经和足二、三趾的胃经；胆病患者也可前四脚趾一起点，可以同时刺激足四趾的胆经穴位；膀胱病患者五趾一起点，可刺激足小趾的膀胱经。灵活辨证运用点脚趾法，可有效提高疗效。

260. 怎样辨证操练点步功？

答：想辨证操练好点步功，首先应该掌握点步功的功法、理解它的功理、认识点步功的功效与作用；然后在此基础上，按因病、因症、因证、因人、因时的辨证练功原则操练点步功。

（1）因病辨证操练。肝、胆、眼病和脾病患者，点步功应作为主功操练，操练时可重点点大脚趾，一般应保证一、二、三步点功连续操练一小时，也可一日内再增加一次20分钟的一步三点功或30分钟的二步一点功。非肝、胆、眼病和脾病的患者也应重视点步功的操练，并可视病情选择点大趾还是点五趾。

（2）因证辨证操练。一般来讲，只要体力许可，应一、二、三步点功连起来操练。若身体虚弱，一、二、三步点功连起来操练有困难的，可先选守大于攻、或攻守平衡的三步点功或二步点功进行操练。可选练其中一种按20分钟一个功时进行操练，也可一日之内分三次完成一、二、三步点功的操练。癌症患者体虚或有心律不齐、轻微心脏病的，可先操练三步点功，不宜用风呼吸的可先改为自然呼吸法操练，是否闭目操练，宜根据体质情况决定。

（3）因时辨证操练。癌症抢救治疗期应以操练快功为主，在此基础上，可视病情配合操练一、二、三步点功；早、中期癌症患者，要在练好其他初级功的同时，保证操练一、二、三步点功，一般宜攻、守皆练，即一、二、三步点功连起来练习；进入巩固与康复期的癌症患者应将一、二、三步点功作为保健功坚持操练。

第五章 定步功

- 定步功
  - 什么是定步功
    - "定步功"是采用中度风呼吸法，轻闭双目在原地有规律行走的一个功目，是治病、抗癌、防病健身的基础功目
  - 定步功的作用
    - （1）闭目操练，排除大脑杂念，实现以静制动
    - （2）大量吸氧，吐故纳新，培补真气，提升机体免疫力
    - （3）提升人体正常细胞电位，调节人体阴阳平衡水平
    - （4）雨天可在室内操练，起到代替室外行功的作用
  - 定步功有几种练法
    - （1）一般式定步功
    - （2）快式定步功
    - （3）慢式定步功
    - （4）肾俞式定步功
  - 定步功的辨证重点
    - （1）因病辨证
      - ①癌症、慢性炎症患者宜用快式定步功，用泻法手势导引
      - ②心脏病、高血压患者宜用慢式定步功或肾俞式定步功
      - ③肾虚型保健者宜用肾俞式定步功
    - （2）因症辨证
      - ①慢性病中的血沉快或血象低者可用快式定步功
      - ②高指标者可选择手指尖斜向下的降法导引
      - ③低指标者可选择手心向上摆动的升法导引
    - （3）因证、因人辨证
      - ①实证者可选择快式定功、手心向下的泻法导引
      - ②虚证、年龄偏大的癌症、炎症患者可用慢式或一般式定步功
      - ③体质虚弱的慢性病患者用手心向中丹田来回摆动的补法导引
      - ④肾病、肾虚的癌症患者可练肾俞式定步功。但肾癌患者禁练肾俞式定步功
    - （4）因时辨证
      - ①抢救治疗期的癌症患者练快式定步功
      - ②慢性炎症消除或进入巩固、处于康复期的癌症患者，可选择操练一般式或慢式定步功

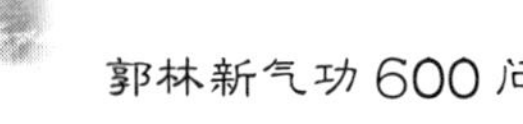

261. 什么是定步功？

答： 定步功是采用中度风呼吸法，在势子导引配合下，原地闭目行走的一个功目。在“郭林原著”中被称为“中度风呼吸法定步行功”，也叫“定步风呼吸法”和“中度风呼吸法定步功”，简称“定步功”。此功也是防治疾病的一个基础功目。

262. 定步功有哪些作用？

答： 定步功的主要作用有 4 点。

（1）闭目操练，排除大脑杂念，实现以静制动。

（2）大量吸氧，吐故纳新，培补真气，提升机体免疫力。

（3）提升电位，平衡阴阳，有效破除疾病状态。

（4）雨天可在室内操练起到代替室外行功的作用。

263. 定步功的功效有哪些？

答： 定步功的功效主要有 5 点。

（1）消炎、祛低烧。

（2）防治感冒及呼吸系统疾病。

（3）改善癌症患者血气环境，防癌控癌。

（4）对血沉快、低血压、血小板低、白血球低等症有明显疗效。

（5）预防疾病，提高健康水平。

264. 定步功适合哪些人操练？有何禁忌？

答： 定步功适合各类疾病患者和保健者操练。郭林老师说过，“定步行功，是每个学员必须选练的重要功目之一”。（引自《新气功治癌功法》）

严重心脏病患者、高血压患者禁止操练风呼吸法定步功，此类患者可改用自然呼吸法操练。女性经期也应将风呼吸法改为自然呼吸法操练。

265. 定步功运用的导引法有何特点？

答：定步功同自然行功，以呼吸导引为主，配合意念导引和势子导引。

（1）呼吸导引。同自然行功，也是两吸一呼的中度风呼吸法。

（2）意念导引。闭目操练，入静程度高；采用悟外导引的一念代万念、定题法，也可想“吸吸呼”三字。

（3）势子导引。与自然行功的迈步、脚跷，摆臂、手摸等功法大致相同，只是在原地做身体重心前后移动、转腰、转头、摆臂等动作，转腰、转头幅度比自然行功要大。

266. 定步功的功法要领是什么？

答：定步功的功法要领是坐胯松腰，晚跷脚尖；移动重心，转腰转头；呼吸协调，导引还丹。

（1）坐胯松腰指的是放松命门以下腰部，胯要似坐。

（2）晚跷脚尖指的是身体转回正面时，不要马上跷脚尖，要待第二次松沉腰胯时再跷。跷脚尖时，重心在后脚。

（3）转腰转头指的是“呼”时向后脚方向转腰、转头，后脚踏平时身体转回正前方。

（4）移动重心指的是“吸吸”时屈后腿，重心在后脚；“呼”时前脚掌放平，重心移至前脚；身体转回正前方时后脚跟放平，重心移至后脚。

（5）呼吸协调指的是正面“吸吸”侧面“呼”，与势子配合要协调。

（6）导引还丹指的是虽是原地行功，但双手势子导引也要保证导引回丹田。

267. 定步功有哪些功法特点？

答：定步功有三大功法特点。一是地点固定，只在原地操练；二是动作固定，只反复做有节律的势子导引；三是呼吸与动作配合固定，即跷脚吸吸，转腰、转头呼。

268. 定步功有几种练法？

答：定步功有四种练法：一般式定步功、快式定步功、慢式定步功和肾俞式定步功。练功者可根据自己的病种、病情、体质和指标情况，选择适合自己的定步功进行锻炼。

269. 什么是一般式定步功？其特点是什么？

答：一般式定步功指的是采用两吸一呼的中度风呼吸法，按照功法要领和一般速度操练的定步功。其特点是没有特异性要求，是操练者习惯的一般速度。

270. 一般式定步功适合哪些人操练？

答：只要能站、能坐的，均可操练一般式定步功。包括癌症患者、慢性病患者和保健者。

271. 怎样操练一般式定步功？

答：一般式定步功同自然行功一样，按照预备功、正功、收功三个步骤进行。

（1）简式预备功。

（2）正功。操练正功前，须先将两脚调整呈斜丁步状。然后开始操练定步功（以先出左脚为例）。

①身体重心移至右脚，松左脚，左脚向前迈出一小步，左脚尖跷起，脚跟先着地，此时右手摆向中丹田前，左手顺势摆至左胯旁。

②前脚掌放平，移动身体重心到前脚，后脚跟松抬，向后脚方向转腰、转头约 90°，同时以后脚尖为轴，后脚跟向里旋转约 45°，使两脚呈斜丁步状，此时左手随腰后转摆回中丹田前，右手摆到右胯旁。

③后脚跟放平，腰带头转回正前方，身体重心回到两脚之间。左手顺势摆至左胯旁，右手随腰转动摆回中丹田前，完成斜丁步的调整。

开始定步功法操练：

第一步：松腰松胯，屈右腿，松双膝，重心后移至右腿右脚，身体略转向左前方，自然收小腹、上身微前倾，全身放松。

第二步：左脚尖跷起，鼻子配合做两个短吸气。

第三步：重心前移，踏平左脚，同时腰带动头、身转向右后方，左手随之摆回中丹田前，右手摆至右胯旁，右脚跟自然离地，脚尖点地，鼻子配合做一个呼气。

第四步：后脚跟放平，身体重心后移，腰带头、身转回正前方，左手顺势摆向左胯旁，右手顺势摆回中丹田前（此时也可配合一个自然呼吸），此为一个定步功法完成。

紧接前法，开始做下一个定步功。如此反复做跷脚吸吸，落脚呼，正面吸吸，侧面呼，转腰带转头九次后，上后脚，松静站立，做一个中丹田开合；换出右脚，同前法调整至斜丁步，继续完成右脚在前的九次定步功。然后上后脚、两脚平站，此为一轮。

（3）收功。此时，可按简式收功法收功。也可在第一轮后，上后脚，松静站立，做中丹田三开合，继续按左、右脚各做九次的方法操练第二轮。作为独立功操练，一般应连续操练三轮，每轮中间都要做中丹田三个开合。第三轮后，再按简式收功法收功，休息10分钟左右。

272. 什么是快式定步功？其特点是什么？

答：快式定步功与一般式定步功相比，呼吸与肢体动作都较快，转腰、转头、摆手的幅度都略小一些。其特点是短吸短呼，动作快速灵活。

273. 快式定步功适合哪些人操练？有何禁忌？

答：快式定步功适合各类癌症患者，以及慢性病患者中的气管炎、神经衰弱、低血压、血小板低、血沉快、白细胞低等症患者操练。比较严重的高血压患者、心脏病患者不适合操练此功。

274. 怎样操练快式定步功？

答：快式定步功与一般式定步功的操练方法是一样的。只是呼吸的频率要快一点，呼吸的强度要大一点，势子的速度要快一点。跷脚吸吸，落脚呼，上身转回正面时采用歇息即可。身体重心前后移动，松腰松胯、转腰转头、摆手节律等都要更为灵活一些。

275. 操练快式定步功需要注意什么？

答：操练快式定步功需要注意以下 4 点。

（1）呼吸与肢体动作以自己适宜的速度为好，一般较自己的一般式稍快点即可。

（2）呼吸与势子动作的配合要灵活、流畅，转腰、摆手的幅度可较一般式小些。

（3）利用好腰的轴性，转腰带转头、带摆手，身体回正也用腰顺势带回，动作快，但要做到正面吸吸，侧面呼。

（4）闭目操练快式定步功有头晕等不适时，可先睁眼操练。

276. 什么是慢式定步功？其特点是什么？

答：慢式定步功指的是操练速度较一般式略慢一些，转腰、转头、摆手的幅度均可大一些。其特点是呼吸与动作都较缓慢、柔和、自然。

277. 慢式定步功适合哪些人操练？

答：慢式定步功适合高血压、心脏病、糖尿病、肝炎等慢性病患者操练，也比较适合癌症患者中体质虚弱者操练。

278. 怎样操练慢式定步功？需要注意什么？

答：慢式定步功与一般式定步功的操练方法大致相同，只是操练速度比一

般式要缓慢一些，更能体现出其缓慢、柔和、自然的特点。操练时需要注意2点。

（1）做完呼气，身体转回正面时，需要配合一个自然呼吸，使身体的转回更为平稳、自然、缓慢。

（2）此功无论是癌症患者还是慢性病患者，都宜闭目操练。

279. 什么是肾俞式定步功？其特点是什么？

答：肾俞式定步功指的是操练时要将两手外劳宫穴分别放在后背两肾俞穴位置，两手不做中丹田前和胯旁来回摆动的势子导引，只以风呼吸法配合身体重心的前后移动和转腰、转头。其特点是动作可快可慢，适合不同体质和不同病情者操练。

280. 肾俞式定步功适合哪些人操练？有何禁忌？

答：肾俞式定步功适合肾虚、肾亏、肾盂肾炎等各类泌尿系统疾病，妇科疾病，红斑狼疮，心脏病，高血压等疾病患者操练。严重心脏病患者须改用自然呼吸法操练。

肾癌，腰、胯部位有癌病灶或骨转移的患者，禁练肾俞式定步功。

281. 肾俞式定步功有几种练法？怎样操练肾俞式定步功？

答：肾俞式定步功有两种练法，即快式练法和慢式练法。其操练方法如下：

（1）双手的放法。预备功三开合后双手在中丹田前，手心相对合拢（慢性患者手心向上，癌症及高指标患者手心向下），然后呈空拳状（拇指放食指上，心脏病患者可拇指尖与中指尖相接），两手沿腰际向左右带脉处移动至背后，双手外劳宫穴分别轻贴在左右两侧肾俞穴上。

（2）操练方法。除双手外劳宫穴需放背后两肾俞穴之外，其操练方法基本同一般式定步功。只是在操练速度上有所区别。

①快式。除双手外劳宫穴放背后两肾俞穴之外，其他练法基本同快式定步功操练方法。

②慢式。除双手外劳宫穴放背后两肾俞穴之外，其他练法基本同慢式定步

功操练方法。只是跷脚前，身体先向前脚方向侧转，转腰转头速度、吸与呼的速度，都要更慢一些，呼完身体恢复正前方时，可用自然呼吸，也可用忘息法，要求呼吸平稳，不可憋气。

282. 操练肾俞式定步功需要注意什么？

答： 操练肾俞式定步功需要注意以下 3 点。

（1）速度要较其他定步功慢，宜慢不宜快。

（2）可依据性情和病情选择适合自己的速度。

（3）双手外劳宫穴放肾俞穴时，应依据病情、指标采取不同放法。低指标患者手心向上沿腰际带脉处向背后移动；癌症患者、高指标患者宜手心向下沿腰际带脉处向背后移动。

283. 操练肾俞式定步功时，是做快式好还是做慢式好？

答： 肾俞式定步功选择快式还是慢式，宜以个人性情和疾病的性质、病情、体力决定。癌症患者一般宜选快式；癌症兼有心脏病、高血压者宜选用慢式；慢性病中的实证可选快式，虚证宜选慢式。总体上讲，肾俞式定步功是强肾功法，都不宜太快，比其他三种定步功的速度都要略慢一些。

284. 操练定步功，势子与呼吸的配合练法有几种？

答： 操练定步功，势子与呼吸的配合方法有脚的势子与风呼吸的配合、身体势子与自然呼吸的配合。每种配合又各有三种练法。

（1）脚的势子与风呼吸的配合。

第一种练法是前脚跷起做“吸吸”，前脚踏实转腰、转头“呼”（具体练法与步骤见 271 题）。此练法见郭林原创的《新气功疗法》《新气功治癌功法》《新气功防治癌症法》和《郭林新气功首届全国辅导员培训班专辑》等。

第二种练法是前脚跷起，松腰松胯；重心前移“吸吸”至脚掌放平；转腰转头“呼”。此练法见于大元主编的《抗癌健身法》。

第三种练法是跷脚“吸”、脚掌着地“吸”，转腰、转头“呼”。此练法见

郭林原创《新气功疗法图解》（初级功）。

（2）身体势子与自然呼吸的配合。

第一种是除肾俞式风呼吸法定步功的慢式在“呼”完身体转回正前方时配合自然呼吸，其余的风呼吸法定步功练法均不配合自然呼吸，只是“吸吸呼”配合身体的左右旋转的肢体运动。此练法见《新气功疗法》《新气功治癌功法》《新气功防治癌症法》。

第二种是无论哪种风呼吸法定步功，均在“呼”完身体转回正前方时，配合做一个自然呼吸。此练法见《新气功疗法图解》（初级功）、《郭林新气功首届全国辅导员培训班专辑》。

第三种是只有风呼吸法快式定步功与风呼吸法肾俞式定步功的快式，在“呼”完身体转回正前方时，不配合自然呼吸。此练法见《抗癌健身法》。

285. 定步功脚的势子与风呼吸配合的不同练法应如何选择？

答：三种练法都没有违反功理。练功者可依据自己的病情与身体状况，选择适合自己的练法。

李平会长时期的郭林新气功研究会全体老师在功法组长于大元与副组长李素芳带领下，进行了多次的讨论。结论是定步功脚的势子与风呼吸的势子配合的三种练法，没有违反功理，只是重心的移动略有不同，所以都是可以采用的练法。

286. 操练定步功时需要默诵口诀吗？

答：初级功中的定步功是风呼吸法导引的功目，与操练以意识为主的自然呼吸法定步功不同，所以癌症患者操练风呼吸法定步功时，无须心诵口诀。慢性病患者、保健者专练意识集中的自然呼吸法定步功时，可采用《郭林日记》中记载的口诀法操练。即练室内定步行功，可以默诵以下这四句口诀使势子与意念统一，意与气合，意与脉合。

（1）逍遥自在；（2）轻轻飘飘；（3）荡荡漾漾；（4）若沉若浮。好似云中走，水中行。

287. 定步功可以睁眼操练吗？

答：此功宜轻闭双目操练。因为此功虽然是风呼吸法导引的功目，也是培补真气的一个功目。闭着眼睛操练可更有助于精神内守，使静机入得深，气机自然打开，内气可以更好地在体内四通八达地运行，达到破除疾病内环境的作用。

癌症患者初练时可选择睁眼操练，慢性病患者除闭眼操练头晕的，都应闭眼操练。

288. 定步功转腰、转头多少度为宜？

答：定步功在做“呼”的动作时，需要配合转腰、转头一次。一般向左或向右转腰约45°，头随腰转后再略向左或右转。

289. 下午可以操练风呼吸法定步功吗？

答：可以操练，但一般以早上操练为好。这是因为风呼吸法定步功是吸氧功，宜在早晨空气新鲜处操练。另外，凡风呼吸法均有泻的功能，泻的功法宜安排在早上或上午操练。如下午操练，一是不建议长期这样安排；二是建议以轻度风呼吸法或自然呼吸法操练为宜。下午尽量避免做风呼吸法快式定步功。

290. 定步功可与其他行功连起来练吗？

答：可以，但不建议这样操练。因为定步功在郭林新气功中是一个独立的功目，有其自身独特的功法作用和疗效。与其他行功连起来练，减少了一次收功休息气化的机会，如同两顿饭放在一起吃。

若接练其他功目，不必收功，只需做三个中丹田开合。此练法见《新气功疗法图解》（初级功）实践中，有操练一轮风呼吸法定步功后做三开合，接着操练中度风呼吸法自然行功的练法。对于初学功者，此练法可以帮助放松，也有助于尽快熟悉定步功功法。

291. 定步功一天可练几次？

答： 定步功一般情况下每日操练一次即可，如病情需要可加练一次。如遇下雨天不能在户外练功时，在室内代行功操练可适当增加操练次数。郭林老师在《郭林新气功为什么能治病抗癌》中讲："定步功一般练一次，为了加强一点，你可以练两次，不超过三次就可以了。"

292. 腰部或脑部有病灶的癌症患者，操练定步功时需注意什么？

答： 腰部有病灶的癌症患者，不可操练肾俞式定步功，操练其他式定步功时需要注意转腰幅度不要过大。病情重的，做身体重心前后移动时，只松松腰即可，头可在松腰的同时微转。

脑部有病灶的癌症患者，操练定步功需要注意两点。一是转腰、转头的幅度要小些，二是转腰、转头的速度要慢些。

293. 白细胞低时怎样操练定步功？

答： 白细胞低于正常值时，可选择操练快式定步功。一般情况下，左右脚9个为一轮，可以连续操练三轮。

在传承实践中，为增强或加快治疗效果，有加到每脚18个或27个（最多不可超过每脚27个）、操练三至六轮的练法，对于提升白细胞有很好的实践效果。但实际操练时，一定要按照循序渐进的原则，逐渐增加操练的数量，并要适可而止。在增加数目字操练的过程中，一定要做到定时监测病情与生理生化指标情况，一旦生化指标达标或出现血压升高等情况，就要及时调整到正常轮次的练法或停练，不可蛮干。不宜单纯追求数目字多，并不是做得越多越好。郭林老师讲过，数目字过多、火力过强，会引起呼吸导引不当的副作用。

294. 病情严重暂时不能到户外练功，在室内操练风呼吸法定步功有效吗？

答： 因为病重暂时不能到户外练功的患者，可以在室内操练此功。因为定

步功既是一个吸氧功，也是一个可以代户外行功的室内行功。室内操练虽然空气的含氧量较低，但只要注意操练时打开窗户，做到室内空气流通，还是可以起到一定治疗作用的，能够帮助患者尽快恢复身体，争取早日实现到户外练功的目标。

295. 慢性病患者可以练风呼吸法定步功吗？为什么？

答：慢性病患者可以对症选择操练风呼吸法定步功。因为风呼吸法不仅可以大量吸氧，更重要的是它具有消炎、祛邪的功能。慢性病中的各类炎症、低烧、感冒、贫血、血沉快、白细胞减少症等疾病，都可以使用风呼吸法，并有较好的疗效。

296. 为什么说定步功是癌症患者和慢性病患者的必练功目？

答：这是由风呼吸法定步功自身所具有的功法特点所决定的。

（1）风呼吸法定步功是郭林新气功的基础功，所以无论是癌症患者还是慢性病患者，均必练此功。郭林老师当年为学功者安排功目时，总是少不了风呼吸法定步功。

（2）风呼吸法定步功是在原地运用风呼吸法配合势子导引调动内气运行的功，不仅能大量吸氧，吐故纳新，而且肢体动作规律、节奏鲜明，有利于促进新陈代谢，打破疾病原有内环境的紊乱状态。所以，无论癌症患者还是慢性病患者，均可从中受益。尤其是血液方面的疾病，疗效更显著，能够快速提升白细胞，降低血沉。

（3）风呼吸法定步功练法多样，既有快式、慢式，还有一般式、肾俞式。辨证运用此功的不同练法，可以有效针对不同的疾病情况，是不可多得的好功目。

（4）风呼吸法定步功是闭目操练的风呼吸法功目，呼吸导引与意识集中相配合，动静相兼练得松，就能很好地打开人体微循环，使吸氧效果倍增。因此，无论是癌症患者还是慢性病患者，均应操练此功，以获得事半功倍的练功效果。

297. 为什么定步功闭目操练却不以意念导引为主？

答：郭林老师说过，“风呼吸法的行功，都用不着意念导引”。（引自《郭林新气功为什么能治病抗癌》）

定步功虽然是闭目操练，但由于使用的是风呼吸法，所以还是以呼吸导引为主。之所以用风呼吸法还用闭目操练，是因为定步功是原地操练，可以实现闭目，而闭目入静程度高，更易于调动内气。

298. 怎样辨证操练定步功？

答：操练定步功要依病种、病情、病程及身体虚实情况辨证运用，具体方法如下。

（1）因病辨证操练。

癌症、慢性炎症患者宜用快式定步功，用泻法手势导引；癌症兼有心脏病、高血压者，无论早、中、晚期，都宜选练慢式定步功；慢性病中的心脏病、高血压者宜用慢式定步功或肾俞式定步功，选择手心向外摆出，向内摆回的“调整法”导引。保健者宜用肾俞式定步功，根据身体情况选择调整法或补法手势导引。

（2）因症辨证操练。

慢性病中的血沉快、血象低时，宜选择快式定步功；高指标者宜选择手指尖斜向下的“降法”导引，低指标者则宜选择手心向上摆动的“升法”导引。实践中，癌症患者白细胞低做快式定步功时，手心向下的“泻法”导引也有很好的疗效。

（3）因证、因人辨证操练。

实证者，宜选择快式定步功、手心向下的“泻法”导引；虚证、年龄偏大的癌症患者和有炎症的慢性病患者，宜用慢式或一般式，选择手心向下摆出，手心向内摆回的“调整法”导引，体质好转后转为快式定步功；体质虚弱的慢性病患者可用手心向中丹田来回摆动的“补法”导引；有肾虚或兼有慢性肾病者，可在下午加练一次肾俞式定步功，肾癌患者禁练肾俞式定步功；身体虚弱难以一次操练三轮的，可一轮一轮地分次操练，每轮都须做预备功和收功；无法操练其他行功的体弱者，可以此功代其他行功，每日作为独立功操练2~3次，

每次三轮，每脚九个。

（4）因时辨证操练。

抢救治疗期的癌症患者宜练快式定步功，早、中期癌症患者，一般每天早晨操练一次。晚期癌症患者，体质好者可练 1~2 次；伴有严重心脑血管病患者，采用自然呼吸法操练；慢性炎症消除或进入巩固、康复期的癌症患者，可选择操练一般式或慢式定步功。

第六章 升降开合松静功

- 升降开合松静功
  - 什么是升降开合松静功
    - “升降开合松静功”是采用自然呼吸法，站在原地轻闭双目，通过升、降、开、合四个方面的形体动作导引内气纵横交流，在高度松静状态下促进气血循环的松静功目，此功既可以作为独立功，也可以作为其他功目的预备功
  - 升降开合松静功的作用
    - （1）升降开合是导引行气的功目，可促进人体纵横循环的气血交流
    - （2）升降开合是调整的功目，可有效调整机体失常，实现清阳上升、浊阴下降，中焦调整的作用
    - （3）升降开合是松静的功目，原地闭目操练，练松静还可纠偏
  - 升降开合松静功的辨证重点
    - （1）因病辨证
      - ①心脏病、糖尿病、高血压者导引的速度要慢一些，严重心脏病者应选择不下蹲或下蹲浅一点的势子
      - ②神经官能症、神经衰弱、低血压和血沉快者导引速度可稍快一点
      - ③心脏病、肝病者在上丹田要开的小一点，肺病可以开的大一点
      - ④腹部有大病灶和腹水者应选择不下蹲，肝病、下焦病、子宫与胃下垂者选择下蹲浅一些
    - （2）因症辨证
      - ①指标正常及既有高指标又有低指标者可运用正常指标法操练
      - ②高指标者，如高血压患者宜运用降指标法操练
      - ③低指标者，如低血压、白细胞低的患者宜运用升指标法操练
      - ④肠胃病中的便秘者在腹中到中丹田导引下去可慢一点，拉稀的导引下去稍快一点
    - （3）因时辨证
      - ①女子经期、孕期应选择不下蹲，仅松松腰即可
      - ②疾病治疗期可增加操练的次数，如上、下午各练一次，康复保健期可每日只练一次

299. 什么是升降开合松静功?

答: 升降开合松静功是采用自然呼吸法，站在原地、轻闭双目，通过升、降、开、合四个方面的形体动作，导引内气纵横交流，在高度松静的状态下提高气血循环效率的一个松静功目。此功既可以作为独立功，也可以作为其他功目的预备功。

300. 升降开合松静功有哪些作用和功效?

答: 升降开合松静功可以使内气有上、下、内、外四个流向，即人体升降屈伸活动促使气血的上、下交流，双臂的开合活动则促进气血的内、外交流，这四个流向组成了内气的纵与横的循环。操练此功不仅可以练松静，还可以有效调整机体失常，实现清阳上升、浊阴下降、中焦调整，促进气体交流、液体交换和纠正练功偏差。

其功效是对各种慢性病、炎症，尤其是心脏病、高血压、糖尿病以及调整生理生化指标的高低，有显著疗效，既能强身保健，又能防治兼顾。

301. 升降开合松静功适合哪些人操练? 有无禁忌?

答: 升降开合松静功适合所有人操练，什么病种都可以练。此功防治兼顾，基本没有禁忌证，只是针对不同生理生化指标与病情，在势子导引上有所区别。如高指标者采用降指标法导引，低指标者采用升指标法导引，不可用反。妇女经期、孕期不做下蹲动作。腹部有大肿瘤、腹水者，腹部脏器下垂者，膝关节损伤者不做下蹲动作。

癌症患者在治疗期与康复期，必须遵循手势子导引远离病灶的原则。

302. 升降开合松静功运用的导引法有何特点?

答: 升降开合松静功运用了势子导引、意念导引和呼吸导引。意念导引强调松静，需闭目操练，仍然是悟外导引，可以采用定题法排除杂念；呼吸导引

采用的是自然呼吸法，忘息之意突出；势子导引在上、中、下丹田往返升降与开合。

303. 升降开合松静功涉及的主要穴位有哪些？

答：升降开合松静功涉及的主要穴位有以下4个。

（1）上丹田。经络腧穴中的印堂穴，归督脉，位于两眉中间。

（2）中丹田。经络腧穴中的气海穴，归任脉，位于肚脐下两横指处。

（3）下丹田。经络腧穴中的会阴穴，归任脉，位于人体会阴部。

（4）膻中穴。经络腧穴中的膻中穴，归任脉，位于两乳头之间的胸骨中线上。

304. 升降开合松静功有哪些功法特点？

答：升降开合松静功的功法特点主要有以下4点。

（1）高度松静。此功采用自然呼吸法在原地闭目操练，势子上下、内外导引自然、舒缓、柔和，易使意念和肢体都放松，所以是练松静为主的功目。

（2）操练有序。此功按照升、开、合、降、还原的顺序，操练于上、中、下焦导引之中，虽变换方向，但每个方向的操练方法与顺序均相同，反复操练，自然有序。

（3）方向明确。要求做第一个升降开合时依主病方向站立，又要求每做完一个升降开合后都要变换方向。一般要求东西南北四个方向都做，只有在作为慢步行功的复式预备功、复式收功时可以不变换方向。

（4）辨证导引。需要根据操练者不同的病情和生理生化指标，选择不同的手势导引和导引速度，绝对不能搞反。

305. 升降开合松静功的功法要领是什么？

答：升降开合松静功的功法要领是升降有序，辨证导引；虚实分明，全身放松；开合适中，动静相兼。

（1）升降有序，辨证导引。要求先升后降有还原，按不同指标运用升法、降法、正常法手势。

（2）虚实分明，全身放松。要求身体重心前后移动，做到虚实分明。即升时重心往前，降时重心往后，开时重心在后，合时重心往前；松腰、松胯、松全身。

（3）开合适中，动静相兼。要求依据病种决定开合的大小，一般以略宽于双肩为度；辨证运用升、降、正常指标法的开合手势；开与合、开与降时，势子有动有静，动静相兼。

306. 操练升降开合松静功应遵循怎样的操练顺序和步骤？

答：操练升降开合松静功，应遵循升、开、合、降、还原的功法顺序。

（1）简式预备功。

（2）正功。正功大致分 5 步。

第一步，上丹田升、开、合、降。

升——双手心相对从胯旁向中丹田合拢，依辨证所需手势升至膻中穴后，变指尖向上，再升至上丹田。

开、合——双手在上丹田处变手心向外开，再转手心相对合至上丹田（印堂穴）。

降——双手从上丹田沿任脉降至中丹田。

第二步，中丹田开、合。

双手在中丹田依辨证所需手势先做第二个开，再做第二个合。

第三步，下丹田升、降、开、合。

双手从中丹田前升至膻中穴，再沿任脉下降至下丹田。然后在下丹田做第三个开、合。

第四步，还原升、降。

双手从下丹田升至膻中穴，再降回中丹田。身体重心的移动按照功法要领操作。

第五步，转方向。

按以上步骤完成一个方向的升降开合后，依功法转方向，完成四个方向的升降开合为一轮。一般做两轮。

（3）简式收功。

307. 升降开合松静功的势子导引有几种练法？其功法内容是什么？

答：升降开合松静功的势子导引有三种练法——正常指标练法、升指标练法、降指标练法。其功法内容是三升、三降、三开合，即在上、中、下丹田往返升降与开合。

308. 什么是正常指标练法？适合哪些人操练？

答：“正常指标练法”指的是运用手心向里、指尖相对、虎口向上的势子导引升降，中、下丹田开合均用调整法的导引方法，速度适中。

此法适合生理生化指标正常的癌症患者、慢性病患者与保健者操练。

309. 正常指标练法的特点是什么？

答：正常指标练法的特点是手心向里，虎口向上升降；升降开合速度适中，快慢相当；中、下丹田开合均用调整法；升降均沿任脉导引。

310. 怎样操练正常指标法？

答：正常指标操练法具体如下。

（1）简式预备功（略）。

（2）正功（以先出左脚为例）。先调整好斜丁步。

第一步，上丹田开合。

①升。双手由中丹田前中指相对、手心向里，缓慢升至上丹田前。

a. 双手自两胯旁变指尖朝前、手心相对，慢慢拢合至中丹田前。

b. 两中指在中丹田前将接触时变两手心转向里，两中指似接非接。

c. 双手从中丹田前沿任脉缓缓导引上升，身体重心渐渐前移，双手升至膻中穴时，变指尖向上、手心向里（也可手心相对），后脚跟慢慢松抬，双手继续升至上丹田前（中指尖齐印堂穴）。

d. 双手在上丹田前变双手合十，此时前脚实，后脚虚。

②上丹田开合。双手在上丹田前做一个开和合的动作。

a. 身体重心移向后脚，后脚跟着地，前脚跟渐虚抬，前脚尖轻点地，双手由合十状变手心向外慢慢开出，开出过程中两手背逐渐变为相对。

b. 双手向左右开至略宽于肩时，松手腕，翻转手腕，使两手心相对，同时踏平前脚。

c. 双手心相对缓慢向上丹田前合拢，身体重心也渐渐移至前脚，后脚跟松抬。

d. 双手合至上丹田前时，中指呈将接状，上丹田前开合结束。

第二步，中丹田开合。

①降。双手由上丹田前降至中丹田前，做第二个开和合的动作。

a. 接上式，双手合十沿鼻中线向中丹田前下降，身体重心亦开始后移。

b. 双手降至膻中穴前时变中指将接，手心转向里，身体重心此时回到两腿之间。

c. 双手继续沿任脉向中丹田前缓慢下降，身体重心渐移至后脚，双手降至中丹田前时，后脚踏实、前腿虚松、前脚跟松抬。

②开合。双手在中丹田前做一个开和合的动作。

a. 双手腕在中丹田前变手势，先向里翻转手腕使手心向下，再向外翻转手腕使双手背相对、指尖向前。

b. 双手背相对、手心向外、指尖向前向左右两侧缓慢开出(此为慢性病手势，癌症患者变手心向下，指尖朝前开出)，开至略宽于身体时松手腕、翻手腕，使双手心相对，同时踏平前脚。

c. 双手心相对、指尖朝前，缓慢向中丹田前合拢，合至中指将接时，身体重心亦回到两腿之间，中丹田前开合结束。

第三步，下丹田开合

①升。下丹田开合双手要先由中丹田前升至膻中穴，然后降至下丹田前，做第三个开和合的动作。

a. 接上式双手在中丹田前变手心向里，中指将接。

b. 双手沿任脉缓慢上升，升至膻中穴前时，身体重心亦移至前脚，后腿虚松，后脚跟松抬。

②降。

a. 双手从膻中穴沿任脉缓慢下降，降至中丹田前时，身体重心也后移至两

腿之间；

b. 身体开始做下蹲动作，双手也随之下降。

c. 两腿蹲至与大腿平行时，双手亦降至膝盖前（下丹田前），此时身体重心落在后脚。

③开合。双手在下丹田前做一个开合动作。

a. 双手在膝盖前做翻转手腕动作（同中丹田前翻手腕），使双手背相对。

b. 双手手背相对、手心向外（同中丹田前病情区别），指尖向前缓慢开出，开至略宽于体时，松腕、翻腕，使手心相对。

c. 手心相对缓慢合回下丹田前，下丹田前开合结束。

第四步，还原。

①升。还原是身体先由下蹲式还原为站式，双手也由下丹田前先升回膻中穴前，再降回中丹田前还原为松静站立。

a. 双手由手心相对变手心向里，中指将接。

b. 以腰带胯、带两腿，身体缓慢上升为站式，双手也随之升回膻中穴前，此时身体重心在前脚，后脚跟松抬。

②降。双手降回中丹田前，恢复松静站立。

a. 双手由膻中穴前沿任脉缓慢降回中丹田前，身体重心也随之回到两腿之间。

b. 双手自中丹田前缓慢放至两胯旁，前后脚呈斜丁步松静站立，还原结束。此为一个方向的升降开合松静功法完成。

第五步，转方向。

先将身体重心移到后脚，前脚变虚，以前脚跟为轴，前脚尖向左转90°，然后身体重心移到前脚，后脚变虚并顺势提起放在前脚跟后侧约一脚处，调整后脚与前脚呈斜丁字步。按照上式，完成第二、第三、第四个升降开合。四个方向做完为一轮，如只做一轮，应顺势再转一个方向，使身体转回第一个升降开合松静功时的方向，收功；如做两轮，接下式。

第六步，换出右脚。

接上式，第四个升降开合做完后，上后脚，松静站立，做中丹田前三开合，换出右脚，按上述方法完成右脚在前的四个方向的升降开合，此为两轮结束，可做收功。

（3）收功。按简式收功法收功。休息10~15分钟。

311. 操练正常指标法需要注意什么？

答：操练正常指标法需要注意3点。

（1）手心向里升降时，不要随意向上斜翻，以免做成升指标导引。

（2）手心向里升降时，心脏病患者可以中指相接，其他人应中指似接非接。

（3）头、胸、腹部有病灶的癌症患者应遵循远离病灶的原则，手势导引要离病灶远一些，约20厘米。

312. 什么是升指标练法？适合哪些人操练？

答："升指标练法"指的是运用手心向上升降开合的势子，导引气血上升的方法。

此法适合生理生化指标低的癌症、慢性病患者操练。如低血压、血红蛋白、红细胞和白细胞低、血小板低等。

313. 升指标练法的特点是什么？

答：升指标练法的特点是手心向上升降；升慢降快；中、下丹田开必手心向上，合可手心向上或手心相对；上丹田下降与还原时的下降是沿身体两侧阳经而下；可不做下蹲动作。

314. 怎样操练升指标法？

答：升降开合松静功的升指标（低指标者）练法，除手的势子和升降速度与路线不同于正常指标练法外，其他练法均与正常指标相同。

（1）升式。中指相接、双手心向上，从中丹田前以缓慢速度升至膻中穴，变手指尖向上，继续以缓慢速度升至上丹田前；双手在上丹田前做开合动作，开合方法与身体重心移动同正常指标练法。

（2）降式。上丹田前开合后，身体重心后移，左脚尖点地，左脚跟松抬，双手在印堂穴前转手心向面部，然后左右手分别向同侧耳旁开出，开至两耳旁边时，变手心向上，沿身体两侧快速下降至两胯旁。

（3）开合。双手心向上，顺势向两胯旁开出；然后反转手腕，使双手心相对，合拢至中丹田前，此时身体重心回到两脚之间，完成中丹田前开合动作；双手心向上，沿任脉复升至膻中穴，然后身体开始做下蹲动作，依指标情况选择半蹲式松松腰胯，双手随身体略快于上升的速度，下降至下丹田前，手心向上开，手心相对合，双手在下丹田处完成开合动作。

（4）还原。下丹田开合后，手心向上缓慢沿任脉升至膻中穴，然后向身体左右两侧分开，沿身体两侧快速降至两胯旁。身体重心移动同正常指标练法。

此时一个方向的升指标法升降开合松静功完成，然后按照转方向练法要求，继续完成其他方向的升指标的升降开合松静功。

315. 操练升指标法需要注意什么？

答：操练升指标法需要注意以下6点。

（1）操练前，眼睛视线先看高于印堂穴的前方再闭目。

（2）升与降的速度有区别，升略慢、降略快，不可弄反。

（3）双手升至上丹田时，可略高于印堂穴，但不可过高。

（4）下蹲时，要根据指标低的程度，选择半蹲或不蹲。指标过低时，只松松腰胯即可。

（5）双手从两耳旁快速下降到两胯旁做中丹田前开合时，不必先合回中丹田前再开，直接从两胯旁开出即可。

（6）一旦指标恢复正常，就要改用正常指标法操练。

316. 什么是降指标练法？适合哪些人操练？

答：“降指标练法”指的是运用指尖或手心向下导引升降开合的势子，导引气血下降的方法。此法适合高指标者操练，如高血压、高眼压、高血糖、肝功能指标高等患者。

317. 降指标练法的特点是什么？

答：降指标练法的特点是指尖向下升，手心或指尖向下降；升快降慢；中、下丹田开合指尖向下；升降均沿任脉导引。

318. 怎样操练降指标法？

答： 降指标练法（高指标者），除升降开合导引的手势和升降速度不同于正常指标练法外，其他练法均与正常指标练法相同。

（1）升式。双手背相对（癌症患者）或手心向身体（慢性病患者），指尖下垂，从中丹田向上丹田升，升速快一点。升至膻中穴时，变双手指尖向上继续升至略低于印堂穴位置，在近上丹田前处开合（指标过高者升到鼻尖处即可），方法同正常指标法。

（2）降式。中指相接，双手心向下降至中丹田，降速要缓慢些。下降时膻中穴变手和下蹲高低均同正常指标练法。

（3）开合。双手在中、下丹田开合时均指尖向下开合。中丹田开合后，手背相对，指尖下垂，快升至膻中穴，然后手心向下缓慢降至中丹田，身体也随之下蹲；身体下蹲至大腿平时，双手在下丹田前开合。

（4）还原。双手背相对，指尖下垂略快升，身体也随之还原站立；双手升至膻中穴变双手心向下缓降回中丹田前。

（5）转方向与收功方法同正常指标练法。

319. 操练降指标法需要注意什么？

答： 操练降指标法需要注意以下5点。

（1）指标越高，下降速度宜越慢。

（2）指标过高，向上丹田升时，升至鼻尖即可，注意指尖不能高于印堂。

（3）双手导引上升时，提升速度要快，要以手腕带动小臂上升，一定要避免大臂抬升的动作，防止把气血导引上来。

（4）操练前眼睛视线看低于膻中的前方，再闭目。练功中，可意想两脚涌泉穴或地下。

（5）口服降压药的慢性病患者可用此法操练，操练后血压降低时，要及时调减降压药，逐渐减少药量甚至停药。癌症患者在治疗阶段操练降指标法不宜过久，可视血压情况运用降指标法及正常指标法调理，以免影响其他生化指标。

320. 作为独立功时升降开合松静功需做几轮？

答：升降开合松静功作为独立功时，需要做东南西北四个方向，第一个方向应为操练者主病的方向，四个方向做完为一轮。作为独立功，一般须做2轮。如病情需要，可适当增加1~2轮。

321. 一个方向的升降开合一般做几分钟为宜？

答：一个方向的升降开合一般做2分钟左右为宜。因为此功是松静功，在松静自然状态下操练，内气才能调动得好，疗效才会好，所以不宜太快。初学者由于动作不熟悉，可能会操练快一些，一旦动作熟悉了，就一定要尽量慢一些，不可求快。

322. 操练升降开合松静功时怎样转方向？

答：升降开合松静功作为独立功，每做完一个方向都要求转换一个方向。一般情况下，出左脚向左转换方向，出右脚向右转换方向。以先出左脚为例的转方向方法如下。

（1）一个升降开合松静功做完后，两脚保持斜丁步不变，此时左脚在前。

（2）移动身体重心到右脚，松腰坐胯，松左腿，左脚尖跷起，以左脚跟为轴，左脚尖向外转90°。

（3）踏平左脚，身体重心随之移到左脚，顺势将右脚提至左脚后方与左脚呈斜丁步式（约45°），两脚跟距约一脚长度，身体也随之转向左脚正前方，转方向完成。

（4）开始做下一个升降开合松静功。做完后，依前法继续左转下一个方向，开始第三个方向的升降开合松静功。依次做完四个方向的升降开合松静功为一轮，如只做一轮，则收功。收功时需先继续顺势转一个方向，使身体回到第一个升降开合松静功时的方向。

如做两轮，则需要在第四个方向升降开合松静功完成后，上后脚，双脚站平，做中丹田前三开合，然后换出右脚，再做四个方向的升降开合松静功，每做完一个，依前法右脚向右顺转一次，做完右脚四个升降开合后，上后脚，松

静站立，按简式收功法收功。

323. 升降开合松静功有几种转方向的方法?

答: 升降开合松静功作为独立功，主要有以下 4 种转方向法。

（1）心脏病患者面向南方，先出左脚，做完一个方向后，向左转做第二个；继续向左转做第三个；继续向左转做第四个。四个做完后，再左转一次，回到开始方向，松静站立，收功。

（2）肝病患者面向东方，先出右脚，做完一个方向后，向右转做第二个，继续向右转做第三个，继续向右转做第四个。四个做完后，再右转一次，回到开始方向，松静站立，收功。

（3）主病不确定的患者面向北方，按男左女右出脚（以先出左脚为例）。出左脚，第一个方向做完后，左转一次做第二个；第二个升降开合做完后，连续左转两次（转 180° ），再做第三个；第三个升降开合做完，改向右转一次做第四个——先将身体重心移到左脚，虚右脚，以右脚尖为轴，右脚跟向里转，使右脚尖向右转；右脚跟放平，身体重心移到右脚，身体顺势转到右转方向；虚左脚，以左脚尖为轴，将左脚尖转向右转方向；站稳，将左脚向前迈出一步，保持左脚在前的势子，做第四个方向的升降开合，做完，上后脚，松静站立，做中丹田前三开合，然后换出右脚，再按上法做四个升降开合。做完右脚四个升降开合后，在开始方向收功。

（4）无法确定病灶位置的患者可面向北方，如神经官能症等，其做法按照男左女右区分。男子出左脚向左转，做一轮或两轮；女子出右脚向右转，做一轮或两轮。

324. 升降开合松静功需要意念导引吗?

答: 升降开合松静功如其他功目一样，也包含意念导引功法，只是意念导引不搞意守，应以松静为主。操练时可用定题方法，如想“健康、放松”等词语；并要遵循若有若无、一聚一散、似守非守、不盯、不追、不抓的意念导引方法。需要注意的是，不要让意念领着气走，也不要让意念领着势子走，否则容易出偏。

50 年的传承中出现的升降开合松静功意念引导词“升入云端，手推乌云，

采日月之光以补神；神还大地，手推枯木，采大地之花以补气；气沉大海，手推礁石，采大海之灵以补精”，宜遵循似守非守、若有若无、不盯、不追、不抓的意念导引方法。初学时可借助此导引词帮助记忆功法，功法熟练后不建议使用，避免意落于形。

325. 升降开合松静功身体重心移动的意义是什么？

答：升降开合松静功身体重心移动的意义在于通过前后脚重心移动，达到一虚一实交替，使阴阳之气更好地交替运行，更好地调动相应经脉的气血流通，达到更好的治病疗效。如松后脚，后脚跟松抬既可以调动肾经，还可以使阳经之气顺脚跟直下脚趾，与阴经之气相接。后脚跟虚起一定要做到脚尖轻点地，使内气顺利流通。

326. 初学练升降开合松静功闭眼操练头晕该怎么办？

答：初学时如闭眼操练感觉头晕，可以先微睁眼操练。待动作熟悉以后再慢慢微闭双眼操练。此种情况往往见于体质比较虚弱或年龄大的患者。

此外，在练功过程中，睁眼与闭眼，都是似睁非睁、似闭非闭；睁眼要做到视而不见，闭眼要做到双目轻闭。

327. 升降开合松静功在室内操练有效吗？

答：有效。升降开合松静功采用的是自然呼吸法，是练松静和导引行气的功，不是练吸氧的功，所以既可在室内操练，也可在室外操练。只要能做到松静、做到开窗通风，就能够练出功效，只不过在室外空气新鲜的地方操练效果会更好。郭林老师说过，“如果病人在外面因下雨不能做行功，在家里单独做一套升降开合功，也有相当的疗效”。（引自《郭林新气功为什么能治病抗癌》）

328. 怎样防止操练升降开合松静功时出偏？

答：升降开合松静功虽然是一个松静功，但是练不对也会出偏。防止操练出偏须注意以下 3 点。

（1）防止意领气和意落于形。即操练时千万不要让自己的意念领着气走，也不要让意念领着势子走；既不要想气流如何走，也不要想势子怎么配合；否则容易出偏。

（2）不要乱配呼吸。尤其是初学者，一定要老老实实用自然呼吸去做。擅自配合呼吸，弄不好就出偏了。郭林老师说过，“你们功底浅，怕弄错了出偏差，你们不会纠偏，倒不如不去配合呼吸”。（引自《郭林新气功为什么能治病抗癌》）

（3）防止架肩。“架肩”指的是双手向上丹田导引时，双大臂主动抬升。架肩的危害是容易导引气上头，引起头晕甚至血压升高等现象。所以，双手向上导引时，肩与手臂都要放松，要用手腕带动小臂上升。

329. 心脏病患者操练升降开合松静功需要注意什么？

答： 心脏病患者操练升降开合松静功，要注意以下 4 点。

（1）速度一定要慢。慢了才能使气血从狭窄的血管处顺利流通，使电流起到疏通瘀阻的作用。

（2）开合时，开式不要太大，以不宽过自己的双肩为度。

（3）双手开后合回时，中指宜相接。

（4）下蹲时，身体要蹲得浅一些，但手要降至下丹田（会阴穴）前，穴位导引准确很重要。

330. 操练上丹田开合需要注意什么？

答： 升降开合松静功的上丹田开合需要注意以下 6 点。

（1）开时掌心要转向外，使双手外劳宫穴逐渐相对开，不是掌心向前开出。

（2）开合均是指尖向上，不是指尖向前。

（3）双手开出的宽度一般略宽于肩，心脏病与肝病患者开的宽度小一点。

（4）开时重心在后腿，上身稍向后倾，前脚变虚，前脚跟轻抬起，松膝；此时应保持百会穴朝天，闭目平视远方。

（5）合手时要先缓慢翻转双腕，使双掌心相对、指尖向上，再向印堂穴方

向合回。

（6）双手合回上丹田前时，双手中指尖应似接非接，心脏病患者中指要相接。

331. 操练下蹲或还原需要注意什么？

答：操练下蹲或还原需要注意以下 7 个方面。

（1）下蹲时上身保持放松平直，百会穴朝天，避免过度前俯。

（2）以松腰沉胯带动身体下蹲，避免双膝吃力致膝关节不松。

（3）双手将至中丹田时，身体再开始下蹲至前大腿平时，双手也随之降至下丹田（会阴穴）前，双手约与膝盖平，避免降不到位。

（4）初学者下蹲时，可先将身体重心由两腿中间移至前脚，再慢慢下蹲，蹲平后重心放在后脚。

（5）初学者蹲不下去时，可先蹲浅一些，通过练习，慢慢就会蹲下去了。

（6）身体由下蹲还原时，应将重心移至前脚，以腰带动两腿慢慢站起，不要膝盖用力撑顶身体站立；身体还原上升时，双手也随之上提。

（7）不能下蹲者把两脚放平，重心在后脚，两膝微弯，松腰、松胯，双手在下丹田做开合即可。

332. 操练好升降开合松静功需要把握哪几点？

答：操练好升降开合松静功需要把握好以下 3 点。

（1）入静。升降开合松静功是练松静的功，所以大脑入静对练好此功非常重要。大脑入静，内气调动得就好；内气调动得好，导引行气的作用就易发挥得好，疗效就高。所以，练此功要选择安静的场地，要提前调整好情绪，让大脑提前进入安静的气功状态。

（2）放松。松是升降开合松静功练好的保证，松不好，肌体紧张，经络的通透性就差，微循环的舒张性就弱，气血就不容易通过；气血不通，循环不好，上下导引的效果就差，疗效就差。所以，操练此功全身都要放松，包括手指、手腕。松了，气就能更好地通过。

（3）功法正确。①升、降路线要正确。双手沿任脉做上下导引时，所涉经穴要准确到位。势子导引位置不准，气血导引的效果就差，因为手在导引时所携带的电流，会通过相应穴位传导。②升、降、开、合手势要正确。手势错了，疗效就差了，甚至相反了。因为不同的手势会导引气血流向不同方向，如高指标手势做反了，指标就会越来越高。③身体重心移动要缓慢，两脚虚实要分明。虚实做得好，气血上下循行的效果就会好。④升降开合的势子导引要柔和、舒展，如行云流水。如此，清阳上升，浊阴下降，四个方向的气血、体液的交流、交换才能顺利实现。

333. 为什么癌症患者操练升降开合松静功时手的势子导引要距离身体远一些？

答：远离病灶是癌症患者操练郭林新气功应遵循的练功原则。此原则要求癌症患者练功时，双手距离身体远一些（20厘米左右即可）以避免势子导引对癌细胞产生刺激。因为在气功状态下，手指所携带的生物电流是很强的。郭林老师说过，“电流太强的话，刺激了它，不但没有疗效，而且癌细胞还会增长，这是要很注意的”。（引自《郭林新气功为什么能治病抗癌》）

所以，癌症患者，特别是面部、颈部、胸腹部有病灶的，双手就要离身体远一些。

334. 为什么升降开合松静功强调松手腕？

答：因为升降开合松静功是导引行气的功目。其势子导引主要靠双手。手腕不松，就会阻碍手臂与手指内气的流通和阴阳经气的相接，手指内气受阻电流从手指通过就少，双手沿任脉导引的作用就会降低，疗效就低。所以，手指、手腕放松在升降开合松静功里是非常重要的，操练时一定要松好手腕。

335. 为什么升降开合松静功只能放在其他功前面做？

答：升降开合松静功只能放在其他功的前面做，指的是可以作为其他功的预备功来做；不能放在其他功的后面做，指的是不能在练完其他功不收功的情况下继续接着练升降开合松静功。

（1）只能在其他功前面做是因为此功本身是一个松静功，放在其他功前面做可以起到松静的预备功作用，增加后面所练功的功效。

（2）不能放在其他功的后面做是因为升降开合松静功本身也是一个具有气化功能的功目，练完其他功，还没有气化完，接着又来个有气化功能的升降开合，这就等于刚吃饱了饭，还没有消化就又吃一顿，会起反作用。

所以，升降开合松静功只能放在其他功的前面做。如果练完其他功还想做升降开合松静功，则要先收功，待休息结束后，再去做升降开合松静功。

336. 为什么初练升降开合松静功时，不建议配合呼吸？

答：初学练升降开合松静功不建议配合呼吸是因为初学者功法尚不熟练，动作尚未掌握好，松静关尚未过，此时配合呼吸很容易出偏。就是练功时间长的，也不一定要配合呼吸。郭林老师讲过：“本来开就是呼，合就是吸。但因为这个呼吸弄错了，是很容易出毛病，所以初学功的人，就不要求他们配合呼吸……怕弄错了出偏差，你们不会纠偏，倒不如不去配合呼吸。”在现实练功中，凡出现偏差的，如憋气、胸疼、放屁、打嗝等，都是呼吸导引错了，往往是擅自配合呼吸造成的。配合不好呼吸，气就会“撞”了。郭林老师说，“撞了就不通了”。（引自《郭林新气功为什么能够治病抗癌》）

所以，初学升降开合松静功者不要急于配合呼吸，应把注意力放在放松入静上来，松静做到了，疗效肯定是会有的。

337. 为什么升降开合松静功是癌症患者必练的功目？

答：郭林老师在《新气功防治癌症法》一书中将升降开合松静功作为防治癌症的基本功之一，就说明此功本身就是一个具有很好功效的防治癌症功目。

升降开合松静功不仅是调动、激发人体内气运行的功目，也是调节人体阴阳平衡、疏通五脏六腑气血的功目和练松静的功目。松静有了，内气调动得好，就能改善、调节身体的内环境，实现气血循环。

癌症患者往往阴阳失衡、气血瘀阻，五脏六腑失调现象比较突出。操练升降开合松静功可以很好地调动内气运行，促进气血循环，达到有效调整阴阳失

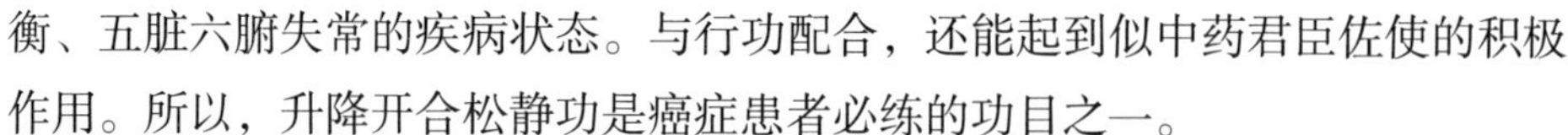

衡、五脏六腑失常的疾病状态。与行功配合，还能起到似中药君臣佐使的积极作用。所以，升降开合松静功是癌症患者必练的功目之一。

338. 怎样辨证操练升降开合松静功？

答：升降开合松静功是通过势子导引气血运行的一个功目，不同的势子导引对调整人体生理生化指标及有关疾病均有明显的疗效。无论是癌症患者，还是慢性病患者，操练时都要用好辨证施治原则，对应自己的身体情况来选择相应的势子导引和导引速度，切不可用反势子导引。

（1）因病辨证操练。

不同的病，应辨证运用不同的势子导引、导引速度及开合大小。如心脏病、糖尿病、高血压病，导引的速度要慢一些；神经官能症、神经衰弱、低血压和血沉快者，导引速度可稍快一点。心脏病、肝病在上丹田要“开”得小一点，肺病可以“开”得大一点。

（2）因症辨证操练。

指标正常者运用正常指标法操练，升与降均速度适中。高指标者，如高血压患者，运用降指标法操练，指尖下垂升、手心向下降，操练时眼睛视线可向下（此法不宜常用）。降时，速度要慢下来，升时速度要略快，不可弄反。低指标者，如低血压、白细胞低的患者，运用升指标法操练，即手心向上导引，导引时眼睛视线不可向下，可略高于印堂穴，但也不能太高。导引时要遵循“升要慢、降要快、蹲要浅”的功法要领。一般来讲，癌症患者升指标法不宜练太久，宜练、养并用，指标恢复正常后可改为正常指标练法。高低指标并存的癌症患者，可按正常指标法操练。肠胃病中的便秘者，在从膻中穴向中丹田导引下去时，可慢一点；腹泻者可导引下去稍快一点。

（3）因特异性辨证操练。

女子经期、孕期及低指标者，腹部有大病灶和腹水者，应选择不下蹲，仅松松腰的势子；低血压、严重心脏病患者，应选择不下蹲或下蹲浅一点的势子；肝病、下焦病、子宫与胃下垂者，应选择下蹲浅一点的势子；其他如腿部受伤、膝盖不能弯曲或身体原因暂时无法站立的患者，均可相应采取不下蹲只前后移动身体重心或暂时坐着操练升降开合势子导引的方法。

339. 癌症患者与慢性病患者运用升降开合势子导引需要注意什么？

答：癌症患者与慢性病患者运用升降开合势子导引，需要注意以下 4 点。

（1）正确认识升降开合松静功的作用。升降开合松静功主要作用是练松静以及调整人体气血的升降出入，达到升清阳、降浊阴，促进人体气血的新陈代谢。所以，升降开合松静功势子导引运用的是“正常指法”“降指标法”及“升指标法”三种练法。

（2）无论是癌症还是慢性病，主要依据生理生化指标高低选择不同的练法，依据自己的病种、病情与指标决定升降的速度和开合的手势。正确理解补泻、正确理解功法之功理，是运用好升降开合势子导引的根本。

（3）癌症患者在治疗期间选择运用降指标法或升指标法，时间均不宜过长，而且应注意观察指标的变化情况，一旦指标接近正常即可转为“正常指标法”操练，以免造成身体出现新的负向转化。而慢性病患者则可依据指标好转情况逐渐调减药物。

（4）癌症患者运用升降开合势子导引要遵循远离病灶的原则，如果病灶在身体前面，双手的升降势子要离身体远一点，不要贴近病灶。而慢性病患者可离身体近一些。

340. 怎样根据病情辨证运用升降开合松静功的次数？

答：升降开合松静功一天当中任何时候都可以操练。一天操练几次或一次操练几轮，可根据病情需要辨证决定。

（1）癌症患者无论早、中、晚期，均宜每天至少操练一次升降开合松静功，一般以操练 4 个方向的 2 轮为宜。

（2）癌症兼有心脏病、生理生化指标异常、脾胃失调、神经衰弱或体虚体弱者，可每日上、下午各操练一次。

（3）晚期癌症患者、操练行功不便者，也可在室内开窗通风后，一日内多操练几次升降开合松静功，或增加一次操练的轮次，一般一次操练不超过 4 轮。

（4）慢性病中的单纯性心脏病、高血压、血液病患者，可把升降开合松静功作为主功，每日可操练 2~3 次，其他慢性病患者视病情需要，也可每日操练 1~2 次。

第七章 慢步行功

- 慢步行功
  - 什么是慢步行功
    - “慢步行功”是采用自然呼吸法，闭目慢步行走的一个功目。它是慢性病患者的主功，也是初级行功中以意念导引为主的功目
  - 慢步行功的特点
    - （1）意念导引为主。运用了意念导引的选题、守题、放题等功法
    - （2）入静程度高。采用闭目操练，慢步行走，大脑易入静
    - （3）行走缓慢。是初级功行功当中行走速度最缓慢的一个功目，一般每分钟行走3~5步
    - （4）动静相兼。虽练静，但须行走配合，体现了动静相兼的特点
  - 慢步行功的功法内容
    - （1）复式预备功——简式预备功、若干个升降开合松静功
    - （2）正功——轻闭双目。自然呼吸，心安神静，全身放松，脚翘手摸，转腰转头，动作柔和，重心慢移
    - （3）复式收功——三个不下蹲、不转方向的升降开合、揉球放球、揉腹、三个气呼吸、点穴回气和松静站立
  - 慢步行功的辨证重点
    - （1）因病辨证
      - ①心脑血管疾病、糖尿病、青光眼等慢性病患者此功为主功
      - ②癌症兼心脏病、高血压患者此功为重要的辅助功
      - ③依据疾病脏腑部位不同，选题颜色不同
    - （2）因症辨证
      - 依据生理生化指标高低选择高低不同位置的题，如高血压患者选择中丹田之下位置的题
    - （3）因证辨证
      - 实证可用手心向下的势子导引，癌症患者虚证可用手心向下摆出、手心向里摆回的势子导引，慢性病虚证者可用手心相对摆出摆回的势子导引

341. 什么是慢步行功?

答:“慢步行功”是采用自然呼吸法闭目慢步行走的一个功目。此功以意念导引为主，势子导引配合。在郭林原著中称为“自然呼吸法慢步行功”。它是慢性病患者的主功，也是初级行功中以意念导引为主的功。

342. 慢步行功有哪些作用和功效?

答: 慢步行功具有疏通经络、调整阴阳、改善气血循环状态的作用，对各种慢性病有很好的疗效，尤其对心脏病、高血压、脑梗后遗症及肠胃疾病有明显的疗效。此功保健养生的效果非常好。

343. 慢步行功适合哪些人操练? 有何禁忌?

答: 慢步行功是慢性病患者的主功，高血压、心脑血管疾病、糖尿病、神经衰弱、青光眼、胃肠功能失调以及身体过度虚弱、自身免疫力低下等多种慢性病患者都适合操练。癌症患者在病灶消除后的康复保健阶段也可以练此功，尤其是癌症兼有慢性病患者，加练此功对巩固康复大有好处。

癌症患者在抢救治疗期一般不宜操练此功。

344. 慢步行功运用的导引法有何特点? 以哪一导引为主?

答: 慢步行功同自然行功一样，也采用了意念导引、势子导引和呼吸导引。

(1) 意念导引。慢步行功的意念导引运用了郭林新气功的选题、守题、放题的意念功法，要求闭目操练。其中，放题又包含了揉球、放球、揉腹、回气等功法内容。

(2) 势子导引。慢步行功的势子导引基本同自然行功的势子导引，如迈步、摆手、舌舐上腭等，只是行走速度要比自然行功缓慢了许多，转腰幅度也要大一些。

(3) 呼吸导引。慢步行功的呼吸导引与自然行功的风呼吸法不同，采用的是自然呼吸法，呼吸要求自然、舒缓、平和，以忘息为好。

慢步行功以意念导引为主，势子导引配合。此功也是初级行功当中唯一以意念导引为主的功目。

345. 为什么说慢步行功的意念导引尤为重要？

答：慢步行功是以练意念为主的功，依靠意念活动对大脑神经与机体内部进行调节，疗效取决于意念导引。意念导引的选题、守题做好了，大脑中枢神经系统的自我调节作用才能发挥，势子导引与其配合才能充分调动内气实现内疏通，防病治病的疗效才会高；反之，势子导引做得再漂亮，选题不恰当、大脑入静不好、守题守不住，中枢神经系统自我调控机能就没办法实现，内气调动也不会充分，功效就不会好。所以，慢步行功的意念导引尤为重要。

346. 慢步行功有哪些功法特点？

答：慢步行功有以下功法特点。

（1）意念导引为主。此功强调意念导引，运用了意念导引的选题、守题、放题等功法，与以呼吸导引为主的初级行功明显不同，此功疗效取决于意念导引。

（2）入静程度高。此功采用闭目操练，运用自然呼吸法慢步行走，大脑易入静，入静程度高。

（3）行走缓慢。此功是初级功行功当中行走速度最缓慢的一个功目，一般每分钟行走3~5步，特别适合放松入静。

（4）动静相兼。此功以意念导引为主，虽练静，但须行走配合，所以静中有动、动中有静，充分体现了郭林新气功动静相兼的特点。

347. 慢步行功的功法要领是什么？

答：慢步行功的功法要领是轻闭双目，自然呼吸；心安神静，全身放松；脚跷手摸，转腰转头；动作柔和，稳步慢行；意念守题，有聚有散。

348. 什么是定题？何时用定题？

答：“定题”是意念导引的一种方法，指的是练功之前、为避免练功产生杂念而事先想好一句简单而稳定的词语，练功遇有杂念时，借以排除杂念。此时先想好的词语，即为“题”；事先想好一个题，即是“定题”。

初学慢步行功时，由于动作尚不熟悉，松静程度不高，往往先用定题的方法，即当杂念出现时，将自己的意念集中在提前想好的这个简单而稳定的词语上，运用这个预先想好的“题”帮助大脑入静，待势子熟练了再改选题的方法。

349. 什么是选题？何时用选题？

答：“选题”指的是操练慢步行功之前，预先根据选题的原则，为自己选好一个练功时要守的题，作为操练慢步行功过程中的唯一思想活动内容，以此排除杂念，达到好的练功效果。如心脏病患者选择“红苹果”作为帮助入静的题。

选题是练功的势子和定题的方法熟练掌握之后，用定题的方法不再容易排除杂念时，就要用“选题”的方法来帮助大脑入静。

350. 为什么慢步行功的意念导引要用选题的方法？

答：慢步行功的意念导引要用选题的方法，一是因为郭林新气功初级功的意念导引是悟外，不能守体内，采用选择某一景物的方法可达到将意念既放在体外，又能稳定思想活动的效果；二是选题可以保证慢步行功操练时能够达到良好的入静程度，以较好的入静状态，创造良好的内气调动条件；三是通过选题，可以事先确定好与操练者疾病相对应的五脏五色治疗要素，如《黄帝内经》中讲，五脏与事物相归属，肝与草本同类，所以肝病选择绿色。

351. 选题的原则是什么？

答：慢步行功选题的原则是“三选三不选”。

（1）选近不选远。宜选择练功地点附近的景物。

（2）选静不选动。宜选择静止不动的景物。

（3）选体外不选体内。宜选择身体以外的景物。

352. 选题的依据是什么？

答： 慢步行功选题的依据有以下 4 条。

（1）依所病脏腑选题。即依据自己所患病的脏腑选题，不同脏腑选不同颜色的题。如肺病选择白色的题，白牡丹、白杜鹃等都可以；肾病选择黑色或紫色的题，如紫色的牵牛花、薰衣草等。

（2）依生理生化指标高低选题。即根据生理生化指标高低，选择高低不同位置的题。如高血压患者的题，一般选择放在中丹田之下的位置，如地上的花草；低血压或白细胞低的患者选的题，一般略高于印堂穴前上方的位置，如树梢；指标正常者的题，可选择与膻中穴相平位置的景物。

（3）依据三不原则选题。即不选过远、飘浮不定和体内的题。如肝病患者，要选择练功点附近的绿色植物，这样既满足不选过远的题，又满足不选体内的题，还达到了静而不飘浮的选题要求。

（4）依自己的喜好选题。既不选让自己不愉悦和影响入静的题，也不选引起思想波动和悲伤的题。

353. 选题的颜色怎样确定？

答： 慢步行功选题的颜色确定，依据的是中医五行学说中五脏（腑）配五色的理论。

肝（胆）对应青色（绿）。肝病宜选择绿色。

心（小肠）对应红色（赤）。心脏病宜选择红色。

脾（胃）对应黄色。脾病宜选择黄色。

肺（大肠）对应白色。肺病宜选择白色。

肾（膀胱）对应黑色。肾病宜选择黑色（或紫色）。

354. 选题需要注意什么?

答: 选题需要注意两点。

(1)要在练功前一天选题。

(2)练功中不可临时换题。

郭林老师说,“选题不能在练功前几分钟匆匆忙忙去选。要在练功前有充分的时间来选题。”“不能当天练功换题,换来换去更入不了静。”(引自《郭林新气功为什么能治病抗癌》)

355. 常见慢性病的选题颜色怎样把握为好?

答: 慢性病的选题颜色以柔和为宜。

(1)和肾有关联的慢性病患者,如糖尿病、高血压、神经系统疾病、妇科病等,可从肾的颜色选题,选择紫色或黑色的题为好,但不要选太黑的东西。

(2)肝病患者可选绿色的题,如绿色植物、青苹果,也可结合从肾治选墨绿色的题。

(3)青光眼从肝治,选绿色的题。

(4)肺病患者宜选白色的题。体质寒凉者可选暖意的白棉花;体质实热者可选凉意的近处雪山,但不要选飘动的白雪花。肺病如果从肾治时,可选择灰色的题。

(5)脾胃病选黄色的题。如香蕉、芒果等。胃下垂者选黄色,但景色的位置应高于膻中穴的位置;胃溃疡患者的题的位置高低则同膻中穴。

(6)心脏病患者选红色的题,但不宜太红,可选择红玫瑰或红苹果、粉红色的荷花等。

356. 兼有几种慢性病的患者如何选题?

答: 兼有几种慢性病时,选题以主病为主,也可兼顾次病,还可根据中医五行相生相克理论,从相生或相克的关系,辨证配合选题。

如既有严重的心脏病,又有肾病者,选题既可从病情的轻重考虑,先按病情重一方作为主病选题,心脏病重,先选红色的题(如红苹果),等主病有所减轻,再考虑兼顾次病选题；亦可考虑心脏病的红色和肾病黑色融合，两病兼顾同治，选紫色的题。

再如，既有肝病又有肾虚者，要依中医五行相生关系辨证选题。按肾（水）为肝（木）之母，肝从肾治原则选题。先选黑色调肾，然后换用墨绿色兼顾；先调节一方，另一方往往也会发生转化。

357. 什么是上题？何时上题？

答：“上题”是指操练慢步行功时，要将练功前选好的题带入行功的意念导引之中。

上题的时机是简式预备功结束后，开始做第一个升降开合，当双手升到膻中穴时，将预先想好的题带入。

358. 什么是守题？守题的三不原则和12字方针是什么？

答：“守题”是指练功中想着自己选定的题，以排除练功中出现的杂念。

守题的三不原则是不抓、不盯、不追。

守题的12字方针是一聚一散、若有若无、似守非守。

359. 什么是一聚一散、若有若无和似守非守？

答：一聚一散、若有若无和似守非守是郭林新气功意念导引的12字方针。

“一聚一散”指的是有杂念时，将意念集中在题上，想一想，但不能一直想，杂念离去，就要把题放一放，不要一直盯着题，否则会导致意念紧张。“聚”即为守住，“散”即为放开。

“若有若无”指的是想题的时候，似乎有题，又似乎无题，题似有似无。

“似守非守”指的是好像想着题，又好像没有想着题。似即为像，非即为不是。

360. 为什么慢步行功要用守题？

答：慢步行功运用守题主要有以下两个原因。

（1）慢步行功需要通过守题来达到意念活动的集中，最终达到心安神静练功的目的。

（2）慢步行功的守题是初级功阶段的意念活动，此时操练者尚未达到能守身体部位的程度，如守丹田、守命门、守窍脉，所以需要通过悟外导引的守题，将意念既放在体外，又能够稳定住思想活动。

361. 慢步行功守题时需要注意什么？

答：慢步行动守题时需要注意以下 4 点。

（1）想一想题，一定不能盯题。盯就是看，即不能把视线落在题的形象上。

（2）不要总用意念紧抓住题不放，不要怕题跑了。

（3）题离开了，不要去追，要顺其自然。

（4）行走中来杂念了，就想一下题。杂念没有了，就放开题。想一会，放一会，若有若无。

362. 守题时如何防止出偏？

答：守题时防止出偏主要是防止守题时违反不抓、不盯、不追的守题三不原则。郭林老师说过，“如果不掌握这个原则，是要出事的”。（引自《郭林新气功为什么能治病抗癌》）

这个出事，就是指练功时总是想题，抓着题不放，一直盯着题看。题跑了，还要去追着题不放，不会一聚一散。如此就造成意念紧张，导致头痛脑胀、头晕心慌等出偏情况。

所以，避免守题出偏，就是要学会并做到有聚有散、似守非守、若有若无。初学练时可先用定题法操练，有了聚散的功底后，再换用选题法守题。

363. 什么是放题？何时放题？

答：“放题”指的是收功时把练功中所守的题放掉，然后将意念活动转回到中丹田。这是收功转意念的功法。

放题是在收功时进行。在正功做完后，开始做三个不转方向、不下蹲的升降开合时放题。具体是做第三个中丹田开合时，借开的动作放题，借合的动作，帮助将意念转回中丹田。

364. 复式收功法的揉球和放球的目的是什么？

答：慢步行功收功时的揉球，是为了将放题后的意念稳在中丹田不再跑掉，是为了练功产生的大量内气更好的归原。而放球则是为了避免意念在揉球时转到手和球上，通过放掉手上的球，让意念稳在中丹田。

365. 怎样操练慢步行功？

答：操练慢步行功时，要先完成复式预备功的操练，然后按照自然行功的出脚原则、迈步、摆手等功法缓慢行走，正功结束按复式收功法收功。

（1）复式预备功。在简式预备功后接1~3个不转方向或4~8个转方向的升降开合。

（2）正功（以先出左脚为例）。操练正功时，要始终保持舌舐上腭、轻闭双目、自然呼吸。

①迈出左脚，脚跟着地，脚尖跷起（肝、胆、眼病患者脚尖先着地），此时右手在中丹田前，左手在左胯旁。

②随着身体重心渐渐前移，慢慢踏平左脚，然后腰带动身体向右脚方向慢慢转约45°，同时转头、摆手，双手随腰转自然划弧向右摆动，右手由中丹田慢慢摆至右胯旁，左手慢慢摆至中丹田前，右脚跟渐渐离地。

③左脚踏稳，腰转到位，右脚完全放松后，换出右脚向前迈出，此时，左手已摆到中丹田前，右手已摆到右胯旁。依然是脚尖跷起，脚跟先着地，随前脚慢慢踏平，腰带动身体慢慢转回正前方向，然后继续向左脚方向慢慢转45°，头随腰转，双手也随之向左脚方向摆动，后脚跟渐渐离地并放松，至左

手摆至左胯旁，右手摆回中丹田时，完成一左一右两步的慢步行功。

④依上述操练法，继续一步一步缓慢向前行走，行走 30~45 分钟，上后脚，松静站立，按复式收功法收功。

（3）复式收功。做三个不下蹲的升降开合 + 揉球 + 放球 + 揉腹 + 三个气呼吸 + 点穴回气 + 松静站立片刻（3~5 分钟），慢慢睁开双眼，恢复常态。

366. 操练慢步行功时势子导引与意念导引怎样配合？

答：操练慢步行功时，其迈步、摆手、转腰转头等势子导引，要与意念导引的选题、守题相配合。配合方法如下。

（1）复式预备功第一个升降开合手升到膻中穴时，将提前想好的题带入，开始势子导引与意念导引的配合。

（2）行走中有杂念时，用意念去想练功之前定好或选好的题，运用守题法排除杂念；杂念离开后，即把题放开；又有了杂念时再想题，如此想想、放放。整个行走过程中，势子导引始终与意念导引相配合。

（3）复式收功时，通过势子导引的升降开合、揉球、放球等动作将练功中所守的题放掉，将意念转回中丹田，势子导引配合意念转归。

367. 如何把握慢步行功的行走速度？

答：慢步行功的行走速度，总的原则是宜慢不宜快，不要走成自然行功的速度。一般以每 10~20 秒走一步为宜。在实际操练过程中，要结合病情、体质与操练经验灵活掌握。初练时动作不熟悉，不容易入静可略快些；等势子熟练后，入静程度提高后，就要略慢些。严重心脏病和高血压患者，速度一定要慢下来；神经系统疾病患者可慢中略快一些。总之，应以自己感觉舒适为度来决定行走的速度，以不违反气息平稳、松静自然、心安神静、稳而不僵、慢而不停的原则为好。

368. 慢步行功迈步的幅度多大为宜？为什么强调迈步要慢、小、稳？

答：慢步行功迈步的幅度宜小，一般以迈出前脚时，前脚跟与后脚尖接近

为宜。慢步行动强调迈步要慢、小、稳，是因为慢步行功是意念导引为主的功目，是轻闭双目操练、入静程度高、内气调动充分，迈步要求一步踏实站稳后再迈一步，缓慢、小步、平稳地向前行走才能使身体充分放松、身体重心虚实移动稳，既不消耗体力，还能安全行走，又使呼吸平稳，大脑充分入静，进而实现势子与意念导引的配合，达到练功的功效。

369. 慢步行功一次操练多长时间？一天可以操练几次？

答：慢步行功一次操练30~45分钟，加上预备功与收功，一般不超过1小时，初学者可适当减少操练时间。一般情况下，此功一天操练一次即可，严重心脏病者也可上、下午各操练一次。

370. 怎样操练复式收功法的三个不下蹲升降开合？

答：复式收功的第一步是做三个不下蹲、不转方向的升降开合（以先出左脚为例）。

（1）正功结束后，上后脚，松静站立；然后出脚，调整斜丁步。

（2）双手心相对，从两胯旁合拢至中丹田前；中指将接，变手心向里（此为正常指标手势，指标异常时可依升法或降法手势操练），向上升至上丹田前，做一个开合动作。

（3）双手由上丹田降至中丹田前，再做一个开合，第一个不下蹲的升降开合完成。

（4）按上述方法，继续做两个不下蹲、不转方向的升降开合，共做三个。身体重心移动与升降开合松静功操练法相同，只是速度要慢一些。

371. 怎样操练复式收功法的揉球？

答：复式收功法的第二步是揉球。三个不下蹲、不转方向的升降开合完成后，在中丹田前做揉球动作。通过揉球动作，将意念稳在中丹田。

（1）双手做完中丹田前最后一个开合后，上后脚，双脚站平。

（2）左脚向前迈出一小步，中丹田前手心相对的双手，做抱球动作（假设

双手抱一个直径约 20 厘米的气球，球的位置距中丹田前约 15 厘米）。

（3）全身放松、手腕放松，双手在中丹田前做上提下放的揉球动作。

（4）揉球时身体重心要前后移动，在正前方、左右侧各揉一会。一个位置揉球几圈即可，此为一轮。如果意念还没有稳在中丹田，可做二轮、三轮。

372. 怎样操练复式收功法的放球？

答：复式收功法的第三步是三放球。揉球结束后，双手心翻腕向上，将揉球的动作变成向上托球的动作，假想要将手上托着的球放掉。

（1）在中丹田前慢慢将双手向上轻轻托放一下，此为第一次放球。

（2）双手沿任脉慢慢升至膻中穴处再轻轻托放一次，此为第二次放球。

（3）身体重心随双手上升而前移，双手升至印堂穴前再轻托放一次，此为第三次放球；三放球结束。

（4）球放走之后，变指尖向上、手心相对，在印堂前合虚掌沿任脉降至膻中，变虎口向上、手心向里，继续下降至中丹田（此为正常指标手势，指标异常可依升法或降法手势），身体重心移至两脚之间，这是球走气留。

373. 怎样操练复式收功法的揉腹？

答：复式收功法的第四步是揉腹。三放球后，双手沿任脉降至中丹田前，上后脚，松静站立，按预备功男、女手放中丹田法，将双手叠放中丹田处。

（1）以中丹田为圆心，先顺时针做由小到大螺旋式揉腹，共揉 9 圈；第 9 圈时，上不过膻中穴，下不过曲骨穴。

（2）在膻中穴处换手，仍内外劳宫穴重叠，逆时针由大圈到小圈揉至中丹田处，共揉 9 圈，最后一圈在中丹田周围微揉转；九圈转完，两手自然停在中丹田处，揉腹结束。

（3）揉腹结束后，双手叠放中丹田做三个气呼吸，此为复式收功法的第五步，意念继续稳在中丹田。

374. 怎样操练复式收功法的点穴回气？

答：复式收功法的第六步是点穴回气。中丹田三个气呼吸做完后，双手沿任脉向上导引至印堂穴（导引手法依指标决定），做点穴回气功法。练法如下。

（1）双手沿任脉向上导引至膻中穴后，双手指尖向上、手心向里，升至印堂穴，两手向左右平开至与肩同宽。

（2）两手拇指轻放食指上握成虚拳，中指轻点内劳宫穴三次，每点一次要稍停一会，再慢慢松开手指。

（3）第三次点穴完成后，手指先不松开，保持虚拳状态转拳心相对；然后十指放开，手心相对合回印堂穴前。

（4）双手沿任脉依相应的指标手势降至中丹田前，然后双手自然放两胯旁。

（5）松静站立。双手降至两胯旁后，松静站立 3~5 分钟，恢复常态，复式收功结束。

375. 操练复式收功要注意哪些细节？

答：操练复式收功要注意 6 个细节。

（1）放题是由第三个不转方向不下蹲的升降开合协助完成。当做第三个中丹田开合时借开的动作放题。

（2）揉球时意念要稳在中丹田，意念和视线不要放在球上。操练时，要注意肩、肘、腕和腰、胯、膝都要放松。

（3）三放球时，意念不可随托放的球飞掉，要继续稳在中丹田，做到球走气留。双手到印堂穴前做第三次放球时，重心移至前脚，后脚跟要松抬。

（4）揉腹时意念在中丹田，不要紧盯圈数，双手对腹部有接触感即可，不可用力，揉腹的速度要适中。

（5）回气要做到手指轻点内劳宫穴，不可攥紧拳。

（6）收功后意念先离开中丹田，再慢慢睁眼恢复常态。

376. 怎样循序渐进地练好慢步行功？

答：练好慢步行功需要注意势子导引与意念导引的配合和掌握循序渐进的

操练方法，先熟练掌握势子导引功法，再逐渐掌握意念功法。

（1）循序渐进，分步练习。先从势子导引练起，再逐渐配合意念导引。先练习迈步、摆手、转腰转头、移动身体重心与放松入静、心平气和的配合，再逐渐配合意念导引的选题、守题。行走中要注意每行一步之后，要先平稳气息，然后换脚迈步，气息平稳很重要。

（2）意念导引分两步练。开始先用简单的定题法，逐渐把握“若有若无、似守非守、一聚一散”的意念导引要领，然后用选题和守题法。开始选题时，一定要选简单易守的题。

（3）辨证选题、用题。选题不能一成不变，要随病情变化和五脏六腑平衡关系适时换题。换题不能当天练当天换，一定要提前选好，于下次操练时再换。

377. 为什么慢步行功要用复式预备功和复式收功？

答：慢步行功采用复式预备功，是为了更好地创造放松入静的条件，为正功打好放松入静的基础，以保证意念导引为主的慢步行功的操练效果。

采用复式收功法则是为了使慢步行功操练中产生的大量内气更好地收归丹田，因为慢步行功调动的内气较其他行功更为丰富。

378. 为什么癌症患者在抢救期不提倡练慢步行功？

答：癌症患者抢救治疗期应先采用呼吸导引为主的风呼吸法行功，依靠快、猛、强的风呼吸大量吸氧，活血化瘀、消除瘀滞，是以祛邪为主。而慢步行功是自然呼吸法，是意念导引为主的功目，其作用和功效主要用于慢性病，是以扶正与养为主。所以，癌症患者在抢救治疗期不提倡操练慢步行功，待肿瘤消除，进入巩固康复期，再根据需要操练慢步行功。

379. 为什么操练慢步行功要强调选择好练功场地？

答：因为慢步行功是轻闭双目操练的一个功目，入静程度要求高。如果在凹凸不平之地或河边、沟边，或人多声音嘈杂之地操练，极易发生练功事故或

受惊吓。郭林老师说,“练慢步行功,选地点是非常重要的。慢步行功要求入静,入静越高,守得越好,忽然来那么一下,你就受害了”。(引自《郭林新气功为什么能治病抗癌》)

所以,为了避免练功受惊出偏或其他意外事故,在操练慢步行功前,一定要提前选择好适合操练慢步行功的练功场地。

380. 癌症患者身体极度虚弱时可否操练慢步行功?

答: 癌症患者身体极度虚弱,抢救治疗期身体一时难以适应风呼吸的强攻,可以考虑先配合操练自然呼吸法慢步行功,帮助恢复体质。在此过程中也可采用风呼吸法行功,与自然呼吸法慢步行功结合使用。对此,郭林老师在《郭林日记》中曾写道:“本来对癌症患者,我都多用风呼吸法配合快步行功,可是这两个女病人身体已经太弱了,立即用风呼吸快步行功,她很可能受不了,也会引起副作用。不同的身体情况、不同的病情应用不同的功法对待。对这两个癌症病人先给她们练两个月慢步行功,让她们的身体有点好转再下强力猛攻。”最终癌症患者如何操练,建议在有经验的教功老师指导下辨证运用。

381. 癌症患者病情稳定后多久可以操练慢步行功?

答: 郭林老师说过,“癌症患者一般应在肿瘤消除了之后再来操练此功”。(引自《郭林新气功为什么能治病抗癌》)

50 年的社会实践经验是癌症患者在得病 3 年内暂缓练此功。在进入巩固期、康复期后,如有慢性病,可选择操练此功,但也要保证一定功时的风呼吸法行功。

382. 癌症患者带瘤期间兼有严重心脏病的可以练慢步行功吗?

答: 癌症患者带瘤期间兼有严重心脏病的可以练慢步行功配合治疗心脏病。因慢步行功是心脏病的主功,此时要配合操练自然呼吸法的自然行功。心脏病症状减轻后,可尝试配合轻度风呼吸法操练自然行功或其他行功,以起到防控癌症的作用。

383. 慢步行功与自然行功有哪些不同?

答: 慢步行功与自然行功的行走法有相似，但在功效与功法上却有不同。

(1) 功效上有不同。慢步行功是慢性病的主功，心脏病、高血压等患者操练慢步行功疗效显著，可以更好地实现通经活络、调整阴阳，改善气血循环状态；自然行功是所有慢性病与癌症的基础功，通过调息导引可以更好地实现大量吸氧、消除瘀阻、改善新陈代谢的作用，适合人群更广泛。

(2) 功法上有不同。慢步行功是采用自然呼吸法、闭目慢步行走的功法，是以意念导引为主；自然行功是采用中度风呼吸法、睁眼中速行走的功法，以风呼吸法导引为主。

第八章　头部按摩功

- 头部按摩功
  - 什么是头部按摩功
    - “头部按摩功”是在气功状态下，运用两手指梢，以指代针，以气代药，对头部主要穴位进行点、按、摩转、捏、捋的按摩功。是癌症患者、慢性病患者、亚健康人群重要的保健功目
  - 头部按摩功的作用
    - （1）调整阴阳，疏通五脏六腑经脉之气
    - （2）疏通大脑经络，改善大脑气血循环，防止脑血管硬化
    - （3）促进大脑皮层进入保护性抑制状态，保护大脑，使大脑得到休息与调整
  - 头部按摩的补泻手法
    - （1）按摩头部正面与脑后单一穴位，右转为补，左转为泻（女）；男子相反
    - （2）按摩头部正面与脑后对称穴位，向内转为补，向外转为泻；男女一样
    - （3）按摩头部侧面两对应穴位，向前转为补，向后转为泻；男女一样
  - 头部按摩功的辨证重点
    - （1）因病辨证
      - ①癌症患者、慢性病患者只要没有禁忌证，都宜每日坚持操练头部按摩功
      - ②病情严重，如失眠严重的可午时与晚上睡前各操练一次，有眼疾者可增加眼部穴位的按摩轮次
    - （2）因症辨证
      - ①高指标者每节势子导引升降时用降法手势导引，低指标者用升法手势导引
      - ②高血压患者需在百会穴做点按，低血压患者做天冲穴按摩
    - （3）因证辨证
      - ①实证者开始用泻法，病情好转改为调整法
      - ②虚证者开始用补法，病情好转改为调整法
      - ③虚实不明显或阴阳两虚者，可用正反各九转的调整法

384. 什么是头部按摩功？

答： 头部按摩功是在气功状态下，运用两手指梢，“以指代针，以气代药”，对头部相关穴位进行点、按、摩转、捏、捋的一个按摩功目。此功在“郭林原著”中称“头部穴位气功按摩法”，在50年的社会传承中简称“头部按摩功”。

385. 头部按摩功有哪些作用和功效？

答： 头部按摩功具有调整阴阳，疏通五脏六腑经脉之气；疏通大脑经络，改善大脑气血循环，防止脑血管硬化；促进大脑皮层进入保护性抑制状态，保护大脑，使大脑得到休息与调整等作用。

头部按摩功还具有以下4点功效。

（1）纠正阴阳偏盛，防治心脑血管疾病。

（2）对原发性高血压有调节作用。

（3）对头痛、眩晕、眼、耳、鼻疾病及神经衰弱、植物神经功能失调、失眠等有较好疗效。

（4）帮助练功人很好地入静。

386. 头部按摩功适合哪些人操练？有无禁忌？

答： 头部按摩功适合癌症患者、慢性病患者以及保健者操练，尤其适合植物神经功能失调的患者，如神经衰弱、神经官能症、失眠和脑动脉硬化患者。只要不属于禁忌范围，人人都可以操练头部按摩功。练好头部按摩功不仅可以安神、保健，还可以修复、增强大脑功能。

此功不适合头、面、颈部有恶性肿瘤的患者操练，女性经期和孕期也要停练此功。此外，此功禁止和涌泉按摩功放在一起连续操练，两者至少间隔1小时，最好是头部按摩在中午操练，涌泉穴按摩在晚上操练。

387. 头部按摩功采用了哪些导引法？

答：头部按摩功采用意念导引、势子导引、呼吸导引和按摩导引四大导引法，以意念导引为主。

（1）意念导引。此功以意念导引为主，意念可默数按摩转圈数。

（2）势子导引。此功势子导引包括松静端坐、闭目平视、舌舐上腭、双手上下升降导引等。

（3）呼吸导引。此功采用自然呼吸法。

（4）按摩导引。此功采用两手摩转、点、按、捏、捋等手法进行按摩。

388. 头部按摩功的按摩三原则是什么？

答：头部按摩功的按摩三原则是由慢到快、由浅入深、由轻加重。

389. 头部按摩功的按摩三手法是怎样的？

答：头部按摩功的按摩三手法是指梢、手指、掌心。

（1）用指梢（即指尖中部的肌肉）在穴位上按摩。

（2）用掌心在个别穴位上按摩。

（3）用五指指尖轻点脸颊，用指尖沿颈部两侧点按或摩至颈下。

390. 头部按摩功用什么方法取穴？

答：头部按摩功按照中医按摩或针灸取穴所用的“比量法”取穴，也即中医的“等身寸法”。这种方法指的是用患者本人体表的某些部位作为量取穴位的长度单位，一般用患者的手指关节长度作为丈量尺寸标，此法也叫“同身尺寸”。常用等身寸单位如下：

1寸≈一指宽，即拇指第一关节的宽度。

1.5寸≈二指宽，即食指、中指第一关节宽度之和。

2寸≈三指宽，即食指、中指、无名指第一关节宽度之和。

3寸≈四指宽，即食指、中指、无名指第二关节和小指第一关节宽度之和。

391. 头部按摩功运用了哪几种指法？各用在哪节？

答：头部按摩功运用了4种指法，分别是剑指、环指、小指、食指。

（1）剑指。食指、中指并拢，微弯曲；大拇指压在弯曲的无名指和小指上。剑指用在第1、2、5、6、8、9节。

（2）环指。食指、中指、无名指并拢，半弯曲成环状；小指弯曲，大拇指压在小指上。环指用在第6、7、8节的阳白穴和第3节耳部穴位。

（3）小指。小指自然微弯；大拇指压在弯曲的食指、中指、无名指上。小指用在第4节眼部穴位。

（4）食指。食指自然微弯，大拇指压在弯曲的中指、无名指和小指上。食指用在第9节翳明穴（或新翳明穴）。

392. 头部按摩功每个穴位按摩多少下？按摩速度如何把握？

答：头部按摩功每个穴位按摩九下。九下指的是每个穴位均根据操练者调整或补泻需要，做正反或正反正、反正反各九圈的按摩。正转为顺时针方向，反转为逆时针方向。之所以头部按摩功用九的数字，是因为六为阴、九为阳。头部属阳，郭林老师用九的数来配合头部按摩。

头部按摩功摩转的速度以每2秒转一圈为宜。

393. 头部按摩功按摩的补泻手法是怎样的？

答：头部按摩功按摩的补泻手法主要有以下4种。

（1）头部正面与脑后是单一穴位（如印堂穴、哑门穴），女子向右转为补法，向左转为泻法，男子则相反；一左一右为调整法。

（2）头部正面或脑后是两平面对称穴位（如攒竹穴、鱼腰穴、丝竹空穴、睛明穴、瞳子髎穴、上明穴、承泣穴、阳白穴、风池穴），向内转为补法，向外转为泻法，男女一样；一内一外为调整法。

（3）头部侧面是两对应穴位（如太阳穴、耳门穴、听宫穴、听会穴、天冲穴、翳风穴、翳明穴），向前转为补法，向后转为泻法，男女一样；一前一后为调整法。

（4）需要做泻法时，用“泻、补、泻”三个方向的转圈按摩；需要做补法时，用“补、泻、补”三个方向的转圈按摩。

394. 头部按摩功共有几节？其按摩步骤和顺序是怎样的？

答：头部按摩功共有 10 节。其按摩步骤是简式预备功后，按如下顺序进行 10 节按摩——一印堂，二太阳，三眉耳，四眼睛，五鼻壁，六哑门，七天柱，八风池，九翳风翳明，十回气。然后按简式收功法收功。

395. 头部按摩功涉及哪些穴位？其位置、作用和功效各是什么？

答：头部按摩功主要涉及以下穴位，其穴位所处位置、作用与功效具体如下。

第一节，印堂穴按摩。主要涉及印堂穴、神庭穴和人中穴三穴位。

（1）印堂穴（属督脉）。该穴在两眉正中的凹窝处，正对鼻尖。该穴有明目通鼻、宁心安神的作用，按摩此穴可醒脑通窍、宁心安神、明目通鼻、疏风散寒、止痛除热，对头痛、眩晕、鼻病等均有疗效。按摩此穴涉及神庭穴、人中穴两个点跳穴位。

（2）神庭穴。该穴在额正中入发际半寸处。有镇静安神作用，可治头痛。

（3）人中穴。该穴在鼻柱下水沟中间。有调和阴阳气血、通达五脏六腑之作用，可治疗牙关紧闭、中风虚脱、昏迷等症。

第二节，太阳穴按摩。只涉及太阳穴（属经外奇穴）。该穴在眉梢与外眼角中间向后约一寸的凹陷处。按摩此穴可缓解大脑疲劳，对头痛、喉痛、牙痛、面瘫、眼疾及血液病等均有疗效。

第三节，眉耳部按摩。涉及眉毛三穴位和耳部三穴位。

（1）眉毛三穴位——攒竹穴、鱼腰穴和丝竹空穴。

①攒竹穴（属膀胱经）。该穴在眉毛内侧端目内眦角直上处，该穴可治疗头痛、眼疾、目眩等症。

②鱼腰穴（属经外奇穴）。该穴在瞳孔直上的眉毛中间，此穴可防治眼部疾病、面瘫和三叉神经痛等症。

③丝竹空穴（属三焦经）。该穴在眉尾结束点的凹陷处，可治疗面神经麻痹、面肌痉挛、结膜炎等。

（2）耳部三穴位——耳门穴、听宫穴和听会穴。

①耳门穴（属三焦经）。该穴在耳屏上切迹前张口凹陷处。此穴可疏通三焦经气血、降浊升清，对耳鸣、耳聋、中耳炎、下颌关节炎等有治疗效果。

②听宫穴（属小肠经）。该穴在耳屏中部前方，与下颌关节相平，张口凹陷处。此穴是三焦经、胆经和小肠经三经之会，与耳门穴有相同作用和功效。

③听会穴(属胆经)。该穴在耳屏下切迹前方下颌骨后缘，张口凹陷处。与耳门穴有相同作用和功效。

第四节，眼部按摩。涉及睛明穴、瞳子髎穴、上明穴和承泣穴四穴位。

（1）睛明穴（属膀胱经）。该穴在目内眦角上方一分处。此穴有疏风清热、通络明目的作用，可治疗视物不明、流泪、憎寒头痛和结膜红肿等症。

（2）瞳子髎穴（属胆经）。该穴在眼外眦角外侧约半寸处。此穴有去除眼角皱纹,防治头痛、迎风流泪、青少年近视眼和白内障等作用。对头痛、目赤痛、屈光不正、角膜炎、角膜白斑、神经性萎缩、三叉神经痛、面神经麻痹等症有疗效。

（3）上明穴(属经外奇穴)。该穴在眉弓中点眶上缘下。按摩此穴可治疗屈光不正。

（4）承泣穴（属胃经）。该穴在眶下缘上方正中与眼球之间。此穴有疏通胃经之用，与瞳子髎穴有相同的治疗功效。

第五节，鼻壁按摩。涉及上迎香穴、迎香穴、地仓穴和承浆穴四穴位。

（1）上迎香穴（属经外奇穴）。该穴在面部当鼻翼软骨与鼻甲交界处，近鼻唇沟上端处。有通鼻窍、疏风邪、缓解鼻塞之作用。可治疗鼻炎、鼻衄、鼻中息肉、鼻部生疮、头疼等症。

（2）迎香穴（属大肠经）。该穴在鼻翼外缘中部与鼻唇沟之间。此穴有疏散风热、通利鼻窍的作用。可治疗鼻炎、鼻窦炎及面神经麻痹等症。

（3）地仓穴（属胃经）。该穴在口角旁约一横指处。此穴有舒筋活络，活血化瘀的作用，对面神经麻痹、流涎、三叉神经痛等症有疗效。

（4）承浆穴（属任脉）。该穴位于任脉与胃经交会处，在面部颏唇沟的正中凹陷处。此穴有祛风通络、通调任督和镇静镇痛的作用。可治疗口歪、齿龈肿痛、流涎等口部病症和面神经麻痹、齿龈炎、口腔炎、舌炎等症。

第六节，哑门按摩。涉及阳白穴、天冲穴、百会穴和哑门穴四穴位。

（1）阳白穴（属胆经）。该穴在眉弓与前发际之间下1/3处，正对目正中处（瞳孔直上，眉上1寸）。此穴有生气壮阳之作用，可治疗面神经麻痹、额头痛、夜盲、青光眼等症。

（2）天冲穴（属胆经）。该穴在耳后缘直上入发际二寸。此穴有益气补阳的作用，可治疗癫痫、头痛、血管（神经）性头痛、神经性耳鸣（耳聋）及甲状腺肿大等症。

（3）百会穴（属督脉）。该穴在头顶正中线与两耳尖连线的交点处。此穴通五脏六腑，管六阳之经，有开窍醒脑、回阳固脱之作用。可治疗高血压、头痛、目眩、鼻塞、中风、脱肛、久泻久痢、昏厥等症。

（4）哑门穴（属督脉）。该穴在项后发际上半寸，第一颈椎和第二颈椎棘突之间。此穴联通大椎，直通阳经，有疏风通络、开窍醒脑的作用，可治疗聋哑、头重、后脑痛、中风、癔病、精神分裂等症。

第七节，天柱穴按摩。涉及阳白穴和天柱穴两穴位。

（1）阳白穴（见第六节）。

（2）天柱穴（属膀胱经）。该穴在哑门穴旁约二横指、斜方肌外缘。此穴具有通行气血、舒筋活络、清热明目的作用，是治疗头部、颈部、脊椎以及神经类疾病的首选穴之一。可治疗头部、颈部、脊椎以及神经类疾病。

第八节，风池穴按摩。涉及阳白穴和风池穴两穴位。

（1）阳白穴（见第六节）。

（2）风池穴（属胆经）。该穴在枕骨粗隆直下凹陷处与乳突之间。此穴通六腑，有壮阳益气之用，按摩此穴可治疗感冒无汗、眩晕、鼻衄、鼻塞、中风、高血压、耳鸣、偏正头痛、颈项如僵、视物不清、瘿气等症。

第九节，翳风穴、翳明穴按摩。涉及翳风穴和翳明穴两穴位。

（1）翳风穴（属三焦经）。该穴在耳垂后，下颌骨与乳突之间，张口凹陷处。此穴有益气补阳之作用。按摩此穴可治疗耳鸣、耳聋、口眼歪斜、面瘫、齿痛、颊肿、腮腺炎等症。

（2）翳明穴（经外奇穴）。该穴在翳风穴后1寸处。此穴连通大脑迷走神经和颈内动、静脉，具有明目聪耳、安神养气的作用。可治疗视神经萎缩、近视、远视、白内障、耳鸣、失眠、腮腺炎等症。

新翳明穴是郭林新气功按摩的一个穴位。该穴在耳垂下凹陷处。对于找准翳明穴有困难者（翳明穴旁边有个兴奋穴，找不准会按到兴奋穴上），可用此

穴代替翳明穴按摩，具有与翳明穴等临近穴位同等的疗效。

396. 什么是三按三呼吸法？怎样操练？

答： 三按三呼吸法指的是在郭林新气功的按摩功当中，每一穴位摩转结束后，都要在该穴位处配合呼吸做手指轻按压和放松的动作，共做三次，故称“三按三呼吸法”。

其操练方法是手指或手掌心轻按穴位时，配合做一个呼气的动作，同时松腰。手指或掌心松离穴位时，配合做一个吸气的动作。一呼一按，一吸一松，如此反复做三次。

397. 怎样操练头部按摩功的预备功？

答： 操练头部按摩功的预备功主要分以下 4 步。

（1）松静端坐。松静端坐是松静站立的坐式练法，一般用于坐式按摩功。郭林新气功的涌泉按摩功和脚棍功等都用此法。

松静端坐时，座椅要与小腿同高，双脚刚好平放地面，脚掌与小腿成直角，小腿与大腿成直角，大腿与上身成直角。其他如两脚平开与肩同宽、两膝放松、含胸拔背、虚腋松腕、松腰松胯、放松小腹、微收下颌、百会朝天、舌舐上腭、轻闭双目等同松静站立法。坐好后，双手心向下自然放大腿上（下焦病的癌症患者双手靠近膝盖处放）。

（2）松静端坐好后默数 60 个数。

（3）中丹田三个气呼吸（同自然行功预备功）。癌症患者用先吸后呼法；慢性病患者用先呼后吸法。

（4）中丹田前三开合（同自然行功预备功）。

398. 怎样操练头部按摩功？

答： 头部按摩功分预备功、正功、收功三部分。

简式预备功——松静端坐、中丹田三个气呼吸、中丹田前三开合。

正功（闭目、自然呼吸法操练），共含十节内容。

（1）印堂穴按摩，共分6步。

①松静端坐，预备功三开合结束后，双手变中指相接，手心向里（此为正常指标练法，有高低指标者，按相应的升降导引法操练，以下各节升降导引均同此），从中丹田沿任脉上升，经膻中穴时变为指尖向上，升至印堂穴变剑指（指尖齐印堂穴）。

②双手中指平行轻触印堂穴（也可男子左手中指放印堂穴，右手中指放印堂穴上方，女子相反）。

③男子先向左转按摩九圈，再向右转按摩九圈，女子相反。

④摩转结束，剑指在印堂穴做三按三呼吸。

⑤双手剑指变指尖对脑门，四指成一垂线（男子左手剑指在下，女子相反），由印堂穴向上轻点跳到神庭穴，再返回轻点跳到人中穴。

⑥双手五指松开，指尖相对，手心向里，沿任脉导引降至中丹田前，稍停片刻换气，或双手在中丹田前做一个开合，或两手从中丹田前分开，放在大腿上休息片刻，接下节（以下各节做完均同此法稍停片刻再接下节）。

（2）太阳穴按摩，共分6步。

①双手同前法从中丹田升至印堂穴，变剑指。

②双手向两侧水平分开至太阳穴。

③双手剑指放太阳穴上，先向前转九圈，再向后转九圈。

④摩转结束，在太阳穴做三按三呼吸。

⑤双手五指松开，十指尖沿面颊轻点跳至下巴尖。

⑥指尖相对，手心向里沿任脉降到中丹田前，同前法接下节。

（3）眉耳穴按摩，共分6步。

①双手同前法从中丹田前升至印堂穴。

②双手变剑指，大拇指轻按太阳穴上，用中指从眉头轻抹至眉尾，共抹三次。

③双手变环指，手心向前，无名指放耳门穴、中指放听宫穴、食指放听会穴，三指同时在这三个穴位上一起先向前转九圈，再向后转九圈。

④摩转结束，在此三穴位上做三按三呼吸。

⑤双手五指松开，沿面颊点跳至下巴尖。

⑥同第二节双手沿任脉降到中丹田前，同前法接下节。

（4）眼睛穴位按摩，共分12步。

①双手同前法从中丹田前升至印堂穴。

②变换指法，双手小指分别放两眼睛明穴上，其他四指呈环状，先向内转九圈，再向外转九圈。

③摩转结束，做三按三呼吸。

④小指沿眼缝轻划至眼尾瞳子髎穴，先向内转九圈，再向外转九圈。

⑤摩转结束，做三按三呼吸。

⑥双手五指松开，沿面颊轻点跳至下巴尖。

⑦同上节双手沿任脉降到中丹田前。

⑧双手再升至印堂穴前，变换指法，小指放上明穴上，其余四指呈环状，先向内转九圈，再向外转九圈。

⑨摩转结束，做三按三呼吸。

⑩小指沿眼皮垂直下划至承泣穴，先向内转九圈，再向外转九圈。

⑪摩转结束，做三按三呼吸。

⑫双手五指松开，沿面颊轻点跳至下巴尖，再沿任脉降至中丹田前，同前法接下节。

（5）鼻壁按摩，共分 3 步。

①双手同前法从中丹田前升至印堂穴前，变剑指。

②双手剑指从印堂穴沿鼻壁向下轻滑，经上迎香穴、迎香穴、地仓穴轻滑至承浆穴，共做三次。

③双手五指松开，同第一节手势降到中丹田前，同前法接下节。

（6）阳白穴、哑门穴按摩，共分 8 步。

①双手同前法从中丹田前升至印堂穴前，变环指。

②两手中指分别放左右侧阳白穴上，然后食指、中指、无名指一起先向内转九圈，再向外转九圈。

③摩转结束，在阳白穴上做三按三呼吸。

④双手环指水平线向印堂穴上方点按合拢，然后双手五指自然松开，中指相接，两手贴头发轻抹至头顶百会穴，掌心对准天冲穴，先向前转九圈，再向后转九圈。

⑤摩转结束，做三按三呼吸（高血压或其他高指标患者不做天冲穴按摩，直接中指相接点按百会穴三次，也可正转九圈、反转九圈后做三按三呼吸）。

⑥双手滑抹至哑门穴，变剑指，男子以左手剑指（女子相反）先向左转九圈，再向右转九圈（男先左，女先右）。

⑦摩转结束，做三按三呼吸。

⑧双手五指松开，指尖沿颈部两侧点按或摩至颈下，同前法手势降到中丹田前，同前法接下节。

（7）阳白穴、天柱穴按摩，共分5步。

①阳白穴按摩与三按三呼吸同前节。

②阳白穴三按三呼吸结束，双手五指松开，同上节方法中指相接，轻贴头发滑抹至风府穴。

③拇指与食指、中指、无名指沿天柱穴向下捏至脖根，如此从上至下共捏三次。

④两手食指、中指、无名指指梢轻捋天柱穴三次。

⑤双手五指松开，指尖沿颈部两侧点按或摩至颈下，同前法手势降至中丹田前，同前法接下节。

（8）阳白穴、风池穴按摩，共分4步。

①阳白穴按摩仍同前节。

②同前节方法双手轻贴头发向后滑抹至风府穴，变剑指向左右两侧分开；中指放风池穴上，用剑指先向内转九圈，再向外转九圈。

③摩转结束，做三按三呼吸。；

④双手五指松开，指尖沿颈部两侧点按或摩至颈下，同前法手势降至中丹田前，同前法接下节。

（9）翳风穴、翳明穴按摩，共分8步。

①双手同前法从中丹田前升至印堂穴。

②两手轻贴头发向后滑抹至后发际变剑指。

③两手剑指放左右翳风穴，先向前转九圈，再向后转九圈。

④摩转结束，做三按三呼吸。

⑤变用食指放翳明穴（也可直接放“郭林新翳明”），先向前转九圈，再向后转九圈。

⑥摩转结束，做三按三呼吸。

⑦双手五指松开，指尖沿颈部两侧点按或摩转至颈下。

⑧同前法手势降至中丹田前，同前法接下节。

（10）导引回气，共分5步。

①双手同前法从中丹田前升至印堂穴。

②双手掌心虚着（即手心不与头部接触）从前发际移至百会穴。

③从百会穴处双手轻贴头发滑抹至后发际天柱穴处。

④双手五指尖轻摩颈部两侧（沿迷走神经）至颈下。

⑤经胸部导引至中丹田；此为一次，共做三次。

收功——按简式收功法收功（松静端坐式），双手放回大腿上，松静端坐片刻，放下舌尖，慢慢睁开双眼，恢复常态。

399. 操练头部按摩功有哪些注意事项？

答：操练头部按摩功须注意以下5个方面。

（1）按摩穴位时，指梢是在穴位上做原位摩转，不要转大圈，否则会偏离穴位。

（2）按摩时轻闭双目，视线不要跟着按摩转圈，宜内视前方，但视线不宜射出，使头部、颈部始终处于中正。

（3）眼部穴位按摩要按摩眼眶的内缘，不要按摩眼眶外缘。

（4）耳部按摩时，环指状态下食指、中指、无名指要并列放在三个穴位上，三指微屈，掌心向前。

（5）单一穴位和双侧穴位的按摩转圈方向有不同要求，要认真按照单一穴位男女有别、双侧穴位男女相同的辨证方法按摩，不可搞反。

400. 怎样练好头部按摩功？

答：头部按摩功是一个松静程度要求比较高的功目，要操练好此功，就要做到以下6点。

（1）心安神静。此功是意念导引为主的功，所以心安神静很重要。因为只有心安神静了，大脑才能得到充分的放松，并进入保护性抑制状态，才能有序化指挥全身的神经系统，同时在气功状态下的按摩导引才能发挥好的疗效。

（2）指法正确。不同穴位用不同的指法，操练前要先了解什么穴位用什么指法，做到了然于心。因为只有正确的指法才能够保证准确地按摩到相关穴位。特别是眼睛穴位距眼球很近，手指接触面小，只有用小指才易摩准穴位。

（3）找准穴位。操练前一定要先熟记每个穴位的准确位置。因为穴位对应的是治疗症状，关系到有无疗效或疗效的高低。

（4）手法要轻。头部按摩功是在气功状态下施以的气功按摩，需要用气、用意、不用力地按摩。手法宜轻而慢，手与穴位有接触感，没有压迫感。手法重了，内气就过不去了。

（5）按摩要慢，要有节律。头部按摩功不仅是松静程度要求高的功，还是气功状态下施以内气按摩的功，因此，按摩速度宜慢不宜快。因为缓则气稳，快则气促。

（6）辨证施治。头部按摩功的按摩导引和势子导引有补泻、升降之分，操练前要分清楚什么是补法按摩、什么是泻法按摩、什么是调整法按摩、什么是高指标导引、什么是低指标导引、什么是正常指标的导引法，然后因病、因证、依生理生化指标高低采取相应的按摩导引或势子导引，不可用错。

401. 为什么说头部按摩功是一个非常重要的功目？

答：头部按摩功之所以是一个非常重要的功目，是因为大脑是人体的司令部，统领着人体的诸阳和神经、体液。按摩头部穴位不仅可以刺激诸条阳经，提升阳气，阳经通阴经，全身十二经脉都可刺激到，有效调整人体阴阳，协调人体各脏腑器官，还可以有效调节大脑中枢神经系统，缓解大脑疲劳，促进脑部血液循环，防止脑血管硬化等疾病。特别是刺激迷走神经，调节植物神经的作用，迷走神经连通五脏，五脏通六腑，全身的毛病都会得到疗效。头部按摩功还可有效配合行功，起到辅助提升疗效的作用。

402. 为什么操练头部按摩功必须找准穴位？

答：操练头部按摩功必须找准穴位，是因为穴位是治疗疾病的“药方”。穴位找不准，按摩就会失去治疗的针对性。郭林老师说，“穴位是神气之所游行出入的地方，按到了穴位，才会收到效果……在不正确穴位之处用功，白浪费了时间”。(引自《郭林日记》)

所以，操练头部按摩功，必须要找准穴位。

403. 为什么操练头部按摩功特别强调舌舐上腭？

答：操练头部按摩功特别强调舌舐上腭是有原因的。

首先，是因舌头上有一条迷走神经，郭林老师说过这条迷走神经也是我们新气功要抓的一个重点，它能通五脏。

其次，舌头还主管了腮的神经线，它能管内分泌，气功态下的舌舐上腭能够调整内分泌的功能，达到治病的作用。

最后，舌舐上腭是连接任、督二脉的媒介，舌舐上腭，任、督两脉气血就能快速流通，头部按摩中始终舌舐上腭，既通舌神经，又连通任、督两脉，神经系统和组织液都能发挥作用，使气能够达到全身，甚至是人体最微小的地方，共同起到进攻病灶，调节阴阳的作用。所以，郭林老师特别强调操练头部按摩功要重视舌舐上腭。

404. 为什么操练头部按摩功强调要配合涌泉按摩功？

答：操练头部按摩功强调配合涌泉按摩功，是因为头部按摩功是以调动阳经为主的功目，涌泉按摩功是以调动阴经为主的功目，而气功治疗恰是以调整阴阳为目的，疗效取决于阴阳平衡。如果只做头部按摩功不做涌泉按摩功，时间长了，阴阳难免就会失调，就容易出现阴阳偏胜的现象。郭林老师说，“我们的治疗，必须阳阴调整，在中医‘八纲’来说，阴阳是纲上纲，阴阳失调能产生许多病，我们安排的功，都是根据这个安排的，你少做一个，就配合不上去了，这样你的病情就解决不了”。（引自《郭林新气功为什么能治病抗癌》）

所以，操练头部按摩功也应配合做涌泉按摩功。

405. 为什么头部按摩功除了按摩穴位还要点跳鼻梁和脸颊？

答：因为鼻梁上有连通五脏的穴位，点跳鼻梁等于按摩了心肺肝脾肾五脏的相关穴位，不仅可以调整、增强五脏的功能，对于治疗五脏方面的疾病也大有好处。

点跳脸颊可以刺激脸部毛细血管。因为肺主皮毛，点跳脸颊可以起到疏通肺部经络、增强肺部微循环的作用。

406. 为什么头部按摩功对心脏病有好的疗效？

答：头部按摩功对心脏病有好的疗效，主要有以下4点。

（1）心的窍在舌尖，做头部按摩功始终舌舐上腭，就能借助任、督两脉之气贯通全身的作用，促进心脏气血流通，改善心脏功能。

（2）做头部按摩功能够促进心安神静，提高大脑的有序化程度，使大脑进入保护性抑制状态，心主血，上供于脑，心脑相系，心脑同治，大脑得到休息和血脉供养，心脏就能得到良好的滋养。

（3）头部按摩功要求在午时（心经当令时辰）按摩，此时心经气血流注最旺，按摩点跳鼻梁上的心穴，就能对心脏产生很好的调节和保护作用。血脉通，病则消。

（4）头部按摩功有胆经穴位按摩，胆经能通肝，能通肝就能上行于肺，肺与心相通，就能通心脏，能通就能治病。同时，头部按摩功可通过阳经通全身、通五脏，五脏通，就能治疗心脏病。

407. 失眠患者如何辨证用好头部按摩功？

答：失眠患者可根据自身情况，辨证运用头部按摩功。

（1）因病辨证操练。对因神经衰弱导致的失眠，可加强头部按摩的次数；做好两手指稍从颈部两侧滑至胸前的功法，按摩刺激迷走神经，可有效调节植物神经失调引起的神经衰弱、神经官能症。（引自《郭林新气功为什么能治病抗癌》）

（2）因证辨证操练。对心肾不交引起的失眠，可在中午做头部按摩，晚上睡前配合涌泉按摩功；肝阳上亢引起的失眠，在做头部按摩功时可用“泻补泻”手法；对因气血亏损导致的失眠，在做头部按摩功时可用“补泻补”手法。

（3）因人辨证操练。失眠操练头部按摩功感觉失眠没有缓解者，可以尝试接着做两轮或三轮，通过增加按摩轮次增强疗效；也可选择一日内增加操练的次数来提升疗效，如午睡前做一次，晚上睡前再做一次。失眠患者操练头部按摩功感觉疗效不佳时，应考虑调整操练手法，手法一定要轻、慢；用意、用气，不用力；避免摩转太快而引起大脑兴奋，导致失眠加重。

总之，无论哪种因素导致的失眠，操练头部按摩功都要做到一坚持、二放

松入静，只要对症施功，就会取得好的疗效。

408. 甲状腺有结节可以做全套头部按摩功吗？

答：只要甲状腺结节不是恶性肿瘤结节，就可做全套头部按摩功。

甲状腺疾病是常见的内分泌疾病，而舌能通五脏、管腮的神经线，所以就能管内分泌。头部按摩功不仅对治疗内分泌疾病有帮助，而且能有效疏通头、颈部经络，增强头、颈部微循环，对消除颈部良性结节有好处。操练者只要严格遵守恶性病灶严禁按摩的原则即可。

409. 肺癌患者可以操练头部按摩功吗？

答：可以。50年的社会实践证明，肺癌患者操练头部按摩功，效果也是很好的。郭林老师说，“有个肺癌病人，他就不肯做头部按摩，说浪费时间太多了，说好好练快步行功就成。这要怪我这一课没有好好地讲，肺管皮毛，直接点下来通了肺。如果坚持每天做头按，疗效肯定比现在还要高”。（引自《郭林新气功为什么治病抗癌》）

410. 癌症患者应怎样有针对性地操练好头部按摩功？

答：郭林老师强调，头部按摩功是癌症患者的重点功目。除了坚持习练外，癌症患者也要依据自己的疾病与身体状况辨证运用。

（1）癌症患者初学功阶段以学练风呼吸法行功为主，待风呼吸行功功法比较熟练了，能够做到放松入静了，就应加上头部按摩功，以帮助强化、调节大脑的功能，疏通全身经络。

（2）只要不是头、颈、面部有恶性肿瘤者，都应每日坚持操练头部按摩功，因为头部按摩功能通全身经脉，能够有效调节人体阴阳。兼有失眠等神经功能失调和脑动脉硬化的患者，可加强头部按摩功，如每日操练1~2次或一次操练2~3轮。

（3）癌症兼有低血压的患者，在坚持做头部按摩功时，要配合做涌泉按摩功。癌症患者做头部按摩功时，可针对眼、耳、鼻或某五脏疾病，相应地加练相关穴位。如眼疾可做三轮眼部穴位按摩，耳疾可做三轮耳门穴、听宫穴、听会穴按摩，鼻炎及感冒时可加强鼻壁按摩，心脏病可加强鼻梁上心穴的点按，肺病要认认真真做面部的点跳按摩，兼有肾、肝、脾及妇科病患者均可加强鼻梁上对应穴位的点按。

411. 一天当中什么时间操练头部按摩功效果最好？晚上可以操练吗？

答：一天当中最好是中午操练头部按摩功，当然晚上也可以操练。午时（11：00~13：00）是心经当令时辰，此时操练头部按摩功是最好的，可以有事半功倍的效果。晚上操练头部按摩功一定不能与涌泉按摩连在一起操练，它们之间至少需要隔开1小时。

412. 操练头部按摩功时，可以只选择其中某些穴位进行按摩吗？

答：可以。一般情况下，头部按摩功应该整套操练，但在时间不够或想加强某穴位的治疗作用时，也可以依据自己的病情或身体状况做选择性按摩。郭林老师曾经说过，如果没有时间，哪怕只做一个印堂穴按摩也是很好的。

413. 影响头部按摩功功效的错误练法有哪些？

答：实践中，影响头部按摩功功效的错误练法大致有以下7种。

（1）不自觉低头，面朝下做按摩。这样做容易导致颈部不正直，使脑部气血上下流通受阻，出现头晕等现象。

（2）不自觉架肩。两手导引向上升时，不自主做了平肘上升，没有做到坠肘，这样容易导引气上头，出现头晕等不适现象，高血压患者尤其要注意。

（3）穴位没找准，或按摩时在穴位上转大圈，偏离了原穴位。失之毫厘，谬以千里，这样容易导致按摩无效或起相反作用。

（4）按摩手法重，误认为按重了才舒服。这样按摩会阻断内气，失去气功按摩的作用，甚至过分刺激穴位，加重失眠，引起头痛等不适反应。

（5）挺腰、窝胸，坐姿不正确。这样容易使上身经络气血运行不畅，尤其

是不松腰，督脉之气难以沿脊上行至头部，进而影响任、督两脉连通，甚至可能造成气滞现象，出现不适感。

（6）夹腋。这样容易导致内气无法顺利从胸走到手，气不到手，按摩的效果就差。

（7）按摩方向搞错。如肝火上行用了补法按摩，虚实不明，调整失和。

414. 怎样辨证操练头部按摩功？

答：辨证操练头部按摩功主要涉及以下3个方面。

（1）因病辨证操练。

无论是癌症患者还是慢性病患者，只要没有禁忌证，都宜每日坚持操练头部按摩功。病情严重须加练时，可根据需要选择相宜的加练次数，如失眠严重者，可午时与晚上睡前各操练一次；有眼疾者，每次操练时可增加眼部穴位的按摩轮次。

（2）因症辨证操练。

①通过视线调节。微闭双目前高指标者视线略向下，低指标者视线略向上。

②通过手势调节。每节势子导引升降时，高指标者用降法手势导引，低指标者用升法手势导引，其升降手势同升降开合松静功的辨证手势用法。

③通过穴位调节，高血压患者做百会穴点按、按摩天柱穴时，可以捏、捋6~9遍。低血压患者做天冲穴按摩。

（3）因证辨证操练。

郭林新气功的按摩原则之一是虚则补之，实则泻之。实证者，开始用泻法，病情好转改为调整法；虚证者，开始用补法，病情好转改为调整法。虚实不明或阴阳两虚者，可用正反各九转的调整法。有心肾不交等症者，操练头部按摩功时，要重视配合做涌泉按摩功。

（4）因人辨证操练。

男女有别，女子阴虚用补阴法，可选择单一穴位的“右左右”按摩法；男子阳虚用补阳法，可选择单一穴位的“左右左”按摩法。男子需要泻时，如火气大，可用单一穴位的“右左右”按摩法，女子相反。如女子要泻肝火，肝属阴经，女子选择“左右左”按摩法。

第九章　涌泉按摩功

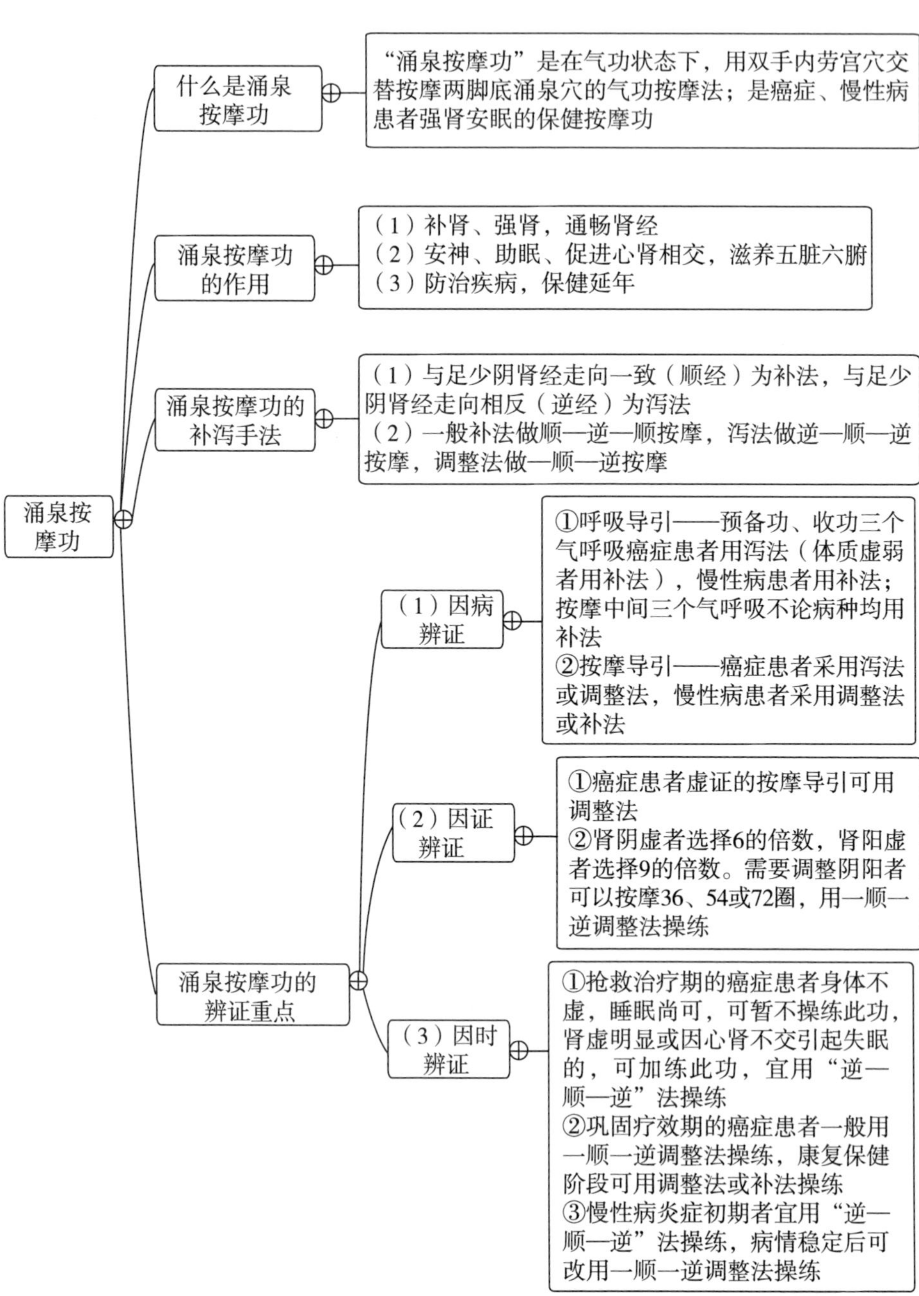
涌泉按摩功
什么是涌泉按摩功
“涌泉按摩功”是在气功状态下，用双手内劳宫穴交替按摩两脚底涌泉穴的气功按摩法；是癌症、慢性病患者强肾安眠的保健按摩功
涌泉按摩功的作用
（1）补肾、强肾，通畅肾经
（2）安神、助眠、促进心肾相交，滋养五脏六腑
（3）防治疾病，保健延年
涌泉按摩功的补泻手法
（1）与足少阴肾经走向一致（顺经）为补法，与足少阴肾经走向相反（逆经）为泻法
（2）一般补法做顺—逆—顺按摩，泻法做逆—顺—逆按摩，调整法做—顺—逆按摩
涌泉按摩功的辨证重点
（1）因病辨证
①呼吸导引——预备功、收功三个气呼吸癌症患者用泻法（体质虚弱者用补法），慢性病患者用补法；按摩中间三个气呼吸不论病种均用补法
②按摩导引——癌症患者采用泻法或调整法，慢性病患者采用调整法或补法
（2）因证辨证
①癌症患者虚证的按摩导引可用调整法
②肾阴虚者选择6的倍数，肾阳虚者选择9的倍数。需要调整阴阳者可以按摩36、54或72圈，用一顺一逆调整法操练
（3）因时辨证
①抢救治疗期的癌症患者身体不虚，睡眠尚可，可暂不操练此功，肾虚明显或因心肾不交引起失眠的，可加练此功，宜用“逆—顺—逆”法操练
②巩固疗效期的癌症患者一般用一顺一逆调整法操练，康复保健阶段可用调整法或补法操练
③慢性病炎症初期者宜用“逆—顺—逆”法操练，病情稳定后可改用一顺一逆调整法操练

415. 什么是涌泉按摩功？

答：“涌泉按摩功”是指在气功状态下用两手内劳宫穴交替按摩两脚心涌泉穴的气功按摩法。在“郭林原著”中称“涌泉穴气功按摩法”；在50年的社会传承中，简称为“涌泉按摩功”。

416. 涌泉按摩功有哪些作用和功效？

答：涌泉按摩功有强肾、安神、安眠的作用。劳宫穴主心、主火，涌泉穴主肾、主水。涌泉穴是肾经的井穴，是肾经经气所出之处，以手心的劳宫穴按摩涌泉穴，可以起到补肾、通肾经的功效，促进心肾相交，滋阴助阳、滋养五脏六腑，防治疾病和保健延年的作用。此功对因肾气亏损造成的头晕目眩、大小便不利、下肢浮肿、腰酸腿软、失眠多梦，以及心脏病、糖尿病、低血压等症有很好的疗效。配合头部按摩功能有效调整人体的阴阳偏胜。

417. 涌泉按摩功适合哪些人操练？有何禁忌？

答：涌泉按摩功适合肾虚、肾亏、失眠者操练；也适合因肾气亏损所致的各类疾病的患者操练。

慎练的人群或禁练的情况有以下4种。

（1）足底有癌病灶者禁止操练。

（2）妇女在孕期、经期暂停操练。

（3）高血压或肝阳上亢的患者慎练。

（4）操练后出现不适者慎练或暂停操练。

418. 涌泉按摩功采用了哪些导引法？

答：涌泉按摩功采用了意念导引、势子导引、呼吸导引及按摩导引。

（1）意念导引。此功以意念导引为主。要求大脑放松入静，操练时可用数按摩圈数导引意念入静。

（2）势子导引。包括松静端坐、闭目平视、舌舐上腭、非按摩手放法等内容。

（3）呼吸导引。按摩中均采用自然呼吸法。

（4）按摩导引。两手内劳宫穴分别对对侧脚涌泉穴进行按摩。

419. 涌泉穴在哪里？属于哪条经络？

答：涌泉穴位于足底部，蜷足时在足前部凹陷处，约当足底第2、3趾缝纹头端与足跟连线的前1/3与后2/3的交点上。涌泉穴是足少阴肾经经脉上的第一穴，是强肾的重要穴位。

420. 涌泉按摩功有哪些按摩方法？ 按摩数字是多少？

答：涌泉按摩功有两种按摩方法。一种是以涌泉穴为圆心做顺、逆时针按摩；另一种是以涌泉穴为中轴，做一前一后摩动（擦）。每次按摩圈数或前后摩擦的次数（一前一后为一次）以6或9为基数，一般是按6或9的倍数按摩，一个方向的按摩次数最多72圈（次）。6属阴，调阴可用6的倍数，如做60圈；9属阳，调阳可用9的倍数以调动阳经；调整阴阳的一般用36、54或72圈。

421. 涌泉按摩功按摩的补泻法是怎样的？

答：涌泉按摩功按摩的补、泻法与按摩的方向相关。按摩方向与足少阴肾经走向一致（顺经）为补法，与足少阴肾经走向相反（逆经）为泻法。

做转圈按摩时。补法和泻法一般做三次，补法是顺（补）逆（泻）顺（补），即二顺一逆；泻法是逆（泻）顺（补）逆（泻），即二逆一顺；调整法是两次，顺（补）逆（泻）。

做前后摩擦法按摩时，顺经实着擦，逆经虚着擦，是补法；顺经虚着擦，逆经实着擦，是泻法。

422. 怎样把握涌泉按摩功的按摩速度？

答：涌泉按摩功是意念导引为主的功，所以操练时宜慢忌快，一般掌握在每分钟按摩约 24 圈为宜。前后摩擦法每分钟约 30 次为宜。

423. 涌泉按摩功适合什么时间操练？何时操练最好？

答：涌泉按摩功适合在下午肾经时辰或晚上睡前操练，最佳操练时间是晚上睡觉前。因为涌泉按摩功对失眠多梦有较好的疗效，睡前按摩完后可以直接躺下入睡，而睡眠时经络也是通的，气能够继续在全身走，使经脉都能接上。郭林老师说，涌泉按摩完以后最好不下床，在床上休息，这个效果更大。（引自《郭林新气功为什么能够治病抗癌》）

如还要做其他活动，一定要休息 10~20 分钟再下地。

424. 操练涌泉按摩功时，不按摩的手应怎么放？

答：操练涌泉按摩功时，不按摩的手根据病情不同有不同的放法。

慢性病患者，不按摩的手外劳宫穴直接对准同侧肾俞穴，按摩手按摩涌泉穴。如不按摩的手不方便放于身后肾俞穴时，可改放于小腹，将内劳宫穴对准关元穴（脐下 3 寸处）。

癌症患者遵循远离病灶的原则，不按摩的手有以下 3 种放法。

（1）上焦病患者可放肾俞穴。

（2）中下焦病者可自然放同侧大腿上。

（3）后背有病灶者（如肾癌），可放带脉处，也可放同侧大腿上。

425. 怎样操练涌泉按摩功？

答：涌泉按摩功的操练法同头部按摩功，也分预备功、正功、收功三个步骤。

（1）简式预备功。松静端坐、中丹田三个气呼吸、中丹田前三开合。预备功后，按男先左脚、女先右脚的原则按摩涌泉穴。

（2）正功。（以男先左为例）

①左脚涌泉穴按摩法。预备功三开合后，双手沿带脉移向背后（高指标患者手心向下虚拳移动，低指标患者手心向上虚拳移动），外劳宫穴分别放肾俞穴上（中下焦有恶性病灶的双手放大腿上即可）；身体转向左，侧身而坐，左腿屈膝平放在凳子上或床边，右脚自然平放地面；右手从后背肾俞穴移放在左脚掌上，右手劳宫穴对准涌泉穴；然后，以涌泉穴为圆心先做顺时针环形按摩（足大趾到足小趾方向为补法）。如按摩 72 圈为一次，按摩完一次后，内劳宫穴对准涌泉穴做三按三呼吸（口呼轻轻按，鼻吸松开），再反方向按摩 72 圈一次（泻法），此为完成一正一反的调整法按摩，如用补法或泻法按摩，则按照“二正一反”或“二反一正”的方法做三次 72 圈按摩，中间用三按三呼吸法。最后，将右手仍放回后背肾俞穴，身体转回正前方，左脚放地下，两手移到中丹田前做三开合。

②右脚涌泉穴按摩法。接上式，双手沿带脉移向背后，双手外劳宫穴分别放肾俞穴上；身体转向右，侧身而坐，将右腿屈膝平放在凳子上或床边，左脚自然平放在地面；左手从后背肾俞穴移放在右脚掌上，劳宫穴对准涌泉穴，按左脚按摩方法做右脚涌泉穴按摩。不同的是，换右脚后，按摩转动方向相反，应先做逆时针方向（从足大趾到足小趾方向为补法）按摩，再反方向按摩 72 圈一次（泻法）。与左脚按摩次数一致完成右脚按摩后，左手放回肾俞穴，身体转回正前方，将右腿放好，呈松静端坐，准备收功。

以上为转圈按摩法，如做前后摩擦式按摩，做完相应次数按摩后，都应将内劳宫穴对准涌泉穴做三按三呼吸法。

（3）收功。两手从后背肾俞穴移至中丹田前，做中丹田前三开合、三个气呼吸。然后，两手放于大腿上，松静端坐片刻，咽津三口后，舌尖离开上腭，慢慢睁开眼睛。此时最好直接入睡。如需下地活动，须休息 10~20 分钟后再下地。

426. 操练涌泉按摩功有哪些注意事项？

答：操练涌泉按摩功时，要注意以下 7 项。

（1）在同一天里，每次按摩涌泉穴时，摩转方向有正反不同，但按摩的次数一定要一致。

（2）按摩速度要慢，意念可数按摩圈数，但不可死盯数字，意念不可过紧，

要做到一聚一散。

（3）按摩力度要轻，切忌用力，否则容易引起血压上升、失眠等副作用。

（4）按摩顺、逆要分辨清楚。顺经为补，逆经为泻，不可搞反。

（5）选择前后方向按摩时，要防止手指碰触脚心。

（6）侧身按摩时，要尽力保持松静端坐的姿式，不可俯身太过。

（7）不可与头部按摩功连着做，两功要隔开 1~2 小时。

427. 为什么操练涌泉按摩功时不可用力按摩？

答：郭林新气功的所有按摩功都是以内气做按摩，是通过按摩导引内气沿着一定的方向循行。所以手法宜轻、缓，即用意不用力，有接触感，没有压迫感。否则会影响内气循行，进而影响疗效。涌泉按摩功也一样，不宜用力，否则会引起血压上升或失眠等副作用。

428. 为什么涌泉按摩功与头部按摩功不能连着做，中间需要间隔 1~2 小时？

答：因为头部按摩功是走阳经的，经气是从上而下的；涌泉按摩功是走阴经的，经气是从下而上。两功连在一起做，一下一上就会“撞”气。如果隔开 1~2 小时，内气恢复常态后，就不会出现撞气现象了。所以，这两个功要分开做，最好是中午练头部按摩功，晚上练涌泉按摩功。

429. 为什么癌症患者要重视操练涌泉按摩功？

答：郭林老师说，“我们的队伍中，老弱病残大约占 90%，应该都从肾治”。（引自《郭林新气功为什么能治病抗癌》）

癌症患者大多正气不足，邪气亢盛，尤其是肾虚者多见。操练涌泉按摩功可以起到强肾的作用。肾水充足则可滋养五脏六腑，使人体免疫力增强，进而抵抗病邪，有效防止癌症的复发和转移。所以癌症患者要重视操练涌泉按摩功。

430. 为什么操练涌泉按摩功时，补泻手法不可弄反？

答：涌泉按摩功针对不同的患者，功法有补有泻，实泻虚补是原则。补泻弄错了，就会出现相反的效果。癌症患者、慢性病中的炎症患者多属实证，功法应以祛邪为主，宜泻不宜补。宜用逆顺逆法。郭林老师说过，“新来学功的同志，做涌泉按摩是应该用泻的，癌症应该用泻的。有的病人不大注意，或者辅导员大意了，用上补的，这样癌细胞就会增长，因为这条肾经是直通全身的，上了五脏六腑，这就危险了”。（引自《郭林新气功为什么能治病抗癌》）

所以，操练涌泉按摩功一定要根据自己的病种体质，辨证用好补泻手法，切不可弄反。

431. 做了涌泉按摩功反而睡不着可能是什么原因？

答：做了涌泉按摩功反而睡不着有可能是按摩方法导致的。如手法太重、按摩速度太快，对经络造成过强的刺激；也有可能是补泻方法把握不当（如肝阳上亢，却用了补法，气血两虚，则用了泻法）。只要找对原因，用对功法，一般都能得到相应的改善。

432. 怎样辨证运用涌泉按摩功的呼吸补泻？

答：操练涌泉按摩功时，会遇到呼吸的补泻运用。一是预备功、收功中有三个气呼吸的补泻；二是按摩中间的三按三呼吸的补泻。辨证运用这呼吸导引的补泻，主要从病种和功理上把握。

（1）从病种上把握。操练此功时，癌症患者的预备功和收功的三个气呼吸一般用泻法呼吸，即先吸后呼；慢性病一般用补法呼吸，即先呼后吸。

（2）从功理上把握。此功属补肾强肾之功，一般来讲肾不可泻，所以，按摩中间的三按三呼吸，不论病种均用补法呼吸，即先呼后吸法。

433. 怎样辨证操练涌泉按摩功？

答：辨证操练涌泉按摩功，主要有 3 种情况。

（1）因病辨证操练。癌症患者一般宜用泻法，即用“逆顺逆”；病情好转后，可改为调整法或补法，即一顺一逆或“顺逆顺”。

慢性病患者一般用补法或调整法，即“顺逆顺”或一顺一逆。炎症用泻法，即“逆顺逆”。

（2）因证辨证操练。癌症患者虚证可用调整法，即一顺一逆，特别虚弱需要用补法“顺逆顺”时，须在有经验老师的指导下运用。肾炎、肾盂肾炎等肾虚肾亏者，宜用补法或调整法操练。

肾阴虚的可选择6的倍数按摩，可按摩60圈。肾阳虚的可选择9的倍数按摩，可按摩72圈。需要调整阴阳的，可按摩36、54或72圈，用一顺一逆调整法操练。

（3）因时辨证操练。癌症患者抢救治疗期，以操练风法呼吸行功为主。如体不虚、睡眠尚可，可暂不操练涌泉按摩功。癌症患者肾虚明显、有因心肾不交而引起失眠的，可加练涌泉按摩功，但宜用“逆顺逆”偏泻法操练。癌症患者进入巩固疗效期，一般用一顺一逆调整法操练。癌症患者进入康复保健阶段需要用调整法或补法操练。

慢性病炎症初期宜用“逆顺逆”偏泻法操练，病情稳定后可改用调整法操练。

第十章　松揉小棍功（手棍功）

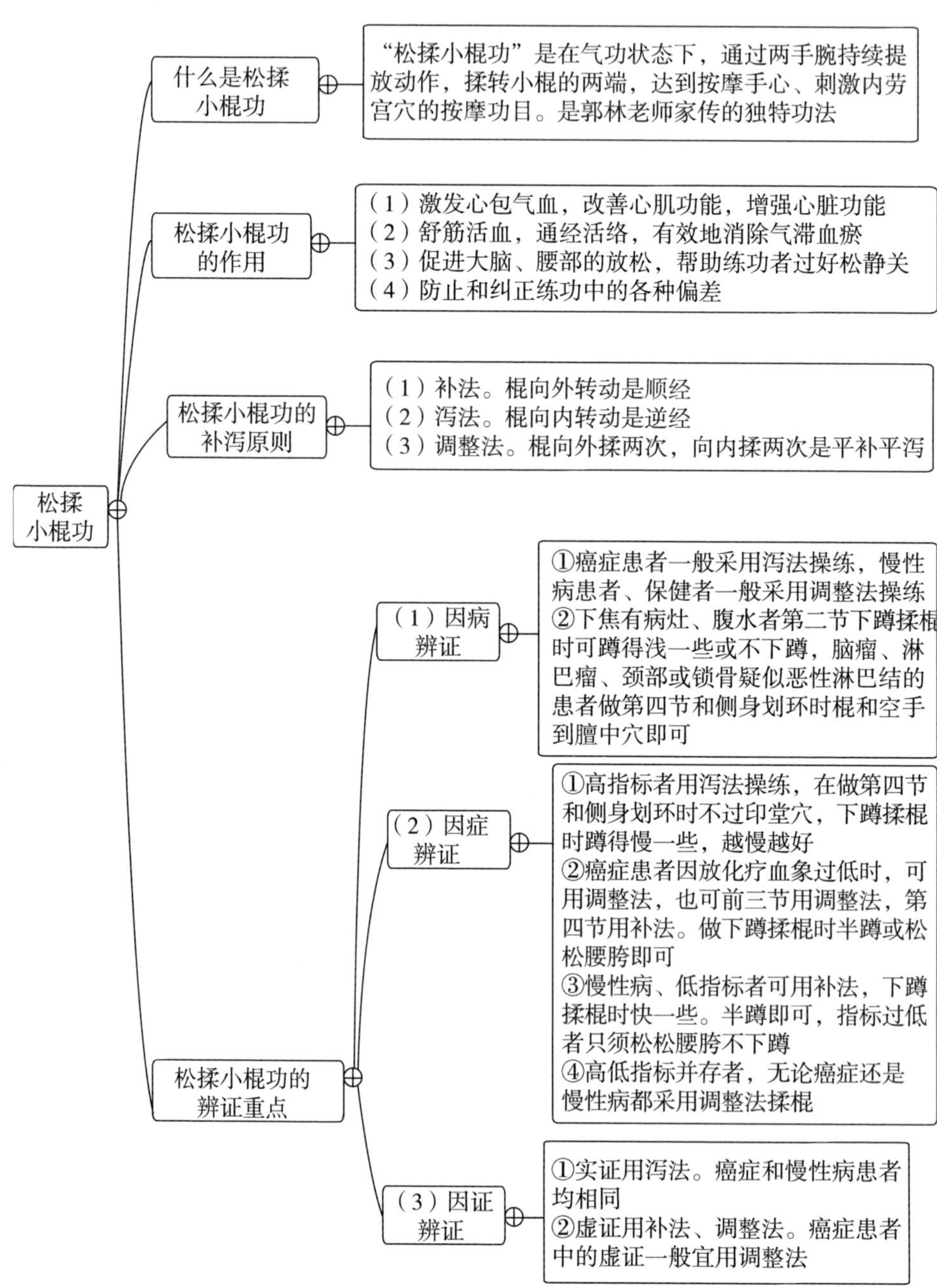

434. 什么是松揉小棍功?

答: “松揉小棍功”是在气功状态下，通过两手腕的持续提放动作，揉转小棍的两端，达到按摩手心、刺激内劳宫穴的一个按摩功目。它是郭林老师家传的功法。“松揉小棍功”在“郭林原著”中简称为“手棍功”。

435. 手棍功有哪些作用和功效?

答: 手棍功可激发心包气血、改善心肌功能、缓解心脏不适，起到增强心脏功能的作用。此外，还可以促进大脑放松、腰部放松，达到全身放松，帮助练功者过好松静关。

手棍功不仅具有舒筋活血、通经活络、消除气滞血瘀的功效，还具有有效缓解肩周炎、风湿性关节炎，减轻此类疾病引起的疼痛的功效；同时还能防治感冒、胃痛、消化不良等症。

手棍功还可以防止和纠正练功中出现的各种偏差。

436. 手棍功适合哪些人操练? 有何禁忌?

答: 手棍功适合癌症患者、慢性病患者和保健者操练，尤其适合心脏病、高血压、胃病和血象低的患者。同时，手棍功特别适合初学、初练郭林新气功的人操练，可以帮其全身放松，特别是松腰对配合练好其他功法有促进的作用。此外，此功也适合练功出偏者采用泻法纠偏。

妇女孕期与经期禁止操练此功；手上有癌或操练此功后出虚汗、心慌、身体不适者，也应暂停操练。

437. 手棍功采用了哪些导引法?

答: 手棍功采用了意念导引、呼吸导引、势子导引和按摩导引，是一套以意念导引为主的综合导引功目。

（1）意念导引。采用悟外导引，一念代万念。在练功过程中，意念不想棍子，可默数揉棍数字。

（2）呼吸导引。采用自然呼吸法。

（3）势子导引。在松静站立的基础上，双目轻闭、舌舐上腭，双手腕揉转手棍并配合身体重心前后、左右移动及手臂提升与身体的下蹲动作。

（4）按摩导引。两手腕通过一提一放揉转小棍，按摩手心内劳宫穴与手棍轻点内劳宫穴。

438. 操练手棍功需要准备什么样的小棍？

答：操练手棍功最好选择花椒木小棍，因为花椒木有舒筋活血之功效。小棍的尺寸一般以长度为 25~27 厘米、直径为 3~3.4 厘米为宜（大拇指能够微压住中指甲盖），棍子要直，棍的两端要做成半圆形，并且要光滑。

439. 手棍功握棍和揉棍的方法是什么？

答：手棍功在做预备功与收功，以及每节中间做开合时，需要单手握棍。握棍方法是男子右手握棍，女子左手握棍。手握在小棍的中央位置，大拇指与中指相接。

手棍功的揉棍方法具体如下。

（1）两手五指自然合拢并放松，掌心内劳宫穴轻抵小棍两端，使之横在中丹田前距身体约 10 厘米。

（2）两手腕不停地做上提下放动作揉转小棍，手指勿帮忙。

（3）揉转小棍的速度宜稍快且灵活；揉棍时两手不要向前挺伸，要保持肩、肘、腕放松。

440. 什么是手棍功的补泻法？

答：手棍功的补泻法是通过转棍的不同方向来实现的。小棍向外（前）揉转是补法（顺经）；小棍向内（后）揉转是泻法（逆经）。先向外揉两次，再向内揉两次是平补平泻的调整法。

441. 手棍功共有几节？其操练步骤是什么？

答：手棍功共有四节，其操练步骤具体如下。

（1）简式预备功。

（2）正功。

第一节，中丹田前原位揉棍式；

第二节，下蹲揉棍式；

第三节，左右两侧揉棍式；

第四节，头部、百会、哑门揉棍式。

（3）收功。侧身划环，点穴，简式收功法。

442. 怎样操练手棍功的预备功？

答：手棍功预备功的操练方法如下。

（1）松静站立。男子右手握棍，女子左手握棍。

（2）中丹田三个气呼吸。男子空手（左手）手心先放中丹田，握棍的手（右手）放在空手手背外劳宫处（女子相反）做中丹田三个气呼吸。

（3）中丹田三开合。空手可放棍下，也可放棍上做开合。

（4）揉棍片刻。双手在中丹田前揉棍片刻。

443. 怎样操练手棍功第一节——中丹田前原位揉棍式？

答：预备功后，两手在中丹田前揉棍片刻。然后边揉棍，边完成点脚、出脚，调整两脚呈斜丁字步（点脚、出脚、调整斜丁字步同升降开合松静功）。以先出左脚为例。

（1）调整斜丁字步后，两手边揉棍，身体重心边慢慢前移，前脚掌踏实，后脚跟抬起，前脚实、后脚虚时，原位揉棍片刻。

（2）边揉棍，身体重心边慢慢向后移，后脚跟渐着地，身体重心渐移到后脚，前脚跟提起，呈后脚实、前脚虚时，原位揉棍片刻。

（3）两手持续揉棍，身体重心由后脚慢慢移回两脚中间，完成一次原位揉棍。

如此一前一后为一次，连续做四次，上后脚，松静站立，男子右手握棍做一个中丹田开合（女子相反，以下各节中丹田前开合同此握棍法）；换出右脚，同前法完成一前一后四次原位揉棍，上后脚，松静站立，做中丹田三开合，接下一节。

444. 怎样操练手棍功第二节——下蹲揉棍式？

答：接上节，两手在中丹田前揉棍片刻，左脚向前迈出一步，同前法调整两脚呈斜丁字步。

（1）两手在中丹田前边揉棍，身体重心边慢慢移至左脚，右脚跟渐离地。

（2）边揉棍，边松腰，边慢慢下蹲，身体下蹲至左大腿面平后，棍保持与中丹田平的位置，两手在中丹田前揉棍片刻。

（3）两手边持续揉棍，边用腰带动身体慢慢还原至站立，右脚跟放平，身体重心渐移至右脚，左脚跟离地，后脚实、前脚虚时，松腰平气，揉棍片刻。

（4）边揉棍，身体重心边回到两脚中间恢复原位，完成一次下蹲揉棍式。

如此连续做四次，上后脚，松静站立，做一个中丹田开合；换出右脚，同前法完成下蹲揉棍四次后，上后脚，松静站立，做中丹田三开合，接下一节。

445. 怎样操练手棍功第三节——左右两侧揉棍式？

答：接上节，两手在中丹田前揉棍片刻，左脚向前迈出一步，同前法调整两脚呈斜丁字步。

（1）两手在中丹田前边揉棍，身体重心移至左脚，右脚变虚，右脚跟提起。

（2）以右脚尖为轴，右脚跟向里转约45°，使两脚跟呈90°。

（3）身体重心慢慢移至右脚，左脚变虚，左脚跟提起，以左脚尖为轴，左脚跟向外转约45°，同时腰向右转，揉棍片刻。

（4）以左脚尖为轴，左脚跟向里转约45°，左脚尖返回正前方，同时转腰，身体也随之转回正前方，左脚跟着地。

（5）身体重心渐移至左脚，右脚跟渐离地，以右脚尖为轴，右脚跟向外转，右脚与左脚呈斜丁步。

（6）右脚跟着地，身体重心后移，虚前脚、实后脚，揉棍片刻。

（7）边揉棍，身体重心边回到两脚中间恢复原位，完成一次左右两侧揉棍式。

如此连续做四次，上后脚，松静站立，做一个中丹田开合；换出右脚，同前法完成左右两侧揉棍四次后，上后脚，松静站立，做中丹田三开合，接下一节。

446. 怎样操练手棍功第四节——头部、百会、哑门揉棍式？

答：接上节，两手在中丹田前揉棍片刻，左脚向前迈出一步，同前法调整两脚呈斜丁字步。

（1）边揉棍，两脚变成小弓步，两手从中丹田前边揉棍边沿任脉上升，身体重心慢慢后移，棍揉至膻中穴时，身体重心移至后脚，前脚跟慢慢提起，脚尖轻点地，松腰呈后坐状，继续揉棍升至百会穴，前脚放平，身体重心仍在后脚，前腿虚、后腿实，揉棍片刻。

（2）继续揉棍降至哑门穴，揉棍片刻。

（3）由哑门穴边揉棍边还原回百会穴，棍过百会穴后，身体重心前移，继续揉棍降至膻中穴，前脚变实，棍降至中丹田前，两腿又变成小弓步，揉棍片刻，此为一次结束。

如此重复做四次后，上后脚，松静站立，做一个中丹田开合；换出右脚，同前法完成头部、百会、哑门揉棍四次后，上后脚，松静站立，做中丹田三开合，准备做收功法。

需要说明的是，高血压患者或其他高指标患者，此节揉棍只升至印堂穴前，不到百会穴和哑门穴，从印堂穴前下降即可。

447. 怎样操练手棍功的收功法？

答：手棍功的收功法有三个步骤，侧身划环、点穴、简式收功。以先出左脚为例：

（1）侧身划环。

①接第四节，左脚向前迈出一步变左前弓步，右手握棍在中丹田前，左手在左胯旁。

②棍手从中丹田前沿任脉上升，身体重心慢慢前移，升至膻中穴，身体重心移至前脚，后脚跟离地。

③棍手继续升至百会穴上方，后脚跟放平，弓步不变。

④此时，腰向右转 45° 左右，重心移至后脚，后实前虚，呈后坐状；空手随腰转由左胯旁划到中丹田前；棍手从百会穴慢慢向右，向右后，向下，向前划一个圆圈。

⑤在棍手划圈的同时，空手也做划圈动作；棍手向右、向右下、向前划圆圈时，空手也沿任脉升到百会穴上方，此时，棍手恰好返回中丹田前，身体还原正中。

⑥腰向左转 45° ，空手向左、向后、向下划回左胯旁，身体转回正前方。

持棍手与空手上下交错划圈（棍手升到百会，空手到中丹田；棍手从百会降至中丹田，空手升到百会），各划一圈为一次，共做四次；上后脚，松静站立，做一个中丹田开合；换左手持棍，右脚向前迈出一步呈前弓步，与左脚动作相同做四次，上后脚，松静站立，做中丹田三开合。

（2）点穴回气。男子换右手持棍（女子左手握棍），左手放中丹田前不动（指尖朝前、手心向右，女子相反）；用棍左端轻点左手内劳宫穴四次；点完做一个中丹田开合，换左手握棍，右手放中丹田前不动，用棍右端轻点右手内劳宫穴四次。

（3）收功。点穴后，男子换右手持棍（女子相反），做中丹田前三开合，中丹田三个气呼吸，松静站立片刻，慢慢睁开眼睛，恢复自然状态，休息 15 分钟左右。

448. 什么是揉棍片刻？其作用是什么？

答：“揉棍片刻”指的是手棍功操练当中，身体动作静止在某一处，只做手的揉棍动作，不配合身体其他动作。这个只做手的揉棍动作的“片刻”，可以理解为 1 分钟左右，此时可用意念数数法，如数 1–2–3，达到“心定—神静—体松”即可。

其作用是通过“揉棍片刻”，操练者达到气息平稳、全身放松、大脑入静。这是功前和练功进行中的调息、调身、调神。操练者通过揉棍片刻达到三调，身体与大脑都能够达到更好的放松入静。

449. 手棍功收功做侧身划环时，需要在百会穴做翻手动作吗？

答：不需要。收功做侧身划环，握棍与不握棍的手上行时，郭林老师说，手心始终是对着身体，过百会时手心对着百会穴，导引气血过百会穴，达到通督脉，入会阴穴而得气化的作用。因此，手过百会穴时手心不能外翻，这是功理对功法的要求。（引自《郭林日记》）

450. 手棍功什么时辰操练好？

答：手棍功下午或晚上均可操练，操练者可根据自身需要选择相应的操练时间。

（1）午睡后操练。此时操练以练“松”和“通”为目的，通过操练使全身放松，阴阳脉畅通。此时特别适合初学功、需要掌握松腰方法的人操练。郭林老师说过，午休起床后练小棍功，全身放松的效果最好。

（2）19:00~21:00 时操练。此时是心包经当令时辰，此时操练对疏通心包气血效果更好，比较适合心脏病或放化疗引起心功能损害者操练。

451. 手棍功一次操练多长时间为宜？

答：手棍功操练的速度不宜过快，一般情况下，一次操练 40 分钟为宜。有心血管病的患者，揉棍与身体重心的移动都要缓慢，操练时间以 60 分钟为宜。

452. 操练手棍功时出虚汗、心慌、身体不舒服怎么办？

答：操练手棍功时出虚汗、心慌、身体不舒服，要考虑与体质比较虚弱或心功能比较弱、血压偏低有关。也有可能是揉棍速度或身体重心移动快了，或两手不放松导致。遇到这种情况时，可先尝试调整练法，先将揉棍速度放慢一些，再试着放松棍两端的手，不要手心用力顶棍两端，同时减少揉棍时间，如先练1~2 节。一般情况下调整练法后都会有所好转。如上述措施无效，可暂停操练此功，待操练一段时间行功或其他功目，体质有所改善、全身能够放松后，再

尝试操练，一般不会再出现此类症状。

453. 闭目操练手棍功头晕时，可以睁眼操练吗？

答：可以。初学此功时，势子不熟练或身体较虚弱的患者，闭目操练时往往会有头晕现象。此时可以先微睁双眼操练，待动作熟练或体质有所恢复后，再闭目操练。

454. 操练手棍功有哪些注意事项？

答：操练手棍功应按照功法要求操练，此外还须注意以下7点细节。

（1）此功采用的是自然呼吸法操练，操练时须轻闭双目，但用于纠偏时须睁眼操练。

（2）操练中，除做单手持棍的动作外，小棍要不停地在两手中间转动。

（3）揉棍动作与肢体动作要配合协调，除揉棍片刻外，身体始终处在或前后，或上下，或左右移动的过程中，有虚、有实，虚实分明，以达到内气上下循行畅通，松腰、松胯、气沉丹田。

（4）充分重视每一节中揉棍片刻的功法，此功法动中有静、静中有动，对平稳气息、内气调动好。

（5）两手揉棍时，手心不可从棍的两端用力顶压小棍，手心与小棍的接触要松而不用力，以小棍不从手中脱掉为准。

（6）初学手棍功时，两手揉棍速度宜先慢，待势子与动作配合熟练、身体无不适感后，再逐渐加快两手揉棍的速度，但要注意身体重心的移动不可过快。

（7）练完手棍功最少须休息30分钟，才能再练其他功目。

455. 为什么说手棍功是一个松腰功？

答：手棍功之所以是松腰功，是因为每一节的功法中都以松腰为主。如，第一节通过身体重心前后虚实的移动，达到松腰的目的；第二节继续在前后移动身体重心的基础上，通过身体慢慢下蹲，让腰椎、脊柱放松，进一步达到松腰的目的；第三节通过两脚左右移动，配合左右转腰动作，达到放松腰部的目

的；第四节百会、哑门揉棍式，通过身体重心前后虚实移动，尤其是棍上膻中、百会时呈后坐状，达到松腰、松胯的目的；最后收功的侧身划环，左转腰、右转腰，配合两臂上下划圆，以腰为轴，虚实相间，以气为纲，灵活运气。所以手棍功是一个很好的松腰功。

456. 为什么说手棍功是初级功习练者必练的功目？

答：因为手棍功是初级松腰功，松腰是练内功能否取得疗效，任、督、带三大脉能否通络，练功能否不出偏的重要基础功法。郭林老师说，“督脉经长强穴起，第一个要过的是腰俞穴，腰不松，腰穴运气不通，督脉不能顺利上行，舌的作用虽接上任脉，气亦未能得下行，到达丹田和会阴，这样内气无法相聚。大脉不通，经络不行，谈不上血脉循环消除百病的效果”。（引自《郭林日记》）

所以，初学功的人要重视手棍功，练了手棍功，腰部和四肢会达到自然放松的效果，可以帮助提高其他功的疗效。初学功者在掌握行功后，应加练此功，作为每天必练的功目认真操练。

457. 为什么说手棍功是癌症患者的重点功目？

答：手棍功是癌症患者的重点功目。

首先是因为手棍功有化瘀行气的功效，癌症患者往往气滞血瘀。郭林老师说，“手的掌心是人体的八脉之宫，小棍在手心不停地转，八脉通过小棍的活动，使全身的血脉流通……气能交换，血能交流，病也不至于发展”。（引自《郭林日记》）

其次，手棍功可使操练者更好地放松入静，帮助提高练功的整体疗效。此外，操练此功还可有效防治癌症患者放化疗引起的心功能损伤，对癌症患者兼有心脏病、脾胃病者，均能够起到良好的防治作用。所以，郭林老师说，“手棍功是癌症患者的重点功目。”

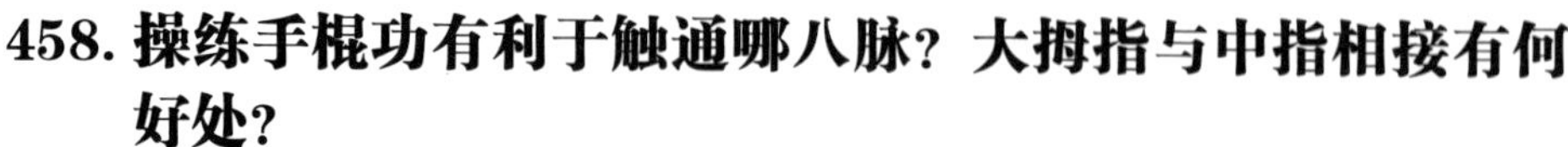

458. 操练手棍功有利于触通哪八脉？大拇指与中指相接有何好处？

答：操练手棍功有利于触通督脉、任脉、冲脉、带脉、阳跷、阴跷、阴维、阳维等八脉。如舌舐上腭可触通任督两脉，左右两侧揉棍可触通带脉，每节前后身体重心虚实移动和左右两侧揉棍脚跟内外旋转，可触通冲脉、阴阳两跷脉和阴维、阳维脉。血脉流通，百病消除。

手棍功握棍时，大拇指与中指相接，可以接通肺经与心包经，这样做的好处是可以促进心肺相交。

459. 怎样辨证操练手棍功？

答：辨证操练手棍功，主要涉及以下 4 个方面。

（1）因病辨证操练。

癌症患者，一般采用向内揉转棍的泻法操练。

慢性病患者、保健者，一般采用平补平泻的调整法进行操练，即向外揉棍两次，向内揉棍两次。也可采用一只脚在前时，手棍向外揉，换另一只脚时，手棍向里揉的调整法。

中、下焦有病灶者，揉棍时小棍要距离身体稍远一些，以两拳（约 20 厘米）左右的距离为宜。

下焦有病灶、腹水者，第二节下蹲揉棍时，可蹲得浅一些。如子宫下垂、胃下垂、脱肛、子宫癌、卵巢癌、肾癌、肠癌、肝癌等应蹲得浅些，或不下蹲。

脑瘤、淋巴瘤患者在做第四节和收功侧身划环时，棍和空手到膻中穴即可。

癌症患者颈部或锁骨疑似恶性淋巴结时，遵循远离病灶原则，做第四节和收功侧身划环时，小棍到膻中而止。

（2）因症辨证操练。

高血压等高指标患者，在做第四节和收功侧身划环时，棍和空手均不过印堂穴，用泻法操练，做第二节下蹲揉棍时，要下蹲得慢一些，越慢越好。

癌症患者因化疗导致白细胞过低时，可用平补平泻的调整法，也可前三节用调整法，第四节用补法；做第二节下蹲揉棍时，半蹲或松松腰胯即可。

慢性病低指标的患者可用补法（小棍始终向外转），做第二节下蹲揉棍时，

可下蹲得快一些，半蹲即可；指标过低者，只须松松腰胯不下蹲。

高低指标并存者，无论是癌症还是慢性病患者都采用调整法揉棍。

（3）因证辨证操练。

实证用泻法，癌症患者和慢性病患者均相同。

虚证用补法、调整法。癌症患者中的虚证一般宜用调整法。特别虚弱时，尤其是汗出不止者，可适当用补法，但不可多用、久用；慢性病中的虚证宜用补法。

460. 怎样运用手棍功纠偏？

答：手棍功纠偏的方法有3个要点。

（1）睁眼操练，不可闭目。

（2）用泻法操练，待偏去除后，才可改为调整法操练。

（3）全身放松，需要时可一天操练两次。

第十一章　脚棍功

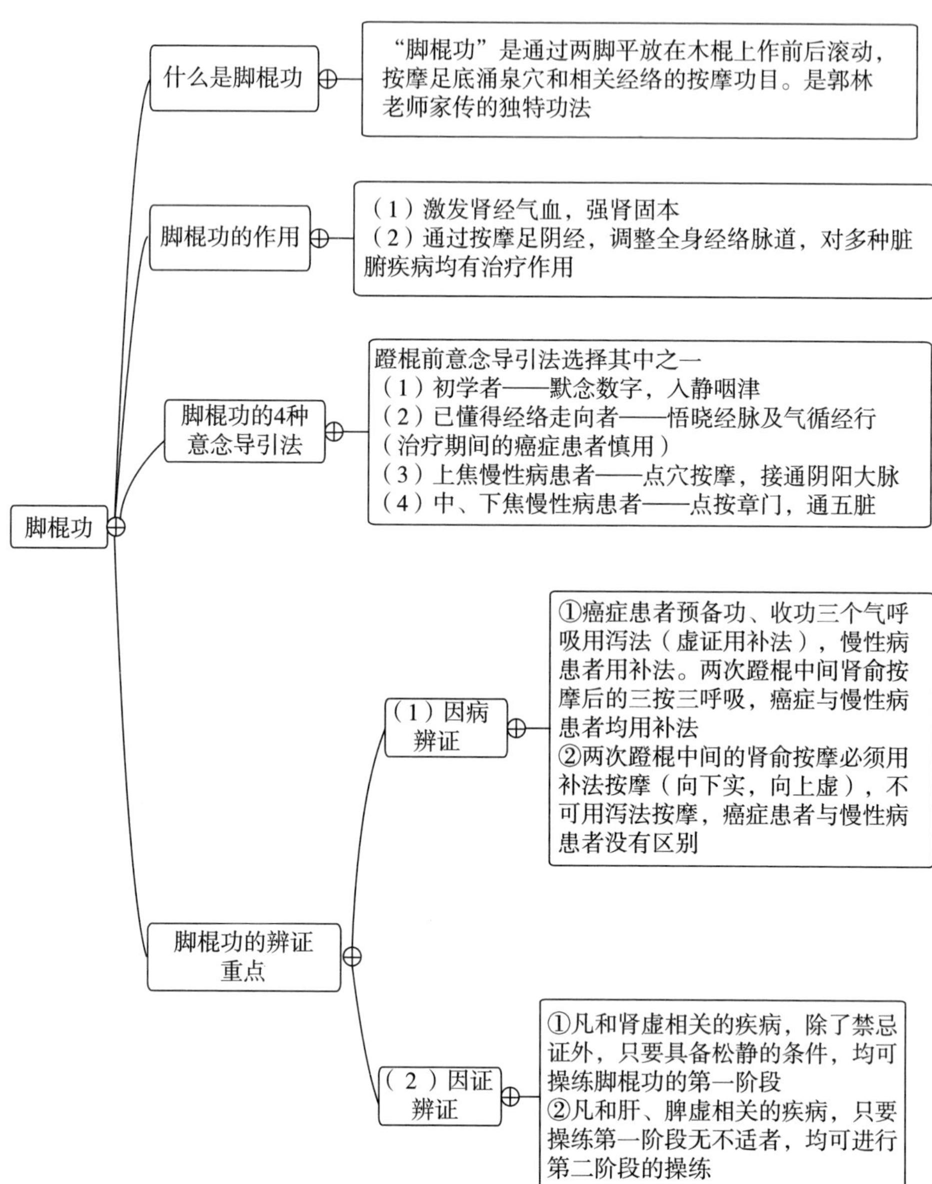
脚棍功
什么是脚棍功
“脚棍功”是通过两脚平放在木棍上作前后滚动，按摩足底涌泉穴和相关经络的按摩功目。是郭林老师家传的独特功法
脚棍功的作用
（1）激发肾经气血，强肾固本
（2）通过按摩足阴经，调整全身经络脉道，对多种脏腑疾病均有治疗作用
脚棍功的4种意念导引法
蹬棍前意念导引法选择其中之一
（1）初学者——默念数字，入静咽津
（2）已懂得经络走向者——悟晓经脉及气循经行（治疗期间的癌症患者慎用）
（3）上焦慢性病患者——点穴按摩，接通阴阳大脉
（4）中、下焦慢性病患者——点按章门，通五脏
脚棍功的辨证重点
（1）因病辨证
①癌症患者预备功、收功三个气呼吸用泻法（虚证用补法），慢性病患者用补法。两次蹬棍中间肾俞按摩后的三按三呼吸，癌症与慢性病患者均用补法
②两次蹬棍中间的肾俞按摩必须用补法按摩（向下实，向上虚），不可用泻法按摩，癌症患者与慢性病患者没有区别
（2）因证辨证
①凡和肾虚相关的疾病，除了禁忌证外，只要具备松静的条件，均可操练脚棍功的第一阶段
②凡和肝、脾虚相关的疾病，只要操练第一阶段无不适者，均可进行第二阶段的操练

461. 什么是脚棍功?

答: 脚棍功是通过两脚对平放在地上的木棍做前后滚动，按摩足底涌泉穴和相关经络的一个功目。在“郭林原著”中称为“脚棍功”，它也是郭林老师家传的一个独特功法。

462. 脚棍功有哪些作用和功效?

答: 脚棍功的作用是疏通肾经，激发肾经经气，增强肾脏功能，强肾固本；滚全脚还能增强肝、脾、肺的功能，促进心肾相交，蹬练脚棍可以通过肾经影响和调整全身经络脉道，起到心、肝、脾、肺、肾五脏皆受益的作用。此功对因肾亏、肾虚、肾经不通所致的多种脏腑疾病均有疗效，尤其对下焦病和下肢水肿有明显疗效。

463. 脚棍功适合哪些人操练? 有何禁忌?

答: 脚棍功适合慢性病中的肝炎、肺炎、肾炎、心脏病、肺结核、妇科疾病等患者操练，也适合两脚浮肿、贫血、神经衰弱、失眠、耳鸣等肾虚症的患者操练。

癌症患者中有下焦病、腿脚有水肿的，在操练抗癌功法的基础上加练脚棍功，可以提高疗效。其他如肺癌、肝癌、鼻咽癌等患者，如有肾水不足，肾虚、肾亏情况等，在病情相对稳定后，也可视身体放松程度，配合操练脚棍功。

一切实证患者，如高血压患者，不宜练脚棍功，即使是肾虚型的高血压患者也不宜练此功。如高血压痊愈，操练此功滚棍的次数也不宜多。脑瘤患者、脚底有癌者、红细胞增多症患者，不宜操练此功。女性孕、经期必须停练。

此功不可与头部按摩功同时操练，两功至少间隔2小时。

464. 操练脚棍功需要什么样的棍？

答： 脚棍最好用花椒木，因为花椒木有舒筋活血之功效。棍最好是长约45厘米、直径约6厘米的圆柱形木棍，棍身要直、光滑。如暂时取不到花椒木，也可用普通木代替。

465. 具备什么条件才能学练脚棍功？

答： 脚棍功属于中级功，学练脚棍功必须是已经学练了初级功，能够做到松和静，能够懂得意念导引功法者。

学功、练功要循序渐进，只有具备了学练脚棍功的条件，操练脚棍功才能取得好的功效，才不会出偏。

466. 脚棍功采用了哪些导引法？

答： 脚棍功采用了意念导引、按摩导引、呼吸导引和势子导引，其中，意念导引是重点。

（1）意念导引。此功意念导引分蹬棍前和蹬棍中两部分。前者用默念数字、入静咽津，悟晓经脉、气循经行等法；后者用默数蹬棍数。

（2）按摩导引。包括两脚放在棍上做前后滚动；意念导引中配合有关穴位做点穴按摩，蹬棍两段中间做肾俞按摩。

（3）呼吸导引。蹬棍时用自然呼吸法；肾俞按摩之后的“三按三呼吸”，用口呼鼻吸的气呼吸法。

（4）势子导引。包括双目轻闭、舌舐上腭；预备功与收功中的松静端坐、中丹田三开合；蹬棍中脚的蹬棍势子，蹬棍在此功中既是势子导引，也是按摩导引；三按三呼吸手的按压和松抬。

467. 什么是脚棍功的意念导引？脚棍功的意念导引有哪几种？

答： 脚棍功的意念导引指的是运用一定的功法，引导练功者的大脑入静，并有意识地将意念循经而行，同时配合相应的点按功法，达到阴阳两脉相通，

增强练功疗效。

脚棍功的意念导引分蹬棍前意念导引和蹬棍中意念导引。蹬棍前的意念导引法有 4 种。

（1）默念数字，入静咽津。

（2）悟晓经脉，气循经行。

（3）点穴按摩，接通阴阳大脉。

（4）点按章门，通五脏。

蹬棍当中的意念导引法，是默数蹬棍数。

468. 什么是脚棍功的“默念数字，入静咽津”意念导引法？适宜哪些人运用？

答：脚棍功的“默念数字，入静咽津”的意念导引法指的是预备功后，通过默念 1~60 个数，帮助入静，达到全身放松，大脑入静。如数完 60 个数还不能入静，则可再从 1 数到 30，最多不过 90 个数。然后咽津三口，用意念导引口水过喉头、胃脘到达中丹田。

此法适用于初学者和治病阶段的癌症患者。

469. 什么是脚棍功的“悟晓经脉，气循经行”意念导引法？适宜哪些人运用？

答：脚棍功的“悟晓经脉，气循经行”的意念导引法指的是预备功和默念数字、入静咽津法放松入静后，蹬棍前，先想一下自己是哪个脏腑的病，此脏腑内气应走哪条经脉，用意念循行此经脉一次。这样脚棍滚动时，内气自然循行此经，可以起到疏通病经病灶的作用。

此意念导引法在入静咽津后接着做，要求操练者必须熟知自己病灶所在脏腑的经脉循行路线，否则不宜使用此法。此法多由慢性病患者使用，尚在治疗阶段的癌症患者慎用此法。

470. 什么是脚棍功的“点穴按摩，接通阴阳大脉”意念导引法？怎样操练？适宜哪些人操练？

答：脚棍功的“点穴按摩，接通阴阳大脉”的意念导引法指的是通过点按印堂穴，使气沿督脉从头顶下到人中，与任脉接通。任、督脉一通，全身阴、阳经皆通。由于脑的中枢神经通印堂穴，点按此穴，可以使人很好地安静下来。然后点按鼻上诸穴，起到引督脉气下行与任脉相接的作用。此导引法的操练方法如下。

（1）点按印堂。男子右手内劳宫穴放中丹田，左手中指中冲穴放印堂穴（中冲穴在手的中指末节尖端中央），女子相反。先向左转 9 圈，再向右转 9 圈，然后点按三下穴位。

（2）点按鼻上诸穴。点按印堂穴后，根据五脏疾病选择鼻上相应穴位进行点按。鼻部通达五脏的穴位是两眉之间通肺，两眼之间通心，心穴下一指通肝，肝下一指通脾，脾下一指通肾，鼻尖处通会阴。

点穴按摩做完，接通任督二脉，双手再放回大腿上，恢复预备功姿势，开始蹬脚棍。此法多用于上焦病患者，路线近，取效快。尚在治疗阶段且病灶在头、面、颈部的癌症患者禁用。

471. 什么是脚棍功的“点按章门，通五脏”意念导引法？适宜哪些人操练？

答：脚棍功的“点按章门，通五脏”的意念导引法指的是一手中指中冲穴点按章门穴（男左女右），一手内劳宫穴放中丹田（男右女左）。章门穴归足厥阴肝经，位于人体的侧腹部、第 11 肋游离端的下方。脚棍调动内气从脚下循阴经上来，借助手指点按章门穴，可令内气从脚下阴经导引上来，通连五脏六腑。

此法一般用于中下焦病患者。尚在治疗阶段且病灶在中下焦的癌症患者禁用。

472. 操练脚棍功的意念导引需要注意什么？

答：脚棍功最重要的是意念活动，但这个功法要求很严格。对于初学此功

或还在治病阶段的癌症患者，操练脚棍功的意念导引必须遵循悟外导引原则，须先采用第一种意念导引法。把意念聚在数数目上，排除了杂念即可。其他三种意念导引法必须在熟知经络走向、在癌症病情稳定后、在有经验的教功老师的指导下再运用。

473. 为什么“悟晓经脉，气循经行”的意念导引法必须通晓十四经脉循行路线才可使用？

答：只有意念循行经脉的路线做对了，棍子在脚底涌泉穴处或脚心处滚动时，内气才能自然而然地循经而行，产生练功效果。如果不熟知十四经脉循行路线，乱用意念去领气，不仅得不到练功疗效，还可能会出偏。因此没有掌握十四经脉循行方向者，建议用第一种意念导引法——默念数字，入静咽津。

474. 操练脚棍功时怎样蹬棍？

答：蹬棍的方法是松静端坐，两脚涌泉穴处放在木棍上，两脚间距约10厘米，利用放松的脚腕，两脚在棍上做向前和向后轻柔、匀速的蹬棍动作，一前一后为一次。两脚蹬棍的速度宜保持一致，蹬棍时不可用力。

475. 怎样把握脚棍功蹬棍的数字？

答：操练脚棍功要遵循循序渐进、由少至多、逐步增加的原则。一般开始时可蹬120次，无不适可加到240次，最多不超过300次。一前一后为一次。

476. 脚棍功分几个阶段操练？各适合什么情况？

答：脚棍功分三个阶段操练。

第一阶段只滚涌泉穴区域。即只在涌泉穴区前后滚动。此阶段适合初学者和肾虚的患者操练。癌症患者往往肾虚者多，宜操练第一阶段。

第二阶段滚至脚心。即从涌泉穴滚到脚心，然后滚回涌泉穴。此阶段适合肾水不足、肝脾两虚者。郭林老师说，“肝脾两虚的时候，单独通过涌泉是不够的，必须要达到脚心。”

第三阶段滚全脚。即从涌泉穴经过脚心蹬到脚跟，再滚回涌泉穴的位置。此阶段适合特殊需要者。

477. 脚棍功的操练步骤是什么？

答： 脚棍功的操练步骤如下。

（1）预备功。松静端坐，两脚涌泉穴处放脚棍上，中丹田三个气呼吸，中丹田三开合。

（2）正功。意念导引，蹬棍，肾俞按摩，蹬棍。

（3）收功。中丹田三开合，中丹田三个气呼吸，松静端坐（静坐时间可以长一些）。

478. 怎样操练蹬棍中间的肾俞按摩？

答： 操练脚棍功时，在两次蹬棍中间需做一次肾俞按摩。

（1）第一次蹬棍结束后，两脚涌泉穴处仍放在棍上，两手从大腿上移至背后的肾俞穴，两手心内劳宫穴分别放在两侧肾俞穴上（后背第2腰椎棘突下，旁开1.5寸，命门旁约两指处）。

（2）两手心在肾俞穴做向下—向外—向上的环形转圈按摩，向下—向外—向上为一次。按摩时下实上虚，即向下按摩时双手贴在皮肤上，两手向外向上转回时离开皮肤。

（3）肾俞按摩完成后，需用补法做三按三呼吸，即呼时手心在肾俞穴处轻轻按下，吸时手心松抬，共做三次。

用双手按摩肾俞穴不方便时，也可用剑指（中指与食指）做肾俞按摩，方法同上。

479. 两次蹬棍中的肾俞按摩做多少次为宜？

答： 初操练时先摩转12次为宜，无不适后，可增至24次，最多不可超过36次。

480. 怎样操练脚棍功的预备功?

答：脚棍功的预备功包括松静端坐、中丹田三个气呼吸和中丹田三开合。

（1）松静端坐。按照预备功松静端坐的要领，平稳坐在与自己小腿同高的座椅上，两脚涌泉穴处平放在木棍上，脚间距大约10厘米；上身与大腿、大腿与小腿保持90°垂直，含胸、拔背、垂肩、坠肘、虚腋、松腰、松胯，两手自然平放于大腿近膝盖的前部，双手指尖略向里侧；两眼轻闭、舌舐上腭、全身放松，排除头脑中的杂念，松静端坐片刻（默数60个数）。

（2）中丹田三个气呼吸。

（3）中丹田三开合。

481. 怎样操练脚棍功的正功?

答：以第一阶段滚涌泉穴为例。

（1）意念导引。预备功后，双目轻闭，从1~60默数数字，使意念安静并集中。若数完60个数还不能入静，可再从1数到30，全身松静下来后，分三小口沿喉头、胃脘、中丹田咽津三次。此为初学者和癌症治疗阶段患者的意念导引法。已经具备条件用“悟晓经脉，气循经行”（见469题）和“点穴按摩，接通阴阳大脉”（见470题）等其他意念导引法的，可在上述意念导引后，接着操练循经导气法或点穴按摩导引法。

（2）第一次蹬棍。两脚涌泉穴在木棍上做轻柔匀速的一前一后滚动，一前一后为一次，蹬完应蹬的次数后，两脚涌泉穴放棍上不动。

（3）肾俞按摩。按照预先想好的按摩次数完成下实上虚的肾俞按摩，并做三按三呼吸（补法）。

（4）第二次蹬棍。两手从肾俞穴放回大腿上，按第一次蹬棍法，完成同样数字的蹬棍，然后按简式收功法收功。

482. 怎样操练脚棍功的收功?

答：正功完成后，两脚涌泉穴放棍上松静端坐，做中丹田三开合，中丹田三个气呼吸，咽津三口。松静端坐5分钟，慢慢睁开双眼，放下舌头，恢复常态。收功后不要立即下地行走，最好平躺或静坐休息10~15分钟，效果更好。

483. 怎样把握脚棍功的蹬棍速度？

答： 蹬棍的速度不宜太快，也不宜太慢，一般以中速为宜，要以自我感觉最舒适的速度去把握。

484. 哪个时间段操练脚棍功最佳？

答： 操练脚棍功的最佳时间是17:00~19:00，此时为肾经当令时辰，这个时间操练脚棍功，可以收到强肾的最佳练功效果。当然，晚上也可以练脚棍功，需注意的是，练完脚棍功需要间隔较长时间，才能操练其他功目。

485. 操练脚棍功、涌泉按摩功、头部按摩功、手棍功，在时间上有什么要求？

答： 操练这四个功在时间上有两个方面要求。

（1）操练这四个功的时间，最好按照子午流注时间表安排，会收到事半功倍的效果。

①头部按摩功在11:00~13:00心经时辰练效果最佳。

②手棍功在午睡起床后练可以帮助全身放松；19:00~21:00心包经时辰练，可以强化心脏的功能。

③脚棍功17:00~19:00肾经时辰练效果最佳。

④涌泉按摩功在睡觉前练有助于安神、睡眠。

（2）操练这几个按摩功，功与功之间有时间相隔要求。

①操练完脚棍功至少要休息1小时，才能再练手棍功。手棍功练完后，至少休息30分钟再练其他功目。

②头部按摩功与涌泉按摩功之间至少需间隔1小时。

③脚棍功与头部按摩功需间隔2小时。

486. 操练脚棍功有哪些注意事项？

答： 操练脚棍功需注意以下事项。

（1）须严格按照适应证分阶段操练，由少到多、循序渐进、逐渐适应。

（2）须调整好松静端坐的姿式。既要保持全身放松，松腰松胯，又要做到含胸拔背，虚腋松腕。做不好放松，通经行气效果就差。许多人练完脚棍功会背痛，往往是松静没有做好，窝腰。

（3）须把握蹬棍的力度。一般坐得太靠前蹬棍的力量会重，坐得太靠后蹬棍的力量又太轻。蹬棍太重容易造成火力过大，蹬力太轻又达不到疗效。所以，要通过操练，慢慢摸索到适合自己蹬棍力度的坐位，采用合适的力度，就能收到好的疗效。

（4）须避免穿人造纤维的袜子。操练时可穿棉袜，光脚蹬棍虽然效果更好，但要考虑室内温度，防止光脚操练受寒。

（5）须防坐椅太硬。操练时最好不要坐太硬的凳子。

（6）须防棍子跑偏。蹬棍过程中棍子跑偏，往往是由于两脚力度不均匀、地面太滑造成的。解决的办法是在棍下铺一块床前垫，慢慢操练熟练了，就不会跑偏了。

487. 怎样把握脚棍功的补泻？

答： 脚棍功的补泻应把握以下两点。

（1）按摩导引的补泻。两次蹬棍中间的肾俞按摩必须用顺经的补法按摩（向下实，向上虚），不可用泻法按摩。癌症患者与慢性病患者一样，没有区别。

（2）呼吸导引的补泻。

①肾俞按摩之后的三按三呼吸，必须用补法呼吸，先呼后吸。不论癌症患者还是慢性病患者，均用补法呼吸。

②预备功、收功时的三个气呼吸视体质和病情选择补泻。癌症患者一般用先吸后呼的泻法呼吸（身体虚弱者可用补法），慢性病患者一般用先呼后吸的补法呼吸。

488. 为什么脚棍功要在蹬棍中间加做肾俞按摩?

答: 脚棍功是强肾之功法,蹬棍尽管作用于肾经,有强肾的功能,但因其是一前一后滚动,棍既做顺经按摩,也做逆经按摩,所以蹬棍实际上是一个有强肾功能的、不补不泻的调整功法。因蹬棍无法用补法做,只能一前一后滚动,而肾俞按摩可以用补法做。郭林老师将蹬棍分成前后两段,中间通过加做肾俞按摩,来实现脚棍功补肾的功能。

489. 为什么脚棍功的肾俞按摩必须用补法?

答: 操练脚棍功时,两次蹬棍中间的肾俞按摩必须用补法,不能用泻法,首先因为肾不可泻,脚棍功又是强肾补肾的功;其次因为蹬脚棍,棍的一前一后滚动按摩是不补不泻,补肾强肾必须通过肾俞按摩的补法来实现,所以肾俞按摩只能用补法。

490. 为什么蹬棍中间的肾俞按摩下实上虚为补法?

答: 肾俞按摩下实上虚的按摩方法为补法,是因为肾俞穴是膀胱经上的一个穴位,膀胱经的走向是从头至足、由上而下,所以做肾俞穴按摩应循膀胱经的路线,手心由上向下实着按摩是顺经的做法。顺经为补,逆经为泻;顺经实,逆经虚,恰好是补非泻。

操练脚棍功时,两次蹬棍中间的肾俞按摩一定不能做成上实的泻法,否则肾不得强反而更虚。

491. 为什么脚棍功必须按阶段操练?

答: 脚棍功必须按阶段操练。一是因为气功操练必须循序渐进。二是因为第一阶段只滚到涌泉穴,按摩的只是一条肾经,不仅容易操练,而且直接解决肾虚的问题;第二阶段滚到脚心,按摩的是肝经、脾经、肾经三条阴经;第三阶段滚全脚,按摩的经络更多。三是因为郭林老师要求脚棍功要一个台阶一个台阶地慢慢往上走,第一阶段操练没有问题,才能进入第二阶段。操之过急的

练法非但不能治病，甚至还会加病。如一个肺水肿患者一开始就滚到脚心，结果犯病剧烈咳嗽无法止住。这种一下进入第二阶段，三条阴经都滚到，火力太大，身体往往承受不了。所以，操练脚棍功必须按阶段操练，严格遵守循序渐进的原则。

492. 为什么脚棍功有强肾的作用？

答： 脚棍功有强肾作用，首先是通过蹬棍按摩涌泉穴激发肾经之气，通过肾经通五脏，增强脏腑功能。脏腑功能增强，反过来又会促进肾功能增强。其次是通过两手加做肾俞穴补法按摩，直接起到补虚强肾，加强肾脏功能的作用。所以说，运用脚棍功可以起到强肾的作用。

493. 为什么脚棍功的重要性不言而喻？

答： 脚棍功的重要性在于它除了强肾之外，还可以通过棍滚脚心及全脚，直接与足三阴经及阴阳跷脉和冲脉连通。通过阴阳大脉，与奇经八脉结合起来，达到气脉运行，疏通气脉，肝、脾、肺、肾同调，心肾相交，有效配合行功提高疗效。郭林老师说，“肾在命门两边，阴气和阳气都能通过命门，走督脉，督脉能管阳气，阳气通全身。我们的脚棍，主要通过肾来通五脏。所以肾的功能非常重要”。（引自《郭林新气功为什么能治病抗癌》）

因此，脚棍功的重要性不言而喻。

494. 为什么必须松静下来，才能学练脚棍功？

答： 因为不松不静，气就不容易通过，导引行气的效果就不好。脚棍功经肾经向上导引行气通五脏，操练者无法达到松静的要求，下面推动气行，上面气过不去，疗效就差，弄不好还会产生气滞。所以，松静关是操练脚棍功的前提。郭林老师曾经举了一个晚期肝癌患者学练脚棍功的例子，为了抢救他，在学行功一个星期后就教脚棍功，结果这个患者肝区痛了两夜不能睡觉，郭林老师只好让其先学练升降开合松静功，一周后再学练脚棍功，肝区不痛了。这就是很好的松静了气才通得过去的例子。也因此，即使肾虚致病，也必须在练功有一定松静基础后，才可以学练脚棍功。

495. 为什么有的人蹬脚棍后会流鼻血？

答：脚棍功是补肾功（壮补肾气，增益肾水），用于虚证，某些(单纯)实证禁练。单独蹬棍动作是补泻结合的调整，补的作用通过呼吸导引和肾俞按摩的补法来达到。

某些操练者出现（不管虚火还是实热）热迫血行，流鼻血的现象，往往是因为操练者身体虚弱，蹬棍的力度用大了，或数目字用多了，或用了不适合自己的功法，导致火力过猛、虚不受补。出现这种情况可试着减少蹬棍数目（刺激量）、调整坐姿、减轻蹬棍的力度或停止练脚棍功。

496. 什么情况下脚棍功不能做肾俞按摩？遇到这种情况蹬棍中间怎样操作？

答：肾癌、膀胱癌、全身转移的癌症患者在操练脚棍功时不能做肾俞按摩，这种情况一般是在蹬棍的两段中间做中丹田三开合和补法的三个气呼吸。

497. 高血压患者不能操练脚棍功和涌泉按摩功时，用什么功替代为好？

答：高血压患者如不能练脚棍功和涌泉按摩功而又需要强肾的，可以根据病情选择肾俞式定步功、吐肾音和肾俞按摩等强肾功目。癌症伴高血压患者，在没有癌病灶的情况下，可以选择癌症音配合吐肾音；肾癌伴高血压患者，操练行功时要注意高跷脚尖，脚跟先着地，这些方法也是调动肾经、强肾固本的功法。

498. 怎样辨证运用脚棍功的数字？

答：脚棍功数字的运用需要认真细心辨证。

（1）蹬棍数字，根据患者的体质与病情而定，且要循序渐进。开始时先操

练120次（一前一后为一次），操练一段时间如无不适，可增加到180~240次。此时需要注意勤查功，了解病情的转化情况，根据病情转化情况调整操练数字。240次操练一段时间无不适，可以增加到300次，此为最高数字。一定是病情需要且无不适者，才可在有经验的教功老师的指导下操练，以免出现火力过大的不适应情况。蹬棍数字少，疗效差些，但不会出事。

（2）递升阶段后，蹬棍数字也应先少后多、逐渐增加。如第一阶段已蹬棍240次，进入第二阶段初始，仍应先从120次开始。因为进入第二阶段后，三条阴经一齐上，功力会更大。如120次用后有不适应现象，应及时请老师查功。一是辨清证因是否符合进入第二阶段，如不适合进入第二阶段，则应退回第一阶段操练；二是辨清数字是否合适，如属数字用得过多，则应及时减少；三是辨清有无功法操练不当的情况，如有练法不正确，如用力过大等问题，则要及时改进。

（3）肾俞按摩次数，一般与蹬棍的数目相适应。先从12次开始，蹬棍数目增加到180~240次，肾俞按摩可增加到24次，蹬棍数增加到300次，肾俞按摩可增加到36次，最多不超过36次。肾俞按摩用的是补法，不需大补者不宜用大的数字。

（4）不同病证，运用不同数字。肾虚的程度不同，运用的数字也不同，可根据虚的程度采用120次、180次、240次或300次；癌症患者操练时，要与肿瘤疾病同时考虑，既要补虚，又不能补过，要随时查功，病情转化后，随转化轻重减少或增加数字。高血压患者康复后想用脚棍功强肾的，一般以120次为宜，不可多用。

499. 怎样辨证操练脚棍功？

答：郭林老师说过，脚棍的辨证施治是很细致的。所以，操练脚棍功，一定要仔细辨清病情、证因和疾病的转化。

（1）因病、因证辨证操练。凡和肾虚相关的疾病，除操练禁忌证外，只要具备松静的条件，均可考虑操练脚棍功的第一阶段。如肾病、肺病、心脏病、肝病、水肿、腹泻、耳鸣、尿频、失眠等都会因肾水不足导致。郭林老师说，“肾不强，往往心、肝、肺都不会好”。

身体不是很虚的患者，不宜用过大的数字，一般蹬120次即可，如升到

240次，一定注意观察，经常查功，发现不适要及时减数或暂停操练。对于经过放、化疗而体质特别虚弱者，才可考虑用240次或300次，但一定要循序渐进。慢性病患者第一阶段从120次开始，如感觉功力不足可加至240次。

凡和肝、脾虚相关的疾病，只要操练第一阶段无不适者，均可进行第二阶段的操练。肝癌患者操练此功最好在练功三个月后、能够松下来了再学操练。郭林老师说，“肝脾不好，从肾加工。在两虚的时候，单独通过涌泉是不够的，那必须达到脚心，三条阴经一起上”。

“不管是肝、是脾、是肺，都要抓住肾这个脏器”，但脚棍功要和行功结合才有好的疗效。（引自《郭林新气功为什么能治病抗癌》）

（2）因辨病情转化辨证操练。操练脚棍功不是一个数一直蹬下去。一定要随疾病的转化而变化。这个转化，一要看用后是什么情况，疾病是加重了还是改善了。二要看是什么原因影响转化，是功法操作问题还是数目多少的问题，还是阶段选择需要改变的问题。要随转化及时调整数字、阶段和功法。如病情转化肾不是太虚了，可适当减少数目字或暂停操练脚棍功。同时必须在操练脚棍功时配合风呼吸法行功。

500. 如何辨证操练脚棍功和涌泉按摩功？

答：辨证运用脚棍功和涌泉按摩功，宜根据松静程度，病情需要。主要有以下几点：

（1）根据练功程度选择使用。如初学功不久的，松静程度达不到脚棍功要求的，宜先练涌泉按摩功。

（2）根据病情选择使用。如有下肢水肿的患者，只要能做到松静了，就可选择脚棍功操练，帮助尽快消水；如肝脾皆虚的患者，只要没有禁忌证，能松静了，就可以在操练第一阶段的基础上，进入第二阶段的操练；如是失眠患者，则可先通过操练涌泉按摩功配合头部按摩功治疗失眠。

（3）根据病程选择使用。如癌症基本康复了，就可在习练涌泉按摩功的基础上改练脚棍功保康复。如病情需要两功联用，也可同一天内两个功都练，但操练的时段要分开进行，下午肾经时间练脚棍功，晚上睡觉前练涌泉按摩功。

第十二章　吐音功

- 吐音功
  - 什么是吐音功
    - “吐音功”是在气功状态下，运用人体的发声器官，按照一定的功法要求，有规律地反复吐发特定的音，使其产生特定的声波与谐振，达到循经通脉、激发脏腑功能、提高抗病能力、延年益寿的功目
  - 吐音功的作用
    - 吐音功有调整阴阳，激发脏腑经气、疏通脏腑经络、增强脏腑功能、提升机体免疫力的作用
  - 吐音功的辨证重点
    - （1）因病辨证
      - ①癌症患者一般用“哈”音和特殊音“沙、豁、哦”音
      - ②慢性病患者一般用五脏音，心音用徵，肝音用角，脾音用宫，肺音用商、肾音用羽，胃音用东
    - （2）因症辨证
      - 指标过高的患者不能安排吐单高音“哈”，可安排高、低音“哈”搭配
    - （3）因证辨证
      - ①肿瘤大但体质好未出现转移者可在吐单音的基础上调整为两个高音、三个高音
      - ②肿瘤未消除需要吐音但有虚证时，可选择二高一低、一高一低组合音或单独用沙、豁音过渡
      - ③实寒实热者宜用高音哈泻，不用低音
    - （4）因人辨证
      - 年轻体力好带病灶、吐音时可用2~3组生理数；年纪较大、体弱者，吐音不宜太多，宜用1~2组生理数
    - （3）因时辨证
      - ①癌症抢救期须用单音高音“哈”或高音“哈”组合音
      - ②癌症术后1~2年病情稳定防止复发转移，可吐两高一低、两高两低或一高一低的组合“哈”音
      - ③术后未转移、病情稳定2~3年的患者也可吐高“哈”滑音
      - ④癌症五年以上未转移复发，基本康复者可逐渐减少吐“哈”音，兼有慢性病的，可增加对应的脏腑音
      - ⑤女子月经期不吐音

501. 什么是吐音功?

答: 吐音功是在气功状态下，运用人体的发声器官，按照一定的功法要求，有规律地反复吐发特定的音，使其产生特定的声波与谐振，达到循经通脉、激发脏腑功能、提高抗病能力、延年益寿的一个功目。在郭林原著中称“吐音导引法”，简称“吐音功”。“吐音功”属于中级功与特种功范畴。

502. 吐音功的基本音有哪些?

答: 吐音功的基本音有哈音、五脏音和特殊音。

(1)“哈”音。高音“哈”(hā);中音“哈”;低音“哈”(hǎ)。

(2)五脏音。

心音:本音“徵”。高音“征”(zhēng),低音“整”(zhěng);

肝音:本音“角”。高音“郭”(guō),低音“果”(guǒ);

脾音:本音“宫”。高音“宫”(gōng),低音“巩”(gǒng);

肺音:本音“商”。高音“商”(shāng),低音“晌”(shǎng);

肾音:本音“羽”。高音“淤”(yū),低音“羽”(yǔ);

郭林老师还创设了“胃音”:高音“东”(dōng),低音“懂”(dǒng)。

(3)特殊音。西(xī)音;豁(huō)音;沙(shā)音;哦(wō)音。

503. 吐音功来源于何处?

答: 吐音功来源于古气功与郭林老师的研创。

(1)来源于《黄帝内经》的五脏五音、五音五数、五脏五方的中医理论;这是郭林新气功吐音功法的理论基础。

(2)来源于道家功法中的大声吐纳法。

(3)“哈、豁、东、西”四个音,来源于周潜川先生《峨嵋十二庄》。将“哈”音用于癌症治疗,将“东”音用于胃病治疗,是郭林老师的独创。

(4)“沙”音是从“商”音变化而来的,是郭林老师独创,用于体质虚弱的癌症患者。

（5）“哦”音是郭林老师独创，用于治疗脑瘤。

（6）“桌”音从“角”音变化而来，是郭林老师对难吐发的肝音“角”进行的改革，变为“桌”和“郭”音。“郭”音采用的是南方的地方音。

504. 吐音功有哪些作用与功效？

答：吐音功有调整阴阳、激发脏腑经气、疏通脏腑经络、增强脏腑功能、提升机体免疫力的作用，配合行功可增加治疗效果。

吐音功的功效主要体现在哈、豁、沙、哦音——可有效促使肿瘤缩小以致消失，尤其是“哈”音。从临床实践来看，“哈”音在攻克癌症、红斑狼疮等多种顽疾重症上有显著疗效。五脏音是治疗慢性病的音，对慢性疾患有显著疗效。癌症患者在癌症基本控制后，可以在继续吐“哈”音时配合吐五脏音，治疗相关脏腑疾病，增强脏腑功能。

505. 吐音功在郭林新气功中处于什么地位？

答：吐音功是郭林老师治病控癌的王牌功法，以“哈”音为首的癌症音是癌症患者的主功，是多数癌症患者必练的一个重要功目。郭林老师说，吐音功是我的一张王牌，要消灭瘤子，单靠几套行功太慢了，我们必须有特种功，要在治癌中加上吐音功法。（引自《郭林新气功为什么能治病抗癌》）

众多癌症患者的实践验证了吐音功配合风呼吸法行功以及医学治疗，消瘤有着独到甚至特殊的疗效，同时针对不同脏腑的慢性病选吐五脏音也有很好的疗效。50年传承实践及大量康复病例证明，吐音功在攻克癌症、红斑狼疮及心脏病等多种顽疾重病中发挥了意想不到的作用，它确实是郭林新气功治病控癌的王牌功法。

506. 为什么吐音功能治病抗癌？

答：吐音功之所以能治病控癌，是因为在气功状态下运气吐发特定的字音，可以产生特定的声波，该声波特有的振动频率，可以引起肌体内部的谐振，使声波在内气的作用下，循经脉通达脏腑，既可实现对脏腑的调节，平衡脏腑的阴阳，又可实现对病灶的冲击，以至使病灶缩小或消失。郭林老师的亲身吐音实践，以及众多患者对吐音功的实践，都验证了吐音功确实能够通经活络、提升患者自身免疫力，起到治病控癌的功效。

507. 吐音功适合哪些人操练？有何禁忌？

答：吐音功适合癌症、炎症以及疑难杂症患者和各种慢性病（如心脏病、呼吸系统疾病、消化系统疾病等）患者操练。

吐音功的禁忌有以下 6 点：

（1）女子在月经期、妊娠期严禁吐音，以免流血不止。

（2）身体脏腑有穿孔或出血病灶的（如胃穿孔、肠穿孔、肺穿孔等），严禁吐音，以防引起病灶大出血。

（3）手术后不满三个月、术后伤口尚未长好、放疗后不满一个月的患者，严禁吐音。

（4）口腔癌患者、声带癌患者遵循“远离病灶”原则，一般都不宜吐音。

（5）高血压、白血病禁吐高音“哈”。凡生理指标偏高的人，禁吐单高音，只能吐低音或一高一低、一高二低的组合音。低指标的血液病患者，不能吐“哈”音，要吐肾音“淤、羽”音。

（6）吐音后出虚汗、咳血，吐后不舒服者，都应暂停吐音。

508. 必须具备什么条件才能学练吐音功？

答：要想学练吐音功，必须具备练好初级功的全套功法，能做到松静自然，有能很好地调动内气的条件，学练吐音功才会有比较好的疗效。郭林老师说，“癌症患者要练功半年之后再教吐音。吐音得有个基础……如果松不下来，五脏的接受器接受不了你的音”。（引自《郭林新气功为什么能治病抗癌》）

因为“吐音所发出的‘音频’和‘声波’只有借助练功时所产生的‘内气’这一特殊信息的传递，才能循行经脉，到达五脏六腑，从而产生疗效。不练好基本功法，没有过松静关，未进入气功状态的，是不能学好吐音的”。[引自《新气功疗法》（中级功）]

所以，学练初级功半年内的癌症患者一般不教吐音功，特殊情况需要提前学练吐音功的，必须在有经验的教功老师的具体指导下学练。

509. 为什么吐音功必须面传口授？

答：因为吐音功的功法组合复杂，既有发声，又有运气；既有高音，又有低音配合；既有声调的快慢、长短、顿挫，又有音的收、放、强、弱；再加上辨证施治的难度，只凭文字描述，是很难准确掌握吐音功法的。因此，为了确保吐音功的疗效，要求吐音功教学必须面传口授。郭林老师也明确要求，学练吐音功，要在有经验的老师指导下进行，以免出偏。

510. 为什么学练吐音功必须循序渐进？

答：学练吐音功必须循序渐进。

（1）学练吐音必须先过好松静关，因为吐音功对松静的要求非常高。松静做得好，经络才能够有效地传导声波，吐音才会有疗效。所以，欲学练吐音功者，必须先练好初级行功、升降开合松静功和松揉小棍功。只有从头到脚都松下来了，才可以学吐音功。

（2）学练吐音必须先从单音的吐发学起，练起。单音没有吐过，直接用组合音就吐不出来，也吐不好。只有掌握了单音，会以气发声了，懂气息对吐音的支撑了，再学吐组合音，才能真正掌握好吐音功。郭林老师说过，如果练不出气息来支持你吐音，是出不了疗效的，甚至还可能出偏。

（3）学练吐音必须先从短音、中音开始，还要从基础生理数开始吐起。先小声，然后逐渐加长、加高、加数量练习吐发。如果一开始学吐音就追求高音、长音、多组音，往往会伤气、伤声带、伤身体。所以，学练吐音功，必须遵循循序渐进的原则，以防止吐音操之过急，出现过猛、过量的偏差，导致身体出现不适。

511. 练好吐音功必须掌握的基本功是什么？

答：练好吐音功必须掌握的基本功是郭林新气功的初级功。其中自然行功、

升降开合松静功和松揉小棍功是必练的基本功，也是练好吐音功必须掌握的基本功。郭林老师强调，要想吐音有疗效，就必须认真练好基本功。

512. 吐音功由哪些导引组成？

答：吐音功由势子导引、呼吸导引、意念导引和吐音导引组成。其中，吐音导引也称声波导引。四种导引法相互配合，共同组成吐音功。

513. 什么是吐音功的势子导引？

答：吐音功的势子导引指的是身体进入气功状态后为吐音创造条件的一系列功法动作。

（1）预备功与收功的松静站立、中丹田三开合，以及一套升降开合松静功。

（2）吐音时的两脚平站，全身放松，两眼平视闭目，肩、肘、腕放松，自然收腹，腰与膝放松。

（3）头部平正，颈部、下腭、舌根放松。

（4）吐音时依据病情和远离病灶原则施放两手。

（5）吐音时的松胯、转腰，双脚的虚实松抬。

吐音功的势子导引是吐音功的基础。要求做到势子正确，引体令柔。郭林老师说，“上下肢不松，谈不上吐音治疗……腰不松影响胯，胯不松腰发硬，吐音起不了大作用”。（引自《郭林新气功为什么能治病抗癌》）

514. 为什么吐音功的势子导引很重要？

答：因为势子导引不仅关系到内气的运行，还关系到吐音的疗效。

松静站立时间过长，杂念就会多，杂念多了意念不稳就会干扰吐音；吐音时两膝不松，胯和腰就松不好，气就难以沉丹田，没有丹田气的支持，音就吐不好；吐音时两脚没有虚实，内气上下运行不好，也不能更好地支撑吐音的气息。

吐音的势子导引看似简单，但其实并不简单。势子导引到位与放松的程度，是决定吐音成败的关键。

515. 怎样掌握好吐音功的势子导引？

答：掌握好吐音功的势子导引，最主要是做到四松。

（1）下肢松。胯、膝都要放松。

（2）上肢松。肩、肘、腕都要放松。

（3）颈部松。下颌、喉咙、舌根都要放松。

（4）躯干松。胸、腹、腰部都要放松。

做到全身上下放松，才能吐出温和悦耳、能治病的音，才能收到好的吐音功效。

516. 什么是吐音功的呼吸导引？

答：吐音功的呼吸导引指的是操练者运用一定的呼吸方法，达到吐音时的气息平稳、运气有力、发声圆润流畅。

吐音功的呼吸导引包括预备功和收功的气呼吸，吐音前的吸气、发音过程中的气息支持，吐音中间的气呼吸和自然呼吸（平气）三个部分。

吐音功的呼吸导引是吐音功的关键，要求做到导气令和。郭林老师说，“呼吸是发声的动力，用气息支持，发出来的音才有力量，才能够达到治病的效果”。（引自《郭林新气功为什么能治病抗癌》）

517. 为什么吐音功的呼吸导引很重要？

答：吐音功的呼吸导引之所以重要，是因为吐音的质量和疗效，取决于吐音时气息支持的好坏。好的气息支持使气源充盈，气息发出时匀和、稳健、有力量，能够支持声音的持续外放、流转与产生谐振波。郭林老师说，“发音如果呼吸不好，这个音不起治疗作用……我们的吐音是用气息支持的，你不熟练掌握功法，你的音是吐不出来的”。（引自《郭林新气功为什么能治病抗癌》）

所以，要想取得吐音功好的疗效，就必须掌握吐音功正确的呼吸导引方法。

518. 怎样掌握好吐音功的呼吸导引？

答： 掌握好吐音功的呼吸导引，要把握好以下3点。

（1）正确掌握吐音功的吸气方法。吐音前要先吸一口气，要做到鼻根处轻吸、缓吸、长吸、深吸，以实现外气入、内气升，为吐音做好发音前的气息准备。此吸气时要注意“吸而不满”。

（2）正确把握吐音时气息外放的力度。吐音时恰是气息外放之时，此时要做到出气缓、匀、稳，留有余地，不呼尽、不强出，从发声到结束，始终保持以气带声，注意“吐而不尽”。

（3）正确掌握吐音功呼吸的时机。吐音时，每吐完一个音，必须做一个气呼吸和自然呼吸（平气），以充分调整气息，使之平和。吐连音、组合音时，每吐一声后，直接吸一口气，再吐第二声，吐完一对或一组组合音后，再做一个气呼吸和一个自然呼吸。吐连音、组合音时，可根据所吐长短音需要，灵活把握吸气的长短与快慢。

519. 什么是吐音功的意念导引？

答： 吐音功的意念导引指的是操练者运用一定的意念导引方法，将意念引入松静状态，以达到吐音功要求的气定神闲。其意念导引方式包括信念坚定，心安神静、心平气和，意守病灶，收视返听等。需要注意的是，癌症患者吐音时严禁意守病灶和收视返听，只要做到松静即可。慢性肝病患者吐音时可意守丹田，但切不可守肝脏。

吐音功的意念导引是吐音功的重点，要求做到心安神静，意念清净无杂念。郭林老师说过，“意念导引是吐音功里重点的重点，有一点杂念，这个音就乱了”。（引自《郭林新气功为什么能治病抗癌》）

520. 什么是吐音功意念导引的意守病灶？

答： 郭林原著教材描述意守病灶指的是吐音时练功人针对自己的病症，哪个脏腑或部位有病，吐音时就想着那个脏腑或部位。这样有利于内气与声波循经络向病灶部位冲击，收到特定的疗效。

郭林老师在实践中发现练功人多是患病后才来学功，功力不够，意守病灶出问题较多，在后来讲课时就对辅导员老师反复强调，以后教吐音，一定告诉学员，不要搞意守病灶。我们看到后来出版的郭林新气功传承教材，如《郭林新气功首届全国辅导员培训班试用教材》《新版郭林新气功》《抗癌健身法》中关于吐音功的意念导引的阐述，都没有意守病灶的内容了。

521. 什么是吐音功意念导引的收视返听？

答：吐音功中的收视返听，是郭林老师对古气功收视返听的发展。“收视”就是吐音时二目微合，将视线收回内视。“返听”是指慢性病患者在吐音时，每次吐完一个音，两耳屏蔽体外一切杂音干扰，如入万籁俱寂的境界，凝神听体内与所吐音对应的相关脏腑的共鸣震动情况。如能听到病灶的谐振，吐音的效果就最佳。

对于收视返听意念导引的运用，郭林老师强调，“只限于慢性病人这样做，因为他没有癌细胞。有癌症的我们不干这个，癌症出偏可不是开玩笑的”。（引自《郭林新气功为什么能治病抗癌》）

所以，没有康复的癌症患者严禁运用收视返听意念导引法。

522. 为什么吐音功的意念导引很重要？

答：因为意念导引是吐音功重点中的重点。

首先，松静是吐音功的最基本要求，更是吐好音的关键所在。不松，内气调动就会有阻力；不静，气息调动就不平稳、不匀和。

其次，意念导引受心理的影响，心主精神，心不平气就不和，有一点杂念，音就乱，发出的声音不理想，没有疗效，还易出偏。

再次，对有功底的吐音者（未康复的癌症患者除外），熟练掌握吐音功后，在针对某一脏腑吐音时，可运用收视返听功法，用意念有意识地向该脏腑发信号，可以收到更好的吐音效果。

郭林老师说过，“要达到治疗目的，吐音比唱歌难，难的是搞意念导引。在吐音里，意念导引比什么都重要”。

523. 怎样掌握好吐音功的意念导引？

答： 掌握好吐音功的意念导引，要把握好以下4点。

首先，要树立战胜疾病的信念，相信吐音功的作用。对吐音功的信念强，没有干扰，就易做到心安神静。

其次，要通过习练自然行功、升降开合松静功、松揉小棍功，让自己能松静下来。能松静了，气就能动了，声音就会响亮。

再次，通过气呼吸的调节，进一步心静气沉，达到良好的气功状态。

最后，根据病种、病情和功力程度，使用不同的意念导引方法。如，癌症患者和初学吐音功者，吐音时意念活动用悟外导引，只注意松静即可；有一定功力的慢性病患者、已康复的癌症患者，可逐步配合运用收视返听的意念导引法。

郭林老师强调，只许听，不许想，你可以听一听，看收到什么信息，但“听”要与“意守”一样掌握意念导引三原则，即不追、不盯、不抓，若有若无地去听。（引自《郭林新气功为什么能治病抗癌》）

收视返听是吐音功意念导引的最高阶段，不易掌握，不具备条件的练功者不要盲目操练，避免达不到疗效还出偏。

524. 什么是吐音功的声波导引（吐音导引）？

答： 吐音功的声波导引指的是操练者“利用人体内中丹田的‘气’，按一定的功法要领发出的一种特定的声波”。[引自《新气功疗法图解》（高级功、特种功）] 吐音功的声波导引即以内气为动力来发声。其声波导引包含了吐音过程中的气动声动，以气带声和出音稳、行腔稳、收音稳等内容。

吐音功的声波导引是吐音成功的保证。要求做到运气发声。“只要内气充盈，则发出的音波就有足够的力量，具有一定的振动频率，能引起病灶的谐振，则疗效就好”。[引自《新气功疗法图解》（高级功、特种功）]

525. 为什么吐音功的声波导引很重要？

答： 因为吐音功的声波导引质量决定着能否吐出具有足够振动频率的音，

这是吐音功是否有治疗效果的关键。如果吐音的声波导引做不好，声波有阻力，发出的音的声波就不能顺利到达相应的脏腑，疗效就无法产生；如果没有正确掌握运气发声的功法，没有气息的支持，吐音仅靠嗓子用力喊，发出的声音就不会流转，音也难以产生谐振的力量；如果咬字不准、吐字不清、发音不正，吐发的字音所产生的声波强弱与信号就不准确，就没有治疗的效果。所以，要想使吐音功有疗效，就必须在有经验的老师指导下，刻苦学练发声技巧，正确地运用声波导引。

526. 怎样掌握好吐音功的声波导引？

答：想掌握好吐音功的声波导引，要勤于学习，刻苦训练并注意以下3点。

（1）努力练好“松”。松是声波导引传输质量的关键，全身能够松了，声波传输就没有阻力；内气调动得多，信号就发得顺利。

（2）正确把握气动声动。因为只有气动声动，发出的音有气息的支持，声波的传输才会有力量，也才能产生谐振波。

（3）熟练运用吐音功的呼吸、意念、势子三大导引。因为没有正确的意念导引，声波的信号就发不出去；没有正确的呼吸导引，声波的强弱、连断、收放就实现不好；没有正确的势子导引，内气的流动性就差，声波的稳定性就差。

527. 吐音功的功法要领和要点各是什么？

答：吐音功的功法要领是三松、三稳、丹田气。

（1）三松指的是腰松、胸松、颈松。腰松，气才能沉丹田；胸松，气才能顺利通过膻中关；颈松，气才能顺利通过喉头关。做到三松，才能达到谐振，发出治病的音。

（2）三稳指的是出音稳、行腔稳、收音稳。出音稳指发声时气息要稳，要以气带声，发音柔和，不发爆破音；行腔稳指吐音过程气息要平缓、声调要稳定，如行云流水一般；收音稳指吐音结束时要慢慢收音，稳定柔和，不急刹车。

（3）丹田气指的是运用丹田气支持发声，用气息支持吐音。

吐音功的吐音要点是声道直、发音正、咬字准、吐字清。

总之，吐音要做到“势子平稳，气息平和，音波频率平稳不凌乱”。（引

自《郭林新气功为什么能治病抗癌》）

528. 什么是运气发声？

答：“运气发声”是吐音功的基本吐音方法，指的是吐音时以内气为动力来发声，声由气发，气动才能声动，发声与呼气相随，吐出的音必须靠内气和气息的支撑。用功法运气发声，只要内气充盈，从肺部吐出的气息得到丹田底气的支持，则气会流畅自如，高低强弱相宜，发出的音波（振动频率）很有力量。如果违反此法，用嗓子喊出的声音不是吐音功。

529. 如何吐发出好的音？

答：要想吐发出的音温和悦耳，达到治病的效果，必须做到以下 4 点。

（1）练好基本功。能够做到全身放松，在心安神静的气功态下吐音。能松气就能动，气动声音就响亮。

（2）学会放松呼吸道的器官。音源在喉头、声带，所以颈部、胸部，特别是下颚、舌根、声带等组织和器官放松且位正了，气息发出的阻力消除了，音域扩大了，才能发出温和、悦耳、有力的音。

（3）知道怎样配合呼吸。有充足而匀和的气息做动力，发出的声波就会有力量，信息就能传到五脏产生疗效。

（4）学会调动胸腔的横膈膜和腹腔的腹肌配合吐音。有横膈膜和腹肌的参与，吐出的气息得到丹田气的支持，出去的声波才会有谐振的力量。

530. 吐音时双手应如何放？

答：吐音时双手放置的位置应根据病情决定。

慢性病患者——双手内劳宫穴重叠放在病灶处，也可以放在中丹田。

癌症患者——须牢记远离病灶的原则，具体参考以下方法放置。

（1）上焦病者——吐音时双手劳宫穴重叠放中丹田，意念平静，气就能从上丹田沉下来。也可放肾俞穴。

（2）中、下焦病者——双手外劳宫穴放在肾俞穴，一通气，肾气就调动上

来了，也可放带脉与两胯旁。

（3）肾癌患者——双手外劳宫穴放在带脉上。

（4）有淋巴转移或全身多处转移病灶的患者——两手放胯旁，要圆、软、远，两胯松下来。

531. 怎样操练吐音功？

答：操练吐音功要先做好吐音前的准备，即根据自己的病情，先确定松静站立的方向、双手放的位置、吐什么音、吐单音还是组合音、吐几声、几对几组、吐高音还是低音等。

（1）复式预备功。

①简式预备功接1~2轮升降开合。

②上后脚，松静站立从头到脚放松，准备吐音（若心情与气息还不平静，可再做三个气呼吸，中丹田三开合，也可再默数30、60或90个数）。

（2）正功。

①双手按疾病不同放在相应的位置，闭目安静片刻（见530题）。

②正面轻、缓、细、匀、稍长地吸一口气，然后随呼出的气息开始发声吐音。

③吐音的过程要松腰，左右脚要有虚实微微移动。肝、胆、眼病患者始终从左向右，右脚向前迈出半步，腰带头自然地略向左侧轻微转动，虚右脚，再缓慢向右侧移动，右脚跟着地，左脚跟松抬，然后回到中间。其他病患者先向哪边移动重心都可，腰带头自然地向右或左侧轻微转动。

此处初学者需要注意能够做到松腰，左右脚能够做到虚实即可。

④根据自己的气息长短和治疗所需吐音的长短吐发完一定长度的音后，身体重心回到两腿中间。

⑤做一个气呼吸和一个自然呼吸，再轻、缓、匀、长地吸一口气，开始吐第二声，即每吐完一声，做一个气呼吸和一个自然呼吸，直至完成吐发数。

（3）收功。完成要吐发的全部音后，松静站立，按简式收功法做中丹田三开合、中丹田三个气呼吸、松静站立、咽津三口。恢复自然状态休息20分钟。

532. 如何按生理数分组吐音？

答：吐音时，按病情、体质或学练时间，可吐一个生理数的音，也可吐若干个生理数的音。

（1）吐发一个生理数音的分组方法。根据一个生理数音数目字的多少，可分2~3小组吐发；每吐完一个小组，要做一个中丹田开合。如，脾胃生理数是5，可分成两小组（3+2）吐音，第一小组3声吐完后，做一个中丹田开合，再吐第二小组的2声；肾系统生理数是6，可分成2小组（3+3）吐音；心脑生理数是7，可分成2小组（3+4）吐音；肝、胆、眼生理数是8，可分成2小组（4+4）吐音；肺、肠的生理数是9，可分成3小组（3+3+3）吐音。

需要注意的是：如第一小组开始吐音先向左侧移动身体重心，那么第二小组吐音时，则先向右侧移动身体重心。如果是一天只吐一个生理数的音，遇到单数，达不到左右平衡数的，可隔天再平衡，即第二天先从与第一天相反的方向开始移动身体重心吐音。

（2）按生理数的倍数吐音的分组方法。一个生理数的音数目字少的，可以直接以一个生理数为一组进行分组，每吐完一个生理数的音后，要做中丹田三个开合，然后吐第二个生理数的音。如，需要吐两组生理数的脾音（宫、巩），则以一个生理数的5对为一组，吐完一组5对，做中丹田三开合，再吐第二组5对。一个生理基数的数目字多的，如，肺癌需要吐9×2=18声“哈”音时，则需要先按一个生理数分若干小组吐，每吐完一个小组3声做一个开合，9声吐完做三个开合，再接着吐第二个生理数。

需要注意的是，吐音有“声”“对”“组”的表达。如吐“沙、豁、哦、西”和单音“哈”，表达用“声”；吐五脏音和“一高一低”哈音，表达用“对”；吐“两高一低”“一长两短”“两高两低”哈音，表达用“组”。如肺癌吐两个生理数的哈音，表达有如下几种：①吐单音哈，一个生理数为9声，可分3个小组吐（3声—3声—3声），吐完一个生理数9声做三开合，再吐第二个生理数9声；②吐“一高一低”哈音，一个生理数为9对，分3小组吐（3对—3对—3对），吐完一个生理数9对做三开合，再吐第二个生理数9对；③吐“一长两短”哈音，一个生理数为9组，分3小组吐（3组—3组—3组），吐完一个生理数9组做三开合，再吐第二个生理数9组。

533. 为什么吐音功的预备功是复式预备功？

答：吐音前做复式预备功，是为了松静得更好。势子松、大脑静，吐音效果就好。郭林老师强调，“吐音之前把升降开合作为预备功，因为有一个重要的功法在里边，就是松静，松静了才能产生内气……发出的音才有理想的疗效”。（引自《郭林新气功为什么能治病抗癌》）

534. 吐音时头部为什么不能左右转动？

答：吐音时要保持松静站立姿势正确，百会朝天，脑袋必须保持平稳，不能摇来摇去，否则气息会有阻力。阻力大了，气息上不来，声波就会受影响，吐音效果就不好。

535. 吐音中间加做三个气呼吸和三开合的作用是什么？

答：在吐音中间加做三个气呼吸和三开合主要作用有以下两点。

一是针对不同患者的病情与体质进行的辨证施治。如病灶在下焦的患者，特别是骨癌患者需要采用力量大的连续高音“哈”的吐发时，除了预备功、收功的三个气呼吸用补法外，吐音中间的气呼吸也用补法进行调节。

二是通过调息支持运用吐音功抢救。对病重体弱者需要吐哈音抢救治疗时，通过吐音中间加做三个气呼吸和三开合的方法进行补气，既可以调整体力，又可以平气息，使身体能够承受高“哈”音大泻的治疗。

吐音中配合呼吸调整非常重要，无论吐音前预备功的三个气呼吸、吐音过程中的气呼吸和收功的三个气呼吸，都需要有针对性地安排好。三开合、三个气呼吸，不仅可起到调整气息、调整体力的作用，还能把内气导引回丹田，进入气海，做到元气归丹。

536. 为什么吐音长短、高低要适宜，不能一味追求长和高？

答：吐音时长短、高低要适宜，不能一味追求长或高，是因为吐音时过长、过高，都会造成过强或使身体虚弱，或使病灶无法承受。正确的方法是长短、高低要依据病情确定，不能蛮干。郭林老师说过，“其实长是不好的，长短一定要适宜。高、长也不行，高低中音都要适宜，因为你过高、过长就变成过强了。而一旦过强，要是你身体虚弱的话，病灶就受不了。这个势子是这么简单，但是受害是很大的，而做得好，受益也不少”。（引自《郭林新气功为什么能治病抗癌》）

537. 学练吐音功有哪些注意事项？

答：学练吐音功须注意以下事项。

（1）吐音功应在清晨和上午操练，宜选择公园、树林、湖边等空气清新、空旷安静、不干扰他人、无异味的地方操练。

（2）吐音时应依据疾病所在的脏腑确定站立方向，如遇刮大风天气，可转向，以不顶风吐音为佳。

（3）预备功站立时间不宜长，以免出现杂念，干扰吐音。

（4）初学吐音时，每吐完一个音，都要做一个气呼吸和自然呼吸，以充分调整气息，使气平和；吸气、呼气都要做好轻、缓、长、深，且要吸而不满、呼而不尽，留有余地。

（5）初学吐音时，宜先练习以气带声技巧，从中音练起，待掌握正确的吐音方法且吐后没有不适时，再根据病情需要选择吐相应的高音、长音。

（6）初练吐音，还应遵循循序渐进原则，先从吐单音练起，先从一个生理基数练起。每次练习吐音的时间，不要超过15分钟，以防声带疲劳。

（7）如果病情需要一天当中吐两次音，则中间要安排操练其他行功进行相隔，让声带得以充分休息。

（8）七情干扰、情绪不稳定时，应暂停吐音功。

（9）吐音时若受到惊吓，不可马上睁眼，应闭目做中丹田三开合或气呼吸的长呼，待心情平静后，再继续吐音，或收功休息。

（10）操练吐音功必须与其他行功相配合，最好是清晨先练一个自然行功后再安排吐音功。

（11）练完吐音功不仅要认真收功，还要认真做好收功后的气化，保证气化时间。

（12）吐音中途如出现不适，如大汗、头晕、腿发软等，要及时停止吐音，

并找老师查功。

538. 什么是“哈”音？“哈”音有哪些基本用法？

答:“哈”音是郭林新气功吐音功中攻治癌症的一个主音，是泻音，有高、中、低音之分，主要用于癌症与炎症。

（1）高音“哈”为强音，是大泻音，一般用于恶性肿瘤患者。郭林老师说，“攻癌症，控制、消灭瘤子要发高音”。（引自《郭林新气功为什么能治病抗癌》）

（2）中音“哈”比高音“哈”泻得略小一些，有调整作用，一般用于癌病灶在上焦的患者和癌症患者巩固疗效。与高、低“哈”音组合时，它是调整音。

（3）低音“哈”是弱泻，相对于大泻的高音“哈”有补的作用，与高音搭配起调整补泻的作用。一般用于白血病、癌症兼有高血压患者。

539. “哈”音常用的组合运用有哪些？各适用什么情况？

答:“哈”音有高、中、低音组合，犹如一副药剂。常见的组合运用规律如下。

（1）单音高音“哈”吐发，一般用于癌症抢救或术后防止复发转移。纠偏时也可用单高音“哈”。

（2）两个高音“哈”连续吐发，一般运用于癌症患者肿瘤大、体质尚好、尚未发现转移时。

（3）三个高音“哈”（“一长两短”，实践中也可“两短一长”）连续吐发，运用于癌症抢救、肿瘤大；或术后防止转移。须单高音“哈”适应后，改吐此组合音。

（4）两高两低“哈”音配合吐发，此法可运用于肿瘤不是很大时的抢救，也可运用于术后一、两年，病情基本稳定、身体还比较虚、未发现转移、为防止扩散转移时。一方面巩固不转移，一方面不要太泻，又调整又治疗。

（5）两高一低“哈”音配合吐发，一般运用于癌症患者抢救阶段；也可用于术后一两年，病情稳定无病灶，身体还比较弱时。

（6）一高一低“哈”音配合吐发，一般运用于肿瘤消失，病情稳定，但身体虚弱、出虚汗、各项生理生化指标低或正在进行化疗时的癌症患者。

（7）一高两低“哈”音配合吐发，一般运用于不能单吐高音或只能吐低音的白血病患者或其他生理指标偏高的患者。

（8）三高三低“哈”音配合吐发，此法属于不补不泻的组合用法，比两高两低组合更提高一步，三个高音力量更大，气息支持得更多。一般用于肿瘤较大的患者。

（9）高中低或低中高“哈”音配合吐发，一般运用于肺癌伴感冒、发烧、咳嗽的患者。

（10）胃癌吐“哈”音，病灶消失，病情稳定后，可配合吐发胃音，高音“东”和低音“懂”。

540. 怎样学练吐“哈”音？

答：学练吐“哈”音，要注意以下5点。

（1）掌握好吐音功的基本功法，遵循循序渐进的原则学练。

（2）练习“哈”的准确发音。“哈”音的发音腔与常发错的“啊”音发音腔位不同，要仔细体会其区别。练习时须细致对比，找到正确的发音腔位。

（3）练习吐发“哈”音时以气带声。气息是吐音的动力，练习吐“哈”音须先小声练习“哈”气，以口腔所出气流带动发“哈”声，吐准确了再大声吐发。

（4）先练习吐发单“哈”音，单音吐发顺畅了再练习吐发连音。

（5）“哈”音是泻音，一次练习时间不可过长，一般以不超过15分钟为宜。练吐音时不正式吐音，正式吐音时不做练习。

541. 什么是特殊音？其基本用途是什么？

答：特殊音指的是郭林新气功中具有特殊作用的一些音。根据癌症患者病情与体质的不同，辨证施以不同的特殊音。

（1）“西”（xī）音。此音为补音，如需要吐单一补音时，可用此音。但在实践中一般很少用。

（2）“沙”（shā）音。此音是商音的变音，只有长短音，没有高低音。比“哈”音平和，多用于化疗期间及身体虚弱、吐“哈”音有困难时。

（3）“哦”（wō）音。此音比较温和，专用于脑部肿瘤，是郭林老师的独创音，

此音没有高低之分。

（4）“豁”（huō）音。此音为泻音，没有高低音，只有长短音。吐“哈”音感觉泻多了可改吐此音。下消化道癌症患者，在病情稳定没有病灶时可吐此音。

542. 什么是五脏音？什么是五音、五数、五方？

答：“五脏音”是郭林新气功中治疗慢性病的主音，五脏音一脏对应一音，每音有高低音之分。五脏音以前没有低音，低音是郭林老师的研创。慢性患者吐五脏音都是用调整音，即高低音组合一对吐发，不单独用高音或低音。五脏音也可配合“哈”音用于癌症兼有慢性病的治疗。

“五音”出自古医书，指的是古代中医将五脏分别对应一音，形成的五音。即脾脏对应“宫”音，肾脏对应“羽”音，心脏对应“徵”音，肝脏对应“角”音，肺脏对应“商”音。

“五数”指的是生理参数，即中医将五脏分别配以相应的生理参数，形成五数。脾为5，肾为6，心为7，肝为8，肺为9。

“五方”指的是与五脏相应的五个方向，也源于古代医学经典。脾是中，肾是北，心是南，肝是东，肺是西。

把五脏与五音、五数、五方结合起来，是郭林老师探索吐音治疗五脏疾患的主导思想。在实践中，郭林老师还突破了五音，创设了胃音“东”音，所以五脏音也为“六脏腑音”。

543. 五脏音如何吐发及运用？

答：五脏音加上郭林老师创编的胃音，实为六脏腑音。

（1）脾音的吐发。音是宫（gōng）、巩（gǒng），一高一低为一对。吐脾音时面西南，双手内劳宫穴可以重叠放脾脏部位（男子左手在下，右手在上；女子相反）；脾音的生理数是5，可吐一组生理数5对，也可以吐5对的倍数。

脾胃不和，脾气虚弱者都可以吐这个音。

（2）肾音的吐发。音是淤（yū）、羽（yǔ），一高一低为一对。吐肾音时面北，双手外劳宫穴放在肾俞穴位上。肾音的生理数是6，可吐一组生理数

6对，也可以吐6对的倍数。

肾脏疾病如各类肾炎、肾病、多发性骨髓瘤肾损害、低指标的血液患者等都可以吐肾音。肾癌带病灶以及未进入康复期者不可吐肾音。

（3）心音的吐发。古音读徵（zhǐ），在吐音功里是征（zhēng）、整（zhěng），一高一低为一对。吐心音时面南，双手内劳宫穴重叠放心脏部位。心音的生理数是7，可吐一组生理数7对，也可以吐7对的倍数。

各种心脏病的患者在病情稳定后可以吐这个音；放化疗患者如果出现胸闷、头晕目眩、心慌，可以吐心音。高血压、心梗发作期不可吐心音。

（4）肝音的吐发。古音读角（jiǎo），在吐音功里有两个音分别是北方音的桌（zhuō）、桌（zhuǒ）和南方音的郭（guō）、果（guǒ），一高一低为一对。吐肝音时面东，双手内劳宫穴重叠放肝脏部位。肝音的生理数是8，可吐一组生理数8对，也可以吐8对的倍数。

肝炎、肝气郁结等可以吐肝音。肝癌带病灶者不可吐肝音。

（5）肺音的吐发。音是商（shāng）、赏（shǎng），一高一低为一对。吐肺音时面西，双手十指相对，分别平放在前胸左右肺部。肺音的生理数是9，可吐一组生理数9对，也可以吐9对的倍数。

气管炎、各类肺炎、肺结核、肺脓肿等肺部疾病可以吐肺音。肺结核、肺气肿有空洞者不可吐音。肺癌带病灶者原则不可吐肺音，如果感冒、咳嗽可吐3~5天肺音。

（6）胃音的吐发。音是东（dōng）、懂（dǒng），一高一低为一对。吐胃音时面东北，双手内劳宫穴重叠放胃部。胃音的生理数可依脾是5，也可依肾是6。吐一个生理数5对或6对，也可以吐一个生理数5或6的倍数。

胃肠道疾病患者可吐胃音；胃癌患者吐一段“哈”音病情稳定后，可加吐胃音。

544. 什么是五脏音的补泻？如何辨证与运用？

答：依据吐音功的补泻原则，哈音为泻，五脏音为调整；强音为泻、弱音为补、高音为泻、低音为补。五脏音一高一低都是平音，是调整；高音平低音滑是调整中有补。练功者可依据自身的病情与身体虚弱状况辨证运用。

（1）慢性病中的炎症者，如肺炎、肝炎，吐肺音与肝音，高低音都应吐平音。

（2）肾癌之外的肾病患者吐肾音时，高低音都应吐滑音。

（3）心脏病患者吐心音，属气血淤堵型且体质尚可者高低音都用平音，属心血亏虚者，宜用高低“滑”音或高音平、低音滑。

（4）无病保健者，五脏音吐一高一低的滑音，强弱要适度。

545. 五脏音与癌症音有哪些不同？运用时需要注意什么？

答：郭林老师说：慢性病的吐音法与癌症的绝对不同。

（1）适用对象不同。五脏音是慢性病的主音，针对不同的脏腑病症选吐五脏音效果显著；癌症音“哈、沙、豁、哦”音是癌症患者的主音，适合所有癌症患者辨证选练。

癌症患者在癌症病灶未消失前，不能吐发该病灶所在的脏腑音。只有在癌症病情稳定后，才可配合吐相应的脏腑音。

（2）吐发方式不同。郭林老师说，“五脏音对慢性病都是一对一对，一高一低。低音用来调整。慢性病用不着猛攻，基本是调整。调整也有疗效，要增强他的五脏功能”。（引自《郭林新气功为什么能治病抗癌》）

所以，五脏音都是一对一对的，不能单吐一个音。而攻治癌症以大泻的高“哈”为主，采用吐发单音“哈”，或多个高音“哈”连吐。“沙、豁、哦”音吐发也都是单音，运用时要有所区分和辨别。

（3）虚实补泻不同。癌症需要泻，必吐的音是高“哈”音。慢性病不需要大泻，与肾虚肾亏有关的慢性病可吐肾音淤、羽，增强肾功能。而癌症患者吐“哈”音期间原则上不能吐肾音“淤、羽”。郭林老师说，肾音与“哈”音是一对矛盾体，癌症没有控制就不能补。（引自《郭林新气功为什么能治病抗癌》）

（4）导引运用有不同。慢性患者与癌症患者吐音时需要注意势子导引、呼吸导引、意念导引上的不同运用。

①势子导引。慢性患者吐音时双手内劳宫穴可以重叠放在病灶处或脏腑部位；癌症患者的双手放置必须遵循远离病灶的原则。

②呼吸导引。癌症患者预备功、收功的三个气呼吸及吐音中间的气呼吸，原则上用泻法，肾癌患者及身体虚弱又需要吐高音、强音、连音“哈”的癌症患者，气呼吸可用补法；慢性患者预备功、收功的三个气呼吸及吐音中间的气

呼吸，都用补法。

③意念导引。慢性病患者具备一定功力后，可运用收视返听；癌症患者未康复前不得采用收视返听的意念导引法。

546. 癌症患者可以吐有癌病灶的脏腑音吗？

答：不可以。癌症患者可以吐五脏音，但是有癌病灶的脏腑音不能吐。郭林老师明确指出，癌症患者吐本脏音，必须在本脏腑癌病灶消失后。所以，癌症患者在吐“哈”音时，如果想加入五脏音帮助增强脏腑功能，请一定把握这个原则——哪个脏腑有癌病灶，则其脏腑的音（五脏音）就不能吐。

547. 鼻咽癌患者能吐“哈”音吗？

答：郭林老师说，“哈”音对鼻咽癌、肺癌有显著的疗效。鼻咽癌患者可以吐“哈”音，但不要吐高音“哈”，可以吐中音“哈”。而且在癌症初期，要先以操练其他行功来控制病情，待病情略稳定后再加吐“哈”音。

548. 脑瘤患者能吐“哈”音吗？

答：脑是不能泻的！这是古书经典提出的。所以，郭林老师为脑瘤患者创设了“哦”音，此音比较温和，社会实践效果不错，脑瘤患者运用后疗效很好。但郭林老师也说过，脑瘤患者（包括良性脑瘤）在初始阶段吐“哦”音疗效是很好的。如果是晚期，或者瘤子大了，“哦”是不够的，可以用“哈”音抢救。“哈”音是泻音，但高音“哈”易引血上行，对脑神经刺激太强烈，弄不好会起反作用，所以脑瘤患者病情需要吐“哈”音时，也不宜吐高音“哈”，同时一定要在有吐音实践经验的教师指导下辨证吐发“哈”音。

549. 肾癌患者吐“哈”音需要注意什么？

答：《黄帝内经》说肾不可泻。郭林老师说，肾癌用“哈”音，如同古时说的风呼吸不可用一样。但郭林老师认为有了癌就不能不泻，为了抢救，

还必须用“哈”音。为避免泻得过甚，她要求肾癌患者吐“哈”音时需要注意以下3点。

（1）一般吐中音“哈”，数字不超过12声。

（2）预备功、收功的气呼吸采用补法来调整；同时要加练脚棍功进行调整。

（3）肾癌患者吐音，可以泻得少点，但是不能补。所以，在癌病灶没有消失、病情没有稳定康复前，不能吐肾音。

550. 癌症兼高血压的患者如何吐“哈”音？

答：高血压患者一般是不吐音的，特别是不能吐单个高音“哈”。因为高音会引血上行。但兼有高血压的癌症患者，在病情又需要吐高音“哈”来控制癌症时，可以先用低音“哈”来调整。如，清晨刚进公园时，先吐低音“哈”，呼吸配合泻法。练一段行功休息后，再吐中音“哈”，或一高一低音“哈”。这样既能控制癌症，又不会刺激高血压，可以达到辨证施治双重调整的效果。

551. 癌症患者放、化疗期间可以吐音吗？

答：癌症患者放化疗期间能否吐音，要依病情、体质情况综合考虑。如病情确需要吐音的，可采用高、低“哈”音搭配吐音；或用“沙”音去代替强泻的“哈”音，以帮助提升机体免疫力。如果体力太虚弱，或吐音后有不适的，要立即停止吐音。放化疗期间血象低时也不要吐“哈”音。放化疗期间的补泻辨证非常重要，一定不能把身体泻垮了。

552. 吐音后出现双腿发软、出虚汗的原因和对策是什么？

答：吐音后出现双腿发软、出虚汗，有的甚至汗出得止不住或头晕想吐，往往是身体过度虚弱导致，如，手术后又接着放化疗造成的体虚。个别情况也与吐音方法不正确有关，如，吐音不是用内气支持，而是使蛮力喊；或吐的生理参数过多。

对策有四种。一是暂停吐音，先通过操练其他功目恢复体力；二是如果之

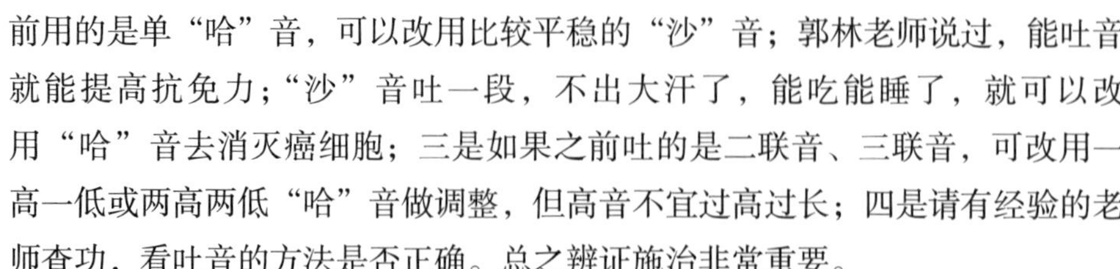

前用的是单“哈”音，可以改用比较平稳的“沙”音；郭林老师说过，能吐音就能提高抗免力；“沙”音吐一段，不出大汗了，能吃能睡了，就可以改用“哈”音去消灭癌细胞；三是如果之前吐的是二联音、三联音，可改用一高一低或两高两低“哈”音做调整，但高音不宜过高过长；四是请有经验的老师查功，看吐音的方法是否正确。总之辨证施治非常重要。

553. 吐音后出现胸闷、胸疼怎么办？

答：吐音后出现胸闷、胸疼，往往是由于吐音过程中使劲了，或是呼吸导引不正确引起的。遇到此种情况应先查功，及时纠正不正确的吐音方法。如无效，则要暂时停止吐音。

554. 吐音出现气息不稳时，如何通过势子进行调整？

答：吐音时如果因为紧张或者意念干扰，出现气息不平稳，或者气息往上冲的感觉时，可以通过调整脚的势子，让肾气下沉。方法是迈出一只脚（按出脚次序迈半步），调整重心为后脚实、前脚虚，这样肾气就会下沉，气息就会平稳。

555. 吐音的补泻原则是什么？

答：吐音的补泻原则是实则泻，虚则补，具体运用原则如下。

（1）高音、强音为泻，一般用于实证；低音、弱音为补，一般用于虚症。高低音结合为调整。单“哈”音的中音有调整作用。

（2）癌症抢救期多采用高音“哈”（单个音或多个音连吐），以收强泻之效。

（3）癌症患者体质虚弱，吐高音“哈”有困难时，可结合低音，高低音搭配，有泻有补，予以调整；也可用中音“哈”调整或选用特殊音。

（4）慢性病用五脏音，一般高低搭配运用，是调整。

（5）脑病、子宫病、肾病原则上不可泻，根据病情选择特殊音或中音。

556. 怎样辨证运用吐音的数目字？

答：辨证运用吐音的数目字，一是循序渐进，二是依病情轻重确定，三是根据病程调整。

（1）初学吐音者，无论什么病，无论病的轻重程度，都要先从基本的生理参数吐起，即脾胃从5声、肾从6声、心脑从7声、肝胆从8声、肺大肠从9声。

（2）吐发一个生理参数没有不适且病情需要时，可在1~2周后加至两个生理参数。如，肺癌患者初学吐音只吐一个生理参数9声"哈"音，1~2周后没有不适，可加至两个生理参数即9×2=18声。

（3）病情严重、需要抢救的患者，一般不少于两个生理数，也可加到三个。但加到三个后就要经常查功，要适时根据病情和练功疗效调整吐音数字。特殊病例需要增加吐音数字的，一定要在有经验的教功老师的指导下运用。

（4）肿瘤消失，病情稳定，但康复时间不长的患者，可用一至两个生理参数维持疗效。

557. 怎样辨证运用吐音功的长短、高低、强弱音？

答：辨证运用吐音功的长短、高低、强弱音，必须以身体状况与病情结合考虑。总的原则是病情重的、身体强的相对于病轻的、身体弱的，吐的音可长一些、高一些。功力深的比初学的，可以吐得长一些、高一些。不同的病情或病程可能需要长短、高低结合使用，但都不宜过长、过高。

癌症患者初期或肿瘤没有消失前多采用高音"哈"，但长短高低要适宜，否则身体虚弱者就受不了。

凡兼有虚症的癌症患者，要结合安排低音"哈"，使之不过泻又可以稳定病情。

抢救治疗期或肿瘤总是不消，就不能配低音；用三个高音消灭癌细胞力量强，但患者气不足，声出不来，可吐一长两短哈音，比较缓和。放、化疗，吃靶药都是大泻，患者体质很弱，一般吐高低组合"哈"音或"沙""豁"音。

初学者可先用短音、中音吐发，吐音方法熟练后，可改用中、长音或高音吐发，但不可过长过高。

音的长短、高低、强弱、连断、收放，就好似对症下药，适合什么病情就给什么音。需要在有吐音经验的老师的指导下进行调整。

558. 怎样辨证运用“哈”音、“沙”音、“豁”音？

答：“哈”“沙”“豁”音都是泻音，癌症患者都可运用。但依病情与体质的不同而有所不同。

首先，高音“哈”是强音，其泻的程度要强于“豁”音与“沙”音，病情重、体质尚好者，可用高音“哈”。

其次，体质太弱，不宜用高音“哈”时，又需要吐音功控制病情，可选择使用泻得小一些的“豁”音（下焦病可选）与“沙”音，以稳定病情，提升免疫力。待体力提高后，再吐高平“哈”音。

最后，放化疗期间体质弱，血象指标低，可吐高低组合“哈”音，没有学过组合音的患者选择吐“沙”音。

559. 怎样针对上、下焦的病灶辨证吐音？

答：由于吐音时呼吸和发声器官都在上焦，所以下焦病患者吐音要强一些、高一些，可用高音“哈”或连音；上焦病患者较下焦病患者吐音可低一些、弱一些，可视病情用高音或中音；中焦病患者吐音的高低、强弱要适中。郭林老师说，“如果肿瘤长在下焦，吐音的气息所支持的力量就要更大一点，就要用连续的音，用高音，数目字要多”。（引自《郭林新气功为什么能治病抗癌》）

560. 身体多部位有癌病灶者应怎样吐音？

答：身体多部位有癌病灶者应根据病情需要灵活辨证运用吐音。选择“主病”或“重病”适用的音、方向、数字吐音。若要兼顾两个部位病灶，可同一天安排两个时间段分别吐音。如，肺癌脑转移者，在自然行功后，可先面西吐“哈”音；练 1~2 个行功后，再面南方吐“哦”音，也可采取兼顾不同脏腑病灶方向的方法吐音，如，肺癌伴骨转移，可面朝西北方吐“哈”音。

561. 癌症患者吐“哈”音要吐多久？

答：一般来讲，要吐到肿瘤病灶消失后再巩固一段时间，以防止转移复发。巩固一段时间，等病情平稳了，就可停止吐“哈”音了，以避免长期大泻。在肿瘤病灶消失后的巩固期，一是可通过高低音搭配减少大泻，逐渐过渡到停吐音；二是逐渐减少吐音的数目字，或减少一周内吐音的次数，逐步达到停止吐“哈”音。

另外，何时停止吐“哈”音也要结合肿瘤的恶性程度决定，不可一概而论。总的原则是既要保证安全，又不宜长期大泻。

562. 为什么胃癌患者要加吐“东、懂”音？

答：“东、懂”音是郭林老师针对胃病创设的一个腑音，她的母亲因胃病，实践此音后很有效。之后，郭林老师在胃癌患者身上实践，先吐“哈”音，病情稳定后再加吐“东、懂”音，治疗效果很好。所以，郭林老师让胃癌患者在病情稳定后加吐一高一低的胃音“东、懂”，以巩固康复疗效。

563. 怎样辨证操练吐音功？

答：郭林老师说，“吐音要辨证施治，按病情安排功法”。在实践中，辨证吐音要遵循因病、因症、因证、因人、因时的原则，灵活把握。

（1）因病辨证操练。癌症患者一般用“哈”音，慢性病患者宜用五脏音。病重者吐音时可用2~3个生理数，病轻者用1~2个生理数。

（2）因症辨证操练。指标过高的患者，如高血压或白血病白血球很高，不能安排吐单高“哈”音，因为高音引血上行。可一高一低或一高两低“哈”音搭配运用。

（3）因证辨证操练。一般实证用高音，虚证用低音或高低音搭配。癌症抢救治疗期多属实证，宜用高音“哈”。其中，肿瘤大、体质好、未出现转移者，可在吐单“哈”音的基础上调整为两个高音“哈—哈—”或三个高音“哈—哈、哈”（一长两短）；肿瘤未消除的需要吐“哈”音，但有虚证时，可根据虚弱程度选择二高一低、一高一低组合音或单独用“沙”“豁”音过渡；身体过度虚

弱难以支撑吐音者，暂缓吐音；实寒实热者宜用高音“哈”泻，不用低音。若此时身体很弱，那就需要用高低音调整。慢性虚证需要补，而“淤”“羽”不能用时，可用单字“西”音。

（4）因人辨证操练。有病灶，年轻、体力好，吐音时可用2~3个生理数；年长体弱者，吐音不宜太多，宜用1~2个生理数。

（5）因时辨证操练。癌症患者抢救期必须用高“哈”音或高音“哈”组合；癌症术后1~2年病情稳定，为防止复发转移，可选择吐二高一低、两高两低或一高一低的组合“哈”音；术后未转移、病情稳定2~3年后，也可吐高滑“哈”音；癌症5年以上未转移复发基本康复者，可逐渐减少吐“哈”音；兼有慢性病的，可增加对应的脏腑音。女子月经期不吐音。

（6）特殊病种辨证操练。肾癌患者用“哈”音控制病情时，宜用中音“哈”，同时预备功、收功三个气呼吸和吐音中间的气呼吸用补法进行调整；胃癌患者病情稳定后，宜加吐胃音“东、懂”；脑瘤患者宜用“哦”音，但病重确需用“哈”音控制时，可用中音“哈”，不宜用高音“哈”；红斑狼疮患者血小板很低时应停吐“哈”音，改吐肾音“淤、羽”；女子闭经根据病证的虚实，安排吐低音或高音“哈”；脑瘤、鼻咽癌患者，开始阶段以行功为主，待病情好转再循序渐进安排吐音。

564. 怎样用吐音功纠偏？

答：练功受惊后出现气上头、胸闷、气串痛、肚子胀等气功出偏现象时，可以采用睁眼吐高音“哈”纠偏。方法是根据五脏音的生理定律数，加倍安排吐高音“哈”。采用高音“哈”纠偏，要在有经验的老师的指导下进行。

第四部分

习练郭林新气功相关常识问答

565. 什么是郭林原创？

答：郭林原创狭义上指郭林老师自己所著的功法书籍，包括在世时和去世后正式出版的署名郭林著或郭林审定他人编辑整理的功法书籍、讲课录音（含录音转化文字成书、日记等）。主要的有九本（详见本书24题）。广义上是指郭林老师亲自创编、改编并有针对性施治于不同患者的气功功目与功法。一般见于郭林老师亲自辅导过的学员回忆录、纪念文章、教功视频或郭林新气功研究会、辅导机构专门搜集整理的功法。

566. 怎样认识、理解郭林原创？

答：认识理解郭林原创应从两方面入手。

（1）系统阅读郭林原著。只有全面了解郭林新气功的起源、创编目的、发展过程、功法组成以及功法所含的功理，才能从认识上真正构建起清晰的原创“脑图”，对郭林新气功有全面的认识，才能由此坚定学练的抉择，具备辨识真伪的能力，才能在实践中正确的运用和传承郭林新气功。

（2）广泛涉猎郭林新气功走上社会五十年的诸多成功案例。只有多阅读这些习练郭林新气功走上健康之路的成功者的所写、所讲，才能从他们自疾病中成功康复的叙述中，探索和挖掘出郭林原创的轨迹，由此拓展对郭林原创的认知，正确地传承郭林新气功。

567. 为什么要学习、传承郭林原创？

答：郭林老师用尽后半生创编、研究、发展的新气功疗法，不仅挽救了自己的生命，还给广大癌症患者带来了福音。因此，学习、传承郭林原创就成为康复者们应尽的责任和义务。

（1）从历史的角度看：郭林新气功是中华民族优秀的抗病养生文化，它在当今医疗气功界的地位就如张仲景的《伤寒论》，是无人能跨越的高峰。它来源优秀、创编科学，历经半个世纪的社会实践证明，所以，学习、传承郭林原创是保护人类优秀文化的需要。

（2）从社会发展的角度看：尊重、学习、传承郭林原创不仅是社会的需要、时代的需要，还是建设健康中国的需要，更是全人类健康事业发展的需要。所以，气功医疗——郭林新气功，需要正确的传承与发展。

（3）从传承的角度看：知道郭林新气功的渊源，才能在传承与弘扬中做到正本清源、朴实传承，才能把这份郭林老师创编的、优秀的气功文化，正确无伪地传承下去。

受益于郭林老师恩泽的后人，应追寻郭林老师的脚步，为捍卫、呵护、发展这份优秀传统文化，推进郭林新气功造福人类的抗癌健康事业，尽一份应尽的历史责任与社会义务！

568. 怎样学习、传承郭林原创？

答：学习、传承郭林原创，要努力做好以下几点。

（1）在方向上，要以“郭林精神”来学习、传承、弘扬郭林原创。没有郭林精神，就传承、弘扬不好郭林原创。郭林精神包含了较为基本的三种精神：

①崇尚科学、尊重实践的精神。郭林老师努力汲取古气功文化的精髓，亲身实践创编新气功，开创运用气功治癌的时代。

②服务人民大众的精神。郭林老师提出“致力新气功，造福为人民”的宗旨并身体力行。

③勇敢创新的精神。郭林老师大胆改革古气功，积极学习运用中、西医学理论，在此基础上创新出郭林新气功。

（2）在内容上，必须全面系统地学习郭林原创，全面理解、准确地掌握郭林原创。珍惜郭林老师的智慧与勤奋实践的结晶，珍惜优秀传统气功文化的开创与发展的结晶。因为没有学习就没有了解，没有了解就难以正确传承。

（3）在方法上应坚持“尊重原创、正本清源、朴实传承、造福健康”的理念。尊重郭林原创，就是尊重郭林老师的智慧创造和气功科研的成果；正本清源就是传承郭林老师创编的、经实践检验正确有效的功法；朴实传承就是恪守郭林老师提出的“致力新气功、造福为人民”、以患者为中心的思想。造福健康，就是传承郭林新气功，要以服务大众健康为最终目的。郭林老师开创的新气功公开传授模式为今天的群体抗癌奠定了基础，也为我们指明了正确的传授模式，这既是传承郭林新气功应该始终把握的正确方向，也是弘扬

郭林新气功必须始终保持的正确态度。

569. 什么是气功？气功有什么作用？

答：气功是一个现代名词，是中国传统的以培育人体内在正气、治病强身为目的的锻炼方法，是“导引、行气、按跷、吐纳”等的统称，是独特的自我身心锻炼方法。

气功具有疏通经络、调和气血、增强脏腑功能、培育正气的功能，经常锻炼可以达到防病、治病、延年、益智的作用。

570. 气功调息的作用和内容是什么？

答：气功调息有三大作用。一是调息有助于思想的安静和身体的放松，是练功进入气功境界的重要操作环节。二是调息可以调节自主神经系统中交感神经和副交感神经的张力，从而可以调整相应的内脏组织器官的功能。三是调息可以改善和提高人体呼吸系统的通气、换气能力，达到改善血氧环境、增强气血运化能力和促进二氧化碳代谢的能力。

气功调息的内容包括两个方面。一是呼吸形式的调控，二是出入气息的调控。

571. 气功常用的呼吸形式有哪些？

答：气功常用的呼吸形式有胸式呼吸、腹式呼吸、胎息和丹田呼吸。

胸式呼吸指的是呼吸时胸部有起伏，吸气时胸部隆起，呼气时胸部复原的自然呼吸方式。腹式呼吸指的是呼吸时腹部有起伏，分为顺腹式呼吸与逆腹式呼吸。前者是吸气时腹部隆起，呼气时腹部复原（缩回）；逆腹式呼吸是吸气时腹部回缩，呼气时腹部复原（膨出）。（引自《中医气功学》）从胸式呼吸过渡到腹式呼吸，一般是先过渡到顺腹式呼吸，有功力后才可过渡到逆腹式呼吸。胎息是指效仿胎儿的呼吸，即用脐呼吸。丹田呼吸指的是在中、下丹田处自然起伏的腹式呼吸，是在腹式呼吸的基础上形成的，不需要借助意识和外力，只任口鼻一呼一吸与丹田处自然起伏的呼吸方法。

572. 什么是气感？练功中常见的气感现象有哪些？

答：“气感”是练功的人在练功过程中感受到的一种由内气产生所带来的特异性感觉。练功中出现的气感是多种多样的，一般来讲有麻感、热感、凉感、痒感或痛感和游走感等，比如身体内感觉似有电流、冷流、热流在流动，有蚂蚁在爬行等。练功中出现气感是正常现象，不必紧张，也不必做什么处理。一般随着练功结束，气感现象也会消失。

573. 什么是经络？经络有哪三大功能？

答：“经络”是气血运行的通道，是脏腑与体表及全身各部位联系的通道。（引自《经络腧穴学》）经络有三大功能，一是生理功能，运行气血，协调阴阳；二是病理功能，抗御邪病，反映症侯；三是防治功能，传导感应，调整虚实。

574. 人体经络系统包括哪些？十二经脉在四肢的阴阳分布和走向是怎样的？

答：人体经络系统包括十二经脉、奇经八脉、十二经别、十五络脉、十二经筋和十二皮部。其中十二经脉是经络系统的主干，将人体构成一个内外联系的整体，又称为正经。

十二经脉在四肢的分布是手、足阴经分布于四肢的内侧，手足阳经分布于四肢的外侧。

（1）手三阴经。手三阴经从胸走手，由上而下，分布于两手臂内侧。分别是手臂前侧连通大指的手太阴肺经、手臂内侧中间连通中指的手厥阴心包经和手臂内侧后连通小指的手少阴心经。

（2）手三阳经。手三阳经从手走头，由下而上，分布于两手臂外侧。分别是手臂外侧前连通食指的手阳明大肠经、手臂外侧中连通中指的手少阳三焦经和手臂外侧后连通小指的手太阳小肠经。

（3）足三阳经。足三阳经从头走足，自上而下，分布于下肢前侧、外侧和后侧。下肢前侧为足阳明胃经、下肢外侧为足少阳胆经、下肢后侧为足太阳膀胱经。

（4）足三阴经。足三阴经从足走腹、胸，自下而上，分布于下肢内侧，分别是下肢内侧前、中的足太阴脾经、下肢内侧中、前的足厥阴肝经和下肢内侧后的足少阴肾经。

575. 十二经脉各与哪些脏腑器官相联系？

答：手太阴肺经与肺、大肠、气管、喉咙相联系，手厥阴心包经与心包、三焦相联系，手少阴心经与心脏、小肠、肺、食道、目相联系，手阳明大肠经与大肠、肺、下齿、鼻相联系，手少阳三焦经与眼、耳、三焦、心包相联系，手太阳小肠经与小肠、心脏、胃、食道、眼、耳、鼻相联系，足阳明胃经与胃、脾、大肠、小肠、鼻、上齿、乳房等相联系，足少阳胆经与肝、胆、眼、耳相联系，足太阳膀胱经与膀胱、肾脏、眼、鼻等相联系，足太阴脾经与食道、舌、脾、胃、心相联系，足厥阴肝经与肝、胆、眼、胃、肺、生殖器、目、咽和唇等相联系，足少阴肾经与肾脏、膀胱、肝、肺、心脏、脊髓、舌、喉咙等相联系。

576. 什么是奇经八脉和十四经脉？

答：奇经八脉指的是督脉、任脉、冲脉、带脉、阳跷脉、阴跷脉、阳维脉、阴维脉。此八脉与十二经络不同，不直接与脏腑相通，有其自身各自特殊的作用。

督脉位于后身正中线；任脉位于身前正中线。任、督脉与十二经脉合称为十四经脉。

577. 什么是腧穴？什么是经穴？腧穴与经络有何关系？

答：腧穴是人体脏腑经络气血输注出入的特殊部位，归于经络。经穴是指十二正经加上任脉和督脉，即十四经脉所属的穴位，简称经穴。

腧穴通过经络与脏腑相通。腧穴是疾病的反应点，也是针刺、按摩等治疗方法的刺激部位。脏腑病变往往可通过经络反应到腧穴上。

578. 什么是奇穴？什么是五腧穴？什么是阿是穴？

答： 奇穴是指未归入经穴而有具体名称和位置的腧穴。五腧穴是指人体十二经脉在肘膝关节以下各有井、荥、输、经、合 5 个腧穴。井穴多位于手足之端，喻之水之源头，指经气所出部位；荥穴多位于掌指或跖趾关节之前，喻水流尚微，是经气所流部位；输穴多位于掌指或跖趾关节之后，喻水流由小渐大，经气渐盛之处；经穴位于腕、踝关节以上，喻水流变大，经气盛行之处；合穴位于肘膝关节附近，经气由此深入，喻水流于此汇入海，经气会合与脏腑之处。

阿是穴指的是既不属于经穴，也不属于奇穴，只是从有痛点处取穴，是没有具体名称和固定位置的仅有反应点或压痛点的穴位，但一般多位于病变部位附近。（参考《经络腧穴学》）

579. 普通按摩与气功按摩有什么不同？

答： 普通按摩是用手或器具对某个穴位或部位进行的按摩，往往按摩或按压比较用力。气功按摩则不同，气功按摩用的是气而不是力，是按摩者自己通过调动身体的内气来进行的穴位按摩，通过按摩时的手指导引，内气沿经络循行到达相应的脏腑而治病。郭林老师说，人体里的经络主要有十四条，都有一定的部位和五脏六腑关联，按摩必须要以意引气，由手法按入一定的穴位，通过经络达到五脏六腑而起循行的作用，从而获得治疗的效果。（引自《郭林日记》）

580. 如何区分上焦、中焦和下焦？

答： 上焦一般指心、肺，中焦即脾、胃，下焦一般指肝、肾、大肠、小肠和膀胱。

581. 如何理解中医所讲的虚证和实证？

答： 虚证指人体正气不足，以正气虚损为矛盾的主要方面。一般体质素弱者多为虚证，或久病气缓、耗损过多者常为虚证。如，神疲乏力、声音低怯、呼吸气短、自汗盗汗、头晕心悸、脉细微弱等。郭林老师讲，虚证很明显的，身体很虚弱，做什么都不起劲，虚证在心的表现多少有害怕的倾向。

实证指邪气盛而正气不虚，一般体质壮实者多为实证，新起病、暴病多为实证，病情急剧者多为实证。如呼吸气粗声高、咳吐痰涎、脘腹胀满、小便不利、大便秘结等。

582. 郭林新气功的辨证施治与中医的辨证施治有哪些相同与不同?

答：郭林新气功的辨证施治与中医的辨证施治有相同也有不同，相同之处有以下 3 点：

①是以辨证为论治的前题。

②既注重辨证，也注重辨病。

③治病法则主要是治病求本、扶正祛邪、调整阴阳，都属于宏观调控的整体疗法。

不同之处主要有以下 4 点：

①中医辨证论治以中医理论为依据；郭林新气功辨证论治既有中医理论、气功理论，还有西医学诊断为依据。

②中医的辨证方法很多，传统的辨证方法有六经辨证、脏腑辨证、八纲辨证、经络辨证、气血津液辨证、病因辨证、卫气营血辨证、三焦辨证等 8 种；而郭林新气功辨证的方法与分型比中医简单，主要是辨病和辨患者的阴阳、虚实与病程。

③中医治病主要以中药或针灸来处理外感内伤等种类繁多的疾病，利用中药寒热温凉等药性，以偏纠偏治病；利用针灸导引行气调理阴阳失衡。而郭林新气功治病是以气代药，通过培育人体真气，扶正祛邪，达到调整阴阳，补虚泻实的目的。治病强调的是补泻的调整与配合。

④中医治疗，首先依四诊进行辨证，然后结合辨病与辨证确定相应的治法、处方。而郭林新气功则以辨病为主，结合辨证等方法，在明确诊断疾病的基础上，参考阴阳虚实情况，即可以直接施功。

583. 为什么说经脉不通，脏腑就会有病?

答：因为“每个脏腑都有经脉，经脉和神经都通五脏。”所以，某脏有病，

其所连经脉就会受影响；某经络不通，其所连脏腑也会受影响。经络不通、气血难达，故相应脏腑易病也。郭林新气功导引行气，就是为了疏通经络，进而达到治疗脏腑疾病的目的。

584. 郭林新气功常讲的高指标与低指标指的是什么？

答：郭林新气功的高指标与低指标指的是生理生化指标。“高指标”一般是指高血压、高眼压、肝功指标高；“低指标”一般是指低血压、低血象等。

585. 什么是行功？行功是动功吗？

答：“行功”是郭林新气功防治癌症及各种常见疑难病症功目中最基本、最有效、最易学、最重要的功目，它是在自然行走的基础上附带了一定功法的行走功，故称“行功”。行功在郭林新气功中不是动功。郭林老师把行功叫做“混合功”，是动静相兼的功，指动中有静、静中有动。动、静两方面都占相当的时间。郭林新气功的“动功”指的是五禽戏。

586. 郭林新气功的行功具有哪些特点和功用？

答：郭林新气功的行功具有六大特点和作用。

（1）行走的特点。“行功”是在两脚交替自然行走的基础上施以一定功法的行走功，其特点是行走中迈步要脚跟先着地，脚掌要自然竖起，两脚要有虚实变化，步伐要有节奏，呼吸、势子、意念导引相配合，以发挥行走中调动肾经等诸经络，起到强肾固本与通经接气、疏通经络、改善循环的作用。

（2）动静相兼的特点。行功在外形上看，肢体是动的，却要求练功时大脑充分入静，因此，此功是静中有动、动中有静、动静相兼。既能起到调节大脑中枢神经系统的作用，又能达到调动内气、疏通经络的作用。

（3）意气形合一的特点。郭林新气功的行功，既要求大脑放松入静，又要求导气令和、引体令柔，即势子导引、意念导引、呼吸导引相配合。意念放松专一，与气相随，以意引气、气引形，从而实现一定时间内最大化的气血循环效率和舒经活络的功效。

（4）易学易练的特点。郭林新气功的行功是郭林老师自创的一套动静结合的半入静的功，不要求意守体内和高度入静，只要求在行走时放松大脑，心安神静，同时配合一定的势子导引和呼吸导引即可，所以具有容易操练、不易出偏、易学易练的特点。由于容易学练，所以可以起到立竿见影的学练效果。

（5）松静为主的特点。郭林新气功的行功尽管是行走中的功法，却要求以松静自然为基础，通过松静自然调动内气运行达到治病的目的，所以松静为其行功的一大特点。其作用是更好地调动内气疏通经络，加速机体新陈代谢。

（6）辨证操练的特点。郭林新气功的行功虽然具有易学易练的特点，却要求因人、因病、因时辨证运用行功的势子、呼吸、速度和功时，做到火候适宜。其作用是保证疗效，防止补泻失衡而影响疗效。

587. 练功中出现咳嗽怎么办？

答：练功中出现咳嗽情况后，不要边咳嗽边练功。要先收后脚平站，待咳完，然后做中丹田前三开合，气息平稳后再继续练功。同时，要考虑引起咳嗽的原因，如果是病理咳嗽，则按上述方法处理；如果是非病理因素，要考虑是否因练功低头造成了呼吸气道压迫，这种情况只要将头部放正，保持百会朝天，咳嗽就会自然消除。

588. 练功中偶有身体某处出现刺疼现象，是出偏吗？

答：练功是调动内气疏通经络脉道，练功中出现身体某处的刺疼感不一定是出偏现象，很有可能是身体存在的经络瘀堵遇到内气冲击造成的刺激反应现象。练功入静时，内气调动得多，内气的力量就强，内气必然会对瘀堵的经络产生冲击现象，此时有刺疼感觉不是出偏，是好现象，继续练功这种情况就会消失。一般情况下，只要收功后没有刺疼就不是出偏。

589. 练功后感觉腰疼是什么问题？

答：练功后出现腰疼、腰部不舒服等情况有可能是练功没有松好腰，或是不会松腰，造成腰部肌肉群紧张，内气不能很好通过。也有情况是初练功者势

子不熟悉而想动作多，造成意念的紧张导致全身紧张不放松，进而出现腰的疼痛、累、软、无力等情况。无论是哪种情况，都需要平时多练升降开合松静功和手棍功，再随着练功动作的熟练，意念慢慢放松后，全身能够松下来了，腰疼、腰部不舒服的情况就会减少或消失。

590. 练功中遇到惊吓如何处理？

答：练功中遇到惊吓有以下 3 种处理方法。

（1）如果是在练闭目功时遇到惊吓，千万不要睁开眼睛，要保持闭目，向下松腰，让气下沉，同时配合做咽津动作，随咽津气也下沉。在此基础上，做三开合和气呼吸动作，进一步平气，然后收功。

（2）如果是在练睁眼的行功，遇到惊吓也不要接着练功，而是要先收后脚站稳，做三开合和气呼吸平气，如果感觉气还不平，可原地做几个睁眼的不下蹲的升降开合，让自己松下来，气化开了再收功。

（3）无论是哪种惊吓，在练功中做完上述处理后，均可在收功后的其他时间做做睁眼的手棍功和升降开合，继续让全身放松，疏通身体的内气，以防止气积气堵。

591. 练完功或练功中出现心跳加速的原因是什么？需要停功吗？

答：练功当中或结束后出现心跳加速，可能和心脏功能弱或有心脏病有关，更多的时候和呼吸太重、行走速度太快有关。解决的方法，一是调整呼吸，换用轻度风呼吸法；二是放慢行走速度，以心脏舒适为宜。如果两种方法采用后仍存在心跳过速的问题，可尝试改用自然呼吸法操练，加练升降开合松静功和手棍功。

592. 练功出偏后是停功还是继续练功？

答：练功出偏后应暂停功，尽快查功并改练纠偏功，尽快将出偏产生的邪气消除。单纯停功解决不了出偏的问题，还会影响病情康复。郭林老师说过，邪气是自己消不了的，学坏了功，要以功法来解，否则病不但难愈，而且还会

渐渐加重。（引自《郭林日记》）

593. 练功控制不住病情应从哪些方面做调整?

答: 练功后病情控制不住，要在做好综合分析的基础上，从以下几方面针对性考虑调整练功。

（1）首先从情绪、生活上自查。看是否存在七情干扰、生活饮食不规律、睡眠不好或操劳过度的情况。如有此类问题要及时调整情绪与生活。因为功练得再好，功时再多，情绪与生活不符合练功的“四调”都会导致疾病出现进展。

（2）其次看是否功时不够或功时过多。一般来说抢救期功时不少于3~4小时，功时与疗效往往成正比，功时不够，疗效难以保证。如感觉功时不够，要依病情、体力适当增加功时，以达到相宜的功量。增加功时后，宜注意观察病情变化，如有不适，继续调整到合适为止。但同时也要考虑是否存在功时过多导致练功劳累、免疫力下降而引起疾病进展的情况。如属功时、功量过多，可视情况适当灵活减少功时，以不过度疲劳为原则。功时与功量应随疾病转化及时调整。

（3）看是否功力不够。主泻的功法，尤其是快功或吐音功是否存在数量不够，压不住病情的进展。如果属于此情况，要在考虑身体耐受的情况下适当增加快功与吐音的数字，增加功力和功量后要及时观察病情变化，适时做出调整。

（4）看是否存在大泻功法过多，辅助功不够的问题。身体虚弱时，过泻也会降低自身免疫力从而引起疾病进展。例如，是否存在吐音数字过多，吐音过高、过长等问题；是否特快功安排太多；是否手势不顾体质情况持续用泻法等。此时可考虑适当减少或调整大泻功法的数量，并相应增加辅助功法，以扶植正气，增强抗病能力。

（5）看是否存在补过的问题。癌症患者不能随意进补，一定要仔细分析病情与体力后综合确定补泻功法，以做到补泻得当。

（6）看是否存在脏腑机能紊乱，虚实夹杂，所练功目难以达到调整脏腑机能之用；是否存在功目、功法、功时长期不做相应调整，没有根据身体与疾病出现的变化适时调整呼吸与势子导引，使之与疾病、体力相符合。

（7）看是否存在基本功法练得不正确，导致功法难以发挥功效。此种情况应及时寻找教功老师查功，纠正不正确的呼吸导引、势子导引、意念导引、按

摩导引或吐音导引。功法正确是疗效的保证。

（8）所练功目赶不上疾病进展时，也要积极考虑医学介入治疗，不能忽视练功配合医学治疗对疾病的干预。

594. 为什么要制订练功方案?

答：练功方案指的是教功者或练功者本人，为练功治病和保健养生而量身设计的一个操练气功的方案，简称“功单”。它是练功者辨证施功、获取疗效进而走向康复的具体措施。

制订练功方案，一是为了准确施功，使练功具有针对性，这是郭林新气功辨证施功、量病给功的原则；二是为了练功有所依据，避免练功的随意性和惰性，以恰当的功目、功法、功时，体现练功的疗效；三是为后续查功、调功提供参考依据，同时检验施功的正确与否，这是科学练功、练养结合，依病程、病情转化调整练功的需要。

595. 怎样制订好练功方案?

答：制订好一个练功方案，要努力做到以下几点。

（1）必须遵循练功“总则”中的辨证施治原则，即“因病、因症、因证、因人、因时而异，量病给功”。

（2）必须掌握郭林新气功“辨证施治”的内容与方法，如五大导引辨证，五行辨证，八纲辨证，功目功时辨证等。(参见本书附件有关辨证表格)

（3）必须充分了解练功者的基本情况，包括个人基本信息，所患疾病基本信息，治疗手段与治疗效果，目前病情与施治方法，生理生化指标，之前学练功情况与疗效，目前体质情况等。(参见附件练功方案表)

（4）能够依据练功者的相关信息资料，对练功者进行“五因”辨析施功。即依据练功者的病期、病况、体质及相关症状，提出具体、明确的功目、功法、功时、功量及补泻原则，做到量病给功。

（5）提出有针对性的练功注意事项，如指标高低不同的病人的辨证施功注意事项，练功出现虚证等如何处理，初学练功应注意循序渐进等。

596. 实施练功方案的目的与目标是什么?

答: 郭林新气功是自我调动生命潜能，自我优化、提升健康生命的科学气功，是自我开发生命动力的一把“金钥匙”，实施练功方案的目的与目标，是逐步实现重建健康的生命，提升完善健康生命的基本功能态。

（1）会快乐。通过练功，提升生命的正气，培养良好的心态。

（2）会睡觉。通过练功，提升睡眠的质量，保障充足睡眠。

（3）会吃、喝、排。通过练功，改善生命循环状态。

（4）会运动。通过动静结合练功，达到身心健康。

（5）会做好事。通过群体练功，升华生命，力所能及为他人与社会服务，实现生命的价值。

597. 怎样实施练功方案?

答: 实施练功方案是练功者征服疾病，重建健康，提高生命质量的一个长期过程。应努力做到以下 4 点:

（1）遵循郭林老师提出的征服癌症的“中医、西医、气功”三结合施治原则，坚持走综合治疗、整体治疗、合理治疗的科学道路。

（2）循序渐进，由少到多逐步落实练功方案，逐步体会、检验和摸索适合自己的功目、功时、功量与功法。既不生搬硬套，也不盲目唯功单。发现练功出现身体不适时，及时进行调整或及时反馈教功老师进行查功，调功。

（3）努力实行生活气功化，气功生活化。生活气功化，就是顺应自然，规律生活，按时练功、做事；气功生活化，就是心平气和对待处理一切事务，会把愤怒转化为平静，会把苦恼转化为愉悦，做到恬淡虚无，有序化生活，提升生命的正气。

（4）按时查功，及时调整练功方案。治疗期的练功方案一般不超过三个月，康复期的练功方案一般半年至一年。重病、重症且体力虚弱者、生化指标异常者，要随时依据病情、指标与体力变化情况进行查功调整，做到功随病转。教功老师要做到定期回访，了解练功方案实施情况，及时给予必要的指导。

598. 什么是综合康复理念？实施其理念的方法是什么？如何运用好这些方法？

答：综合康复理念是一种新型的医学理念，指的是以综合运用医学、心理、饮食、运动、生活习惯、社会化活动等多方面的优化措施为手段，以促进患者顺利康复并回归社会，减轻家庭负担为目的的一种康复理念。

郭林新气功要求气功治疗也必须运用综合手段，如树立“三心”，注意“生活四调（衣食住行）”，避免“七情干扰”。50年的社会传承中，形成了于大元等老师概括总结出的综合康复新理念：“以健康的精神为统帅，以自我心理治疗为先导，首选西医，结合中医，坚持郭林新气功锻炼，讲究饮食疗法，注意生活调理。”

实施这种综合康复理念的方法，简单讲，就是要维护好生命的基本功能态。包括睡眠功能态、情绪功能态、吃喝排功能态、运动功能态、工作学习功能态。

运用好综合康复的方法，主要是做好以下5点。

（1）以健康的精神为统帅。心理学研究证明，癌症病人能克服恐病心理，有与疾病斗争的勇气和信心，有良好的睡眠，就能充分调动机体的免疫功能。康复信念的构建是一个病人能否康复的良药。

（2）以自我心理治疗为先导。能冷静找出自己患病的原因，针对病因，有意识地对“致病”因素做减法，对“不得病”因素做加法。从好、坏两个方面看待自己的疾病，多想、多做有利于康复的事情，管理好自己的情绪。拥有健康的精神状态是康复的基础。

（3）首选西医，结合中医。通过西医去除或控制疾病，尤其是癌病灶的治疗；通过中医减毒增效，扶正祛邪。中、西医取长补短的治疗是癌症病人与各种疑难杂症患者病情得以控制，疾病得以痊愈的科学有效方法。

（4）坚持郭林新气功锻炼。郭林新气功是癌症与各种疑难杂症的克星，通过坚持操练行功并配合“风呼吸”，可以达到疏通经络、软坚化结、吐故纳新、化液生津、更新气血、改善循环、增强脏腑功能、提高机体免疫力的积极作用。郭林新气功锻炼最大的好处是吃喝排功能态较正常，病人生命力得以增强。

（5）讲究饮食疗法，注意生活调理。根据生命基本功能态具体内容，列出自己要落实的综合康复计划。包括每天的吃、喝、排，练功功时、睡眠时间、工作与学习时间、对情绪管理的措施等，努力保持这些基本功能处于良好的自

然状态。

实践证明，走综合康复的路，特别是医学治疗加气功锻炼与心理、社会治疗，是最佳的康复药方，良好的综合康复措施是患者康复的有力保证。

599. 如何认识郭林新气功的初级、中级、高级功的性质、作用与地位？

答：郭林新气功是一整套系列功法，包括初级功、中级功和高级功，三大类功法由于各自要达到的目的不同，习练对象不同，它们在郭林新气功中的作用、地位也不同。

（1）三大类功法的性质和作用。初级功以治病为主，以行功和呼吸导引为主，重在疏通经络、大量吸氧、调理气血，是治病控癌的功法；中级功以调理为主，以意念导引为主，重在疏通八脉、强气血，起到巩固疗效、保健康的作用；高级功以养生为主，意念、呼吸、势子三导引合一，三关共渡。高级功是功理功法的最高层，重在炼气生精、炼精化气、炼气化神、炼神返虚。达到健身防病、延年益寿的最高目标。

（2）三大类功法的习练对象。初级功习练对象主要是癌症、慢性疑难杂症患者，如红斑狼疮、肝硬化、硬皮病、严重的脑动脉硬化、高血压、心脏病、糖尿病、慢性炎症、青光眼等病症，且疗效显著；中级功习练对象是经过初级功锻炼，病情稳定且具有一定功力者，通过选练治病的中级功，以提高和巩固治病疗效；高级功习练对象是身体健康、爱好气功且具有相当功力功底者，个别高级功也可作为疑难病的治疗功，如五禽戏中的鹿戏可有效促进红斑狼疮患者血沉降至正常，熊戏配合好调息导引，对肝病效果很好。

（3）三大类功法在郭林新气功中的地位。初级、中级、高级功，代表功力功法的层次，气功修炼者必须从初级功开始学练，打下良好的功力、功底基础，再逐渐升级提高修炼水平。在郭林新气功的功法体系中，初级功是治病的功，占有极其重要的地位，尤其是抗癌功法，没有初级功的治病阶段，就不可能进入中级功，甚至高级功。中级功、高级功是保健康与养生阶段，其重要性在初级功之后，因为只有祛病了才能保健康，有了健康才能长寿。

600. 如何选练郭林新气功的初级、中级、高级功?

答: 无论是对治病阶段的患者还是初学气功的爱好者，郭林新气功的学习与选练原则都必须首选初级功法。慢性病患者在慢性病基本痊愈的基础上，可以改练中级功，但也要结合实际选择保留一些初级功；癌症患者可逐渐选练特种功、中级功中的治病功法，如吐音功和脚棍功等，以助力疗效的巩固。初级功是控癌的根本，是提高免疫力的根本，所以，癌症患者即使练功康复了，因病情存在易复发的特殊性，也应长期保持练一些初级功的行功或其他功目。

身体康复后的病人，如果具备功力及对气功的爱好，继续修炼中级功、高级功,将有益于保健延年。但不练中级功、高级功,也并不意味着不能延年益寿。如果癌症患者同时兼有心脏病、高血压等慢性病，癌症康复后仍然需要通过习练郭林新气功的初级功法,（如慢步行功、升降开合松静功、手棍功等）和部分中级功（如八段锦、吐心音、蹬脚棍等）功法进行治疗康复。所以，初级功、中级功、高级功的习练是因人而异的。

附录

附录1：其他功法

1. 郭林新气功按摩的方法是什么？

答：郭林新气功按摩的方法是：

（1）有别于一般的保健按摩，是以“内气”进行按摩，疏通经络，改善循环。

（2）按摩时要求全身放松，大脑入静，在充分调动“内气”的基础上，以指尖（指尖中部肌肉）或手心之“气”按摩，手法要轻而慢，有接触感，没有压迫感，忌讳用力与速度快。

（3）按摩时以默数按摩圈数或点穴数字的方式来排除杂念。

（4）按摩时均须闭目松静端坐。

（5）按摩功均为配合主要功目来防治疾病，习练时间应安排在下午和晚上，早晨应该习练各种行功与吐音功。

2. 什么是脏腑按摩功？如何操练？

答：脏腑按摩功是郭林新气功中，针对慢性病与良性病灶所实施的一种脏腑按摩功法，一般需要配合行功使用。恶性肿瘤患者禁止操练此功。

其操练方法如下：

（1）预备功。闭目松静端坐、中丹田三个气呼吸、中丹田前三开合。

（2）正功。根据补泻升降的辨证手法，两手先从中丹田升至膻中穴前，然后两手心重叠放在相应的脏腑上，男先放左手，右手内劳宫重叠放在左手外劳宫上，肾脏按摩除外，女士相反。按摩时，男向左转圈为补法，向右转圈为泻法，女相反。按摩数字一般用脏腑生理数或其倍数，也可根据身体阴阳失衡的情况选择，调阴为6的倍数，调阳为9的倍数，但最多不超过36圈。

①需做补法按摩时（虚证），男分别做左—右—左三个方向的按摩，女分别做右左右三个方向的按摩；需做泻法按摩时（实证），男分别做右—左—右

三个方向的按摩，女分别做左右左三个方向的按摩；调整法（虚实不明显时）男做一左一右、女做一右一左的按摩。每做完一个方向的按摩，需做一次气呼吸（呼时两手心轻轻按，吸时两手心放松）。

②如按摩肺脏时，男先双手心重叠按摩左肺，然后再双手心重叠按摩右肺。按摩毕，根据补泻升降的辨证手法，两手从膻中降至中丹田。此为一轮，根据病情轻重可做1~3轮，保健者做1轮。

③做肾脏按摩时，预备功后，两手从中丹田往身体两侧移至后背，两手心分别放在左右两侧肾俞穴上，两手心同时做下实上虚的按摩（先向下，再向外、向上，同脚棍功中的肾俞按摩法）。

④操练脏腑按摩功时，两手从中丹田升至膻中施以按摩，按摩毕从膻中降回中丹田，均需运用补泻升降的辨证手法。其辨证手法如下：

泻法：升时，手心向下，两手中指相接，或指尖向下，手心向身体沿任脉较快地从中丹田升至膻中穴前。降时，手心向下，两手中指相接，沿任脉缓慢降至中丹田。

补法：升时，手心向上，两手中指相接，沿任脉缓慢从中丹田升至膻中穴前。降时，手心向上，两手中指相接，沿任脉较快地降至中丹田。

调整法：升时，手心向身体，两手中指相接，沿任脉以不快不慢的速度从中丹田升至膻中穴前。降时，手心向身体，两手中指相接，沿任脉以不快不慢的速度降至中丹田。

（3）收功。中丹田前三开合、中丹田三个气呼吸、松静端坐3~5分钟。操练此功时须用自然呼吸法。

3. 什么是青光眼和白内障按摩功？如何操练？

答：青光眼和白内障按摩功是郭林新气功特种功之一，这套按摩功能够疏通眼部及其邻近部位的气血，降低眼内压，调节脏腑的虚实，清热消肿，止痛明目，对促进青光眼、白内障的康复，有较好疗效。

操练青光眼和白内障按摩功需要在气功状态下闭目松静端坐，运用自然呼吸法进行操练。具体操练法如下：

（1）预备功。闭目松静端坐、中丹田三个气呼吸、中丹田三开合。

（2）正功。

①预备功后，两手从中丹田前升至印堂穴前（升时依辨证需要选择相应手势，可参考脏腑按摩功升降辨证手势用法。开始时多用泻法，以清热泻火，待眼疾好转后改用调整法），两手心相互摩擦至发热，分别捂住双眼，从1默数到9，然后同时向内转九圈，再向外转九圈，三按三呼吸（手轻按下时口呼并松腰，手轻松开时鼻子做吸气）。

②接上式，两手小指尖轻放睛明穴处，男先向左自转九圈，再向右自转九圈（女相反），三按三呼吸。

③做完上式按摩后，两手小指尖从睛明穴沿眼缝轻划至眼尾瞳子髎穴，男先左转九圈、后右转九圈（女相反），三按三呼吸。

④接上式，两小指尖从瞳子髎穴沿上眼框划至眼球正上方的上明穴，同上法左右各自转按摩九圈，三按三呼吸。

⑤接上式，两小指尖从上明穴垂直下划至下眼框承泣穴处，同上法做左右自转按摩九圈，三按三呼吸，然后两手依降式方法（参考势子导引升降手式辨证用法题）降至中丹田前，做中丹田前三开合。

⑥两手依升势方法从中丹田前再次升至印堂穴前，两手小指尖在眉头攒竹穴处做左右各自转九圈按摩，三按三呼吸；两小指尖沿眉毛划至眉中鱼腰穴处做左右各九圈按摩，三按三呼吸；再轻划至眉尾丝竹空穴做左右各自转九圈按摩，三按三呼吸。

⑦接上式，两小指尖从丝竹空穴轻轻点跳至两眼外角的球后穴，做左右各转九圈按摩，三按三呼吸。

⑧接上式，两小指尖从睛明穴沿眼框上缘慢慢点按至瞳子髎穴，再沿眼眶下缘慢慢点按回睛明穴，此为一次，共做三次后，在睛明穴处做三按三呼吸；然后松开两手，十指尖从眼部向下轻轻点跳脸颊至下巴尖后，双手依辨证降法手势降至中丹田前（依辨证选择手势），做中丹田前三开合。

⑨双手心重叠放肝区做肝区按摩，手的放法、按摩要求同脏腑按摩功。男先放左手，先向左转，后右转，旋转8~16圈（女相反），三按三呼吸。

⑩接上式，两手再依辨证手势升至外眼角球后穴处，两小指尖做左右各九圈按摩，三按三呼吸，两手依辨证手势降回中丹田前。

（3）收功。中丹田前三开合、三个气呼吸、松静端坐3~5分钟后慢慢睁开双眼，恢复常态。操练青光眼和白内障按摩功时，须同时操练相应的行功。

4. 什么是降压功？如何操练？

答：降压功是郭林新气功的特种功之一，专门用于治疗高血压病症。该功主要运用意念导引和势子导引，在气功状态下大脑入静、身体放松，促使交感神经与副交感神经发挥自然调节作用，使血管得以舒张，在双手心缓慢向下导引过程中使血压随“内气”向下运行而下降。

其操练方法如下：

（1）预备功。松静站立、中丹田三个气呼吸、中丹田前三开合。预备功做完如感觉松得不够，可加练一套升降开合松静功。

（2）正功（闭目操练）。

①双手从两胯旁手心相对合拢到中丹田前，变指尖向下，手心向身体或手背相对，沿腹正中任脉快速提升至头顶百会穴上方（高压＞200 毫米汞柱时），或提升至印堂穴位置（高压＞190 毫米汞柱）或升至膻中穴位置（血压略偏高时）。

②两手中指尖相接，手心向下，沿胸腹正中线（任脉）缓慢地匀速下降，此时意念导引要想“地面”或“涌泉穴”，双手下降至中丹田前时，身体开始做下蹲动作，蹲至两大腿平（逐渐做到下蹲时大小腿能近似成直角），双手也随之降到两膝前方，此时准备做身体回升动作。

③两手指尖向下，手心向身体或手背相对，以腰带动身体快速回升至松静站立状，双手也随之回到中丹田前。

④全身放松，完成一个带呼吸的开合（口呼做“开”的动作，鼻吸做“合”的动作），此为一次降压功。连续做三次降压功为一轮，一共要做三轮（三次为一轮，共做九次）。

（3）每轮之间做三个带呼吸的中丹田前开合。

操练此功需要注意：双手做升式时，快速指的是较快，防止过快、过猛，同时也要防止过慢，把血压带上去；双手做降式时，注意松腰、胯，下降速度越慢越好，同时配合意念导引想地面或涌泉穴。操练此功时，须操练相应的行功，一般每日早、中、晚练三次为佳，女性孕、经期禁练此功。

5. 什么是消水功？如何操练？

答：消水功指的是运用指针按摩法，在气功状态下对相关经络穴位施以按

摩，达到利水化湿、祛除水肿的气功按摩法。主要用于配合治疗各种病因所引起的胸、腹水，一般每日的早、中、晚各做一次。其操练方法如下：

（1）预备功。闭目松静端坐、中丹田三个气呼吸（恶性腹水患者两手可放两大腿上）、中丹田三开合。

（2）正功（以男士为例）。按男先左侧、女先右侧，分别做太溪穴、三阴交穴与水分穴的正反转36圈按摩。

①太溪穴按摩。预备功后，左手外劳宫放左肾俞穴处，右手剑指放左小腿太溪穴上，先顺时针按摩36圈，再逆时针按摩36圈，由浅入深按压此穴约60个数，做一个中丹田前开合，换右脚。右手外劳宫放右肾俞穴处，左手剑指放右小腿太溪穴上，先逆时针按摩36圈，再顺时针按摩36圈，由浅入深按压此穴约60个数，做中丹田前三开合，此为一次，共做三次。

②三阴交穴按摩。同上法，左手外劳宫放左肾俞穴处，右手剑指放左小腿三阴交穴上，先顺后逆各按摩36圈，由浅入深按压此穴约60个数，做一个中丹田前开合，换右脚。同上法先逆后顺按摩36圈，按压此穴约60个数，做中丹田前三开合，此为一次，共做三次。

③水分穴按摩。左手剑指放水分穴上，右手外劳宫放右肾俞穴处，左手中指先顺时针、后逆时针按摩36圈，由浅入深按压此穴约60个数（也可两手剑指指背相对，同时按摩水分穴），做中丹田前三开合，此为一次，共做三次。需要注意的是，有恶性腹水的不做水分穴按摩，只做前两穴的按摩。

（3）收功。中丹田前三开合、三个气呼吸、松静端坐3~5分钟后慢慢睁开双眼，恢复常态。

6. 什么是退烧功？如何操练？

答：退烧功指的是运用气功按摩法，对曲池、风池两穴进行顺逆方向按摩，达到解表散热祛风之用的一个指针按摩功法。一般用于感冒发热之症。其操练方法如下：

（1）预备功。松静端坐、中丹田三个气呼吸、中丹田前三开合。

（2）先做曲池穴按摩。男先用右手剑指按摩左胳膊曲池穴顺、逆各36圈后，由浅入深按压此穴约60个数，中丹田前三开合，换左手剑指用同样方法（方向相反）按摩右胳膊曲池穴（女相反）。随后做风池穴按摩。两手指尖向下，

手背相对快速沿任脉提升至百会穴，然后两手剑指分别放脑后左右风池穴，两手同时先向内转 36 圈，再向外转 36 圈，按摩毕，由浅入深按压此穴约 60 个数，两手从脑后移至胸前再沿任脉降至中丹田前做三开合，此为一轮，共做三轮。

（3）收功。中丹田前三开合、三个气呼吸、松静端坐 3~5 分钟后慢慢睁开双眼，恢复常态。

7. 什么是止咳功？如何操练？

答：止咳功是针对咳嗽所运用的一种气功指针按摩功法。其操练方法如下：

（1）预备功。松静端坐、中丹田三个气呼吸、中丹田前三开合。

（2）按摩穴位（男先左女先右，以男士为例）。

①列缺穴。右手剑指放左小臂列缺穴，以左中指先做顺时针按摩，再做逆时针按摩，正反各 36 圈后，由浅入深按压此穴约 60 个数，换做右手此穴位按摩，方法相同，按摩方向相反，两手均做完算一轮，中丹田前三开合，共做三轮。

②尺泽穴。同上法在左右臂尺泽穴先左后右施以正反 36 圈按摩和穴位按压 60 个数后，三开合结束一轮，共做三轮。

③天突穴。右手放肾俞穴或中丹田，左手剑指放此穴，用中指先顺时针转 9 圈，再逆时针转 9 圈，三按三呼吸，中丹田三开合，此为一轮，共做三轮。

（3）收功。中丹田前三开合、三个气呼吸、松静端坐 3~5 分钟后慢慢睁开双眼，恢复常态。

8. 什么是便秘与腹泻按摩功？如何操练？

答：便秘与腹泻按摩功，指的是针对便秘与腹泻这两种症状施以的气功按摩，即在气功状态下“以指代针”按摩相关穴位，达到促进排便和控制腹泻目的的施治方法。其操练方法如下：

（1）便秘按摩功

①预备功。松静端坐或卧位、中丹田三个气呼吸、中丹田三开合。

②正功。两手剑指分别放天枢穴上，两手中指稍用力地同时做先向外转 36 圈，再向里转 36 圈，再向外转 36 圈的泻法按摩，然后两手中指由轻到重

按压天枢穴，默数约60个数，做中丹田三个开合，此为一轮，共做三轮。

③收功。此功可一日做三次。不分时间，随时可做。

（2）腹泻按摩功

预备功同上。

①下巨虚穴按摩。预备功后，两手剑指分别放下巨虚穴上；两手中指同时做先向里转36圈，再向外转36圈，再向里转36圈的补法按摩；摩毕，两手中指由轻到重按压下巨虚穴默数约60个数，中丹田三开合，此为一轮。需做三轮。

②天枢穴按摩。两手剑指分别放天枢穴上，两手中指同时做先向里转36圈，再向外转36圈，再向里转36圈的补法按摩；摩毕，两手中指由轻到重按压天枢穴默数约60个数，中丹田三开合，此为一轮。需做三轮。

③关元穴按摩。两手内、外劳宫重叠放关元穴上稍加用力（男左手内劳宫先放关元穴上，右手内劳宫放左手外劳宫上，女相反），男先做左上右下转圈按摩，再做右上左下转圈，左右各转24圈（女相反）；摩毕，三按三呼吸（先呼后吸），此为一轮。做完三轮后按简式收功法收功。

操练便秘按摩功和腹泻按摩要找准穴位。便秘按摩功手法要求稍用力，用泻法的逆—顺—逆按摩；腹泻按摩手法务必要轻，且要用补法的顺—逆—顺按摩。两功均可坐着或躺着做。

9. 什么是循经导引按摩功？如何操练？

答：循经导引按摩功是指沿着经络走向做顺或逆向按摩导引，以促进经络气血运行、缓解上下肢肿胀的一种气功按摩方法。主要针对乳腺癌患者术后上肢出现淋巴水肿以及卵巢癌患者术后出现下肢水肿，此功法可以有效改善患肢肿胀症状，减轻肢体活动受限。其操练方法如下：

（1）上肢循经按摩导引

①预备功。松静站立或松静端坐、中丹田三个气呼吸、中丹田三个开合。

②正功。患侧胳膊自然伸直，对侧手的拇指在胳膊内侧，其他四指在胳膊外侧，沿患侧上肢腋下的阴经开始向下慢而轻地捏至手掌，两手心相合，健手向下滑摩至患侧，四指尖翻手沿患侧手背向上滑摩至手腕处，继续沿胳膊（外侧）的阳经向上慢而轻地捏至肩膀处，此为一次，共做三次。然后五指虚拢成

梅花针形，按上述路线，五指从上而下沿胳膊阴经轻而慢地向下敲击，再沿阳经向上敲至肩膀，如此下、上循环敲击三轮，再用手掌（内劳宫穴）沿阴经下阳经上轻捋患侧胳膊三轮。

③收功。中丹田三个开合、三个气呼吸、松静站立或松静端坐。操练此按摩导引功，站、坐均可。

（2）下肢水肿循经按摩导引

①预备功。松静站立或松静端坐、中丹田三个气呼吸、中丹田三个开合。

②正功。预备功结束后，手法参考“上肢循经按摩导引”法做下肢水肿的循经按摩导引。与上肢按摩导引有所不同的是，下肢水肿按摩要先从阳经向下捏，再沿阴经向上捏，不做脚的按摩。

③收功，同“上肢循经按摩导引”收功法。

10. 什么是运指健脑功？如何操练？

答：运指健脑功是通过手部动作的反复锻炼（双手捏、拉、弹、打和转动），达到运指健脑的一个辅助性治疗小功法，一般用于辅助治疗脑病或预防脑血管类疾病。此功法共有 14 节，操练方法如下：

第一节：对打。双手呈虚拳状，拇指放在食指上，两拳心相对在胸前（约膻中位置）做对打对拉（轻叩大、小鱼际与拇指外的四指间关节）。对打完第 7 下后，两手向外做拉筋状至体宽，稍歇，再开始由 7 数至 1 的对打对拉，对打完倒数 1 后，两手再向外做拉筋状至体宽，稍歇，再开始下一节的对打对拉（此法下同）。此为双 7 拍，共做 4 个双 7 拍。

第二节：酒杯。双手握虚拳呈酒杯状，拇指肚压在食指指甲上，两拳心向下，做两手虎口对打对拉 4 个双 7 拍。

第三节：侧掌。双手呈虚拳状，两拳心向上做两手侧面（掌内侧倾斜 45°）做小鱼际和小指侧对打对拉（对打时两小指二、三关节相叩），4 个双 7 拍。

第四节：打手背。两手握虚拳，男左手在上，右手在下（女相反），做两手背对打对拉 4 个双 7 拍，两手背对拉开距离约一尺。

第五节：叉指。十指分开，两手指呈自然弯曲状（约 60 度），手心相对做两手指交叉对打对拉 4 个双 7 拍。

第六节：虎口。两手拇指交叉，对打对拉两手虎口。男先左手在上对打对拉七次，然后换右手在上对打对拉七次（女相反），共做4个双7拍。

第七节：作揖。十指中关节交叉，十指尖扣于指根，两手掌对握，两大指并列放于食指上，男先往左（左下右上）后往右（右下左上）转动手腕三圈（女先往右后往左转动三圈）（左三圈为7个数，右三圈为倒7个数），共做4个双7拍。

第八节：转腕。男左手腕十字交叉放在右手腕上（女右手腕在上），先向外三圈（数7），再向里三圈（数倒7），做4个双7拍。

第九节：偷桃。男先左手（女先右）在同侧体旁手心向外做小指到拇指的逐一手指内转动作（似摘桃），做完手心向上手似握桃放胯上方，换右手做同样运指动作，两手做完7个数，再做一次数倒7个数。做4个双7拍。

第十节：弹指。男女一样，双手心向上，数1时两手食指同时弹一下拇指，数2、3、4、5时拇指依次弹食指、中指、无名指、小指各一下（均从指甲根弹向指尖）；从6数至10时再重复弹一次两手五指，共弹4个10拍。

第十一节：捏拉。男右手先捏拉左手，再左手捏拉右手（女相反），捏拉时，先从拇指开始，逐一捏拉至小指，然后换手。如男先右手捏拉左手时，右手中指、无名指与小指要并列紧挨作为支架，然后左手欲被捏拉的拇指放右手中指侧面上，右手拇指与食指分别放左拇指甲两旁，边数1234567的节拍，边对左手拇指进行一前一后转捏，倒数7654321时，数到3时开始对左手拇指进行3次捏拉（数321，下同）。然后换左手食指放右手中指上进行捏拉正反7个数，并依次捏拉到小指，左手五指捏拉完后，换左手同上法捏拉右手，右手被捏拉至小指时，倒数7个数时换用口号“身体健康全家喜”，最后“全家喜”三个字时捏拉小指3次。

第十二节：运指。两手十指并列、指尖相对、手心向身体。①先向上来回运动食指，其他指不动。即数1时食指向上运动与其他指分离，数2时食指与其他指合并，如此食指一开一合数至7后，食指还原与其他指合并。②倒数7个数时，两手小指开始向下做分离动作，7开6合依次数到1后，小指与其他手指相合。③数2234567拍时，两手中指与无名指保持不动，食指与小指随数数同时向上向下打开、合并。④倒数7654321时，食指与中指相合不开、无名指与小指相合不开，中指与无名指渐渐打开。此为2个双7拍，共做4个双7拍。习练此节时，也可运用口诀：运动食指时想“上面打打下不动”；运动小

指时，想“下面打打上不动”；食指与小指同时上下运动时，想“两边两边一起打”；做最后一个动作时，想“不打中间一条缝”。

第十三节：强筋。两手从身体两侧慢慢合拢到中丹田前，边合边数 4 个数，两手中指似相接，开始数 567 三个数时，两手指关节分三次逐个开始做内压动作，同时两手向外拉至约体宽。共做 2 个双 7 拍。

第十四节：验筋（检验手指的筋力）。双手心相对，指尖向上合到印堂穴（中指到印堂），左右手五指肚相接，两手呈空心状；然后做“人”字状向下拉开动作，随着两手分开下拉，两手指同时做压指根动作，并同时发出“嗨”声，两手下拉至两胯旁时，两手心同时转为向上。此为一次，共做三次。

操练此功时须注意：一是用气用意不用力，有气打气拉感即可；二是站、坐式均可，但均要求松腰松体；三是此功预备功、收功可做也可不做。

11. 什么是头颈松静功？如何操练？

答：头颈松静功是针对脑病患者而设计的一种健身祛病、益寿延年的小功法。该功法通过以腰为轴带动脊椎做秒针速度的缓慢转动和伸缩，使腰椎、胸椎、颈椎都得到充分运动，从而调动中枢神经系统、周围神经系统和相应的经络系统，不仅起到强肾固本的作用，还可实现调动诸阳，激发阳经之气，疏通经脉气血，牵动五脏六腑按摩的作用。配合行功操练此功，可有效防治骨质增生、头昏脑涨、小脑萎缩、腰酸背痛、身体疲惫、腰颈椎病等症，对严重失眠也有较好的疗效。这是脑瘤患者的必练功目。

头颈松静功全套功法共 10 节，每节中间需做三个“口呼鼻吸”的气呼吸。其操练特点是——以腰为轴，带动头转。此功既可站着做，也可坐着做。其操练方法如下：

（1）预备功。松静端坐或松静站立、中丹田三个气呼吸、中丹田前三开合。

（2）正功（以男坐式为例）。

第一节：左右两侧转。两手心向下自然放两大腿根或十指交叉握虚拳放两腿中间。然后腰带头先向左侧方向以秒针速度缓慢旋转，转到可以舒适达到的最大位置后，腰带头慢慢还原回正前方；然后，腰带头再向右侧方向以秒针速度缓慢旋转，转到位后，腰带头慢慢还原回正前方。此为一次，连续做九次（女先右后左）。九次做完后，做三个口呼鼻吸的气呼吸。

第二节：低头望天转。男女都一样，先低头，后望天，以腰带头动。先慢慢低头，头和颈都松下来，头低至约与上身呈90度时，还原；头再慢慢向后仰望天，头仰至印堂冲天时，再还原。此为一次，连做九次。口呼鼻吸做三个气呼吸。

第三节：左右侧枕转。以肩做枕，头慢慢向左侧放下，头要松下来，肩膀和颈部也要松下来，枕到能到达的最大位置后，慢慢还原；再开始向右侧枕，还原。左右为一次，共做九次（女先右后左），口呼鼻吸做三次气呼吸。

第四节：左右腰头旋转。男先逆时针转九圈，再顺时针转九圈，女相反。头微微前伸，腰带头颈和上身，先做前低、左枕、后仰、右枕、前低的逆时针方向缓慢旋转，连做九圈，做一个口呼鼻吸气呼吸；换顺时针方向，做前低、右枕、后仰、左枕、前低的缓慢旋转，九圈毕，口呼鼻吸做三次气呼吸。

第五节：前上斜伸缩转。男女相同，做手心向前上斜45度伸缩转。两手分开，自然抬举至与肩同宽、同高处，指尖向上、手心向前；先向前缓慢低头，同时两手向上斜45度伸出，腰、胯、颈、头尽量向斜上方拉伸，然后慢慢缩回还原，头向上抬起回正，两手也随头抬起，此为一次。连做九次，口呼鼻吸做三个气呼吸。

第六节：后上斜伸缩转。即后上斜45度伸缩转。男女相同，两手举抬手心向后，然后头慢慢向后仰，两手同时配合做向后上斜伸出动作，然后慢慢缩回还原。连做九次，做三个口呼鼻吸气呼吸。

第七节：左（右）上斜伸缩转（男先左女先右）。左手由左肩处手心向下放至左大腿根处，右手变手心向左，然后腰带头做左枕转，右手同时做向左上斜45度伸出动作，再慢慢还原。如此连做九次后，口呼鼻吸做三个气呼吸。女相反，先做右上斜伸缩转。

第八节：右（左）上斜伸缩转（男先右女先左）。此节方法同第七节，只是男女做时方向相反。连做九次后，口呼鼻吸做三个气呼吸。

第九节：下颌头颈向前划圈转。男女相同方向，两手同第五节与肩同宽、同高位置，变手心向下，十指自然弯曲并呈相对状。下颌与头颈做先向前、再向下、再向后、再还原的蛹动连续划圈动作，两手同时配合做前后划圈的动作，身体也配合做前后蛹动动作。连续九次后，口呼鼻吸做三个气呼吸。

第十节：后脑后颈向后划圈转。男女相同方向，方法同上节，只是转动的方向由向前转圈变为向后转圈。后脑勺做先向后、再向下、再前移、再还原的

蛹动连续划圈动作，两手同时配合做后前划圈的动作，身体也配合做后前蛹动动作，连续转九圈后，两手放大腿上，口呼鼻吸做三个气呼吸。

（3）点穴回气。闭目静坐（静立）3~5 分钟。脑瘤患者两手沿任脉升至胸前握虚拳，两拳心相对，中指尖轻轻点内劳宫穴三次，呼时轻点，吸时松开手，点穴三次结束后，两手拳心相对合至膻中穴，沿任脉降回中丹田前。其他操练者两手沿任脉升至印堂穴后，两手在印堂穴前左右分开约与肩同宽，握虚拳，拳心对向着太阳穴，中指轻点内劳宫穴三次，第三次点穴结束，不松开手指，两手拳心相对慢慢合至印堂穴前，然后两手降至膻中穴时十指松开，慢慢降回到中丹田前（操练点穴回气时，两手的升降势子均依高、低或正常指标法手势导引）。

（4）收功。中丹田三开合，中丹田三个气呼吸，松静端坐（站立）3~5 分钟，慢慢睁开眼。轻松转动几下头，松松腰，脊柱自然转动几下，恢复常态。

附录2：郭林新气功辨证运用参考表

郭林新气功辨证原则及内容归纳表（表一）

序	辨证原则	辨证内容
1	因病而异（辨病）	①辨病种。辨癌症，辨慢性病中的炎症，心脑血管疾病，疑难杂病
		②辨部位。辨脏病，腑病，辨上、中、下焦病
		③辨轻重。辨癌症一期、二期、三期、四期（即早、中、晚期），辨单病、多病，辨原发、复发或转移
		④辨病情转化。辨进展、好转或稳定
2	因症而异（辨症）	①辨西医和中医临床识别的症状与体征，如有无咳嗽、失眠、胸腹水、疼痛等
		②辨西医生理生化指标高低，如辨高、低血压，辨红、白细胞高低，血小板、血色素高低等
3	因证而异（辨证）	①辨虚实。辨虚证还是实证，还是虚实夹杂
		②辨阴阳。辨阴虚还是阴盛、阳虚还是阳亢，新气功的辨证主要是辨虚实和阴阳
		③辨寒热
		④辨表里
4	因人而异（辨人）	①辨性别。男、女
		②辨年龄。老、中、青
		③辨体质。强、弱（病重但体质尚可或体质弱者）
5	因时而异（辨时）	①辨病程。抢救治疗期、巩固疗效期、康复保健期
		②辨特殊期。放化疗期、女子生理期（孕期、经期）
		③辨练功时辰。子午流注、春夏秋冬、早上、中午、晚上等

郭林新气功常用功目对照运用参考表（表二）

<table>
<tr><th>序</th><th colspan="3">功目</th><th>适用对象</th><th>功时（轮次）</th><th>练法提示</th></tr>
<tr><td>1</td><td colspan="3">预备功、收功</td><td>所有操练者</td><td>预备功约 2~3 分钟，收功约 3~5 分钟</td><td>所有功目的功前、功后使用。气呼吸与三开合均有补泻要求，实泻虚补或调整</td></tr>
<tr><td rowspan="4">2</td><td rowspan="4">定步功</td><td colspan="2">一般式</td><td>癌症、慢性病、保健者</td><td>左右脚各做 9 个为 1 轮，可做 1 轮或 3 轮</td><td>作为独立功需收功休息。若做 1 轮可接中度风呼吸法自然行功</td></tr>
<tr><td colspan="2">快式</td><td>癌症、炎症、神经衰弱、低血压、血小板低、血沉快、白细胞低等患者</td><td>左右脚各做 9 个为 1 轮，可做 1 轮、3 轮或 6 轮</td><td>白细胞低时可每脚增至 18 个，最多不超过 27 个，不超过 6 轮。高血压、心脏病较重者禁练此式</td></tr>
<tr><td colspan="2">慢式</td><td>高血压、心脏病、糖尿病、肝炎等慢性病者，癌症患者体质虚弱者</td><td>左右脚各做 9 个为 1 轮，可做 1 轮或 3 轮</td><td>高血压、心脏病风呼吸宜轻</td></tr>
<tr><td colspan="2">肾俞式</td><td>肾虚、肾炎、泌尿系统疾病、妇科病、红斑狼疮、心脏病、高血压者</td><td>左右脚各做 9 个为 1 轮。可做 1 轮或 3 轮</td><td>1 轮或 3 轮后需收功休息</td></tr>
<tr><td rowspan="2">3</td><td rowspan="2">自然行功</td><td colspan="2">风呼吸法自然行功</td><td>癌症实证、炎症者</td><td rowspan="2">左右脚各 20 分钟共 40 分钟。左右左脚（右左右脚）各 15 分钟共 45 分钟</td><td rowspan="2">也可根据体力或康复程度选择 1 次练 30 分钟</td></tr>
<tr><td colspan="2">自然呼吸法自然行功</td><td>一般慢性病患者</td></tr>
<tr><td rowspan="2">4</td><td rowspan="2">快功</td><td rowspan="2">特快功</td><td>特快功</td><td>癌症抢救阶段的患者</td><td>练功与休息均为 20 分钟</td><td>根据病情一日中可练 1~2 个，宜上午习练。早期癌症患者可不练此功</td></tr>
<tr><td>代特快</td><td>癌症兼有轻度心脏病、高血压、年长体弱、腿有疾难练特快功者</td><td>练功与休息均为 20 分钟</td><td>根据病情一日当中可练 1~2 个，宜上午习练</td></tr>
</table>

续表

<table>
<tr><th>序</th><th colspan="3">功目</th><th>适用对象</th><th>功时（轮次）</th><th>练法提示</th></tr>
<tr><td rowspan="2">4</td><td rowspan="2">快功</td><td colspan="2">中快功</td><td>癌症抢救期与巩固期，尤其适合体弱与高龄者。慢性病的肺气肿、老年气管炎患者</td><td>练功与休息均为20分钟</td><td>根据病情一日当中可练1~2个</td></tr>
<tr><td colspan="2">稍快功</td><td>抢救期不适合特快功或中快功、防止复发转移、慢性病中炎症者</td><td>练功与休息均为20分钟</td><td>根据病情一日当中可练1~2个</td></tr>
<tr><td rowspan="2">5</td><td rowspan="2">点步功</td><td colspan="2">一、二、三步点功</td><td>保健者、慢性病患者、癌症患者</td><td>一、二、三步点各20分钟</td><td>可分开练，连续练最好，心脏功能不太好的患者操练三步点功时可将风呼吸改为自然呼吸</td></tr>
<tr><td colspan="2">一步三点功</td><td>肝、脾病患者和下焦病者</td><td>根据病情选择20~30分钟</td><td>可配合一、二、三步点功练</td></tr>
<tr><td>6</td><td colspan="3">慢步行功</td><td>高血压、心脏病、糖尿病、脑血管病、肠胃病等慢性病以及癌症兼有以上慢性病的患者</td><td>复式预备功，收功，正功练30~45分钟</td><td>癌症患者一般用于康复期兼有慢性病</td></tr>
<tr><td rowspan="4">7</td><td rowspan="4">哈音</td><td rowspan="3">单音</td><td>高音</td><td>癌症抢救期或防止复发转移的患者</td><td rowspan="2">生理参数: 脾胃5，肾与膀胱6，心脑7，肝胆8，肺大肠9，吐2~3个生理数</td><td>初学选基本生理数，熟练后根据病情逐渐增加到2~3组</td></tr>
<tr><td>中音</td><td>初学吐音、肾癌、癌病灶在上焦的患者</td><td>肾癌一般不超过12声，补法呼吸</td></tr>
<tr><td>高滑音</td><td>防止复发转移者</td><td>一般一个生理数</td><td>初学者一般不用</td></tr>
<tr><td>联音</td><td>一长两短</td><td>癌症抢救期、肿瘤大、未出现转移者</td><td>一长两短为一组＊生理数</td><td>吐单哈音适应后改吐此音，视病情选择1~3个生理数</td></tr>
</table>

续表

序	功目			适用对象	功时（轮次）	练法提示
7	哈音	联音	一高一低	肿瘤消失防复发、身体虚弱者	一高一低为一对 * 生理数	吐单哈音至少两周以后，根据病情选择 1~2 个生理数
			两高一低	癌症抢救期或术后一、两年病情稳定，身上无病灶但身体还比较虚弱的患者	两高一低为一组 * 生理数	吐单哈音至少两周以后，根据病情选择 1~2 个生理数
	特殊音	沙音		多用于放、化疗时，体质虚弱不适合吐高哈音的患者	初学选基本生理数，根据病情逐渐增加至 2~3 个生理数	商的变音，只有长短无高低
		豁音		用于下焦病，身体虚弱不宜吐高哈音的患者	初学选基本生理数，根据病情逐渐增加至 2~3 个生理数	只有长短无高低
		哦音		脑部肿瘤	初学选基本生理数，逐渐增加至 2~3 个生理数	面南方时用 7 声，面北方时用 9 声，不吐太高，病重可配合中哈音
		西音		补音，用于慢性病的虚证者	根据病情选 1~2 个生理数	不能用淤、羽音时
	五脏音	脾音		脾病或需调整脾功能者	5 或 5 的倍数	五脏音适用于慢性病调整相应脏腑功能，癌症抢救期若病情需要，应配合哈音使用；癌症患者不能吐有癌病灶的脏腑音
		肾音		肾虚或从肾治的慢性病者	6 或 6 的倍数	
		心音		心脏病患者	7 或 7 的倍数	
		肝音		肝炎、需调整肝功能者	8 或 8 的倍数	
		肺音		肺气虚、肺炎者	9 或 9 的倍数	
		胃音		胃癌病灶消失、病情稳定者或慢性胃病者	5(6) 或 5(6) 的倍数	

续表

序	功目		适用对象	功时（轮次）	练法提示
8	按摩功	头部按摩功	癌症患者、慢性病患者、保健者	1轮或3轮均可	头、面、颈部恶性肿瘤与女性经期孕期禁练。升降手势依指标辨证运用，最佳习练时间11:00~13:00
		涌泉按摩功	肾虚、肾亏、失眠及因肾气亏损所致各类疾病者	每脚36、54、72均可	足底有癌与女性孕期、经期禁练，高血压或肝阳上亢慎练。三按三呼吸用补法，睡前习练为好
		松揉小棍功	癌症、慢性病、保健者，尤其适合心脏病、高血压、胃病、血象低及初学功者	心血管病全套练45~60分钟；其他病可练40分钟	女性孕期、经期，手上有癌禁练。最佳习练时间下午睡起，心脏病患者可在19:00~21:00习练
		脚棍功	适合从肾治的慢性病与癌症中下焦病、腿脚水肿的患者	初练从120开始，根据需要逐渐增加到180、240，最多到300	高血压、脑瘤、脚底有癌，红细胞增多症，不宜操练此功。女性孕期、经期停练。必须先从第一阶段滚起，第二、三阶段要在老师指导下根据病情选用
9	升降开合松静功		适合所有人。既可作为独立功，又可作为吐音功和慢步行功的复式预备功	东西南北四个方向为1轮，可做2~4轮，开始方向为主病方向	癌症患者导引时须遵循远离病灶的原则，高低指标对应降法或升法

五大导引辨证施治运用参考表（表三）

1. 势子导引辨证表

施治功法	适用对象	辨证运用的功法
预备功、收功松静站立方向	肝、胆、眼疾患者	选择东方
	心脏、小肠、舌、脑疾患者	选择南方
	肺、大肠、皮肤、鼻咽疾患者	选择西方
	肾、膀胱、骨、乳腺、血液、淋巴、生殖与内分泌系统疾患者	选择北方
	脾、肉瘤疾病者	选择西南方
	胃、食道疾患者	选择东北方

续表

施治功法	适用对象	辨证运用的功法
预备功、收功松静站立方向	多脏腑疾患者	以重病或主病脏腑选择方向
	疾病难以确定方向的患者	选择面向北方，从肾
预备功、收功松静站立时的手势	癌症和高指标者	两手指尖下垂，手心向身体，放两胯旁，不与两胯接触
	低指标者	两手五指微收，自然向内弯曲。血象特别低者，手心向上放胯前
	慢性病正常指标者	两手指自然微曲放胯旁
气呼吸手的放法	癌症患者	上焦病者，两手放中丹田；中下焦病者，两手放肾俞穴或带脉处；全身有转移病灶者，按远离病灶原则，双手自然放两胯旁
	慢性病患者	两手放中丹田，男左手在下，女右手在下
开合势子	需要大泻的癌症实证者及炎症严重者	泻法开合，手心向下开、合
	虚实夹杂的癌症患者	调整法开合，手心向下开、手心相对合
	慢性病虚证者	补法开合，手心相对开、合
	一般慢性病患者与保健者	调整法开合，手心向外开、手心相对合
	低指标患者	升法开合，手心向上开、合；或手心向上开，手心相对合
	高指标患者	降法开合，指标不是很高者指尖向下、手背相对开；指标较高者，两手心向下开。降法的合，均为手心相对合
	各类习练者	开为泻，合为补。欲泻时，可开慢些，合略快些；欲补时，开略快些，合可慢些；不补不泻，开合快慢相等
出脚、落脚	肝、胆、眼病患者	按病理，不分男女，一律先出右脚，脚尖先点地
	保健者	按生理，男先出左脚，女先出右脚
	其他病者	按病理，不分男女，一律先出左脚，脚跟先着地

续表

<table>
<tr><th>施治功法</th><th colspan="2">适用对象</th><th>辨证运用的功法</th></tr>
<tr><td rowspan="6">行功
摆手的势子</td><td colspan="2">癌症实证者</td><td>泻法手势，手心向下左右摆出摆回</td></tr>
<tr><td colspan="2">进入巩固疗效期的癌症患者</td><td>调整法手势，手心向下摆出，手心向内摆回（没有转移扩散，练了2~3年后方可用此调整法手势）</td></tr>
<tr><td colspan="2">年老体弱的慢性病患者</td><td>补法手势，手心向丹田左右摆出摆回</td></tr>
<tr><td colspan="2">一般慢性患者和保健者</td><td>调整法手势，手心向外摆出，手心向内摆回</td></tr>
<tr><td colspan="2">低指标者</td><td>升法手势，手心向上来回摆动</td></tr>
<tr><td colspan="2">高指标者</td><td>降法手势，指尖向下来回摆动</td></tr>
<tr><td rowspan="2">行功行走</td><td colspan="2">癌症患者</td><td>行功行走速度应偏快</td></tr>
<tr><td colspan="2">慢性病尤其是心血管病、体弱者</td><td>行功行走速度应偏慢</td></tr>
<tr><td rowspan="4">势子升降</td><td colspan="2">高指标者</td><td>①操练升降开合松静功和手棍功时身体下降速度要慢，下蹲要到位；上升时要稍微快些。②操练升降开合松静功和头部按摩功时，用降法手势，升要快，降要慢。③操练手棍功第四节和侧身划环时，棍和空手均不过印堂穴</td></tr>
<tr><td colspan="2">低指标者</td><td>①操练升降开合松静功和手棍功时身体下蹲浅一点或只松松腰胯。②操练升降开合松静功和头部按摩功时用升法手势，升要慢，降要快。③手棍功第二节下蹲时半蹲或松松腰胯即可</td></tr>
<tr><td rowspan="2">特殊病情者</td><td>脑瘤、淋巴瘤患者</td><td>第四节和收功侧身划环时，棍和空手到膻中穴即可</td></tr>
<tr><td>下焦有病灶、腹水者</td><td>第二节下蹲揉棍时，可蹲得浅一些</td></tr>
</table>

五大导引辨证施治运用参考表（表三）

2. 呼吸导引辨证表

施治功法	适用对象	辨证运用的功法
气呼吸	癌症患者	癌症以泻法为主，采用先吸后呼法。癌症出现明显虚证时，可用调整法，根据虚弱程度选择两个先呼后吸、一个先吸后呼或一个先呼后吸、两个先吸后呼
	慢性病患者	慢性病以补法为主，采用先呼后吸法。慢性病遇有严重炎症时，宜用泻法气呼吸
风呼吸	癌症患者	抢救治疗期以强度、中度风呼吸法为主；巩固、康复期以中度风呼吸法为主
	癌症伴轻微心脏病或年老体弱者	以中度、轻度风呼吸法为主
	慢性炎症患者	以弱度、中度风呼吸法为主
自然呼吸	慢性病患者	宜用舒缓的自然呼吸法，尤其适用于心脏病、高血压患者的行功
	特殊病情与特殊时期的癌症患者	癌症伴严重心脏病、女性癌症患者经期、孕期的行功用自然呼吸法

五大导引辨证施治运用参考表（表三）

3. 意念导引辨证表

施治功法	适应对象	辨证运用的功法
定题法	治病阶段的癌症患者	以呼吸导引为主，意念导引配合。一般运用一念代万念定题法
	初练功的慢性病患者	先用定题法过渡，待定题功法熟练掌握后，再用选题法
选题法	熟练掌握定题法或定题法已难以排除杂念者（一般用于慢步行功时）	疾病所在脏腑不同，意念导引题的颜色不同。心脏病选粉红色，肝病选绿色，脾病选黄色，肺病选白色，肾病选黑色（或紫色）
		依指标高低不同，决定所选题的位置不同。正常指标者选与膻中穴平行的景物；高指标者选的题要低于气海穴；低指标者选的题要高于印堂穴

续表

施治功法	适应对象	辨证运用的功法
悟外与悟内	治病阶段的癌症患者与初练功的慢性病患者	治病阶段的癌症患者采用悟外导引法，不得意守体内；慢性病患者初练功时也用悟外导引法，可用定题或选题＋守题施以体外导引
	进入中级功阶段的慢性病患者与康复的癌症患者	慢性病患者与康复的癌症患者进入中级功阶段时，可逐步过渡到意守丹田的悟内导引法
视线法	正常指标者	平视前方
	高指标者	视线低于膻中
	低指标者	视线高于印堂穴，不超过百会

五大导引辨证施治运用参考表（表三）

4. 吐音导引辨证表

施治功法	适用对象	辨证运用的功法
五音五数	操练吐音功者	疾病所在脏腑不同，所用吐音生理数不同。基本生理数脾为5，肾为6，心为7，肝为8，肺为9，胃为5（或6）。所患疾病的轻重不同，所用吐音数目字不同。病重用2~3个生理数，病轻用1~2个生理数
哈音	癌症患者	①癌症实证者宜用高音、长音、强音 ②癌症伴有虚证者宜短音、弱音、高低音搭配 ③癌症处于不同病期者灵活运用高低、长短音搭配或用中音 ④癌症患者吐单哈音熟练后，治疗期可选用高哈联音，巩固期可选用高、低哈联音或高哈滑音
特殊音	特殊病情者	沙音多用于放化疗体弱时；豁音多用于下焦病体弱时；哦音用于脑瘤；西音用于需要补但不能用肾音时
五脏音	慢性病或癌症兼有慢性病者	心脏病用徵音；肺病用商音；肝病用角音；脾病用宫音；肾病用羽音；胃病吐东音。五脏音需一高一低搭配使用，慢性病根据所患脏腑疾病吐相应的五脏音，初学吐1个生理数，熟练后根据病情选吐2~3个生理数，癌症兼有慢性病者，在病情稳定后配合哈音吐相应脏腑音，需分两次吐

五大导引辨证施治运用参考表（表三）

5. 按摩导引辨证表

<table>
<tr><th>施治功法</th><th>适用对象</th><th>辨证运用的功法</th></tr>
<tr><td rowspan="2">补泻手法</td><td>癌症患者</td><td>①治疗期。涌泉按摩功宜用泻法，按逆经—顺经—逆经方向进行，巩固期可用逆—顺—逆方向的调整法
②手棍功宜采用向内揉转棍的泻法，有虚证时可用两次向里两次向外的调整法
③头部按摩功需要泻时可按反正反方向进行，一般情况可用正反方向的调整法
④脚棍功两次滚棍中间的肾俞按摩不分病种均用补法（肾癌、膀胱癌、全身转移者不做此按摩）</td></tr>
<tr><td>慢性病患者</td><td>①涌泉按摩功宜用补法，按顺经—逆经—顺经方向进行
②操练手棍功，低指标身体虚弱时，可用小棍向外转的补法，有实证时可用向里转的泻法，一般情况下用两次向里两次向外转的调整法
③头部按摩功需要补时可按“正反正方向进行，一般情况用正反方向”的调整法</td></tr>
<tr><td rowspan="3">按摩数字</td><td>阴虚者</td><td>用 6 或 6 的倍数</td></tr>
<tr><td>阳虚者</td><td>用 9 或 9 的倍数</td></tr>
<tr><td>调整阴阳者</td><td>用 18 或 18 的倍数。</td></tr>
<tr><td>三按三呼吸</td><td>涌泉按摩功、脚棍功、头部按摩功操练者</td><td>①涌泉按摩功三按三呼吸，癌症抢救期（实证）用泻法（吸松呼按），虚证与巩固期之后可用补法（呼按吸松）；慢性病涌泉按摩功三按三呼吸用补法（呼按吸松）
②脚棍功肾俞按摩毕三按三呼吸不论何病种均用补法（呼按吸松）
③头部按摩功三按三呼吸，病为实证者开始用泻法，病情好转改为调整法；病为虚证者开始用补法，病情好转改为调整法；虚实不明或阴阳两虚者用调整法</td></tr>
</table>

慢性病患者选功参考表（表四）

（参考功时：2~3 小时，可根据病情酌情增加或减少）

<table>
<tr><th>常见病名</th><th>练功时段</th><th>选练功目</th><th>备注</th></tr>
<tr><td rowspan="2">高血压</td><td>早晨</td><td>一般以松静站立（预备功收功），升降开合松静功，慢步行功，肾俞定步功为主。也可操练自然呼吸法自然行功，三步行功</td><td rowspan="2">预备功收功时，相应增加松静站立时间。肾俞定步功可用慢式，采用自然呼吸法</td></tr>
<tr><td>下午或晚上</td><td>松揉小棍功，头部按摩功，降压功</td></tr>
</table>

续表

常见病名	练功时段	选练功目	备注
心脏病	早晨	一般以练升降开合松静功，慢步行功为主。也可操练自然呼吸法自然行功及三步行功，吐心音（后期）	可做心经按摩，吐音功一般在练功3个月后再增加，肾俞按摩功和心脏按摩功也宜在学功一段时间后进行，根据需要加练脚棍功
	下午或晚上	头部按摩功，肾俞定步功，松揉小棍功等	
慢性炎症、低烧或感冒伴有的低烧	早晨	中度风呼吸法自然行功，中快功，一、二、三步行功，快式定步功，升降开合松静功。病情稳定后依原功目操练	操练风呼吸法行功的前提是心脏正常，感冒初起加练手棍功
	下午或晚上	待炎症祛除后逐步加练手棍功等	
神经衰弱、头痛及失眠	早晨	以中度风呼吸法自然行功，定步功或慢步行功为主	严重失眠者可一日练两次头部按摩功
	下午或晚上	头部按摩功，涌泉按摩功（手法要轻），手棍功等	
脑梗及脑血管硬化	早晨	宜练松静站立（预备功收功），升降开合松静功，中度风呼吸法自然行功，在室外练一次头部按摩功。根据病情程度还可选择操练中度风呼吸法中快功、一、二、三步行功和慢步行功	预备功收功时，相应增加松静站立时间，肾俞定步功可用慢式，自然呼吸法。可一日练 1~2 次运指健脑功
	下午或晚上	继续操练一次头部按摩功，同时可练肾俞定步功，手棍功，病情稳定有肾虚可涌泉按摩	
慢性肠胃病、萎缩性胃炎等	早晨	以中度风呼吸法自然行功，中度风呼吸法一、二、三步行功，慢步行功为主，可多做叩齿咽津。吐胃音东、懂音	练功 3 个月后方可增加吐胃音东、懂音
	下午或晚上	手棍功，脚棍功或涌泉按摩功	
肝硬化	早晨	参考癌症功目功法操练，以风呼吸法行功，如自然行功，中快功、一、二、三步行功为主，吐哈音。也可加练一步三点功	吐音功和脚棍功要在练功3~6 个月后根据松静程度决定是否增加
	下午或晚上	肾俞定步功，手棍功，涌泉按摩功，脚棍功	

续表

常见病名	练功时段	选练功目	备注
慢性甲肝	早晨	自然呼吸法自然行功，慢步行功，一、二、三步行功，升降开合松静功为主	练功3个月后可增加吐肝音郭、果音，脚棍功
	下午或晚上	可练肝脏按摩功，脚棍功，手棍功	
慢性乙肝	早晨	风呼吸法定步功，中度风呼吸法自然行功，风呼吸法中快功，风呼吸法一、二、三步行功为主，可练降指标升降开合松静功。澳抗阳性的吐高滑“哈”音或一高一低“哈”音，指标不高或转阴性可结合吐肝音郭、果音	吐音功和脚棍功要在练功3~6个月后根据松静程度决定是否增加。可加练一步三点功
	下午或晚上	手棍功，涌泉按摩功，脚棍功	
青光眼、白内障	早晨	以风呼吸法自然行功，风呼吸法一、二、三步行功，慢步行功为主	一日可练2~3次头部或眼睛按摩功。眼压高的患者，可加练站式或坐式松静功（预备功的“松静站立”或“松静端坐”式）
	下午或晚上	以操练头部按摩功或青光眼按摩功为主。可加练肾俞定步功、手棍功、涌泉按摩等功	
慢性阻塞性肺气肿、哮喘、慢性支气管炎、肺炎	早晨	以中度风呼吸法自然行功，一、二、三步行功，快式定步功，中快功，升降开合松静功为主，逐渐增加慢步行功	练功3个月后可加吐肺音商、赏音及肾俞按摩或脚棍功。肺有空洞者不可吐音
	下午或晚上	头部按摩功，手棍功，逐渐增加脚棍功	
女性月经不调、腹痛等妇科慢性病	早晨	以中度风呼吸法自然行功，一、二、三步行功，慢步行功，肾俞式慢式定步功等为主	需要注意女性月经期间，应将风呼吸改为自然呼吸，停练按摩功。练功3个月后可视需要加练脚棍功
	下午或晚上	头部按摩、涌泉按摩等	
慢性肾炎、肾病综合症、慢性肾衰	早晨	自然呼吸法自然行功，升降开合吐肾音12对，自然呼吸法一、二、三步行功，肾俞式慢式定步功，慢步行功为主	根据体力循序渐进，不可过度疲劳。吐肾音要在练功3个月后根据松静程度决定，可做肾经按摩
	下午或晚上	头部按摩功，手棍功，脚棍功	

续表

常见病名	练功时段	选练功目	备注
糖尿病	早晨	以自然呼吸法自然行功，慢步行功，吐肾音淤、羽音，风呼吸法一、二、三步行功，肾俞式定步功，降指标升降开合松静功为主	练功3个月后方可加肾俞按摩功或吐肾音淤、羽音或脚棍功
	下午或晚上	手棍功，头部按摩功，脚棍功，肾俞按摩功等	
系统性红斑狼疮、硬皮病	早晨	操练功目同癌症患者，以风呼吸法行功（自然行功，快功，点步功，肾俞式定步功）为主，根据病情选择吐哈音或肾音，选练慢步行功	练功3个月后方可用吐音功及脚棍功。血小板低时应配合肾音，慎用哈音，疾病进展期用单哈或高低哈音组合，配合肾音，病情稳定后用肾音
	下午或晚上	头部按摩功，涌泉按摩功，脚棍功和手棍功	
类风湿性关节炎	早晨	以风呼吸法自然行功，风呼吸法一、二、三步行功，慢步行功为主	—
	下午或晚上	手棍功，涌泉按摩功等	

癌症患者选功参考表（表五）

病期/疗程	练功时段	选练功目	功时	备注
抢救治疗期/第一疗程（祛邪为主）	早晨	风呼吸法定步功	左右脚各九个为1轮，可练1~3轮	快式定步功用于白细胞低时最多不过6轮
		中度风呼吸法自然行功	练40~45分钟，休息15分钟	初学者、体弱者依据身体情况把握每次习练时间
		吐音功	依所患病程度选择1~3个基础生理数	一般练功3~6个月后方可根据松静程度增加此功，初学用1个生理数，逐渐增加到2~3个
		中度风呼吸法中快行功	练20分钟，休息20分钟	根据病情与体力可选择其一，也可两功均练；早期癌症病人可不练特快功；有轻微心脏病者可辨证试练代特快功
		强度风呼吸法特快行功	练20分钟，休息20分钟	

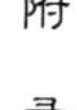

续表

病期 / 疗程	练功时段	选练功目	功时	备注
抢救治疗期 / 第一疗程（去邪为主）	早晨	一、二、三步行功	各 20 分钟	体力弱时可分开练，连在一起练最好；早期癌症病人必练
		升降开合松静功	东西南北 4 个方向为 1 轮，可练 2 轮	此功可作为吐音功的预备功，也可作为独立功操练
	中午	头部按摩功	1~3 轮	在练功 1~3 个月后开始增练
	下午或晚上	定步功（可改用自然呼吸）	3 轮	根据病情需要可选择肾俞式或慢式定步功
		升降开合松静功	东西南北 4 个方向为 1 轮，可练 2~4 轮	下午或晚上均可
		手棍功	约 30~40 分钟	此阶段后期加练此功，下午或晚上均可
		涌泉按摩功	左右脚各按摩 36、54 或 72	练功 1 个月后根据需要增加，晚睡前练最佳，有禁忌者不练
巩固疗效期 / 第二疗程（扶正为主，兼行祛邪）	早晨	继续操练上述风呼吸法行功和吐音功，以控制癌细胞转移	功时不少于 2.5 小时	早期患者可根据病情稳定情况适当减少大泻功法。根据病情需要选吐五脏音。如胃癌病人，此阶段可增吐胃音
	中午下午或晚上	根据病情需要继续操练升降开合松静功、手棍功、头部按摩功与涌泉按摩功	功时不少于 1 小时	根据需要选择操练
		脚棍功	初学从第一阶段开始，先从 120 个数滚起	一般于练功 6 个月后根据病情需要加练此功
康复保健期 / 第三疗程（扶正为主）	早晨	保留部分风呼吸法行功	不少于 1 小时	逐步减少祛邪的功法，增加养生功

续表

病期/疗程	练功时段	选练功目	功时	备注
康复保健期/第三疗程（扶正为主）	早晨	根据脏腑调理需要增加五脏音	选择吐1~2个生理数	逐步减少祛邪的功法，增加养生功
		有慢性病可增加慢步行功	正功30~40分钟	
	中午	头部按摩功	1轮	
	下午或晚上	松揉小棍	30~40分钟	
		根据需要选择相应经络按摩功	每穴位正反36转，三按三呼吸	
		可增加坐功与脚棍功	坐功一般30分钟为宜	
	睡前	涌泉穴位按摩	正反72转	

慢性病患者辨证练功方案参考表（表六）

<table>
<tr><td>基本信息</td><td>姓名</td><td></td><td>出生</td><td></td><td>性别</td><td></td><td>居住地</td><td></td><td>身高</td><td></td><td>体重</td><td></td></tr>
<tr><td rowspan="3">初诊信息</td><td>主病初确诊病名</td><td></td><td>确诊时间</td><td></td><td>疾病程度</td><td colspan="7">重(　)中(　)轻（　）</td></tr>
<tr><td>是否手术</td><td></td><td>初始治疗方法</td><td></td><td>治疗所用药物</td><td colspan="7"></td></tr>
<tr><td>初始治疗效果</td><td>有效（　）病减（　）进展（　）</td><td>次病名称</td><td></td><td>程度</td><td colspan="7"></td></tr>
<tr><td rowspan="3">目前病情</td><td>主病情况</td><td>目前处于稳定期( )进展期( )</td><td>目前治疗方法</td><td colspan="9"></td></tr>
<tr><td>次病情况</td><td>目前处于稳定期( )进展期( )</td><td>目前治疗方法</td><td colspan="9"></td></tr>
<tr><td>其他慢性病名</td><td colspan="11"></td></tr>
<tr><td rowspan="5">身体现况</td><td>睡眠</td><td colspan="11">好(　)入睡难(　)易醒(　)几时醒(　)起夜次数(　)是否梦多(　)</td></tr>
<tr><td>饮食</td><td>好（　）不思饮食（　）食难消化（　）渴（　）</td><td>大小便</td><td colspan="9">日大便次数（　）是否尿频（　）</td></tr>
<tr><td>血象</td><td colspan="11">白细胞数值（　）红细胞数值（　）血糖（　）其它异常血象：</td></tr>
<tr><td>心脏</td><td>心率次/分（　）心功能情况</td><td>血压</td><td colspan="9"></td></tr>
<tr><td>其它</td><td colspan="11">咳嗽（　）易疲乏气短（　）低烧（　）怕冷（　）汗出（　）舌干口燥（　）手足心发热（　）</td></tr>
</table>

续表

<table>
<tr><td>辨证印象</td><td colspan="7">实证（　）虚证（　）虚实夹杂（　）进展期（　）属于（　）系统疾病免疫力高低（　）</td></tr>
<tr><td rowspan="5">学功情况</td><td colspan="2">初学功时间</td><td>年　月</td><td>总功时</td><td></td><td>练功效果</td><td></td></tr>
<tr><td colspan="2" rowspan="4">所练功目情况</td><td>行功</td><td colspan="4"></td></tr>
<tr><td>呼吸方法</td><td colspan="4">风呼吸（　）自然呼吸（　）气呼吸补泻法（　）
三开合补泻法（ ）</td></tr>
<tr><td>所练吐音</td><td colspan="4">吐（　　）音，吐（　　）声（对、组）</td></tr>
<tr><td>所练辅助功</td><td colspan="4"></td></tr>
<tr><td colspan="8">新拟定辨证练功方案</td></tr>
<tr><td rowspan="2">预备功
收功</td><td>方向</td><td>气呼吸手放部位</td><td>气呼吸补泻选择</td><td colspan="3">三开合手势选择</td><td>练功出脚先后</td></tr>
<tr><td></td><td></td><td>补（　）泻（　）调整（　）</td><td colspan="3">调整（　）泻法（　）补（ ）</td><td>先左（　）
先右（　）</td></tr>
<tr><td>时段</td><td>功序</td><td>功　目</td><td>功时 / 轮、次（声、对、组）</td><td>补泻</td><td colspan="2">收功休息　/ 分</td><td>备注</td></tr>
<tr><td rowspan="6">早晨或上午</td><td></td><td></td><td></td><td></td><td colspan="2"></td><td></td></tr>
<tr><td></td><td></td><td></td><td></td><td colspan="2"></td><td></td></tr>
<tr><td></td><td></td><td></td><td></td><td colspan="2"></td><td></td></tr>
<tr><td></td><td></td><td></td><td></td><td colspan="2"></td><td></td></tr>
<tr><td></td><td></td><td></td><td></td><td colspan="2"></td><td></td></tr>
<tr><td></td><td></td><td></td><td></td><td colspan="2"></td><td></td></tr>
<tr><td>中午</td><td></td><td></td><td></td><td></td><td colspan="2"></td><td></td></tr>
<tr><td rowspan="4">下午</td><td></td><td></td><td></td><td></td><td colspan="2"></td><td></td></tr>
<tr><td></td><td></td><td></td><td></td><td colspan="2"></td><td></td></tr>
<tr><td></td><td></td><td></td><td></td><td colspan="2"></td><td></td></tr>
<tr><td></td><td></td><td></td><td></td><td colspan="2"></td><td></td></tr>
<tr><td>晚上</td><td></td><td></td><td></td><td></td><td colspan="2"></td><td></td></tr>
<tr><td colspan="4">本方案习练时间至：　年　月　日</td><td colspan="4">下次查功时间：
年　月　日</td></tr>
<tr><td colspan="8">老师审核意见与签名：　学员签名：　年　月　日</td></tr>
</table>

癌症患者辨证练功方案参考表（表七）

<table>
<tr><td>基础信息</td><td>姓名</td><td></td><td>出生</td><td></td><td>性别</td><td></td><td>居住地</td><td></td><td>身高</td><td></td><td>体重</td><td></td></tr>
<tr><td rowspan="2">初诊信息</td><td>初确诊病名</td><td colspan="2"></td><td>确诊时间</td><td colspan="2"></td><td>分期</td><td></td><td>转移部位</td><td colspan="3"></td></tr>
<tr><td>是否手术</td><td></td><td>化疗次数</td><td></td><td>放疗次数</td><td></td><td>是否靶药及免疫</td><td></td><td>治疗后有无病灶</td><td colspan="3"></td></tr>
<tr><td rowspan="2">目前病情</td><td>有无复发转移</td><td colspan="2"></td><td>转移部位</td><td></td><td>复发转移时间</td><td></td><td>肿瘤标志物</td><td colspan="3"></td></tr>
<tr><td>目前医治方法或用药</td><td colspan="6"></td><td>医治效果</td><td colspan="4">好（　）差（　）</td></tr>
<tr><td rowspan="5">身体现状</td><td>睡眠</td><td colspan="11">好(　)入睡难(　)易醒(　)几时醒(　)起夜次数(　)是否多梦(　)</td></tr>
<tr><td>饮食</td><td colspan="4">好（　）不思饮食（　）难消化(　)</td><td>大小便</td><td colspan="6">日大便次数（　）是否尿频（　）</td></tr>
<tr><td>血象</td><td colspan="11">白细胞数（　）红细胞数（　）血糖（　）其他异常血象（　）</td></tr>
<tr><td>心脏</td><td colspan="7">心率次/分（　）有无冠心病（　）有无瓣膜病（　）</td><td>血压</td><td colspan="3"></td></tr>
<tr><td>其他不适症状</td><td colspan="11">咳嗽（　）胸腹水（　）低烧（　）疼痛（　）水肿（　）其他：</td></tr>
<tr><td rowspan="5">五大辨证参考</td><td>辨病</td><td colspan="11">①辨哪一脏腑病变②辨病变部位上中下焦③辨疾病轻重，属几期，原位还是伴有转移
②辨主病与次病⑤辨疾病转化情况，是否原位复发、是否出现转移，转移部位多少等</td></tr>
<tr><td>辨证</td><td colspan="11">①辨虚实②辨阴阳③辨寒热④辨表里，主要辨虚实与阴阳</td></tr>
<tr><td>辨症</td><td colspan="11">①辨临床症状与体征，有无咳嗽、失眠、胸腹水、疼痛等②辨生理生化指标高低，有无高、低血压，红、白细胞、血小板、血色素低等症状</td></tr>
<tr><td>辨人</td><td colspan="11">①辨性别②辨年龄段③辨体质—强弱④辨居住地与饮食习惯⑤辨情绪好坏</td></tr>
<tr><td>辨时</td><td colspan="11">①辨病程属于抢救治疗期、巩固疗效期还是康复保健期②辨特殊期如是否放化疗期，女子生理期③辨练功者居住地所处季节④辨施功时宜早、中、午、晚等</td></tr>
<tr><td>辨证印象</td><td colspan="12">抢救期（　）巩固期（　）康复保健期（　）实证（　）虚证（　）虚实夹杂（　）放化疗期（　）</td></tr>
<tr><td rowspan="3">学功情况</td><td>初学时间</td><td colspan="2">年　月</td><td>总功时</td><td></td><td>练后是否有效</td><td></td><td colspan="5">功法问题：</td></tr>
<tr><td rowspan="2">所练功目情况</td><td colspan="11">定步功(　　式)自然行功(　　个)特快(　　个)中快(　　个)吐(　)音、吐（　）声（对、组）</td></tr>
<tr><td colspan="11">点步功（　）升降开合（　　法）头部按摩（　　轮）涌泉按摩（　　法）手棍（　　法）</td></tr>
</table>

续表

<table>
<tr><th colspan="7">新拟定辨证练功方案</th></tr>
<tr><td rowspan="2">预备功收功</td><td>方向</td><td>气呼吸手放部位</td><td>气呼吸补泻选择</td><td>三开合手势选择</td><td colspan="2">练功出脚先后</td></tr>
<tr><td></td><td></td><td>补（ ）泻（ ）
调整（ ）</td><td>调整（ ）泻法（ ）
补（ ）</td><td colspan="2">先左（ ）先右（ ）</td></tr>
<tr><td>时段</td><td>功序</td><td>功目</td><td>功时／轮、次（声、对、组）</td><td>补泻法</td><td>收功休息 ／分</td><td>备注</td></tr>
<tr><td rowspan="6">早晨或上午</td><td></td><td></td><td></td><td></td><td></td><td></td></tr>
<tr><td></td><td></td><td></td><td></td><td></td><td></td></tr>
<tr><td></td><td></td><td></td><td></td><td></td><td></td></tr>
<tr><td></td><td></td><td></td><td></td><td></td><td></td></tr>
<tr><td></td><td></td><td></td><td></td><td></td><td></td></tr>
<tr><td></td><td></td><td></td><td></td><td></td><td></td></tr>
<tr><td>中午</td><td></td><td></td><td></td><td></td><td></td><td></td></tr>
<tr><td rowspan="4">下午</td><td></td><td></td><td></td><td></td><td></td><td></td></tr>
<tr><td></td><td></td><td></td><td></td><td></td><td></td></tr>
<tr><td></td><td></td><td></td><td></td><td></td><td></td></tr>
<tr><td></td><td></td><td></td><td></td><td></td><td></td></tr>
<tr><td rowspan="3">晚上</td><td></td><td></td><td></td><td></td><td></td><td></td></tr>
<tr><td></td><td></td><td></td><td></td><td></td><td></td></tr>
<tr><td></td><td></td><td></td><td></td><td></td><td></td></tr>
<tr><td colspan="3">本方案习练时间至：
年 月 日</td><td colspan="2">下次查功时间：
年 月 日</td><td>其他</td><td></td></tr>
<tr><td colspan="4">老师审核意见与签名：</td><td colspan="2">学员签名：</td><td>年 月 日</td></tr>
</table>

参考文献

[1] 郭林 . 新气功疗法　初级功修订本 [M]. 合肥：安徽科技出版社，1982.

[2] 郭林 . 新气功疗法　中级功 [M]. 合肥：安徽科技出版社，1983.

[3] 郭林 . 新气功防治癌症法 [M]. 北京：人民体育出版社，1980.

[4] 郭林 . 新气功治癌功法 [M]. 上海：上海科技出版社，1981.

[5] 郭林 . 新气功疗法图解　初级功 [M]. 广州：科学普及出版社，1983.

[6] 郭林 . 新气功疗法图解　中级功 [M]. 广州：科学普及出版社，1984.

[7] 郭林 . 新气功疗法图解　高级功、特种功 [M]. 广州：科学普及出版社，1988.

[8] 郭林 . 郭林新气功为什么能治病抗癌 [M]. 北京：人民体育出版社，2010.

[9] 郭林 . 郭林日记 [M]. 北京：人民体育出版社，2010.

[10] 郭林新气功研究会 . 郭林新气功首届全国辅导员培训班试用教材 [Z]. 北京郭林新气功研究会，1989.

[11] 陶秉福 . 新版郭林新气功 [M]. 北京：同心出版社，1997.

[12] 于大元 . 抗癌健身法 [M]. 北京：地震出版社，2004.

[13] 郭林新气功研究会 . 郭林新气功　治疗功法　挖掘功法　中高级功法 [M]. 北京：人民体育出版社，1999.

[14] 刘天君 . 中医气功学 [M]. 北京：中国中医药出版社，2012.

后记（1）

孙毅。2011 年 4 月确诊右肾盂乳头状尿路上皮癌；2012 年 12 月确诊右上肺微浸润腺癌。2011 年 5 月学练郭林新气功，2015 年在福建省癌症康复协会开始新气功教学工作，并有幸成为“郭林原创学习教师团队”一员。现任福建省癌症康复协会常务理事，郭林新气功教师。

学习与成长

本书编者来自加拿大和晋、粤、闽，此前互不相识，年龄和阅历也不同，但都经历了同样的人生磨难和生命洗礼，最终成为习练郭林新气功康复的癌症患者，并在传承郭林新气功的路上携手共进，走到了一起。我们入门、师承及教学郭林新气功的时间长短不同，但都遵循着一个共同的准则——在尊重郭林原著、正本清源的基础上发扬光大郭林新气功，都将郭林老师“致力新气功、造福为人民”的志向作为自己的责任与担当。

2015 年，作为“郭林原创学习教师团队”的成员之一，我了解到孙云彩老师对郭林新气功传承的理念是“尊重原创、正本清源、朴实传承、造福健康”，从此跟随云彩老师的脚步。我参加了她在全国多地开展的原创教学活动，特别是 2019 年 3 月至 2020 年 6 月，云彩老师发起的“首届郭林原创学习”系列活动，参加线上学习的海内外学子和教师多达 3000 名，对郭林原创新气功疗法学习的热情和对郭林新气功正本清源传承的渴望，让云彩老师想要编辑一本学习郭林原创教材的想法开始付诸行动。

当云彩老师邀请我参与此书编辑时，我欣然应允。因为我也是在正规的中西医治疗过程中，结合十多年坚持不懈地习练郭林新气功而获得康复的双癌患者。我希望郭林新气功能助力更多的癌症患者康复，我愿意为郭林新气功的传承做些力所能及的事情。

两年多的编纂过程，让我体会到什么叫“烧脑”。虽然编辑之初，我们就确定了编辑《郭林新气功 600 问》应遵循的宗旨和原则，反复学习不同年代出

版的 9 本郭林新气功原著和数本优秀传承教材，但在深入探讨、欣赏精髓、释疑解惑的过程中，还是有无数次头脑风暴的对撞，有无数个彻夜不眠的查证寻源，当然还有消除分歧达到共识的相对一笑。

在编辑的过程中，云彩老师博大的胸怀、善于心理疏导的技巧，也让我们获得修心、修性、修行的成长，我们的友情在相互了解中日渐加深。此外，新冠疫情限制了我们见面的机会，远在加拿大的云彩老师无法回国，常常在西半球的深夜给予我们编辑指导。她对本书全局方向的准确把控，对书中每一问、每一答执着、认真、严谨的态度，令我们对尊重原创、守护原创的传承人——孙云彩老师更加敬重。没有云彩老师的引领，我们新生代传承人不可能有今天的收获和成长。

在郭林新气功走上社会 50 周年的纪念活动中，我们交出了认真努力完成的作业——《郭林新气功 600 问》，作业的质量如何，还有待郭林新气功习练者的评价指正。

孙　毅

定稿于水印版校稿时

2023 年 1 月 12 日

后记（2）

李芳，2011 年 4 月确诊三阴乳腺癌，2011 年 7 月开始学练郭林新气功，至今康复 11 年，仍坚持练功不辍。

踏入一扇门

2019 年初春，云彩老师打开一扇门——郭林新气功的原创学习之门。一时间，数千癌友蜂拥而入，我也紧随其中。之后一年有余，我跟随着老师的脚步，从原创学习群的每周两讲学习，到杭州、井冈山实地吐音班、辨证班的培训教学，再到两班之后的网络群复习，围绕着郭林老师在世时出版的新气功教材和讲座录音译本，细读细品，收获颇丰。

2020 年初夏，老师二度开门，编辑《郭林新气功 600 问》。初生牛犊不怕虎，我再次请入，期如首次学郭林原创般，跟着老师继续读书，博闻强识，把郭林新气功的原创再重新学习一次。孰料，二度踏入，远非想像中那般。一是时间跨度之长，原以为一个《郭林新气功 600 问》，若干个月就能搞定，可没想到，硬生生耗掉了四位编辑两年多的时光，牺牲了太多的练功时间和休息时间，言呕心沥血不为过；二是否定之否定太多，搁笔付梓再看，最初的文字早已不见踪迹，自己否定、相互否定，常常被否定得没了信心，没了方向。

好在有孙老师的引领，最终我还是坚持了下来，还是辨清了方向，还是相信了自己，还是给了自己坚持历练的机会。在这扇门里，有郭林老师的原创可以让我无数次翻阅，有几位包容大度且虔诚于郭林新气功的编辑老师对我尽心的呵护和帮助，有大家相互坦诚交流郭林新气功的良好学习研讨氛围。我想说的是：踏入一扇门，得浴火重生；其历练，胜似过往十年；其心，恰如春夏秋冬。

言春，是因为问与答的过程，老师和风细语，循循善诱，带领我由简入繁，令我如沐春风般地体会郭林老师初级功法的系统性和功理功法的细节；言夏，是因为问与答的过程，三位编辑与主编，时而欢笑，时而激烈争论，让我体会了夏日冲浪般的学习乐趣和狂风暴雨般的骤变，那种似战天斗地、不获真理不罢休的争论，与过后又风平浪静、安静地继续向前进的学习、工作状态，令人回味无穷。特别是云彩老师总能鼓励我们勇于探索和坚持前行，让我和几位编辑敢于扬帆，终得将 20 多万字的《郭林新气功 600 问》呈现给读者；言秋，是因为问与答的过程，当你劳神费力精心编辑好一答却被否定，信心坍塌的瞬间就似落寞之秋飘落的树叶般无力，这哪里是来学习，被否定的那一刻，有的真是想拼命逃离这扇门的心愿，直叫寂寞无语潜入夜；言冬，是因为问与答的过程，有时不免体会到术业之外的人性拷问，倏忽间仿佛能够隔空看到郭林新气功走上社会五十年的一点悲怆——坚守真理，坚守对原创的尊重，有的时候真的很不容易。

好在，浴火重生，终得生。踏入一扇门，感恩相遇、相知、相伴。

李　芳

2022 年 8 月 3 日写于初稿封笔之时

后记（3）

黄妙璇，2011 年 8 月被确诊为肝胆管细胞癌；2012 年 9 月和 2014 年 7 月两次复发。2011 年 10 月开始学练郭林新气功，11 年来，从不间断地坚持习练郭林新气功，效果显著。

把时间“浪费”在美好的事物上

海边的清晨让人心旷神怡，将心灵带到一种虚空的状态。又一次坐在海边的石梯上，凝望着一望无际的海水，吹着带有腥味的海风，享受着微风轻轻拍打着脸颊的美好。回想前年的今天，同样在此，当时的心境充满着激动和憧憬，对未来要完成的《郭林新气功 600 问》，心里已经有了满满的描绘！当下做了一个决定，为此重任“远离喧嚣”两个月，寻个深山老林隐居，全力以赴，不辜负孙云彩老师的信任。

美好的想法得以实现——觅得广西乐业的一家民宿，地处高山，人烟稀少，连水、电、网络等基本生活需求都难以正常维持，真真正正感受到“与世隔绝”的生活。带着满腔热血和明确目标，集中精力应对《郭林新气功 600 问》，心想这一任务定能高效完成。然而，进行的过程，不像自己想象的那么容易。

首先，这是个团队的合作——由孙云彩老师带领，孙毅老师、李芳老师与我组成“四人团”，在合作形式、行文风格、文章格式等方面需要大家达成共识。

其次，有关《郭林新气功 600 问》相关资料的引用，是以某一本书为主，还是结合所有的郭林原创著作进行融合？抑或按照自己的理解？

最后，时间上如何安排等。

所有这些问题亟待解决，可是整个项目却没有一个明确方案，而是走一步算一步，发现问题才想办法解决问题。这样的合作方式，我在初期是无法接受的，加上由于网络和照明常出现问题，所以沟通过程阻碍重重。虽然大家都非常努力，也特别认真，但进展可想而知。

两个月后预期目标没有达到，我带着小小的沮丧心情结束了“隔世之旅”。不过，经历了两个月时间的磨合、思路碰撞和“纠缠”，我们每个人的内心都得到了成长。比如，对一个功理有不同理解、对一个功法有不同主张时，热烈的辩论成为常态，大家不会因为持不同的看法而不高兴，而是越辩越明，越辩越兴奋。从开始各种节奏的不合拍，到大家认同各种讨论、纷纷提意见等，这一过程的转变要归功于我们的领头羊——孙云彩老师。她以包容开放的心态、海纳百川的胸怀面对整个过程，将所有的内容去芜存菁，将所有的建议过滤、分析、讨论，最终促使大家达成共识，让团队成员心服口服。

孙云彩老师曾经说过：“守护好‘郭林原创’是每一个郭林老师学生的共同使命。”在发起学习郭林原创的过程中，孙云彩老师一直强调必须正本清源，要讲好郭林新气功的故事，传播中国优秀的传统文化，引导患者正确认识郭林新气功的价值和贡献。孙云彩老师自己做到了真正的以身作则，她审核每一问的过程，让我们深刻体会到孙云彩老师的执着和精益求精，她对每一个词都一丝不苟，一点瑕疵都无法逃过她的法眼。有一次，我的一条问答里面参考了非原创的内容，孙云彩老师一眼就看出来，并明确指出这不是原创的内容，她对郭林原创每一部分的内容都如数家珍，故而我们都不敢掉以轻心。

通过这两年多对郭林新气功的再学习，自己在理解上加深了一层，学会了用严谨细致的态度对待郭林新气功这一瑰宝。感谢孙云彩老师、孙毅老师、李芳老师，是你们让我看到什么是专注的态度，也让我感受到择一事、终一生的精神魅力。一个人做一件事坚持一时或许是激情使然，但坚持十年、四十年，甚至更长的时间，则是对意志力、忍耐力的综合考验。正是有你们对郭林新气功始终如一的热爱，才能将自身的坎坷之路铺成胜利坦途，带来筑梦的强大力量。所谓的“守少则固，力专则强”在老师们的身上得到充分体现，这就是我们要学习的榜样。有幸与你们相遇，有幸这几年在孙云彩老师身边学习，让自己各方面都得以成长。

抬望眼，今天带着感恩、愉悦的心情面对浩瀚无垠的大海，感受到内心前所未有的清澈与恬淡。切身体会到，把时间“浪费”在美好的事物上，值！

黄妙璇

2022 年 8 月 10 日于深圳前海

从左至右：李芳、孙毅、孙云彩、黄妙璇